KB074277

靈性指數

題字：文功烈 先生

영성지수

센타크논 제3권

영성지수

센타크논 제3권

초판 2019년 6월 17일 발행

지은이_ 임웅
펴낸곳_ 도서출판 창조와 지식
인쇄처_ (주) 북모아

출판등록번호_ 제2018-000027호
주소_ 서울특별시 강북구 덕릉로 144
전화_ 1644-1814
팩스_ 02-2275-8577

ISBN 979-11-6003-144-7 03810

이 책은 저작권법에 따라 보호받는 저작물이므로 무단 전재와 무단 복제를 금지하며,
이 책 내용을 이용하려면 반드시 저작권자와 도서출판 창조와 지식의 서면동의를 받아야 합니다.
잘못된 책은 구입처나 본사에서 바꾸어 드립니다.

지식의 가치를 창조하는 도서출판 **창조와 지식**
www.mybookmake.com

영성지수

임웅 장편소설

차례

CENTAKNON

제1장

제약왕국의 면면(面面)

제1장 제약왕국의 면면(面面)

제47화
센타크논이 아들을 잃은 지구인 신성수의 이야기를 듣게 되다.

1.

지구탐사 임무를 띤 우주선 아칸투스호의 함장인 센타크논은 심해에 살던 공룡 네 마리를 처치한 탐사대원 네 사람을 표창한다. 함교 앞에 전 대원을 모아놓고 격식을 갖춘 의식을 거행하면서 대원 네 사람의 용맹함을 높이 칭송하고 기념메달을 목에 걸어준다. 그들의 간략한 신상과 공적사실을 새긴 동판을 함교 옆 벽면에 부착한다. 그리고 이러한 표창내용을 본국의 지구프로젝트 지휘본부에 전송하도록 조치한다.

표창식을 치른 다음날로부터 우주선 안은 평온한 일상으로 되돌아간다. 심해에 우주선을 정박시킨 채, 선정된 지구인의 추적관찰이라는 본래의 과업을 재개할 수 있게 된 것이다. 우주선이 보유한 제3의 인체에너지 감지기는 탐욕에너지가 넘치는 지구인에 대하여는 적색으로 반응하고, 분노에너지가 넘치는 지구인에 대하여는 갈색으로 반응한다. 탐욕에너지가 최고등급인 지구인 4인, 분노에너지가 최고조에 달한 지구인 4인이 서울지역에서 선정되었다. 그 중 적색 또는 갈색 반응을 보인 3인씩에 대하여 담당 대원들이 각각 추적관찰한 결과를 센타크논에게 보고한 바 있다. 앞으로 센타크논이 알아볼 대상은 적색 반응의 지구인 R—d와 갈색 반응의 지구인 B—d이다. 이 두 사람을 담당한 대원은 A—8 대원 아포티와 A—9 대원 마로스이다. 두 대원은 혈기 넘치는 20대 중반의 나이다.

 센타크논이 아포티 대원과 마로스 대원을 함장실로 부른다.
 "어서 오세요. 마리아나사우루스와 사투를 벌인지 얼마 되지도 않았는데, 맡은 지구인의 보고 임무를 꺼내게 되어 미안합니다. 그동안 휴식은 충분히 취했는지요?"
 "예, 대장님! 한창 나이라서 그런지 조금 쉬고 나니까 피로가 전부 회복되고 지금은 원기왕성합니다."
 "저도 그렇습니다. 어떤 임무라도 십분 해낼 자신이 있습니다."
 "그렇다면 두 대원이 함께 보고하겠다고 한 지구인 R—d와 B—d에 관하여 추적관찰한 결과를 정리해서 매일 밤마다 내게 들려주는 시간을 가져도 되겠지요? 그 준비가 되었는지요?"
 "예, 준비는 일찌감치 마쳤습니다. 다만 네 마리 공룡이 일으킨 난동사태로 말미암아 보고드릴 자리가 늦어진 것입니다. 저희들은 언제라도 시작할 수 있습니다."
 "좋습니다. 내일 밤부터 시작하기로 합시다. 그런데 지구인 R—d와 B—d는 어떤 관계에 있기에 함께 보고하겠다고 한 것입니까?"
 "두 지구인은 친형제 간입니다. 형인 B—d의 이름은 신성수(申聖水)이고, 동생인 R—d는 신대수(申大水)라고 합니다."

"그러면 신성수와 신대수의 이야기가 내일부터 펼쳐지겠군요! 저녁식사를 마치고 나서 편안한 복장을 하고 함장실에서 보고를 겸한 대화를 나누기로 합시다."

다음날 밤 세 사람이 함장실에 모인다. 오랜만에 지구인의 탐욕과 분노를 접하게 될 센타크논과 첫 이야기를 펼칠 두 대원 모두가 약간 흥분한 상태다. 분위기를 가라앉힐 필요가 있다. 본격적인 이야기에 들어가기 전에 센타크논이 가볍게 묻는다.

"두 대원은 본국 올림포스에 사귀던 연인이 있나요?"

두 대원은 완강히 부정한다.

"기약 없는 우주항해를 떠나는 마당에 연인을 두고 오는 것은 마음에 진한 고통이 될 겁니다. 지구탐사 임무에 전념하려면 정붙인 사람이 아예 없는 것이 더 낫지 않겠습니까?"

"우리가 지구에 도착하기까지 우주선 두 척을 잃었습니다. 다른 우주선의 대원들이 살아남고, 아칸투스호 대원들이 죽었을 수도 있습니다. 목숨을 건 우주항해를 떠나면서 재물에 대한 집착이 없어지기도 했지만, 다른 한편으론 사랑하는 사람마저도 만들지 않는 것이 현명하다는 생각을 했습니다. 저는 마음을 비우고, 지구탐사라는 임무만을 염두에 둔 채 우주선에 올랐습니다."

"사명감에 불타는 것도 좋지만, 사람을 사랑하게 되는 것이나 사랑하지 않게 되는 것이 어디 마음먹은 대로 되는 건가요? 거역할 수 없는 격정이 자신을 집어삼킬 때 사랑에 빠진 것을 깨닫게 되지요.

사랑은 선택이나 의지로 몰고 갈 수 있는 것이 아니라, 하늘이 빚어내는 조화(造化)입니다."

"맞는 말씀입니다. 그런데 저는 철들지 않은 사랑에서 비롯된 불행을 많이 보았습니다. 그래서 그런지, 누구를 사랑한다는 것이 조심스럽기도 하고 두렵기도 합니다. 함장님의 경우는 어떤지 궁금합니다. 함장님을 집어삼킨 사랑이야기가 있다면 꼭 들어보고 싶습니다."

"아포티 대원과 마로스 대원은 한창 20대의 나이니까, 내가 20대에 겪은 사랑 이야기를 들려주는 것도 의미가 있겠습니다. 기회가 되는 대로 시간을 갖기로 하고, 지금은 지구인 R—d와 B—d의 이야기를 나누기로 합시다. 누가 첫 머리를 열게 되는지요?"

"제가 지구인 두 사람에 관한 이야기의 전체적인 줄거리를 아포티 대원과 상의해서 정리하였고, 또 들려드릴 순서도 간추렸습니다. 이야기의 시작은 지구인 신성수가 아들을 잃은 불행한 사건입니다. 제가 말씀드리도록 하겠습니다."

2.

밤 9시경 늦은 시각임에도 불구하고, 바오로제약회사의 연구소에서 연구소장인 신성수가 세균배양기를 세심히 관찰하고 있다. 녹농균을 증식하고 있는 6개의 배양접시에 연구소가 개발한 6종의 항생물질을 며칠 전 투입하였는데, 오늘 자못 긴장한 채로 그 상태가 어떤가를 살핀다. 2번 배양기에서 세균의 증식이 현저히 감소하고 있다. 신소장이 옆에 있는 최연구원에게 지시한다.

"이 정도면 2번 배양기에 투여한 항생물질은 내성균에 유의의(有意義)한 효과를 보인다고 할 수 있습니다. 이 항생물질을 일응 '오가졸리드'(Orgazolid)라고 명명하고, 개발 신약후보군에 넣어서 집중적으로 실험을 계속하기로 합시다."

이 때 울리는 전화기를 연구원이 받더니, 곧바로 신소장에게 건넨다. 부인의 전화다.

"여보, 빨리 와요. 아이가 위급해요! 소아과 중환자실이에요. 사태가 심상찮아요!"

"중환자실이라구? 곧 가겠어! 주치의는 거기 있어?"

"네, 여기 계세요. 의사 두 분도 더 와 계세요. 여보, 서둘러요!"

"알았어. 전화 끊어."

그가 차를 타고 나는 듯이 달려간 곳은 소피아 대학병원의 소아과 중환자실이다. 아들 면(勉)이가 인공호흡기를 달고 누워 있는 병상 옆에 아내와 부모님 그리고 의사 세 사람이 침통한 얼굴을 하고 서 있다. 아이는 혼수상태이다. 그가 주치의 원박사에게 묻는다.

"어떻게 된 건가요?"

"아드님이 독감으로 입원한 이후 통상적인 처치를 하였는데 별 차도가 없이 폐렴증세까지 보이기에, 아시다시피 여기 계신 두 교수님들과 협진을 하고 특별 치료에 들어갔습니다. 좀 전에 아드님이 갑

자기 고열에 호흡곤란을 일으켜 중환자실로 옮기고, 사모님께 연락을 드린 겁니다."

"왜 상태가 급격히 악화되었지요?"

신성수와 고등학교 동기인 감염내과 백교수가 대답에 나선다.

"면이에게 폐렴을 일으킨 원인균은 녹농균(綠膿菌)일세. 혈액배양 검사를 해본 결과, 다제 내성을 지닌 병원균으로 판단되네. 반코마이신으로는 안 되겠기에, 원박사와 의논해서 요즘 거의 모든 내성균에 듣는 항생제 카바페넴(Carbapenem)을 주사했었네. 그런데 이것도 효과가 없는지, 폐렴증상이 급속히 악화되고 있네."

이번에 신성수는 호흡기내과의 김교수를 바라보며 묻는다.

"이 아이의 폐렴증상이 앞으로 어떨 것 같습니까?"

김교수는 모두를 중환자실 한 구석으로 모으더니, 낮은 목소리로 말한다.

"저는 의사로서 냉정하게 제 소견을 말씀드리겠습니다. 면이는 자발호흡이 어려울 정도로 폐기능장애가 있고, 담 분비도 심해서 호흡에 큰 지장을 주고 있습니다. 체온 39도의 고열에 시달리고 있으며, 혈압은 매우 저하되어 있습니다. 면이에게 폐렴을 일으킨 녹농균은 항생제 내성이 강해서 현재 효과가 있는 약제를 찾아보기 어렵습니다. 호흡기에 불가역적(不可逆的) 손상이 오지나 않을까 우려됩니다. 사정이 아주 고약하다고 봅니다. 현재 녹농균의 증식이 빠르게 진행되고 있는데, 패혈증까지 불러올 가능성을 염두에 두어야 합니다. 패혈증이 발생한다면 치명적인 상태로 치달을 수 있습니다."

이 말에 더욱 절박해진 신성수는 의사들을 향해 호소한다.

"손을 놓고 있을 수는 없잖습니까? 병세를 호전시킬 처치가 전혀 없는 건가요? 말씀 좀 해보세요!"

백교수가 또 나선다.

"신소장이 제약업계에 몸담고 있어서 잘 알겠지만, 대증요법 이외에는 당장 뾰족한 수단을 찾아내기가 어렵네. 아이가 잘 버텨주어야 할 텐데!"

호흡기내과의 김교수 소견대로라면, 면이는 예후가 아주 어둡다. 이른바 슈퍼 박테리아에 속하는 다제 내성 녹농균은 치명적인 것으로 알려져 있다. 면이의 할아버지 신현호(申鉉浩)는 바오로제약회사의 회장이다. 애지중지하는 첫 손자의 목숨이 경각에 달려있으니, 큰 충격을 받은 신회장은 정신을 못 차리고 있다. 아이의 할머니 박정애(朴貞愛)도 안절부절이다. 신성수의 처 송경숙(宋京淑)은 어쩔 줄 모르고 울고만 있다. 의사 세 사람도 속수무책이라 매우 어두운 얼굴을 하고 있다. 신성수는 아들과 함께 캄캄한 동굴 속에 갇힌 기분이다. 그도 애간장이 탄다. 모두들 망연자실 어쩌지 못하고 있으나, 신성수만큼은 아이를 살릴 암중모색을 한다. 희망의 끈을 놓을 수는 없다. 시간은 얼마 없어 보인다. 한시 바삐 손을 써야 한다. 그러나 지금은 별 도리가 없으니 자기 부부가 밤새 아들 병상을 지키기로 하고, 의사 세 사람과 부모님을 복도 밖까지 배웅한다.

신성수는 아들 병상 옆에서 밤을 지새우며 치료할 방도를 찾아 골몰한다. 여덟 살 된 면이는 독감에 걸려 소피아병원에 입원했었다. 그게 열흘 전쯤이다. 그런데 독감이 심해져서 폐렴증세를 보이다가 오늘 급격히 악화되어 중환자실로 이송된 것이다. 짐작컨대, 바이러스성 독감으로 입원했으나 병원 내에서 녹농균이라는 다제 내성균에 감염되어 병세가 악화 일로로 치닫게 된 것으로 보인다. 국내 제1의 제약회사 사주 가문의 환자인데다가 평소 잘 알고 지내는 사이여서 담당 전문의들은 최선을 다하고 있음에도 불구하고 녹농균을 퇴치할 방법을 찾아내지 못하고 있다. 신성수는 약학대학을 졸업하고 부친이 경영하는 제약사에 입사하여 4년여를 근무하다가 다시 대학원에 들어가 생명공학을 전공하였다. 학자들 틈에 끼어 공부에 열중하던 중 아버지의 부름을 받아 제약사의 연구소장으로 복귀한 이래로 5년 넘게 항생물질관련 연구를 하였으니, 이 분야의 최고 전문가라고 할 수 있다. 그런 그도 암담하기 짝이 없다. 더구나 지금 이 시각 아들의 생명이 오가는 백척간두에 서 있는 자신이 아닌가! 그는 캄캄한 동굴 속에서 한 줄기 빛이 내려오기를 하늘에 간구한다. 순간! 당일 밤 연구소에서 녹농균 배양기를 관찰한 생각이 떠오른다.

'등잔 밑이 어둡다더니! 녹농균 퇴치를 연구하고 있는 사람이 바로 내가 아닌가! 연구소 실험실의 2번 배양기에 투입한 약제가 녹농균의 증식을 억제하지 않았는가! 하지만 그 약제는 아직 임상실험은 고사하고 동물실험조차도 거치지 못한 '실험실 내'(in vitro) 연구 단계에 머물러 있다. 그 약제를 인체에 투여할 주사제로 만들 수 있을지, 주사한다 하더라도 인체에서도 효과를 보일는지, 또 모르는 독성을 함유하고 있는지, 해로운 부작용을 수반하지나 않을지, 이 모든 걸 전혀 알 수가 없다. 그렇지만 개발 초기단계인 그 항생물질이 아들을 구할 수도 있을 단 하나의 희망이다. 개발 중인 물질을 주사제로 만들어 환자인 아들에게 투약하는 것은 법이 허용하지 않는다. 이 무모한 시도로 나와 제약사가 법의 제재를 받을 수도 있다. 어쨌거나 감행해보자! 아들을 살려야지! 법이 무슨 상관이랴!'

　마음을 굳힌 신성수는 다음날 아침 일찍 아들을 살릴 묘수를 찾아 연구소로 출근한다. 항생물질 개발팀 연구원 네 명을 모아놓고 아들의 병세가 진전된 과정과 현재에 봉착한 딱한 난관 그리고 자신이 어쩔 수 없이 선택한 해결책을 설명하고 협조를 간청한다. 연구원 모두가 2번 항생물질의 주사액 제조와 독성검출 및 부작용검사에 불철주야로 매달린다. 그야말로 벼락치기 요술부리는 일을 하려는 것이나 다름없다. 신소장은 요술을 발휘하고자 전력투구하는 한편, 틈을 내어 죽음의 마신과 싸우고 있는 아들을 찾아본다. 사흘 후 연구소에 있는 신소장에게 전화가 온다. 당장 병원으로 오라는 전갈이다. 아들 병상을 전번처럼 아내와 부모님, 의사들이 지키고 서 있는데, 분위기는 말할 수 없이 침통하다. 친한 친구사이로 지내는 백교수가 신성수를 중환자실 창가로 데려 가서 상황을 설명한다.
　"아이가 극히 우려하던 증세를 보이고 있네. 열이 40도에 육박하고, 1시간 전에 심정지를 보였었네. 심폐소생술로 회복시켰지. 패혈증세도 시작되었네. 안타깝기 그지없네!"

신성수는 하늘이 무너지는 듯하다. 백교수에게 아무 말도 못하고, 아들에게 다가가 세심히 병세를 관찰한다. 아들은 인공호흡기로 가냘픈 숨을 쉬고 있다. 심장고동은 미약하기 짝이 없다. 온몸은 고열로 펄펄 끓는다. 손발의 피부색이 퍼렇게 변해 있고 부어 있는 것을 보니, 패혈증이 온 것임에 틀림없다. 신성수는 패혈증 쇼크를 겁낸다. 패혈증 쇼크단계에서는 피부조직의 괴사와 장기부전이 오고, 언제 급성심근경색이 야기될지 모른다. 치료수단이 없는 패혈증은 그토록 무섭다. 신성수는 연구소로 전화해서 개발 중인 항생물질의 주사액이 조제되는 대로 즉시 가져오라고 다그친다.

몇 시간 후 아들 면이에게 재차 심정지가 온다. 의료진은 면이에게 매달려 심장고동을 되살리려고 필사적인 노력을 한다. 심폐소생술로도 안되어 자동심장충격기(AED)를 사용한다. 이 비상용구도 효과가 없다. 심정지가 5분 넘게 계속되면 뇌사가 시작된다. 면이가 죽음의 문턱에 들어선다. 그 때 연구소의 최연구원이 오가졸리드 주사액이 든 주사기를 갖고 중환자실로 달려 들어온다. 신성수는 그 주사기를 받자마자 아들의 팔뚝에 바늘을 꽂는다. 죽어가는 아들에게 아버지가 생명의 액체를 밀어 넣는다. 죽음과 삶이 부딪친다. 그러나 너무 늦었다. 혈관에 주입된 주사액이 효과를 발휘하자면 서너 시간이 필요하다. 그 전에 죽음이 먼저 온다. 아버지는 물에 빠진 사람이 지푸라기라도 움켜쥐는 심정으로 주사액이 마법을 부려 아들을 살려낼 것이라고 믿고 있다. 이 광경을 보면서 아이의 어머니, 할머니, 할아버지는 소리 내어 엉엉 운다. 이들은 아이의 죽음이 슬퍼서 운다. 세 의사와 최연구원 그리고 간호사들은 소리 없이 눈물을 흘린다. 이들은 아들을 살리려고 몸부림치는 아버지의 모습이 처절해서 운다. 혼수상태인 아들이 자신의 죽음을 어떻게 아는지 손을 들어 마지막으로 작별하는 손짓을 하자, 신성수는 아들 몸 아래로 무너지고 만다.

3.
손자가 죽었다. 신현호회장은 손자와의 지난날을 회상한다. 면이는 첫 손자라서 그런지 유난히 사랑스러웠다. 하는 짓마다 신기하고 감격이었다. 한마디로 손자와 보내는 매순간이 황홀했다. 어린 아들이 아플 때 자신의 손가락 하나가 잘리는 아픔으로 다가왔다면, 손자 면이가 아플 때는 자신의 팔 하나가 끊어지는 아픔으로 다가온 듯했다. 어린 아들은 눈에 넣어도 아프지 않을 터였다. 그렇게 말하자면, 손자 면이는 심장에 넣어도 아프지 않을 터였다. 태어나 자라면서 손자가 보여 온 오물오물 입놀림, 꼼지락꼼지락 손놀림, 깜빡깜빡 눈뜨기, 방싯방싯 웃기, 도리도리 까꿍하기, 짝짝 손바닥치기, 아장아장 걸어가기, 씰룩씰룩 엉덩이짓, 데굴데굴 구르기, 이런 숱한 장면들이 지금도 가슴을 쳤다. 걸을 수 있게 된 나이부터는 신회장은 손자를 어디든 데리고 다니려했다. 심지어 회사에 출근할 때도 데리고 갔다. 누구한테나 손자 자랑을 푸지게 늘어놓았다. 할배는 모두 손자 바보다.

아들이 죽었다. 신성수는 아들과의 지난날을 회상한다.

"아가와 함께 보낸
8년하고도 두 달 보름 남짓,
날수로는 삼천일

아가가
젖 빨고 밥 씹고
기고 걷고
옹얼대고 말하고
글 읽고 셈 익힌 그 시간,
무엇보다
서로 얼굴 부빈 아침저녁

'아빠, 고마워, 사랑해, 잘못했어, 잘 할게, 내가 있잖아'란
아가의 말,
하느님 만난 환희도 이에 비할 수 없으리!

불현듯 엄습한 아가의 죽음!
희망을 절망으로 가른 아가의 죽음

엎드려 땅을 두드리고
우러러 가슴을 친다.
머리털은 사시나무처럼 떨고
사지는 오랏줄 벗어나듯 버둥거린다.
내 맘은 찢겨나가 너덜거리며
내 몸은 뭉개지고 으스러진다.
내 통곡은 야수의 비명
내 절규는 광인의 괴성.

천당과 지옥이 어딘가?
아가 탄생의 기쁨과 운명(殞命)의 슬픔이 바로 그 곳!

아가를 지하에 묻고
관 위에 흙 뿌릴 제
아가 피는 안개되어 하늘 오르고
아가 뼈는 가루되어 땅에 스몄다.
아빠 피와 뼈도 함께 녹았다.

내가 아가를 지켜줄 수 없다니!

무력과 낙망에 거꾸러졌다.

죽어가며 아가는 내 혼에 말했다.
'절 낳으신 이는 어머니이고,
절 살리신 이는 아버지입니다.
전 죽으면서 삶을 믿습니다.'
그러더니 아들 면이는 나를 안았다.
나는 아가의 품을 받았다.

아가는 죽은 것이 아니라
다음 세상으로 간 것이다.
다음 세상에서 우리는 다시 만나리라!
다음 세상에서
희망과 위로와 구원을 보았다."

신성수는 눈물을 씻고 아가의 품에서 일어섰다.

제48화
신성수가 불치의 질병에 도전하는 큰 뜻을 세우다.

1.

면이의 장례식을 치르고 이틀 후 신현호회장은 아들 신성수를 부른다. 사람에 둘러싸여 큰일을 치르고 난 부자는 오랜만에 단 둘이 대면한다. 신회장의 얼굴은 만감이 교차하는 스산한 표정이다. 그러나 눈가와 입매에 결연함을 풍긴다. 얼추 보름간 겪은 그간의 심산(心酸)함으로 인하여 그는 예전과 무척 달라 보인다. 무언가 큰 깨우침을 얻은 듯하다.

"성수야! 그동안 나는 끔찍한 지옥을 경험했다. 사랑하는 피붙이를 잃는 슬픔이 그리 큰지를 미처 몰랐다. 너도 마찬가지겠지. 아이를 묻고 나서 내게 한 결심이 섰다. 내가 결심을 이룰 수 있도록 네가 도와주었으면 좋겠다. 아니, 꼭 도와주어야 한다.

내가 제약회사를 세우고 40년 넘게 일로매진해서 국내 제약업계에서 최대이자 최고의 기업체로 일구었다. 돈도 많이 벌었다. 그런데 제약사의 사명은 인간의 생명을 지키고 건강을 보살피는 데 있는 게 아니냐? 하지만 명색이 제약회사의 회장이라는 사람이 제 손자의 생명조차 건지지 못했으니, 여태껏 무얼 하고 살았는지 모르겠다. 결국 돈이나 벌려고 살아온 거지. 그런 내가 손자의 죽음으로 뒤늦게나마 정신을 차렸다. 본래 임무에 충실한 회사로 키워나가야 한다는 소명의식이 생긴 거다. 우리 부자가 혁신적 의약품을 개발해서, 죽어가는 사람의 목숨을 구하고 질병 없이 건강하게 장수하는 세상을 만들어보자꾸나! 우리는 최고라든가 최대라는 평을 듣기 보다는 최량(最良)의 회사라는 평을 들어야 한다. 먼저 연구소를 획기적으로 확충하자! 내가 충청북도 진천군에 사둔 땅 7만여 평에 회사의 중앙연구소를 건립하기 바란다. 최신 연구시설을 갖추고 우수한 연구인력을 대폭 보강해라. 네가 맡아서 추진하도록 해라. 돈이라면 아낌없이 투자하겠다. 그리고 건강식품을 생산·유통하는 회사를 설립해서 국민의 건강을 먹거리에서부터 신경쓰기로 하자. 그 경영도 네가 맡아라. 회사 직원들의 보수와 복지에도 소홀해서는 안 된다. 열심히 일하는 사람 없이 어떻게 회사가 돌아가겠냐? 네가 그룹 전체를 이끌어나갈 수 있도록 임시 주주총회를 열어 너에게 부회장 겸 대표이사의 자리를 주겠다. 나는 회장 자리에 머물러 너를 지원하는 역할을 하련다. 내 뜻을 십분 헤아려서 회사의 신기원을 열기 바란다."

신회장의 간절한 당부와 전폭적인 신임을 받은 신성수에게는 티끌 한 점 이의가 있을 수 없다. 그저 감읍할 따름이다. 부자간에 서원(誓願)을 세우고 곱씹는 일 이외에 무엇이 더 필요하랴!

신회장의 결심 하나로 바오로제약회사에 정말 새 세상이 열리게 되었다. 아직은 왕세자이지만, 그 굴지의 제약왕국을 신성수가 다스리게 되었다. 그는 이른바 약왕(藥王)이다. 아들 면이는 죽어서 회사에 새 생명을 주었다. 아이가 '아버지, 저는 죽으면서 삶을 믿습니다.'라고 한 말이 실현된 것이다. 신성수의 새로운 삶이 시작되었다. 회사가 새로 태어나고, 신성수가 새로 태어났다. 아이는 땅 속에서 한 톨의 밀알이 되었다. 바오로 제약왕국에 슬픔이 걷히고, 곳곳에 새 생명이 충만했다.

2.

신성수를 위로하고자 친한 친구 몇이서 저녁자리를 마련했다. 그 중 한 친구는 4년 전 아들을 여읜 적이 있다. 동병상련이라고 아들 잃은 두 사람이 구구절절한 말을 나눌 법한데, 정작 둘 사이에는 떠나보낸 아이 이야기가 없다. 섣불리 이야기를 꺼냈다가는 저녁자리가 눈물바다가 될 우려가 있다. 그래서 농담과 익살이 오간다. 서글픈 세상을 살아가면서 인간은 농담을 고안했다. 슬픈 자리일수록 농담 잘하는 사람이 환영받는다. 비극 속의 희극이다.

"내가 어제 우리 동기 장복이를 만났어. 걔가 재미있는 말을 하더라."

"뭐라 그랬는데?"

"응, 맹자 위에 공자 있고, 공자 위에 놀자가 있고, 그 위에 먹자, 또 그 위에 자자, 자자 위에 잊자, 마지막에 웃자가 있다는 거야. 그러니까 성현(聖賢)의 최고는 '웃자'라는 거지."

"그래, 맞는 말이야, 각박한 세상을 녹여내는 묘약은 웃음이지."

강판사가 웃기는 이야기를 들려주겠다고 나선다.

"내 이야기를 해 볼까? 내가 판사들이 모여 만든 소수자보호연구회 회장이잖아? 그저께 학술대회가 있었어. 의견대립이 첨예한 사항을 다루게 되어 있어서, 처음부터 회의 분위기가 싸늘하게 긴장되어 있었지. 내가 첫 인사말을 하는데, 분위기를 바꿀 필요가 있다는 생각이 스쳤어. 그래서 학술대회 전날 우리 집에서 벌어진 해프닝을 우스개로 털어놓았지. 그 이야기를 해줄게. 내가 치매 어머니를 모시고 살잖아? 대회 전날 밤이었어. 퇴근하고 어머니 방으로 인사하러 들어갔지. 내가 어머니 목소리 흉내 내면서 실감나게 모자간에 있었던 대화를 들려줄게!"

강판사는 성대묘사를 해가며, 모자 간 대화를 재현한다.

"어머니, 저녁 드셨어요?"

"모르겠다. 내가 저녁을 먹었는지 기억나지 않는다."

"그럼, 애 엄마한테 물어보셔야지요!"

"뭘 물어보라는 말이냐?"

"저녁을 드셨는지, 안 드셨는지 물어보란 말이에요."

"누구한테 물어보란 말이냐?"

"애 엄마한테 물어보란 말이에요."

"애 엄마가 누구냐?"

"어머니 며느리요! 며느리!"

"나한테 아들이 있었냐?"

그 순간 신소장 친구들 사이에 폭소가 터진다. 강판사가 이야기를 계속한다.

"내 우스개가 회의장의 싸늘한 분위기를 바꾸고 모두의 웃음을 끌어내었어. 그날 회의와 토론은 매끄럽게 진행되었지. 그 날 나는 사람들의 갈등을 해소하는 마스터 키는 이념도 아니고, 돈도 아니고, 권력도 아니고, 연줄도 아니고, 심지어 사랑도 아니고, 웃음을 터뜨리는 아주 짤막한 이야기 한 토막이라는 생각이 들었어!"

"그런데 그 웃음을 자아내는 말이라는 게 쉽지 않잖아?"

"맞아, 쉽지 않지! 농담도 재능이라고 할 수 있어. 그러나 내가 하고 싶은 말은 웃자를 공자 위에 놓자는 거야! 공자 왈 맹자 왈 해봐야, 피비린내 나는 당쟁이나 가져온 거 아니야?"

"이 샌님들아! 어려운 말씀 접어 두고, 우리 얘기나 하자. 성수야! 너, 아이 하나 새로 만들어야지. 합방하기 좋은 날 짚어줄까?"

"이 판국에 합방이 되겠니? 입양하는 게 어떨까?"

"내가 아들이 셋인데, 셋째를 네게 줄게! 인심 썼다."

"야, 친구에게 아들 내주는 우정이 그야말로 감격이다."

"아, 셋째라면 엽이 말이로구나. 그 아인 다 좋은데, 울보인 게 싫어."

"엽이가 네 집에 입양되고 싶어서 그렇게 우는 거야. 네 집에 가면 웃음보따리가 될 거다."

"그런데 말이야, 내가 요즈음 건망증이 심해져서 걱정이다."

소피아 대학병원의 백교수가 심각한 표정으로 말을 꺼낸다. 그는 아이들 교육을 위해 가족을 미국에 보내놓고 기러기 아빠로 혼자 살고 있다.

"오늘 아침에 대학 연구실로 출근했는데, 연구실 열쇠를 잊고 간 거야. 카피 열쇠를 갖고 있는 수위에게 문을 열어 달라고 해서 들어 갔어. 하지만 아무래도 종일 출입이 불편하겠기에 집에 가서 연구실 열쇠를 가져와야 되겠더라구. 막상 집에 도착하니, 이번에는 아파트 현관 열쇠를 연구실에 두고 온 거야! 내가 어떻게 된 거 아닐까?"

"그 정도면, 너 혹시 치매 아니니?"

"남에게 줄 돈을 기억 못하면 건망증이고, 받을 돈 기억 못하면 치매라고 하더라. 너 어느 쪽인지 잘 생각해 봐!"

모두들 환담을 나누며 식사에 한창인 그 때, 강판사가 갑자기 밖으로 나가 휴대폰을 받는다. 잠시 후 그가 들어오자마자 서둘러 양복 윗도리를 입는다.

"미안하지만 빨리 집에 가봐야겠어!"

"아니, 먹던 밥을 마저 먹고 가지 그래?"

"안 돼, 한시가 급해."

"무슨 일인지 알면 안 될까?

"말해줄 수도 있지만, 모두들 밥맛 떨어질 걸!"

"네가 불쑥 간다니, 밥맛은 벌써 떨어졌다."

"집사람 전환데, 어머니 치매증세가 요즘 아주 심해. 지금 돌발 사태를 집사람이 감당 못해, 내가 가서 치다꺼리해야 해!"

"무슨 일인데 감당 못하는 거지? 애들도 집에 있잖아?"

"어머니가 방금 싼 대변을 손에 담아 거실 벽에 처바르고 계신다 네. 그걸 조금씩은 먹어가면서. 대변양은 어찌나 많은지! 제때 식사 한 걸 잊어버리고 자꾸 밥 달라고 졸라서 식사량이 엄청나니 그런 거야. 게다가 노인네가 무슨 힘이 그렇게 센지 모르겠어! 아이구, 웃자 문도(門徒)인 너희들, 밥맛 떨어졌지? 미안해! 나, 간다."

남은 친구들은 썰렁한 분위기에 치매 이야기를 나눈다.

"그 친구, 치매 어머니를 모신 지 6년째지?"

"그 긴 세월을 집에서 모시다니, 참 효자야! 부인도 효부이고. 요 즘 치매환자는 집에서 잠시 보살피다가 요양병원으로 보내는 시대 인데."

"그 친구는 어머닐 왜 요양병원에 보내지 않지?"

"그리로 보내는 게 자식으로서 차마 못할 짓이라고 생각하는 거 지."

"그런 생각도 일리 있어. 요양병원이나 간병인을 잘 만나면 모를 까, 대부분 환자를 기계처럼 다루지. 그러니까 자기 손으로 환자의 얼굴을 닦아주고 먹여주고 이불 덮어주어야 직성이 풀리는 자식이 있는 거야."

"그것도 한두 달이지, 어떻게 몇 년씩이나 견뎌내는지 모르겠어?"

"그래서 효자라는 거야. 부부가 다 착해"

"치매환자 모시는 건, 착하고 착하지 않고의 문제가 아니야! 직접 겪는 가족의 입장에서는 생사의 문제라고 할 수 있어! 가족 중에서도 간호를 도맡아 하는 보호자는 아무런 희망도 없이 자신의 하루하루를 몽땅 희생하면서 살아가다가 망가지고야 말지. 오랜 병간호에 시달리고 지친 나머지, 인간이 웃을 수 있는 동물임을 부정하게 되어버려. 막다른 골목에서 함께 죽을 지경에 처하게 되면서, 동반자 살이라도 하고 싶은 심정이 들지. 그러기에 '간병 살인'이라는 신종 범죄가 등장했어."

"치매환자는 일찌감치 요양병원에 보내드려야 하는 거 아닐까?"

"치매환자 요양병원은 죽음이 오는 시간만을 길게 늘려주는 현대판 고려장이야! 자식은 요양병원이라는 고려장 구덩이에 부모를 버리고 오는 거지! 돌아가시나 싶어, 가끔 들여다보기는 하지만 말이야."

"그런데 말이다, 우리도 늙어 치매에 안 걸린다는 보장이 없잖아? 무슨 수가 없는 거야?"

"지금 의술로는 아무런 대책이 없다고 해. 뭐, 치매 발병시기나 진행속도를 조금 늦추어 준다는 말이 있지만, 근본적으로 치료하기에는 턱도 없는 이야기지. 그건 인간의 힘으로 막을 수 없는 운명이야! 인간은 운명 앞에 기도하는 동물이야! 늙은이들은 그저 웰 다잉(well dying)을 기도하면서 죽음에 대비할 뿐이지!"

"성수야! 인간은 과거에 천형(天刑)이라고 하는 역질도 물리쳐 왔잖아? 페스트라든가 천연두라든가 말이야. 너는 최첨단이라고 할 만한 제약회사를 하고 있잖아. 치매를 예방하거나 치료할 수 있는 방법을 개발해야 하는 거 아니야? 너는 그런 사명감에 사는 거 아니니?"

신성수는 머리가 띵 했다. '그렇다! 만물의 영장이라는 인간이 내성균에 걸린 아들을 살리지도 못하고. 치매로 죽어가는 부모도 살리지 못한다니! 도전해보자! 인류에 던져진 불치의 질병, 난치의 질병과 싸워보자! 질병과의 전쟁에서 나만큼, 바오로제약회사만큼 뛰어난 용사가 있을 수 있는가!' 그에게 벅찬 도전의식이 들끓어 오른다. 그는 친구들과의 모임을 파하고 집으로 돌아오는 길에 치매연구센터를 설립하여 치매라는 적과 끈질긴 전쟁을 벌이기로 결심한다.

바오로제약회사의 부회장 신성수는 임원회의를 소집해서 치매연구센터 설립을 논의한다.

"상임이사 여러분! 오늘 안건은 중앙연구소에 치매연구센터를 설치하고 이를 위한 공간으로 새로이 치매연구동을 건립하는 문제와 그 연구원을 채용하는 문제입니다. 연구동과 연구인력에 관한 계획은 일주일 전에 배포해드린 자료를 참조하시기 바랍니다. 자료 중에서 연구동의 건립과 연구시설에 필요한 비용 그리고 투자할 초기연구비를 잘 검토해주시기 바랍니다. 치매분야연구에 주력해 온 외부의 우수연구원을 15명 정도 신규채용하게 되는데, 이들을 개략적인 치매발병원인에 대응하여 알츠하이머병을 일으키는 노폐물 단백질 연구팀, 혈관성 치매 연구팀, 치매 고위험 유전자 연구팀이라는 세 그룹으로 편성해서 센터를 구성할 예정입니다. 유수한 대학병원과 대학연구소의 치매연구인력과 긴밀히 협력할 채널도 상설화하겠습니다."

임원들은 앞에 놓인 자료를 다시금 들여다본다. 회사에서 재무를 총괄 담당하는 박상무가 이견을 내놓는다. 그는 오랜 세월 회사에서 잔뼈를 키워 온 터에 신현호회장의 심복이 되어 은근히 힘을 과시하고 있는 임원이다. 박상무는 젊은 신성수를 혈기만을 앞세우는 철부지쯤으로 여기고 있다.

"부회장님, 암보다도 더 무서운 치매를 잡아보시겠다는 청사진에 경의를 표합니다. 또 우리 회사가 치매문제를 해결할 획기적인 방책을 내놓는다면 의료혁명이라 할 대업을 이루는 게 됩니다. 그러나 여기에 소요될 시간과 비용 그리고 성공가능성 등을 짚어보지 않을 수 없습니다. 제약회사는 인간의 생명과 건강에 기여한다는 숭고한 목적을 갖고 있습니다만, 근본적으로 영리회사라는 점을 잊어서는 안 된다고 봅니다. 세계를 둘러보아도 지금까지 치매의 원인과 예방, 치료 중 어느 하나를 제대로 규명하거나 효과적인 약제를 개발한 성과는 전무한 실정입니다. 수십 년 동안 밑 빠진 독에 물 붓기 식으로 퍼부어야 할 막대한 치매 연구비는 개인기업이 감당할 성질의 것이 아니라고 생각합니다. 이건 국가가 나서서 국가적 시책으로 해결해야 할 문제입니다. 더 나아가 WHO가 맡아서 풀어야 할 인류 전체의 거창한 숙제라고 하겠습니다. 먼 장래에 자산 고갈로 회사가 고사할 수도 있는 이 계획을 재고해주시기를 부탁드립니다."

신성수는 이 정도의 반대 발언은 예상한 바다. 그렇지 않다면 뭣 하러 회의를 하겠는가?

"회사를 염려하는 박상무님의 충정을 잘 알겠습니다. 염출해야 할 막대한 연구비는 회사의 자금력을 고려해서 단계적으로 투자하도록 하겠습니다. 무모하다거나 어리석다고나 할 연구개발비가 들어가지 않도록 조심하겠습니다. 나누어 드린 투자계획서의 투자비는 우리 회사가 감당할 여력이 있습니다. 그리고 신현호회장님께서 상당한 개인 재산을 내놓으시기로 약속하셨습니다. 박상무님은 회의가 끝난 후에 신회장님을 따로 만나 뵙고 걱정하는 점을 의논드려 보세요. 사재출연의 규모도 넌지시 알아봐 주시면 고맙겠습니다. 그밖에 여담 같습니다만, 제가 근 10년이 넘도록 제약관련연구에 종사하면서 느낀 점을 말씀드리겠습니다. 그건 성공이나 재원 조달의 면에서나 불가능할 것 같은 연구과제를 장기간 다루는 험난한 과정에서 뜻하지 않게 좋은 부산물을 얻을 수도 있다는 점입니다. 그 부산물은 연구의 최종 목표물 못지않은 성과를 가져다줄 수 있습니다. 높은 산꼭대기에 도달하기 전에 그때그때 오르게 되는 어중간한 산봉우리 언저리에서 예상치 못했던 신묘한 약초를 발견하게 되는 격이라고나 할까요? 제약이나 의료 분야의 사업은 그런 측면이 있습니다. 하늘은 스스로 돕는 사람을 돕는다는 신념이 기업가의 모험정신이 아닌가 합니다. 저는 전번 임원회의에서 확충 설립하기로 결정한 다제 내성균 연구센터와 오늘 안건에 부친 치매연구센터뿐만 아니라, 앞으로 다른 질환을 취급할 연구센터도 연이어 건립할 계획을 갖고 있습니다. 임원 여러분께서는 중앙연구소를 회사의 두뇌로 인식하고 집중적으로 발전시키려는 저의 야심찬 포부를 이해해주시고 전폭적으로 지원해주시기를 부탁합니다. 더 발언할 분이 계시는가요?"

생산담당 곽이사가 입을 연다.

"치매치료제 개발의 성공가능성이 희박하다지만, 만에 하나 우리가 성공한다면 회사는 돈방석에 앉는 겁니다. 세계 각국의 제약회사들이 우리가 특허 낸 치매치료의 신약을 제조·판매하면서 지불할 로열티를 상상해 보십시오. 벌어들이는 돈이 엄청나서 미국 화이자(Pfizer) 제약이고 뭐고 간에 바오로가 세계 최대이고 제일가는 제약사로 도약할 겁니다. 돈만이 아닙니다. 치매 치료의 기적을 연 우리 회사에 인류가 보낼 감사와 경의, 우리 연구팀이 수상할 노벨 의학상이나 화학상이라는 명예, 회사가 영구히 누릴 역사적 영광, 전 직원이 지니게 될 자부심 등등, 이 모든 것을 거머쥘 수 있는 사업인데, 우리가 지레 겁을 먹고 포기할 일이 아니잖습니까? 부회장님! 치매연구센터에 전력을 기울여 보십시다."

어디까지나 희망사항에 불과한 것 같은 찬사이지만, 듣는 임원 모두의 얼굴에 웃음꽃이 핀다. 상상의 나래를 펴고 난제에 도전하는 용기를 북돋아 보는 것도 좋은 일이다. 또 다른 이사가 나선다.

"곽이사님! 옹기장수가 꿈에 기와집 짓다가 장독 깬다는 우화가 있습니다. 사업은 안전한 게 제일입니다. 재무이사님은 회사가 시대를 너무 앞서가다가 쪽박 찰까봐 걱정하시는 겁니다. 돌다리도 두드려보고 또 두드려보고 건너야 합니다."

"기업은 Enterprise! 바로 모험입니다. 위험을 감수하지 않고 어떻게 기업하겠습니까? 위험에 도전하는 기업은 일하는 직원들에게 진취적인 기상과 불가사의한 투지를 불러일으킵니다. 회사 구성원 모두의 끓어오르는 사기만큼 회사발전의 원동력이 되는 게 없습니다."

그러자 재무이사가 한 번 더 염려한다.

"관건은 회사의 자금력입니다. 연구에 쏟을 자금이 달린다면, 적절한 시점에 치매연구사업을 중단할 생각을 갖고 계셔야 합니다. 주제넘은 말이지만, 한 기업의 대표는 부채를 펼 때와 접을 때를 현명하게 분간하실 수 있어야 합니다. 제가 오늘 안건에 반대하는 것이 아니라, 부회장님이 치매연구사업에 신중히 뛰어드실 것을 바라는 마음에서 드리는 고언(苦言)입니다."

신성수가 응답한다.

"말씀하신 진의를 잘 알겠습니다. 신중에 신중을 기하도록 하겠습니다. 또 말씀하실 분이 계신가요?"

아무도 반응이 없다.

"그러면 오늘 안건은 통과된 것으로 결정하고, 임원회의를 종료하겠습니다. 여러 가지로 더 하고 싶으신 이야기는 점심을 같이 하면서 나누기로 하지요."

임원회의는 이렇게 끝난다. 개인회사의 사주 아들인 대표이사는 회사에 고용된 임원들에게 예의를 차려 회사를 운영하는 방안을 논의하지만, 한 왕국의 전제군주처럼 의사를 결정하고 회사를 지배한다. 회사라는 왕국에 당연히 충신도 있고 간신도 있다.

3.

신성수는 연구소의 모든 연구원을 세심히 살핀다. 살핀다기보다는 보살핀다. 연구원 한 사람 한 사람이 매우 우수한 인재이기 때문에 그들의 재능과 노력이 연구소에서 최고도로 발휘되도록 알뜰살뜰 보살피는 것이다. 그들이 일상생활에서 겪는 이런 저런 고충과 애환을 들어주며 공감하고 해결해주려고 애쓴다.

다제 내성균 연구센터에 아직 미혼인 여자 연구원이 있다. 30대 초반의 고(高)연구원이다. 늘씬한 몸매에 짙고 숱 많은 머리결이 남자들의 이목을 끈다. 미모에 옷차림도 섹시해서 잠자리를 같이 해보고 싶어 안달하는 남자 연구원들이 많다. 그 여자는 최고등급의 우수 연구인력으로 채워진 바오로제약사 중앙연구소의 멤버인 만큼 머리가 뛰어나고, 세균과 약제를 상대로 한 오랜 실험생활로 인하여 관찰력과 주의력이 비상하게 단련되어 있다. 그런데 그런 부류의 인간에게 흔히 보이는 약점을 그 여자도 갖고 있다. 바로 신경질이다. 두뇌가 우수하다는 것은 대뇌신경이 특출하다는 것이니까, 남달리 예민한 뇌신경이 야기하는 신경질은 신경을 불쌍하리만치 혹사한 나머지 신경과민으로 치닫기 예사다. 그래서 고연구원에게는 신경과민증세가 있다. 평소에도 눈꼬리가 약간 찌푸려져 있다. 잠이 좀 부족한 듯한 피로기색도 보인다. 신경이 과로해서 그렇다. 충분한 수면이나 멍때리기로 가련한 뇌신경을 달래주면 좋겠지만, 한창 나이에 성취욕이 강한데다가 약간 불면증도 있어서 두뇌는 쉽사리 휴식을 취하지 못한다. 고연구원은 꽃도 별나게 봉숭아꽃을 좋아한다. 봉숭아꽃의 꽃말이 신경질이라고 한다면, 우연의 일치일까?

신성수가 보기에 요즈음 고연구원의 동태가 미심쩍다. 어쩐 일인지 알아내야겠는데, 신경이 예민한 노처녀에게 접근하는 게 쉽지 않다. 서서히 탐색할 꾀를 짜낸다. 맨 먼저 그녀의 신상카드를 꺼내 읽어본다. 고교 생물교사인 아버지와 전업주부인 어머니 사이의 둘째 딸이다. 가정적인 문제는 없는 듯하다. 다음으로 다제 내성균 연구센터에서 같은 팀을 이루어 호흡을 맞추고 있는 최연구원을 불러 알아본다. 그는 고연구원에게는 직장 내에서 가장 가까운 동료이다.

"최박사, 고연구원이 예전 같지 않아 보이는데, 혹시 내가 잘못 본 건가요?"

"아닙니다. 소장님, 제가 보기에도 요즘 고연구원이 뭔가 불안해하고, 신경이 바싹 날카로워져 있습니다."

"왜 그럴까요? 무슨 문제라도 짚이는 게 있습니까?"

"잘 모르겠습니다. 워낙 속을 터놓지 않는 성격이라서 짐작을 못하겠습니다. 연구소에서의 문제가 아니라 뭔가 개인적인 문제인 것 같습니다."

"그 나이에 사생활문제라면 이성교제에서 나온 게 아닐까요? 고연구원에게 사귀는 남자가 있습니까?"

"때때로 연구실에서 전화 주고받는 것을 들어보면, 애인이 있는 것만큼은 틀림없습니다. 그런데 사귀는 사람이 어떤 사람인지, 둘이 어떤 사인지 전혀 노출을 하지 않습니다."

"세포막을 두껍게 둘러친 영장류구만요! 우리가 내성균연구하기에도 바빠서 고연구원까지 연구할 여유가 없습니다만, 나는 연구소를 운영하는 입장에서 사정을 알아볼 필요가 있습니다. 최박사가 앞으로 슬쩍슬쩍 고연구원의 옆구리를 건드려 보면서 내 궁금증 해소에 도움을 준다면 고맙겠습니다."

"소장님의 궁금증이 여성에 대한 관심에서 나온 것이 아니라면, 저는 기꺼이 소장님을 돕겠습니다. 헌데 그리 기대하지는 마십시오! 상대는 주위의 호기심에 내성이 아주 강한 연구원입니다."

　

최연구원을 불러 알아본 탐색전은 그것으로 끝났다. 이번에는 고연구원이 속한 연구팀 전원과 회식을 하면서 접근전을 시도해보기로 한다. 연구소 인근의 진천읍 한정식집에 모여 저녁을 먹는다. 연구소가 지방에 위치한 관계로 회식을 하는 경우 보통은 점심을 함께한다. 서울서 출퇴근하는 연구원들을 위해서 저녁시간을 침범하지 않으려는 배려다. 그런데 이번에는 저녁식사를 하고 노래방에 가는 2차까지 예정해 놓았다고 하니, 참석자들은 특별한 회식인가보다 하고 긴장한다. 신성수는 식사하면서 긴장을 늦추려고 한 사람 한 사람에게 반주를 권한다. 고연구원은 반주잔을 받고도 입술에 대는 시늉이 고작이다. 이런 저런 대화를 끌어나가던 신성수가 자신이 연애하던 시절을 이야기해 주겠다고 한다. 좀처럼 밝히지 않던 비밀이다. 제약왕국의 왕세자가 들려준다는 연애담이니만치 모두들 구미가 당기지 않겠는가? 귀를 쫑긋하고서는 왕자에게 어울릴 법한 근사한 러브스토리를 기대한다.

"사람이 어른이 되기까지 성장통이란 걸 앓지 않아요? 홍역이 그렇고, 가볍게는 이갈이, 여드름 발진도 그런 거지요. 늙어가면서 대머리되는 것은 노화의 성장통입니다. 사춘기의 반항심이나 변덕 같은 건 정신적 성장통이라고 할 수 있습니다. 사랑에도 성장통이 있습니다. 결혼 전에 내가 겪은 사랑의 성장통은 증세가 다양했습니다. 시각장애가 왔어요. 사랑하는 여인 앞에서는 아무 것도 못 보는 장님이 되었지요. 눈에 콩깍지가 씌운 거지요. 사팔뜨기가 된 듯, 착시증세도 있었습니다. 그 여인이 하는 모든 게 황홀하게 보였으니까요. 의존증이라고나 할까, 중독증이라고 해야 할 정신장애도 발병했습니다. 그 여인이 없으면 아무 것도 할 수 없는 무력증, 그 여인이 옆에 있으면 무엇이라도 할 것 같은 자신감, 이런 증세가 1년은 지속되었습니다. 첫사랑의 성장통은 증세가 더욱 심합니다. 사귀다가 절교통고라도 받으면, 가슴앓이와 불면증 등 난치의 복합증후군이 몸을 여위게 합니다. 사랑의 열병을 앓는 거지요. 이런 열병의 치료제는 어쩌면 시간이라고 할 수 있습니다. 그러니까 성장통은 성장에 필수적인 통증이기도 하지만, 성장하면 저절로 낫는 통증입니다. 젊음의 격정 호르몬 분비가 줄어들고 성숙의 이성 호르몬이 분비되면서 사랑의 성장통이 치유되는 겁니다. 러브스토리는 사랑의 성장통에 대한 기록입니다. 그런데 사랑의 성장통이 치유되는 시간이 사람마다 다릅니다. 이미 사랑의 성장통을 겪고 나서 면역력이 생긴 선배, 그리고 사랑의 성장통을 이해하고 처방을 내려 줄 만한 선배를 찾아가서 증세를 밝히고 진찰을 받으면 빨리 치유될 길이 열리기도 합니다."

낭만적인 연애담을 기다리던 연구원들은 실망해서 속으로 되뇐다.

'아이, 재미없어! 연구소란 직장이 그런 거지, 뭐! 우린 제약사 연구원임을 벗어날 수 없는 거야. 식구들이 나와 대화하면서 썰렁해하는 게, 바로 저런 대화술 때문인 거지. 우린 모두 연애담과 훈화를 구별 못하는 꼰대 기질이야!'

그러나 단 한 사람은 신성수의 이야기에 눈을 반짝인다. 고연구원이다.

신성수가 고연구원을 소장실로 부른다.

"고연구원! 요즈음 연구 성과가 예전 같지 않습니다. 어째 걱정됩니다."

고연구원이 속을 털어놓게 하려면, 정신적으로 약간 부담을 줄 필요가 있다. 너무 다정하게 이야기를 거는 것도 좋지 않다. 그러나 이내 달래주어 신뢰관계를 유지해야 한다.

"하지만, 우리가 하는 연구는 2-3년이 걸릴 수 있는 장기과제이니까, 초조해하진 마세요!"

열흘 후에 고연구원을 또 소장실로 부른다. 다소간 정신적 압박을 준다.

"어제 받은 연구보고서를 읽어보니, 예상과 다른 결과가 나왔네요. 내 생각으론 시료 배합에 정확성이 떨어져서 그런 게 아닌가 합니다. 그러나 내 생각이 틀렸을 수도 있으니까, 너무 괘념치 마세요. 뭔가 다른 사정이 작용해서 그런 건지 점검해 보는 게 좋을 것 같습니다."

며칠 후 고연구원이 소장 면담을 신청한다. 소장실에서 단 둘이 만난다.

"소장님, 제가 최근 연구에 집중할 수 없는 고민이 있어서 찾아 왔습니다. 들어주시고 조언해주신다면 고맙겠습니다."

드디어 신소장이 고대하던 순간이 왔다. 알맞게 자애로운 표정을 지으며, 자리를 권한다.

"아, 그래요? 고민이 있다구요? 내가 지금 시간이 넉넉하니, 천천히 이야기하세요. 오늘 말고, 내일도 있습니다. 다만 연구소에 문제가 있는 고민이 아니길 바랍니다."

"결코 그렇지 않습니다. 소장님이 지난 회식 때 사랑의 성장통 말씀을 하셨지요? 실은 제가 사랑의 성장통을 앓고 있습니다. 제 개인적인 고민이 아주 쑥스럽고 부끄러운 게 돼나서 말씀드릴 엄두가 나지 않았습니다만, 소장님의 성장통 이야기를 듣고 용기를 내어 이렇게 찾아뵈었습니다. 소장님이라면 제 고민을 덜어주실 수 있다고 생각했습니다."

"서두가 긴 것을 보니, 쉽사리 해결될 고민이 아닌 것 같군요. 어쨌거나 이야기를 들어 봅시다. 부끄러운 내용이더라도 허물없이 털어놓으세요."

"제게 남자친구가 있습니다. 나무랄 데 없는 1급 사나이랍니다."

여기서 고연구원은 잠시 숨을 고르려는지 말을 끊는다. 신소장이 말을 이어간다. 그리고 상담에 적극성을 보인다.

"최고의 남자친구를 갖고 있으면서 무슨 고민이 있어요? 하기야 너무 잘나도 문제가 있지요. 그에 걸 맞는 수준으로 사귀는 것이 힘들 수도 있고, 그런 남자 빼앗길까 봐, 아니면 다른 여자와 이중 교제하는 게 아닌가 하는 의심 등등, 세상에 쉬운 일이 없습니다. 내 얘기가 너무 앞서나가는 건가요?"

"제 고민은 소장님이 짐작하실 수 없는 부류에 속합니다. 얘기가 좀 내밀한 영역을 건드리는 것인데, 소장님은 결혼 전에 연애하시면서 육체관계가 있으셨나요? 제가 너무 당돌한 질문을 하는 건가요?"

이 질문을 하면서 고연구원은 얼굴을 붉힌다. 신성수를 정면으로 쳐다보던 시선도 옆으로 비켜난다. 신성수도 조금 거북해진다. 그러나 고연구원을 슬럼프에서 벗어나게 하려면 받을 것은 받아내야 한다.

"내가 한창 나이에 연애를 하면서 육체관계가 왜 없었겠습니까? 중이 한번 고기 맛을 들이면 절간에 빈대도 남아나지 않는다는 속된 말이 떠오르네요."

"바로 그렇습니다. 소장님, 제 남자친구는 게걸스럽게 제 몸을 요구합니다."

"남자친구의 그 왕성한 육욕이 고민인가요?"

"제 고민은 섹스 그 자체에 있는 것이 아니라, 섹스에 딸려 나오는 부산물에 있습니다. 저는 섹스 전후에 공포심을 갖고 있습니다. 그 공포심이 커서 섹스의 쾌감조차 달아납니다."

"그게 무슨 말인가요?"

"저는 섹스로 감염될 수 있는 에이즈(AIDS)에 대해서 말할 수 없는 공포심을 갖고 있습니다. 제가 질병연구에 오래 종사하다 보니, 누구보다도 에이즈의 무서움을 잘 알게 되었습니다. 발병하면 치사율이 높은 에이즈는 백신도, 치료제도 없고, 더구나 사회에서 따돌림을 받는 치욕적인 질병입니다. 그런데 에이즈의 감염경로는 거의 다 섹스잖아요? 저는 섹스로 말미암아 에이즈에 감염될까봐, 섹스가 두렵습니다. 섹스하기 전에, 그리고 섹스를 한 후에 한동안 혹시 에이즈에 걸리나 않을지, 공포의 시간을 보내게 됩니다."

"예방수단으로 콘돔을 사용하지 않나요? 남자친구와의 건전한 섹스 그리고 콘돔사용으로 그 공포를 막을 수 있을 텐데요."

"남자친구의 성생활이 건전하다고 믿고는 있습니다. 그러나 만에 하나라도 남자친구가 밖에서 실수로 에이즈에 감염되지 않는다는 보장이 없습니다. 콘돔도 말썽을 부릴 수 있습니다. 저는 90%의 믿음과 안전책 때문에 고민하는 것이 아니라, 있을지도 모를 10%의 사고를 두려워하는 겁니다. 가장 안전한 섹스는 아예 섹스를 하지 않는 것이라는 생각을 하고 있습니다. 그러나 남자친구에게 성욕을 누르고 성직자처럼 금욕하라고 요구할 수는 없지 않겠습니까?"

"고연구원이 건전한 성생활을 하면서도 에이즈에 감염될지도 모른다는 공포심을 갖는 것은 신경과민일지도 모릅니다. 자동차가 달리는 흉기라고 해서 자동차를 사용하지 않을 수는 없잖습니까?"

"저도 섹스의 공포심이 제 예민한 신경, 지나친 걱정, 제약사 연구원으로서의 직업적 세심함에서 나오는 남다른 것이라고 생각합니다. 그러나 섹스 전후에 고개를 쳐드는 제 공포심을 어떻게 통제할 수가 없습니다. 제가 정신과 치료를 받아야 하나요?"

"그 공포심이 그렇게 심합니까?"

"아는 게 병이라는 말이 있지요. 제가 에이즈에 관해 너무 잘 알아서 생기는 병인지도 모르겠습니다. 섹스하고 나서 에이즈 감염여부가 판명되는 잠복기 동안, 그러니까 짧게는 2주간, 길게는 12주간 극심한 불안에 시달립니다. 그 동안은 초조하고, 일이 손에 잡히질 않습니다. 저는 남자친구와 섹스한 후에 연구소에 있는 에이즈진단 시약을 사용해서 수시로 감염여부를 알아보고 있을 정도입니다."

"그렇게 심한지는 몰랐습니다. 내가 지금 당장 적절한 조언을 할 수가 없네요. 내게도 고민할 시간적 여유를 주세요! 나중에 한 번 더 만납시다. 그때까지 내게 좋은 아이디어가 떠오르기를 기대합니다."

고연구원은 고민을 털어놓은 것만으로도 후련한지, 한결 밝은 얼굴로 소장실을 나간다.

신성수는 혼자 남아서 생각에 잠긴다.

'고연구원의 케이스는 유별나다. 에이즈 감염위험에 대해 병적이라고 할 만큼 불안 증세를 보이고 있다. 살아가는 도처에 위험이 도사리고 있는데, 유독 에이즈에 대해 엄청난 스트레스를 받고 있다. 에이즈에 대한 신체적 면역력의 문제가 아니라, 정신적 면역력에 문제가 있어 보인다. 그렇지만 달리 보아, 전혀 근거 없는 공포심은 아니잖은가? 예방 백신도 없고 치료제도 없는 질병이라면, 근본적으로 볼 때 공포심의 문제가 아니라 의료의 문제가 아닌가? 세계적으로 지금까지 7천만 명이 HIV에 감염되었고 그 중 절반이 죽음에 이른 병인데, 공포심을 가질 만도 하잖은가? 고연구원처럼 내게 털어놓지 않아서 그렇지, 에이즈 공포심을 갖고 살아가는 사람들이 적지 않을 것이며, 에이즈에 대한 불안 증세는 점차 확산될 것이다. 즐기면서 자손도 번식시킬 성생활의 기반을 에이즈라는 질병이 허물어뜨리고 있는 것이 아닌가? 고연구원이 좀 앞장서 나가기는 하지만, 현대인에게 섹스기피증이라는 정신질환을 몰고 온다는 현상을 부정하기 어렵다. 여기에 제약회사가 무기력하게 바라보고만 있을 것인가? 아니다! 에이즈에도 정면 대결해야 한다. 바오로제약사가 퇴치해야 할 적은 치매만이 아니다. 에이즈 퇴치 연구센터도 설립하기로 하자. 고연구원에게 섹스의 기쁨을 되찾아주자.'

신성수는 다음날로 고연구원을 만나 자신의 계획을 밝힌다. 바오로제약사가 에이즈 정복을 향해 첫 걸음을 힘차게 내딛는 것만으로도 고연구원에게 희망을 준다. 고연구원은 자신을 에이즈 퇴치 연구센터에 소속시켜주기를 신소장에게 간청한다. 자신의 몸뚱이를 실험재료로 바치더라도 개의치 않을 만큼 에이즈연구에 헌신적으로 매달린다. 그러하니 섹스로 인해 에이즈에 감염될 것쯤은 두려워하지도 않는다. 이로써 에이즈 전선에 투입될 용감한 여전사가 탄생했다.

4.

바오로제약회사의 중앙연구소장 신성수 앞으로 편지가 한 통 배달된다. 신소장이 편지봉투를 뜯으니, 봉투 안에 갇혀 있던 347만의 억울한 영령들이 풀려나서 그에게로 달려든다. 편지를 읽어 내려가는 그는 점차 눈알이 튀어나오고 다리가 후들거리며 코가 막히고 귀가 닫히며 입안이 메말라가면서, 종내에는 피가 역류하고 온몸에 경련이 일어, 기(氣)가 끊어질 지경에 다다른다. 기가 끊어지는 것이 기절이니, 편지를 다 읽은 그는 기절하기 일보직전이다.

"저는 강원도 횡성군청에서 가축방역관으로 근무하고 있는 7급 공무원 저팔계라고 합니다. 저는 손오공 형님과 함께 삼장법사를 모시고 숱한 고난을 뚫고나가 서역에서 구한 불경을 동방세계로 전파한 노고를 부처님으로부터 인정받아, 대대로 인간으로 환생하는 복을 누리면서 지금에 이르렀습니다. 그러나 저의 본향(本鄕)은 돼지나라인 만큼, 돼지와 그 형세인 소들이 현재 대한민국에서 당하는 끔찍한 참상, 그리고 인간이 저지르는 잔인한 만행을 좌시할 수 없는 까닭에 신소장님께 편지를 올리게 되었습니다. 부디 끝까지 읽어주시고, 인간과 가축이 온건한 삶을 누릴 수 있는 길을 열어주시기를 간청합니다.

　전국에 구제역이 창궐한 이후, 가축방역관들은 구제역 퇴치전선의 최선봉에 서서 불철주야 살벌한 전쟁을 치르고 있습니다. 제가 구제역 바이러스라는 적과 벌인 몇 차례의 전투를 겪은 그대로 말씀드리겠습니다. 구제역 바이러스를 박멸할 수 있는 무기, 그러니까 그 놈들을 죽일 수 있는 약제는 없습니다. 그래서 전국토를 휩쓸며 무서운 기세로 쳐들어오는 구제역 바이러스를 물리치는 대책으로 우리에게 남은 전술은 초토작전뿐입니다. 구제역 바이러스의 약탈 대상은 발굽이 두 개인 가축, 주로 인간이 기르는 돼지와 소입니다. 우리가 수행하는 초토작전은 구제역 바이러스가 침입한 기지의 반경 3km 이내에 있는 모든 돼지와 소를 살처분하고 후퇴하는 일입니다. 죽여야 할 적을 죽이지 못하고, 우리의 우군인 애꿎은 돼지와 소를 모조리 죽인다는 말입니다. 초토작전 지역에 살아 있는 건강한 가축, 아직 바이러스가 침투하지 아니한 순진무구한 가축까지도 한 마리 남김없이 죽이고 나서, 그 사체를 땅 속에 파묻어 버리거나 소각합니다. 이른바 예방적 살처분입니다. 초토작전이 수행된 영토에는 아무 것도 출입할 수 없습니다. 출입하는 무엇인가에 묻어서 다른 지역으로 이동할 수 있을 바이러스를 차단하기 위해섭니다. 추호의 관용도 허락되지 않습니다. 죽음과 침묵의 땅이 되는 것이지요.

이제 제가 치른 전투를 들려 드릴까요?

　제 방어지역인 횡성군에 구제역이 몰려든다는 급보를 접하고, 첫 출동한 곳은 적이 침투한 농장에서 400m 쯤 떨어진 어느 농부의 소우리였습니다. 그 우리에는 열다섯 살 된 암소와 네 달 된 송아지가 있었습니다. 굴착기를 이끌고 출동한 우리 부대원은 농부에게 두 마리의 소를 살처분하겠다는 사정을 설명하고 협조를 요청했습니다. 날벼락 통고에 농부는 집 안으로 들어가 나오려 하지 않았습니다. 그동안 굴착기는 가까운 야산에 깊은 구덩이를 파놓았지요. 제가 여러 차례 불러내는 소리를 듣고 나오는 농부는 눈시울이 붉어져 있었습니다. 농부는 우리에 있는 암소를 한참이나 어루만지더니 콩 여물을 두어 줌 먹이더군요. 소에게 안락사 약제를 주사하기 전에 소를 고정시켜야 합니다. 소는 워낙 힘이 세고 낯선 사람을 경계하기에, 주인이 나서서 소를 말뚝에 매야 합니다. 소는 주인의 말에 순순히 따르니까요. 주인이 말뚝에 소를 매는 모습은 십여 년 함께 살아온 가족에게 목줄을 걸고 교수대에 매다는 형장(刑場)의 광경이나 다름 없습니다. 자식처럼 아꼈을, 그러니까 자신보다 더 소중하게 여겼을 소에게 농부가 어떻게 그런 일을 해내는지 모르겠습니다. 혼이 나간 거겠지요! 자기가 아니면 그 일을 해낼 사람이 없다는 걸 알기 때문이거나, 자기가 그 일을 하지 않으면 너무나 끔찍한 소동이 벌어질 것을 알기 때문이겠지요. 그는 조용히 암소의 최후를 인도합니다. 제가 암소의 정맥에 안락사 약제를 주사했습니다. 1분도 안되어 암소는 쓰러집니다. 자신의 최후를 알게 된 소는 주인을 향해 눈물을 흘립니다. 신소장님은 소와 돼지에게도 눈물과 웃음이 있다는 사실을 알고 계신지요? 농부는 애써 소의 시선을 외면합니다. 슬픈 눈망울을 한 송아지도 어미의 운명을 따릅니다. 굴착기가 와서 소 두 마리를 버킷(bucket)에 담고 야산으로 갑니다. 굴착기는 아직 숨이 남아 있을지도 모를 소를 구덩이에 던져 넣고 그 위에 생석회와 흙을 덮습니다. 저의 소규모 초토작전은 그렇게 끝이 났습니다. 그날 밤 저를 두드리는 의식은 구제역 퇴치임무가 아니고, 농부와 암소의 애통한 눈물뿐이었습니다.

　제가 두 번째로 출동한 곳은 한우를 300여 마리 키우는 축사였습니다. 이번에는 신속하게 효율적으로 살처분을 수행해야 하는 중간급 규모의 초토작전입니다. 화창한 봄날에 잘 마른 여물을 기분좋게 씹고 있는 한우들은 무럭무럭 자라고 있는 우량종이었습니다. 가끔 내지르는 음매 소리는 그 녀석들이 살아있음을 기뻐하는 희열의 외침으로 들렸습니다. 저는 두 뿔에 정기가 솟구치고, 660kg이나 나가는 육중한 몸매를 떡하니 받치고 있는 네 다리로 저를 향해 당당히 맞서고 있는 한우에게 다가가서 예방적 살처분을 수행해야 했습니다. 저는 60kg 체중의 초라한 몸매를 하고, 이루 말할 수 없는 죄의식을 마음속에 660kg씩이나 담아가면서 예순 번째 안락사 약제를 주사한 후에는 다리가 후들거리고 정신이 혼미해지면서 소 앞에 서 있을 수가 없었습니다. 제 동료에게 주사기를 넘기고, 저는 축사에서 멀찍이 물러났습니다. 소들에게 집단 위기의식이 발동한 것일까요? 괴성을 지르고 길길이 날뛰는 소들이 있었습니다. 출동한 대원들은 미국 서부에서 야생마를 길들이는 카우보이처럼 소를 제압해야 했습니다. 심신이 너무도 고단하고 서글퍼서, 우리는 말을 잊고 목구멍에 물조차 넘기기가 어려웠습니다. 불과 5분 전만 하더라도 삶의 열락을 누리던 소들을 거꾸러뜨려 깊은 구덩이 속으로 처넣는 학살의 현장을 보면서 일말의 양심이 제 머리를 강타했습니다. '훗날 660g의 일등급 한우 갈비살을 맛보기 위해 660kg의 거구를 미리 살육해야 하는 인간은 도대체 어떤 동물인가? 신은 끝 간 데를 모르고 패악을 저지르는 우리 인간을 창조하고서 생태계의 맨 윗자리에 올려놓았단 말인가? 이 구제역 재난이 종식된 후에 나는 가축방역관이라는 자리를 박차 버릴 거야! 그리고 육식을 거부할 거야!'

　제가 세 번째 출동한 곳은 돼지 6000여 마리를 키우고 있는 대형 목축 농장이었습니다. 우리는 수십 대의 굴착기를 끌고 진군하는 중대 규모의 부대였지요. 1개 여단 병력의 우군 돼지를 도륙하려고, 우리는 보무도 당당하게 진군했습니다. 우리는 개인용 무기인 안락사 주사기를 돼지 정맥에 마구 꽂아가면서 한 녀석 한 녀석 처치해 나갔습니다. 인간으로 환생한 저팔계 돼지인 저는 제 형제를 사정없이 죽였습니다. '이 일이 끝나면, 나는 이 지방을 영영 떠날 거야! 내 손으로 내 형제를 도륙한 이곳에 두 번 다시 돌아오지 않을 거야! 나는 죽고 나서 결단코 인간으로 환생하지 않을 거야!' 이 말을 속으로 되뇌면서 저는 살육을 계속해 나갔습니다. 그런데 초토작전에 차질이 생겼습니다. 5천여 마리를 처치하고 나서 안락사 약제가 동이 났습니다. 아직 죽여야 할 천 마리가 남아 있습니다. 인근 부대에, 그리고 사령부에 약제의 긴급조달을 타전했습니다. 살처분해야 할 가축이 너무도 많아서 국가가 비축한 동물 안락사 약제가 다 떨어진 것입니다. 사령부는 우리에게 돼지를 생매장해서 살처분할 것을 명령했습니다. 구덩이를 깊이 파고 돼지들을 산 채로 밀어 넣는 작전입니다. 돼지를 구덩이 쪽으로 몰고 가기 위해 굴착기를 2열로 정렬시켜 좁은 통로를 구덩이 입구 쪽으로 만들었습니다. 돼지들에게 몽둥이를 휘둘러 좁은 통로로 몰아가서 녀석들을 구덩이 속으로 굴러 떨어뜨렸습니다. 저는 멱따는 소리만큼이나 요란한 비명을 질러가면서 구덩이 밑바닥에서 몸부림치는 돼지들을 내려다보았습니다. 수백 마리가 뒤엉켜 단말마의 최후를 맞는 광경을 목도합니다. 그들 위로 굴착기가 엄청난 흙더미를 퍼붓습니다. 쌓이는 흙이 그들을 질식사시킵니다. 개중에는 구덩이를 탈출해보려고 위로 뛰어오르고 두 발로 구덩이 벽을 긁어 대면서 사력을 다하는 돼지도 있습니다. 내 발 밑이 바로 아수라장이었습니다. 그때 그곳에서 탄생한 6000여 돼지 귀신이 형제를 산채로 살육한 제게 달려들었습니다. 저는 '나무아미타불'과 '관세음보살'을 죽자고 외치면서 간신히 그 위기를 모면했습니다. 저는 집에서 앓아누워 사흘 동안 먹지도 못하고 자지도 못했습니다. 돼지 귀신, 소 귀신뿐만이 아니라 그들의 시신이 썩어 내뿜는 침출수가 삼천리 금수강산을 오염시키는 환영에도 시달렸습니다. 저는 구제역의 2차 피해로 닥쳐올 환경재앙도 두렵습니다.

작년 말부터 제가 편지를 쓰는 지금까지 7개월 동안에 구제역 재난으로 우리나라에서 도살처분된 소가 15여만 마리, 돼지가 332만 마리 정도, 합해서 대략 347만 마리나 됩니다. 신소장님! 제2차 세계대전 기간 중에 독일 나치가 유대인 수용소에서 학살한 유대인이 몇 명인지 아십니까? 600여만 명으로 알려져 있습니다. 인간이 그런 동물입니다. 그 나치에게 인류가 얼마나 분개합니까? 자기 민족이 범한 반인도적 범죄에 독일인이 얼마나 부끄러워합니까? 이번 구제역 재난으로 우리가 저지른 만행이 나치가 저지른 만행보다 더 하면 더 했지, 결코 못하지는 않을 것입니다. 저는 뒷산에 올라 자그만 제사상을 차려놓고, 347만의 억울한 영령들에게 진혼제를 올립니다. 저는 신음합니다. 우리가 저지른 잔인하고도 처참한 범행에 속죄하기 위하여 저는 십자가에 매달릴 수 있습니다. 저는 통곡합니다. 왜 우리는 이렇게까지 살아가야 합니까?

　신소장님, 지금은 진정세에 접어든 구제역이 우리나라에 또 다시 맹위를 떨칠 수 있다는 생각을 하면 끔찍하기 짝이 없습니다. 구제역 재난은 언제든지 몰아닥칠 수가 있습니다. 제가 가축방역관으로 겪은 참상이 재현되지 않도록 하자면 무슨 수를 써야 할까요? 구제역을 예방할 백신과 박멸할 치료제를 개발하는 것만큼 근본적인 해결책은 없습니다. 그밖에 구제역 못지않게 무서운 재난으로 조류독감이 있습니다. 조류독감이 한 차례 우리나라를 덮치면 수백만 마리의 오리와 닭이 예방적 살처분으로 학살됩니다. 가축과 가금류가 억울한 죽음을 당하지 않도록 그 해결책을 보색해야 하지 않겠습니까? 제 편지는 신소장님이야말로 그 해결책을 내놓을 분이라고 생각하고 드리는 호소문입니다. 소장님이 몸담고 있는 제약회사가 비록 인간의 생명과 건강을 도모하는 기업이지만, 가축의 생명과 건강도 인간과 직결되어 있기에 외면하지 않으시리라 믿습니다. 위에 적은 참상을 읽으시고 구제역의 심각함을 통감하실 것입니다. 청컨대 구제역 퇴치는 수의학이 담당할 영역이라고 하시면서 내치지 마시기를 애원합니다. 저는 바오로제약사의 연구역량에 비추어 신소장님이 끌고 나가시는 중앙연구소에 희망을 걸고, 돈수재배하며 이 편지를 올리는 바입니다."

신성수는 편지를 다 읽고, 혼미해진 정신을 수습하고 나서 결심한다. 이 땅에서, 이 축복 가득한 지구에서 구제역과 조류독감을 퇴치하기로! 이로써 바오로제약회사의 중앙연구소에 다제 내성균 퇴치연구센터, 치매 퇴치연구센터, 에이즈 퇴치연구센터, 구제역 및 조류독감 퇴치연구센터라고 하는 네 분야가 가동에 들어갔다. 신소장의 야심찬 포부가 과연 성공할 수 있을까?

제49화
제약왕국의 여인들이 재산을 탐하다.

1.

신현호 회장의 성북동 자택이다. 바오로 제약왕국의 세 여인이 모여 애프터눈 티 타임을 갖는다. 신회장의 부인 박정애, 딸 신은수(申銀水), 신회장의 맏며느리인 신성수의 처 송경숙이 한 자리에 앉는다. 신회장은 일찌감치 서울 성북천 위쪽 인근의 성북동에 1200평이 넘는 너른 터를 구해 집을 지었는데, 이 보금자리를 수화장(水和莊)이라고 명명했다. 수(水) 자 돌림의 아들 둘과 딸 하나가 모두 화목하게 지내기를 바라는 마음에서 그런 이름을 붙였다. 집터에는 위 아래로 나누어진 두 단(段)의 연못이 있다. 상단은 150평가량의 비교적 큰 연못이고, 그 아래에 80평 정도의 작은 연못이 조성되어 있다. 북악산에서 내려오는 가느다란 계류가 두 연못에 물을 대고 있으며, 낙차가 있는 약 15m 길이의 암반 수로가 두 연못을 연결하고 있다. 큰 연못가에 지어진 아담한 누각에서 세 여인이 차를 마신다. 어머니 박여사는 일주일에 서너 번은 영국인의 애프터눈 티 관습을 흉내 내어 그럴듯한 격식을 갖추어 홍차를 즐기는 시간을 갖는다. 가정부는 홍차에 곁들여 먹을 가벼운 샌드위치와 쿠키를 순은 3단 트레이에 담아 내온다. 이들은 영국에서 공수해온 향기 진한 고급 홍차에 밀크를 넉넉히 타서 밀크티로 만들어 마신다. 겉멋이 물씬 풍긴다. 멋은 맛을 배가시킨다. 귀인(貴人) 마나님 세 분은 영국 왕족이나 된 듯한 기분에서 화기애애하게 환담을 나눈다. 그러나 왕족은 왕권을 확보하고 특권을 좀 더 향유하기 위해 피비린내 나는 경쟁을 벌인다. 평화는 잠깐이고, 쉴 새 없는 암투가 연속된다. 군주에게 감동적인 충성심을 보여줄 경쟁에서 더 교활하고, 더 뻔뻔스러우며, 더 인내심을 발휘해야 한다. 그 방면에 타고난 재주가 있으면 더 유리하지만, 상황에 따라 눈치 빠르게 처신하고, 부지런히 배워가며 잔꾀를 축적해야 한다. 궁중여인들은 이 방면에서 점차 전문가로 성장한다. 박여사는 제약왕국의 왕비, 수화장의 안방마님이다. 왕족여인들은 왕비에게 충성하는데, 충성이란 바로 아첨과 뇌물이다. 눈에 쏙 들어야 하고, 입 안의 혀가 되어야 한다. 옆에 없으면 허전해 할 측근이 되어야 한다. 38세 된 딸 은수는 결혼해서 나가 살지만, 이틀이 멀다하고 친정집을 찾는다. 그 나이에 모친을 '어머니'라고 부르는 것이 마땅한데도, 약간 어리광을 섞어서 '엄마'라고 부른다.

"엄마, 근데, 엄마, 있잖아?"
"있긴 뭐가 있니?"
"아이! 뭐가 있어서가 아니라, 이거 좀 보세요! 우리 애가 할머니를 그렸다고 하면서, 갖다 드리라고 한 그림이에요."
"나를 그린건지, 너를 그린건지 모르겠다. 하여간 젊게 그렸으니, 그런대로 잘 되었구나! 죽은 면이가 그림은 참 잘 그렸는데…"

박여사의 얼굴에 그늘이 낀다. 그림을 좋아하는 어머니에게 화가가 되겠다는 손녀 이야기를 해보려던 참인데, 화기롭던 분위기가 어두워지려고 한다. 딸은 얼른 말을 돌린다.

"근데 있잖아, 엄마!"

"너는 그 '있잖아' 하면서 말을 꺼내는 버릇을 버릴 수 없니? 있긴 뭐가 있다고, 자꾸 있잖아, 있잖아 하고 그래!"

"이건 진짜 있는 거예요! 엄마가 좋아하는 화가, 장태림 화백이 6년 만에 개인전을 열었어요. 청화 화랑에서 전시하는데, 저와 보러 가요."

"정말이니? 아들이 비오는 날, 길가 전봇대를 만졌다가 감전사하는 바람에 그 사람 정신이 돌아서 폐인이 되었다는 소문이 있었는데…"

"회복된 모양이에요. 아들 죽기 전보다 훨씬 더 잘된 작품들을 쏟아 놓았다고 해요. 엄마, 제가 한 작품 사드릴 터이니, 내일 가보는 것이 어떻겠어요?"

"아이구, 잘됐다! 내일 꼭 가서 보기로 하자! 나는 장화백 그림을 보고 있으면, 구름에 두둥실 앉아 있는 기분이 든다. 근데, 너! 나한테 그림 하나 사주고, 뭘 받아내려고 하는 거 아니지?"

"엄마가 무슨 돈이 있다고, 제가 엄마에게 달라고 하겠어요? 받아내더라도 아빠한테 할 거에요. 그때 엄마가 도와주시면 돼요!"

"너, 또 무슨 꿍꿍이 수작이니?"

"엄마, 쓸데없는 걱정 끄시고, 이 파이 하나 드셔 보세요. 오늘 홍차 마시면서 드시라고, 제일제과점에 들러 사온 거예요."

모녀의 대화를 잠자코 듣고만 있던 며느리 송경숙이 끼어든다.

"어쩜! 아가씨는 어떻게 이렇게 맛있는 걸 다 찾아내세요? 돈 있다고 다 되는 건 아니잖아요!"

"은수는 그림 보는 눈도 뛰어나단다! 내가 그거 하난 인정한다."

"엄마, 내일, 전시된 작품 중에서 제 눈에 최고인 걸로 사드릴게요. 제 눈을 믿으셔도 돼요!"

"내가 네 덕에 모처럼 호사를 누려보자!"

다음날 어머니를 모시고 전시회에 간 은수는 120호 크기의 그림을 1억 원에 구입한다. 개인전이 마감된 후, 그 작품은 수화장에 배달되어 거실에 걸린다. 날아갈 듯한 기분에 잠겨, 박여사는 퇴근한 남편 신회장을 맞이한다. 신회장은 집안에 들어오자마자 그림을 감상하는데, 그 좌우에 선 아내와 딸이 눈치를 살핀다. 한참 그림을 쳐다보고 나더니 신회장이 한 마디 툭 던진다.

"무슨 그림이 왜 이리 간단해! 그림에 성의가 없어 보여!"

"여보! 이걸 미니멀 아트(minimal art)라고 해요. 단순미를 추구하고, 여백과 생략의 의미를 깨닫게 해주는 거예요!"

"약품을 그런 식으로 만들었다가는 사람 잡기 딱이겠다!"

"당신은 약을 만들면서 치밀함, 정확함, 복잡다단함에 너무 빠져들어가 있어요. 그러니까 숨 막힐 듯한 과학세계를 좀 떠나서, 이런 예술작품을 통해 의식적으로라도 숨 쉴 틈을 만들어야 해요!"

이번에는 딸이 나선다.

"아빠! 저런 단순함에 도달하려면 자꾸 버려야 해요. 아빠 버리지 못하는 게 탈이에요!"

"은수, 너 말 잘했다! 나는 돈을 버리지 못하고, 자꾸 벌려고 한다. 너라도 돈을 자꾸 버려 보려무나. 그래서 단순한 집에 살고, 단순한 차를 몰고, 단순하게 입고, 단순하게 먹고 살아라. 네 머릿속이 얼마나 복잡한데, 단순한 게 되겠니?"

"제가 그렇지 못하니까, 이런 그림을 보면서 반성하고 노력한다는 거지요. 자꾸 확장하려는 삶을 되돌아보아야 해요. 버리고 축소하는 삶은 마음을 홀가분하게 해주지 않아요?"

"알았다. 저녁이나 먹자. 식사 메뉴가 단순한 건 아니겠지? 내가 몹시 시장하다. 찬거리 서너 가지로는 어림없다."

세 사람이 저녁식사를 하는데, 은수의 재물 욕심이 착착 수순을 밟아간다.

"아빠! 제가 미술관을 하나 하고 싶어요!"

"너, 그게 무슨 소리냐? 자꾸 버려야 한다더니! 왜 그렇게 큰 걸 가지려 하니?"

"제가 미술관 하나만 남기고, 다른 건 몽땅 다 버리려고 해요!"

"여보, 은수가 무슨 소리를 하려는지 한번 들어나 봅시다."

"그래, 네 미니멀 라이프 이야길 해 보아라. 그런데 내가 이 국물을 다 마시고 나면, 말해라! 내겐 미술관보다 이 곰국 한 사발이 더 큰 기쁨을 준단다."

"근데, 있잖아요. 제가 그림을 좋아하잖아요? 그래서 시설 잘된 미술관에 작가의 혼이 실린 미술품들을 모아 전시해서 관람객들을 기쁘게 해주고, 미술가들을 후원해서 창작의욕을 북돋아주고 싶어요. 앞으로 저는 그런 보람으로 살아갈 거예요."

"넌 벌써 미술관을 하나 지어 가진 걸로 생각하고 말하는구나! 아담한 갤러리로도 그런 만족을 누리면서 살 수 있을 거다."

옆에서 박여사가 딸을 지원한다.

"여보, 우리 딸이 무얼 하더라도 우리 가문의 급(級)에 걸 맞는 스케일로 해야 하지 않겠어요? 삼우 재벌의 딸이 월재미술관을 운영하면서 미술계의 여왕으로 행세한다고 해요. 걸친 옷을 보면 미적 감각은 쥐뿔도 없는데…. 은수는 심미안이 있으니까, 당신이 뒤를 밀어주기만 한다면 뉴욕의 구겐하임(Guggenheim)미술관이나 피렌체의 우피치(Uffizi)미술관에 못지않은 명성을 누리게 될 거에요."

"우리 제약업계에서 재산이 그리 많지도 않은 중견 제약사의 어떤 회장이 무슨 메세나 활동이라나 뭐라나 하면서 미술품 컬렉션에 열을 올리는 사람이 있긴 하지!"

"당신도 미술관 세워서 문화사업 좀 해요. 그게 재산의 사회 환원도 되고, 무식하게 돈만 아는 모리배라는 소리를 듣지 않는 첩경이에요."

"모리배라니! 무슨 소릴 그렇게 함부로 해! 인류를 질병의 고통에서 해방하는 약제 개발이 얼마나 고상한 사업인지 알고 하는 소리야?"

"아빠, 있잖아요. 아빠가 하는 제약업은 있어도 되고 없어도 되는 사업이 아니에요. 사회에 필수불가결한 공헌, 그것도 막중한 공헌을 하고 계시는 거예요. 제가 아빠를 얼마나 자랑스러워하는데요!"

은수가 하는 찬사에 신회장의 마음이 누그러진다.

"여보, 제약업이 우리 집안의 근간 사업이지만, 사업을 다각화하는 게 어때요? 딸에겐 문화사업을 맡기는 게 적격일 거예요!"

"아빠, 미술관건립과 명화수집에 아빠가 소유한 바오로제약사의 주식 지분 1%만 투자하시면 충분해요. 제 소원 들어주세요."

"은수, 너! 내 주식 지분 1% 처분 얘기는 전번에도 써먹었던 기억, 안 나? 네 남편 이서방 광고회사 차린다고 사업자금으로 준 게 1년도 안되었다."

"아빠, 그저 딸 낳은 죄로 생각하고 은덕을 베풀어주세요! 복 받으실 거예요."

"네 말이 맞다. 내가 자식 낳은 죄값이지!"

딸의 청에 신회장은 이렇게 반승낙을 하고 만다.

신은수는 훗날 재단법인체로 설립된 수화(水和)미술관의 실질적인 소유자이면서 미술관장이 되어, 문화계에서 힘 꽤나 쓰는 인사로 떠오른다. 보다 중요한 것은 단번에 700억 원의 자산가가 된다는 사실이다. 신은수가 들인 돈은 엄마에게 선물한 그림 값 1억 원이 고작이다.

2.

　수화장에는 집이 두 채 있다. 아래편 연못을 사이에 두고 서로 마주 보면서, 위채인 큼직한 한옥에는 신현호 회장 내외가 살고, 아래채인 2층 양옥집에는 신성수 가족이 산다. 위 아래 두 채의 집은 통일성도 없고 조화를 이루지도 못해서, 보기에 무척 거슬린다. 둘 다 한옥으로 지었어야 했다. 나중에 지은 아래채가 양옥이 되어 버린 것은 신회장의 안목이 떨어진 탓이거나, 근대화 바람이 불어 양옥집이 한창 유행할 때 시대조류에 넘어간 탓일 것이다. 신회장이 거주하는 한옥은 개량 한옥이다. 지붕과 기둥, 벽체, 창문 등 외양은 한식에 틀림없지만, 내부시설은 양식, 즉 현대식이다. 좌식이 아닌 입식생활을 하게 꾸며져 있고, 안방에도 침대를 들여 놓았다. 서재와는 별도로 신회장이 애용하는 사랑방만큼은 전통 한식을 따랐다. 그는 한복을 반듯이 차려입고, 비록 잘 쓰지는 못하지만 사랑방에서 붓글씨 쓰면서 조선시대의 사대부연하기를 좋아한다.

　사람은 은밀한 이야기를 혼자서 몰래 엿들은 경우에 그걸 그냥 두지 않고 자기와 가까운 사람, 특히 자기가 잘 보여야 할 사람에게 말하고 싶어 한다. 자기만이 알고 있는 고급정보를 최고가로 활용하려는 계산도 끼어든다. 지근거리에 살고 있는 아버지와 아들, 각자의 집에 가정부가 한 사람씩 있어서 집안일을 돕고 있다. 가정부는 아줌마라고 호칭하는데, 그 성을 따서 위채에서 일하는 가정부는 조씨 아줌마, 아래채는 배씨 아줌마라고 불린다. 가끔은 아줌마를 생략하고, 조씨, 배씨라고 부른다. 아버지 신회장 집의 조씨 아줌마는 위채에서 오가는 대화내용을 자의건 타의건 엿듣게 된다. 조씨는 전할 가치가 있는 내용을 아래채 송경숙에게 보고하다시피 일러바친다. 말하자면 조씨는 경숙이 위채에 심어놓은 첩자인 셈이다. 조씨는 경숙을 미래의 수화장 안방마님으로 생각하고, 남모르게 충성 줄을 대고 있는 것이다. 경숙은 명절이라든가 생일이라든가 기회가 될 때마다 조씨에게 보은(報恩)을 한다. 돈봉투도 쥐여 주고, 귀금속 액세서리도 선물하며, 귀휴(歸休)가는 날에는 맛난 음식도 싸서 보내는 등, 보상이 두둑하다. 반면에 자신이 부리는 배씨 아줌마는 철저히 입단속한다.

신회장의 딸 은수가 부모님과 저녁 먹으면서 미술관을 하게 해 달라고 간청한 대화내용은 조씨를 통하여 고스란히 경숙에게 전해진다. 경숙도 돈 욕심이 부글부글 끓어오른다. 신회장의 자식들이 너도 나도 재산을 빼가는 판에 자신도 더 이상 늦출 수는 없다. 서둘러 큰 몫을 챙겨놓아야 안심이 된다. 남편이 자식 중에 맏이라곤 하지만, 부모 돈은 먼저 빼가는 자식이 임자다. 경숙은 시아버지로부터 거액을 받아내고 싶어 한다. 신회장으로 하여금 거금을 내놓게 하자면, 첫째 거절하기 어려운 명분이 있어야 하고, 둘째 신회장의 마음을 약하게 만들 급소를 짚어야 한다. 경숙은 꾀를 짜낸 후에 남편의 내락을 얻으려 한다.

"여보, 시누이 은수가 큼직한 미술관을 할 모양이에요."

"어, 그래? 정말이야? 나는 모르고 있는 일인데…. 은수가 그래? 어머니가 그래?"

"부모님과 은수 사이에 약조가 된 모양이에요. 지난 금요일에 세 분이 저녁 먹으면서 그런 이야기가 있었다고 해요."

"또 조씨 아줌마가 당신에게 일러주었구나? 그런데 화랑도 아니고 미술관을 하자면 돈이 꽤나 들어갈 텐데….."

"아버님이 내키지는 않아도 문화사업이라니까 돈을 대시려고 한대요."

"그리 탐탁치 않은 일은 아니지만, 요즈음 회사의 중앙연구소에 들어가는 돈이 엄청나서 선뜻 찬성하기가 내키지 않는구면."

"아버님이 미술관 지어줄 정도의 여유는 있으시잖아요? 여보, 그런데 말이에요. 은수가 미술관 한다니까, 나도 일찍부터 꿈꾸었던 일을 하고 싶어요!"

"그게 뭔데?"

"내가 가끔 이야기 했었는데, 당신이 흘려들은 모양이네요. 나는 정원을 가꾸고 식물을 기르고 하는 시간이 아주 즐거워요. 그래서 식물원과 농원을 곁들인 리조트 사업을 해보고 싶어요. 사람이 모이려면 리조트에 부티크호텔도 하나 딸려 있어야 하지 않을까 생각하고 있어요."

"나는 무슨 사업이든 일단은 투자금액이 어느 정도인가를 셈해보는 습관이 있어. 당신이 꿈꾸는 리조트사업은 은수의 문화사업보다 훨씬 더 돈이 들어가야 할 거야! 내게 그만한 돈이 없다는 건 잘 알고 있겠지?"

"물론 아버님께 부탁드려야지요. 제가 청을 넣어볼 거예요. 당신
이 알고는 있어야 할 것 같고, 표 나지 않게 호응해 줄 수는 있겠지
요?."

"여보, 사실, 나는 반대야! 올해 들어 중앙연구소에 설립한 네 연
구센터는 돈 먹는 하마야. 장기적인 프로젝트인 데다가, 수익이 언
제 얼마나 날지 미지수인 불확실한 사업이지. 내가 사명감 하나로
밀어붙이고 있어. 재무를 맡은 박상무가 장차 퍼부어야 할 연구비를
엄청 걱정하고 있어. 당신이라도 회사와 아버지의 자산을 불리지는
못해도 덜어내지는 말았으면 좋겠어. 내가 부탁해!"

신소장에게 개인적으로 호주머니를 챙기려는 사욕은 아예 싹조차
트지 않는다. 그는 불치나 난치의 질병을 퇴치해야 한다는 소명의식
하나에 불타 있다. 그런 그에게 아내의 돈 욕심은 심히 못마땅하다.

"당신이 하는 그 고고한 계획만이 전부는 아니잖아요? 세상일은
언제 어디서 어떻게 될지 모르는 거예요. 내가 내 꿈을 펼치는 데
열중하면, 당신은 나한테 신경 쓰지 않고 오롯이 당신 연구계획에만
열중할 수 있어서, 아내 좋고 남편 좋은 거예요. 내가 하는 일 없이
우울하게 집에만 처박혀 있으면, 당신에게 큰 걱정거리가 생기는 거
예요. 당신은 돈 걱정 하면서 살겠어요? 아니면 마누라 걱정하면서
살겠어요?"

아내는 일종의 최후통첩을 한다. 장차 투입할 연구소 연구개발비
또는 아내가 벌일 리조트사업 투자비, 둘 중에서 선택을 하라는 듯

이 들린다. 그러나 신소장이 당장 택일할 수 있는 성질의 결정이 아니다. 더구나 돈줄은 아버지가 쥐고 있다. 그는 아무 대답 없이 어두운 표정을 하고 연못으로 나가 버린다.

열흘쯤 후에 송경숙에게 고대하던 기회가 온다. 시어머니 박여사는 휴일을 마다 않고 딸 은수와 나돌아 다닌다. 은수가 열게 될 미술관에 소장할 그림을 수집하려고 바삐 나다니고 있는 것이다. 신회장은 일요일에 모처럼 사랑방에 들어 서예를 즐길 준비를 하고 있다고 조씨 아줌마가 알려준다. 경숙은 얼른 위채로 달려가 시아버지를 뒷바라지한다. 먹을 갈아 드리고, 화선지를 깔아 가지런히 골라드린다. 한복에 먹물이 묻지 않도록 소매를 걷어드린다. 옆에 웅크리고 앉아서 신회장의 붓이 세차게 한 획을 그어나가면, "좋습니다!", "힘이 꿈틀거립니다!", "붓이 하늘을 나는 듯합니다!", "글씨가 생동합니다!"라고 하는 등, 온갖 찬사를 늘어놓는다. 왕희지나 김정희의 이름을 들먹이고 싶은 마음을 애써 억누른다. 신회장의 서예시간이 끝나자, 낙관까지 찍은 화선지를 정성스레 정리하고 나서, 붓을 빨고 벼루를 닦아 치우며, "아버님, 오늘 쓰신 글 중에 '수인사 대천명(修人事 待天命)'이란 작품을 제게 주실 수 있으신가요? 뜻도 좋지만 글씨가 일품입니다. 제가 가보로 간직하고 싶습니다."라고 간청한다. 기분이 한껏 고무된 신회장은 "그래라. 내가 김비서를 시켜서 표구를 잘 해가지고 너에게 주마!" 하고 흔쾌히 수락한다. "아버님! 물질보다 아버님의 정신과 기예가 담긴 서예작품이 진정 가치있다고 생각합니다. 아버님 혼이 담긴 글씨를 제게 주시는 은혜에 감사드립니다. 사은의 뜻이 아닙니다만, 이따 드실 점심상에 제가 어니언 수프(onion soup)를 만들어 올리겠습니다."

신회장은 국물 음식으로 곰국을 좋아하지만, 그에 못지않게 어니언 수프를 높이 치고 즐긴다. 경숙은 버터를 두른 냄비에 가늘게 채썬 양파를 넣고 갈색이 날 때까지 잘 볶은 후, 닭고기 육수를 부어 한소끔 끓이고, 그 위에 뿌린 그뤼에르 치즈가 녹아 쫀득한 맛이 나게끔 오븐에 조리한다. 드디어 완성된 향긋한 어니언 수프를 공손히 신회장에게 올린다. 따끈한 수프를 숟가락으로 떠먹으면서 신회장 얼굴에 잡혀 있던 주름이 스르륵 펴진다. 수프 그릇이 바닥을 보일 때쯤 경숙이 마음먹었던 이야기를 꺼낸다.

"저어! 제가 아버님이 언짢아하실지도 모를 말씀을 드려도 될까요?"

한껏 슬픈 표정을 짓고 있는 며느리를 바라보며 신회장이 고개를 끄덕인다.

"제가 첫 아이 면이를 잃고 나서 우울증에 걸린 것 같습니다. 몸이 축 처져 만사에 의욕이 없고, 삶에 아무런 의미를 찾지 못하겠습니다. 자꾸 면이가 살아있을 적이 떠오르며 말할 수 없는 서글픔에 젖어듭니다."

"에미야! 이해할 수 있다. 나도 그 녀석 보내고 나서 한동안 실의에 잠겨 일이 손에 잡히지 않았단다. 시간이 좀 흐르면 너도 나아질 거다."

"저는 그게 언제가 될는지 잘 모르겠습니다. 그런데 오늘 아침에 아버님이 서예에 열중하시는 모습을 보고, 제가 생기를 얻었습니다. 그러면서 사람은 무언가 열중할 대상이 필요하다는 걸 깨달았습니다. 제가 처녀시절부터 꿈꾸어 왔던 일에 빠져들어, 우울증이 물러가게 만들고 싶습니다."

"그런 일이 네 우울한 기분을 털어낼 수만 있다면 얼마나 좋겠느냐! 그게 무어냐? 내가 도울 수 있는 일이냐?"

"동물을 좋아해서 개나 고양이를 키우는 사람도 있지만, 저는 말 없이 성장하는 식물이 그렇게 좋습니다. 그래서 식물원이나 농원을 하는 게 제 꿈이었습니다."

"그게 뭐 어렵겠느냐? 화초나 나무 키우는 데 힘든 일은 일꾼을 사서 하면 될 테고, 다만 네가 여기서 멀리 떨어져 있을 농원에 나가 있는 시간이 많을 것 같아 마음에 걸린다."

"아버님이 자주 농원에 오시면 되지요. 아버님도 자연을 접하시는 시간이 많을수록 정서에 좋을 듯합니다. 그림 감상보다 낫지 않을까요?"

"그러고 보니, 농원을 한다는 게 괜찮은 생각이다. 이왕이면 근사하게 해보자!"

"아버님! 저는 리조트사업이 어떨까 합니다. 사람들에게 화초도 가꾸고 약초나 허브도 재배하는 농원체험을 하게 하는 리조트사업 입니다. 식물원도 감상하게 하고, 걸으면서 힐링이 되는 수목원도 조성하구요. 식물은 몸과 마음을 치유하는 효능이 있다고 합니다.

방문객이 이용할 숙소도 있어야겠지요. 부티크호텔이 어떨까요? 그리고 리조트 이름은 죽은 면이를 회상할 수 있도록 짓고 싶습니다. 아버님! 저는 지금 제 꿈에 상상의 나래를 마구 펼치는 철부지입니다.”

"아니다. 네가 하고 싶어 하는 구상을 구체적으로 세워서 내게 적어오도록 해라. 우리가 본격적으로 검토해보자! 내가 면이에게 증여하고자 마음먹었던 주식을 팔아 자금을 마련하면 될 게다. 그 돈이 어디 가겠니? 이런 소리하기가 뭣하지만, 딸과 달리 며느리인 네가 죽더라도 그 돈은 우리 신씨 집안에 남는 것이 아니냐!”

경숙이가 꾸민 계략은 의외로 큰 성공을, 그것도 수월하게 거두었다. 신회장에게는 죽은 손자 면이가 그토록 소중했던 것이다. 경숙은 그 점을 알고 할아버지의 손자 사랑에 파고들었던 것이다.

송경숙은 훗날 설립된 신면(申勉)리조트의 소유주이자 대표가 되어, 우울증이란 전혀 찾아볼 수 없는 사업가로 활약한다. 보다 중요한 것은 단번에 2700억 원이 넘는 자산가가 된다는 사실이다. 경숙이 들인 돈은 신회장에게 대접한 어니언 수프의 식재료 값이 전부다.

3.
신현호 회장이 바오로제약사를 업계 제일의 부강한 기업으로 올려놓기까지는 전형적인 자수성가의 길을 걸었다. 가난이 뚝뚝 떨어지는 시골 집안에 태어나 간신히 중학교를 졸업하고, 16살에 혼자 상경하여 고향사람이 운영하는 약방(藥房)에서 허드레 점원으로 일했다. 당시에는 그런 허드레꾼을 사환(使喚)이라고 했다. 사환생활을 1년가량 할 때쯤 상업고등학교 야간부에 입학하여 주경야독했다. 돈벌이를 해야 했으므로 대학도 약학대학 야간학부를 다녔다. 밤에는 대학생이었고, 낮에는 어떤 약방 도매상의 외판원이었다. 대학졸업과 함께 그럭저럭 약사시험에 합격하고 군복무를 마친 후에도 2년 정도 약방 외판원생활을 계속하다가, 모은 돈을 다 털어 약품을 제조하고 판매하는 작은 제약사를 세웠다. 서울에 올라온 이래로 약방 주인을 따라 성당에 다니게 되었는데, '바오로'라는 세례명을 받은 것을 본 따 제약사 이름을 지었다. 우리나라가 의약품의 절대 빈곤에 시달리던 1950년대나 1960년대에는 종기를 치료하는 고약 하나만으로도, 이·벼룩·빈대를 잡는 DDT 하나만으로도, 구충제 혹은 소화제 하나만으로도, 심지어는 치약 하나만으로도, 말하자면 국민약품이라고 일컬을 만한 브랜드를 제조·판매하는 제약사는 경쟁사 없이 떼돈을 벌 수 있었다. 신회장도 무주공산(無主空山)에 맨 먼저 깃발 꽂는 사람이 땅 짚고 헤엄치기 식으로 돈을 벌어들이는 개척시대에 제약사를 차린 덕택에 큰 재산을 모았다. 더구나 남다른 이재(理財) 수완을 발휘하고 근검절약하여, 외양으로는 제약회사에 불과하지만 내실로는 재벌이나 갖출만한 재력을 쌓기에 이르렀다.

이제는 남부러울 것 없는 성공스토리의 주인공 신회장에게도 깊은 마음의 상처가 남아 있다. 바로 학벌 콤플렉스이다. 별로 이름도 없는 학교, 그것도 야간부를 나왔다는 열등감이 무의식 속에 자리 잡고 있다가, 학력을 건드리는 외부자극을 받으면 가슴이 아려온다. 부모는 자신이 못 이룬 것을 자식을 통해서 만회하고자 한다. 자식은 자신의 분신이므로, 자식이 이루어내면 바로 자신이 성취하는 것과 다름없다. 그 실체는 이른바 대리만족이다. 신회장은 자신의 학벌 콤플렉스를 치유할 자식이 필요했다. 자식을 통해 대리만족의 쾌감을 맛보고자 했다. 그의 열등감 치료제가 둘째 아들 신대수(申大水)이다. 큰물에서 놀아야 할 대수(大水)는 역시나 큰 나라, 즉 대국(大國)인 미국에서 큰 학교, 즉 대학(大學)에 다니고 있다. 그것도 명문에 속하는 캘리포니아대학교 버클리 MBA에 다니고 있다. 아버지도 자랑스러워하고, 아들 대수도 자랑스러워한다. 형 신성수도 자랑스러워한다.

형보다 다섯 살 적은 서른여섯의 대수는 대학도시 버클리(Berke-ley)에 산다. 버클리시는 인구 10만 명 남짓한 소도시이지만, 집값을 비롯해서 물가가 매우 높은 수준이어서 생활비가 많이 드는 곳이다. 대체로 가난한 한국유학생들은 쪼들리는 생활을 하는데, 대수는 호사스런 일상을 누린다. 서른네 살 된 아내 성명희(成明姬) 그리고 네 살짜리 딸과 두 살짜리 아들 등, 모두 네 식구가 60여 평의 고급 콘도미니엄에서 살고 있다. 자동차도 두 대나 굴린다. 대수는 한국에서 일류대학 경영학과를 졸업하고 바오로제약사에서 1년 정도 근무하다가, 미국으로 건너와 이 공부 저 공부 집적거려 보았는데 모두 적성에 안 맞았는지, 뒤늦게 경영대학원에 들어가서 현재 졸업을 앞두고 있다. 그는 공부를 열심히 하기도 하고, 잘 하기도 한다. 유복한 집안의 한국유학생이 건달소리를 듣는 것과 달리, 대수는 한인 사회에서 부잣집의 괜찮은 자제라는 좋은 평을 듣는다. 바오로제약사가 미국에 설립한 영업소의 이사 겸 부장 직함을 달고 있는 그는 ―실제로 근무하는지는 알 수 없지만― 받는 보수와 배당금이 쏠쏠하다. 게다가 영악한 아내 명희가 시집에서 돈을 타내는 재주가 비상해서, 비록 학생신분인 대수이지만 돈 쌓이는 재미를 톡톡히 보고 있다. 요컨대 가업 경영이 잘 되어 나가고 있고, 학업도 경영을 잘 하는 편이다. 명희는 시아버지 신회장으로부터 돈을 부쳐올 구실을 기가 막히게 발굴해서 최대한 활용한다. 아이가 아프면, 미국서 건강보험이 통하지 않고 병원비가 엄청난 것을 빌미삼아 상상을 뛰어넘는 치료비를 보내달라고 한다. 남편의 학비, 첫 아이의 유아원 원비, 네 명 가족의 생활비, 파출부와 둘째 아이 보모의 보수, 자동차 수리비, MBA 여러 교수에게 예의 차릴 품위유지비, 한인회 지원금, 나가지도 않는 한인교회 헌금 등등 각종 명목을 붙여서 돈을 보내오게 한다. 대수 부부가 부모님에게 들이는 돈은 생일과 어버이날에 보내는 선물 값이 전부다. 형편이 뻔한 유학생들에게는 거금일 수 있는 액수지만 신씨 집안의 재력에 비추어보면 푼돈일 수 있는 금액이라도 자꾸 모아서 큰 재산을 만든다. 티끌모아 태산이다. 홈런을 쳐서 대량 득점하는 게 아니라, 안타를 자꾸 쳐서 점수를 크게 올리는 격이고, KO펀치를 날려 상대를 단번에 거꾸러뜨리는 것이 아니라 작은 잽(jab)을 연달아 퍼부어 상대를 KO시키는 격이다. 돈을 쌓다 보면 돈 쌓이는 재미에 푹 빠진다. 부자들이 거반 그런 재미에 산다. 대수 부부도 학생시절부터 돈 쌓는 재미에 맛을 들였다. 이들은 평생 그 길을 갈 것이다. 인생은 재미있게 살아야 하니까….

대수는 매일 아버지 신회장에게 문안전화를 올린다. 오늘 통화에서는 벼르던 용건을 말할 작정이다. 물론 돈 이야기다.

"아버지, 어젠 잘 지내셨어요?"

미국 사는 아들과의 대화에는 영어를 좀 써야 한다.

"대수냐? 나한테는 에브리 데이(everyday)가 해피 데이(happy day)다! 애들은 별 일 없지?"

"예, 잘 큽니다. 첫째 애는 일전에 새로 사준 어린이 자전거가 할아버지 선물이라고 하니까, 자전거 타고 싶으면 할아버지 타러 가자고 합니다."

"그 녀석 말이 아주 웃기는구나. 자전거 타는 모습이 눈에 선하다."

"그런데 아버지, 제가 두 달 후면 학교를 졸업하게 됩니다."

"벌써 그렇게 됐냐? 버그리에 입학하고 2년이 다 되었단 말이지? 세월 참 빠르다."

신회장은 나이 탓도 있고 언어습관도 있어서 센 소리를 눅여서 발음한다. 그래서 버클리를 버그리라고 하고, 버클리 MBA도 줄여서 그냥 '버그리'라고 말해 버린다.

"저도 시간가는 줄 모르고 살았습니다. 벌써 졸업 때가 되었네요."

"너, 그런데 학교 졸업하는 거 틀림없는 거지? 강동제약 방회장 아들은 다니던 미국 대학을 졸업하지도 못하고, 집에는 졸업했다고 거짓말했다더라!"

"아이구! 아버님이 제 뒤를 그토록 헌신적으로 밀어주셨는데, 제가 어찌 졸업을 못하겠습니까? 가문에 먹칠을 할 수는 없지요."

"그래, 참 효자다. 졸업식에 네 어미와 꼭 가도록 하마! 혹시 네가 버그리를 몇 등으로 졸업하는지 알 수 있겠니?"

"MBA에는 졸업 성적이 없습니다. 졸업하느냐 못하느냐만 결정됩니다. 그런데 아버지, 제가 졸업한 후에는 미국의 유수한 제약사에 취직해서 경험을 쌓으려고 합니다."

"아니, 귀국해서 내 회사 일을 도와야 하지 않겠니? 나는 나이가 들어 예전 같지 않다. 사업규모는 자꾸 커지고…."

"제가 미국의 첨단 제약기업에 들어가서 벤치마킹해야, 아버님을 도와 바오로제약사를 세계적인 기업으로 키울 수 있지 않겠습니까?"

"회사를 생각하면 네 말이 옳다만, 내 개인 심정은 너희 가족과 빨리 합치고 싶단다!"

"아버지 마음은 십분 이해합니다. 조금만 더 기다려주세요. 제가 미국의 몇몇 제약사에 취업 인터뷰를 준비하고 있습니다. 가급적 화이자(Pfizer)제약에 들어가려고 합니다.”

“우리 집안에 인재가 한 사람 나오는구나! 럭키(lucky)하기를 빈다.”

“아버지, 미국에서는 취업하려는 회사의 인사담당자와 인터뷰를 잘해야 하는데, 그런 준비에 돈이 상당히 들 것 같아요. 양복도 빼입고, 유력인사들과 교제도 하고, 알게 모르게 씀씀이가 커질 듯합니다.”

아들이 이름 날리는 MBA를 졸업하고 세계에서 일등 제약사로 손꼽히는 화이자에 취직하려고 한다는 소식에 신회장은 말할 수 없는 기쁨에 들떠 돈은 아랑곳하지 않는다.

“필요한 돈을 말만 해라! 박상무를 시켜 미국 영업소로 즉각 송금하도록 조처하겠다.”

“아버지, 감사합니다. 필요한 경비는 일을 추진해가면서 점차로 말씀드리겠습니다. 아버님의 가이없는 은혜는 귀국해서 꼭 갚도록 하겠습니다.”

“오늘은 네가 기쁜 소식을 전해 주어 정말 해피 데이가 되었다. 전화 끊자! 기쁜 얘기를 네 어미에게 빨리 해주어야겠다!”

대수는 전화를 끊자마자 아버지에게 청구할 취업준비 자금의 액수를 어느 정도로 할까 하고 열심히 머리를 굴린다.

제50화
신성수가 연구소 경영에 매진하다.

1.

신성수는 바오로제약회사의 부회장 겸 대표이사이고, 중앙연구소 소장을 맡아 신약개발을 진두지휘하고 있다. 아버지 신현호는 회장이지만, 뒷전으로 물러나서 회사경영에 조언을 하는 정도로 관여하고 있다. 성수가 바오로 제약왕국의 실질적인 통치자이다. 그의 통치이념은 무병장수하는 세상을 건설하는 것이고, 다제 내성균, 치매, 에이즈, 구제역이라는 넷을 구체적인 적으로 해서 퇴치전쟁을 벌이고 있다. 이 전쟁은 시간과 비용을 예측할 수 없으며, 승리를 기약할 수 없는 장기소모전이다. 그는 수익창출은 별반 염두에 두지 않고, 뚜렷한 목표의식 그리고 불퇴전의 집념과 끈기로 정신무장을 한다. 신약의 연구·개발에 전력투구한다. 그래서 그는 부회장으로 불리기보다 연구소 소장으로 불리기를 더 좋아한다. 그의 뜻을 존중해서 바오로사 직원들도 가급적 그를 '소장님'이라고 부른다. 그는 불치의 병을 정복할 신약개발이 불확실하다면, 그만큼 더욱 더 성공하리라는 신념을 고취해야 한다고 생각한다. 머릿속에 해낼 수 있다는 확신을 자꾸 불어넣는다. 그래서 그는 회사경영의 키워드를 "도전과 확신"으로 정했다. 그가 연구원들에게 "해보자! 한번이고 백번이고 해보자!" 또는 "죽기 살기로 매달려보자!"라고 던지는 말이 그의 상투어가 되어버렸다.

 그는 회사조직을 일신한다. 진취적인 분위기를 불어넣고자 임원진을 개편한다. 기획, 구매와 물류, 약품생산 등을 담당했던 기존의 60대 임원을 4-50대 연령층으로 교체한다. 연구이사직을 신설해서 중앙연구소의 30대 후반인 부소장에게 맡긴다. 그러나 재무, 영업, 관리 등 세 부문은 그대로 둔다. 훈구대신 세력을 몽땅 몰아내다가는 조광조 꼴이 될 수 있다. 재무이사인 박상무는 아버지 신회장의 신임이 두텁다. 위기의식을 느낄 그를 회유하기 위하여 오히려 전무로 승진시킨다. 영업부문은 인맥과 경험이 중요하고 기왕의 영업망을 견고히 다져야 하기 때문에 영업을 맡고 있는 정상무도 전무로 승진시켜 중용한다는 의중을 실어 보인다. 교체하지 아니한 세 명의 임원은 나이가 60대 후반이다. 회사의 임원진은 자연스레 장년의 신진파와 노년의 훈구파라는 두 진영으로 갈린다.

 일요일임에도 불구하고 신성수는 혼자 차를 몰아 새로 건립한 연구소 건물을 둘러보려고 충북 진천으로 향한다. 갓 지은 건물이라서, 아직 비어있다. 사용한 시멘트, 벽돌, 페인트 따위의 건축자재가 알싸한 냄새를 풍긴다. 그가 2층에 있는 한 연구실 문을 열고 들어간다. 텅 빈방으로 생각하고 들어갔던 그는 연구실 안에 펼쳐진 의외의 광경을 보고 깜짝 놀란다.

방안에 연꽃이 그득 피어 있고 향내가 자욱하다. 거기서 소, 돼지, 말, 닭, 오리 등 가축들이 잔치를 벌이고 있다. "음매, 꿀꿀, 꼬꼬댁" 소리로 합창도 한다. 시끌벅적한 잔치판에 좌선을 하고 있는 약사여래의 모습이 두드러진다. 자신에게 편지로 구제역의 참상을 알린 저팔계가 약사여래를 보위하고 있다. 성수가 저팔계에게 손짓을 하니, 그가 알아보고 반갑게 뛰어온다. 저팔계는 성수를 잔치마당에 이끌고 가서, 함께 춤판을 벌인다. 춤이 끝나고 나자, 성수로 하여금 약사여래에게 절을 올리게 한다. 여래는 성수에게 알 수 없는 약초 한 포기를 던져준다. 그는 저팔계와 작별인사를 나누고, 약초를 품안에 잘 간직한 채 그 방을 나온다.

성수는 다음 연구실 문을 열고 들어선다. 그는 또 한 번 깜짝 놀란다. 그 방안에서는 수많은 남녀가 성을 즐기고 있다. 서로 껴안고, 입을 맞추고, 교접한다. 환희에 들뜬 신음소리로 합창한다. 그들 가운데 생식(生殖)의 신 시바(Siva)가 몸을 뒤틀며 "억억" 소리를 지르고 있다. 시바 옆에 고연구원과 남자친구가 헐떡거리며 절정에 몸을 떨고 있는 모습이 보인다. 열락이 끝난 고연구원이 성수를 보더니 반갑게 달려온다. 그녀는 성수를 이끌고 가서 시바신에게 절을 올리게 한다. 시바신은 성수에게 알 수 없는 과일 한 알을 던져준다. 그는 그 과일을 품안에 잘 간직한 채 방을 나온다.

성수는 놀랄 각오를 하고 다음 차례의 연구실에 들어간다. 방안에는 수많은 노인들이 환한 얼굴을 하고 넘치는 근력을 자랑한다. 그러나 노인들은 말이 없다. 그들은 조용히 웃고, 서로를 넌지시 바라보며 살포시 어루만진다. 할머니들은 수놓거나 그림 그린다. 할아버지들은 책 읽거나 바둑 둔다. 남녀가 함께 어울려 게이트볼을 치기도 하고, 야생화를 따기도 한다. 그들 가운데 성인 베드로가 달무리를 지어보이고 있다. 노인들 사이에서 친구 강판사의 어머니가 음악을 듣고 있다가 성수를 보더니 반갑게 달려온다. 친구 어머니는 성수의 손을 이끌어 성 베드로에게 절을 올리게 한다. 베드로는 성수에게 성수(聖水) 한 종지를 내려준다. 그는 성수 종지를 품안에 잘 간직한 채 그 방을 나온다.

성수는 각오를 단단히 하고 다음 연구실에 들어선다. 그는 감격에 겨워, 펼쳐진 광경을 뚫어지게 바라본다. 그 방안에는 어린아이들이 와자지껄 놀이에 몰두하고 있다. 서로 어울려 술래잡기, 제기차기, 윷놀이, 자치기, 공기놀이, 딱지치기를 즐기고 있다. 놀이에 이긴 어린이는 으스대고, 지는 어린이는 까르르 웃는다. 그들 가운데 아이들이 흐트러뜨린 공기돌과 딱지를 줍고 있는 방정환 선생이 보인다. 조금 후 성수는 까무러칠 듯이 놀라면서 죽은 아들 면이가 여러 어린이들 속에 섞여 놀고 있는 것을 발견한다. 성수는 아들에게 살같이 달려간다. 면이를 가슴에 꼭 껴안고, 울고 웃으며 소리친다. "면이야! 면이야! 내 아가야! 내가 죽은 너를 만나다니, 이게 꿈이냐! 생시냐!" 아들도 기쁨에 들떠 외친다. "아빠! 아빠! 보아요. 제가 아빠를 다시 만날 거라고 했잖아요! 제 말이 맞았지요?" 성수가 대답한다. "그래, 네 말이 맞다! 네 말이 맞다!" 이윽고 면이는 아빠를 이끌어 방정환 선생에게 절을 올리게 한다. 선생은 그에게 책 한 권을 넘겨준다. 표지에 약초강목(藥草綱目)이라 적혀 있다. 성수는 그 책을 소중히 갈무리한다. 홀연! 무엇과도 바꿀 수 없는 아들과의 숨가쁜 재회의 순간이 사라져버린다.

성수 혼자만이 텅 빈 연구실 안에 덩그렇게 남아 있다. 그는 말할 수 없는 허망함을 잠재운다. 얼마 있다가 정신을 차린 그는 짧은 시간 동안 겪은 연구실 네 곳을 순차적으로 떠올린다. 불교도의 세상, 다음에 힌두교도의 세상, 그 다음으로 기독교인의 세상, 마지막에는 아무런 종교도 가지지 않은 어린이들의 세상을 둘러본 것이었다. 그가 본 네 세상은 무병불사(無病不死)의 극락이요, 천당이었다. 그 세상에 들어가는 열쇠로 약초 한 포기, 과일 한 알, 성수 한 종지, 책 한 권을 받은 것 같아, 품안을 뒤져보았으나 아무 것도 없다. 그는 불가사의하기 짝이 없는 경험을 했다. 간절한 염원은 불가사의한 힘을 숨기고 있다.

2.

불치의 질병을 퇴치할 핵심인력은 중앙연구소의 연구원들이다. 그 수는 120명인데, 다른 A급 제약사의 평균치 연구인력을 여섯 배나 뛰어넘는 인원이다. 신소장은 연구센터를 네 곳 신설하면서, 약학, 생화학, 미생물학, 유전공학 등의 분야에서 당대 1급의 인재들을 불러 모았다. 그는 이 정예병의 역량을 극대화하기 위하여 고심한다. 그들에게 걸 맞는 보수와 복지는 기본에 속한다. 그 다음으로 근무환경을 중요시해서 개선할 점이 있는지를 검토한다. 연구소라는 특성에 비추어 연구 환경을 숙고해본다. 자신도 비교적 오래 연구원 생활을 해본 만큼, 자신이 과거에 바랐던 소망, 즉 경험에서 우러나온 소망을 기억의 필름에서 끄집어낸다. 그것은 자신만의 독립된 연구공간을 가졌으면 하는 소망이었다. 피고용인으로서의 연구원 개인의 희망은 희망으로 그칠 소지가 다분하다. 그러나 신소장은 경영자의 입장에서 감당할 경제적 여력이 있고 결심이 서기만 한다면, 얼마든지 실행에 옮길 수 있는 계획이다. 큰 연구실 하나를 연구원 6-7명이 공동으로 사용하는 것은 득보다 실이 클 수 있다. 신소장은 그 득과 실을 신중히 저울질하고 나서, '1인 1실 연구실 배정' 계획을 실현하겠다는 단안을 내린다. 그는 결심하면 신속히 실행하는 사람이다. 그러나 이 계획은 임원회의에 부쳐야 할 안건인데, 재무이사와 관리이사의 반대가 만만치 않을 것으로 짐작된다.

대기업의 임원회의처럼 공식적인 회의석상에서 안건의 통과 여부에 갑론을박이 심할 것으로 예상된다면, 비록 자신이 사주 집안의 CEO라고 하더라도 자신의 지지그룹을 회의 전에 결집해서 쟁점을 분명히 하고 원하는 결정을 달성할 전략을 짜야한다. 그래서 정작

회의 자체보다는 신소장 라인에 있는 임원들의 사전 모임에 무게가 실린다. 신소장은 치매 퇴치연구센터 설립안을 다루는 임원회의에서 재무이사의 반대에 직면한 경험이 있다. 그러한 경험은 자신에게 동조하는 임원들과 사전에 충분히 의사소통하고 연대의식을 증강하는 자리를 마련할 필요가 있다는 깨달음을 주었다. 신소장과 의기가 투합하는 장년층 임원들과의 사전 모임은 일종의 작전회의이다. 이런 모임은 노년층 임원들이 눈치 채지 못하게 은밀한 장소에서 열어야 한다. 신소장은 아버지와 지척거리에 살고 있으니 자택에서 모일수는 없고, 또 본사 사옥이 있는 서울 제기동 부근에서 열 수도 없고 해서, 조금 멀찍이 떨어진 마포 지역의 한 음식점을 단골집으로 정한다. 이같이 안가(安家)의 위치를 궁리하는 심리는 춤바람 난 주부가 성남에 살면 의정부 카바레로 원정가고, 의정부 사는 주부는 성남으로 춤추러 가는 안전강구책과 흡사하다.

연구원 각자에게 독립된 연구실을 마련해주려는 공간배치 안건이 임원들에게 통지된 지 2주 후에 임원회의가 열린다. 회의의 의장인 신성수는 연구이사인 연구소 부소장으로 하여금 제안설명을 하도록 한다.

"연구원의 근무환경을 개선하여 연구역량을 극대화하기 위한 방안으로 '1인 1연구실 배정안'을 회의에 상정합니다. 현재 연구센터의 팀장에게는 개인연구실이 배정되어 있습니다만, 팀에 소속된 일반 연구원 6-7명은 한 개의 연구실을 공동으로 사용하고 있습니다.

진천 소재 중앙연구소에 제2 연구동이 신축되었고 제3 연구동은 완공을 목전에 두고 있으므로 공간면적의 관점에서 보자면 일반 연구원 개개인에게 연구실을 배정하는 것이 가능합니다. 임원 여러분께서 이 안건을 다루어주시기 바랍니다."

신소장은 첫 발언자로 재무이사인 박지운(朴知雲) 전무를 지정한다.

"박전무님은 회사의 재정형편에 비추어 이 안건을 어떻게 보십니까? 좋은 의견을 말씀해 주십시요."

박전무는 제약왕국의 대신들 중에 영의정쯤으로 행세한다. 은연중에 빈정거리는 조로 말한다.

"연구원들이야 반색을 하며 좋아하겠지요. '같은 값이면 다홍치마'라는 말이 있지만, 다홍치마를 캐주얼한 복장과 같은 값으로 입을 수 있느냐가 문제입니다. 연구실은 쇼룸(show room)이 아닙니다."

이 의견에 신소장이 질문한다.

"박전무님의 비유를 이해하기가 좀 어렵습니다. 그 값의 비교가 구제적으로 어떻게 되나요?"

이번에는 훈구파인 노기태(盧基太) 관리이사가 대답에 나선다.

"제가 연구실을 관리하는 측면에서 말씀드리겠습니다. 1인 1실 배정계획은 공간적 여유만으로 해결되는 건 아닙니다. 공간을 채울 연구시설, 사무용 가구, 비품을 들여놓아야 하고, 연구실 유지와 관리, 구체적으로는 난방, 냉방, 청소, 위생 서비스를 상시 제공해야 하며, 전기료와 수도료라는 기본경비도 무시할 수 없습니다. 그 외에 수시로 들어가는 보수비가 있습니다. 얼추 잡아서 120개의 연구실 유지에 연간 15억 원이 넘는 재원조달을 예상해야 하리라고 봅니다. 그리고 여담 같습니다만, 연구실마다 좋은 그림도 한 점씩 걸어야 하지 않을까요?"

"그런 측면에서는 돈 문제를 걱정하지 않을 수 없습니다. 관리이사님이 자세히 잘 지적해 주셨습니다. 그런데 연구이사님은 이 안건의 장점을 어디에서 찾아볼 수 있다고 생각하는지요?"

"저는 회사의 손익계산을 잘 모릅니다만, 제약회사의 가장 큰 이익은 획기적인 약제를 개발하여 출시하는 데에서 나온다고 봅니다. 그런데 그러한 약제를 연구하고 개발하는 중심인력이 연구원입니다. 회사의 승기(勝機)를 좌우하는 결정적인 인력인 거지요. 연구원들은 자부심이 대단합니다. 그런 만큼 대접받고 싶어 하는 심리가 강합니다. 그것을 엘리트의 특권의식이라고 폄하하는 분도 있을 수 있습니다. 그러나 엘리트가 아니더라도 인간은 누구나 독방을 쓰고 싶어 하는 심리가 있습니다. 아이도 좀 성장하면 독방을 원하고, 주부도 자기만의 방을 갖고 싶어 합니다. 연구직은 유독 그러한 심리가 강합니다. 여유만 된다면 그러한 심리를 존중해서 연구원들의 사기를 높여주고, 창의적 발상이 나올 수 있는 연구 분위기를 조성할 필요가 있다고 생각합니다. 단기적으로는 몰라도, 장기적으로 볼 때 연구원의 획기적인 약품개발만큼 회사에 큰 수익을 가져오는 것이 있을까요?"

이제 임원들 간에 갑론을박이 심해진다. 영업이사인 정찬욱(鄭贊

旭) 전무가 치고 나온다.

"아니, 독방을 써야만 창의적인 발상이 나오는 겁니까? 차고 한 구석에서 발명품을 만들어내는 벤처기업을 보세요. 또 지금은 재택근무까지 도입하는 시대이고, 구글(Google)사는 개인책상조차 없이 출근한 사원이 널찍한 공간에 그때그때 비어있는 책상을 사용한답니다. 제 말이 틀렸습니까?"

약품생산담당 이사가 연구이사를 거들고 나선다.

"제약사의 연구실은 IT기업과 다른 특성이 있습니다. 전염성 병균을 배양하고 시약을 실험하는 시설을 차고 한 구석이나 집안에 마련할 수는 없습니다."

"그러니까 고가의 특수 연구시설을 공동으로 사용하는 연구실을 만드는 게 아닙니까?"

"연구 장비는 공동으로 사용할 것이 있는가 하면, 개인적으로 사용할 것도 있습니다."

관리이사인 노상무는 걱정이 태산이다.

"개인연구실을 사용하는 경우의 단점도 우려해야 합니다. 연구원들이 엘리트라고 하지만, 그들도 인간인 이상 혼자 있으면 정신자세가 해이해지고, 전기나 수도를 낭비하는 경향에 기웁니다. 공동연구실은 다른 사람의 눈을 의식하게 되어, 근무하는 긴장도를 높이고 경쟁의식을 불어넣는 장점이 있습니다."

화살받이가 된 연구이사는 반격에 나선다.

"정신의 해이나 긴장도를 말씀하셨는데, 이해하실지 모르겠으나,

긴장을 풀고 자유로움을 느끼는 근무환경, 이를 테면 방안에서 혼자 어슬렁거리기도 하고, 물구나무서기도 하고, 과일을 우적우적 씹어 먹기도 하고, 멍하니 천장을 쳐다보기도 하고, 맘대로 졸기도 하고, 생리현상도 참을 필요가 없고, 그런 등등의 분위기가 연구에 도움이 된다는 말씀을 드리고 싶습니다. 주위를 의식하고, 긴장하고, 공동연구실에 설치된 CCTV로 자신이 감시당한다는 느낌을 갖고서는 머리가 원활하게 돌아가지 않습니다. 업무집중도도 현저히 떨어집니다. 자유와 독립은 창조의 원천입니다. 곁들여, 임원들에게 독방을 주는 이유도 생각해볼 필요가 있습니다. 공동이란 좋게 보면 상호협력이지만, 나쁘게 보면 상호 구속입니다."

정찬욱 전무가 일리 있는 걱정을 한다.

"연구직에게 개인연구실을 주면, 기획부서나 총무부서 같은 사무직에서도 1인 1실을 요구하고 나설 수 있습니다. 영업직도 상대적 박탈감을 느끼고, 방은 몰라도 다른 보상책을 요구할 겁니다."

여기에 기획이사가 연구이사를 지원하는 발언에 나선다.

"연구직은 여타 부서와는 다른 특수성이 있습니다. 평등도 절대적 평등이 아니라 상대적 평등입니다. 차별대우에 합리적 근거가 있는 것이라면 다른 부서의 불만을 잠재울 수 있다고 생각합니다. 설득의 문제로 넘어가는 것이지요."

신소장 라인 임원들의 지지발언에도 불구하고, 회의 말미에 이르기까지 훈구파의 반대가 만만치 않다. 신소장은 안건 통과를 밀어붙이는 것이 현명치 못하다고 생각한다. 그래서 결정을 일단 보류하고, 훈구파 세력의 배경인 신현호 회장에게 공을 넘기기로 한다.

"여러 임원들의 다양한 의견을 잘 들었습니다. 다들 좋은 의견을 말씀해주셨습니다. 제가 새겨 두도록 하겠습니다. 오늘 회의는 이 정도로 마치겠습니다. 그런데 안건에 대한 결정은 신현호 회장님께 오늘 회의경과를 회의록과 함께 보고 드리고, 보고 후에 회장님께서 말씀하시는 의견에 따르는 것이 어떻겠습니까? 회장님께 보고 드리는 자리에는 박지운 전무님과 홍민(洪敏) 연구이사가 동석하도록 하겠습니다."

박전무가 좋다고 찬성하자, 다른 임원들 모두가 고개를 끄덕인다.

신현호 회장은 매일 아침 9시에 회사로 출근하여, 2–3시간 동안 회사의 주요업무를 대강 챙겨 보고 나서 일찍 퇴근한다. 퇴근 후에는 개인 여가생활을 즐긴다. 임원회의가 있는 다음날 아침에 신회장이 출근하는 대로 신소장, 박전무, 홍이사 등 세 사람이 회장실로 가서 전날 있었던 회의경과를 보고한다. 보고를 경청한 신회장은 곰곰이 생각한다. 그가 판단하기에, 아들 신소장의 1인 1연구실 배정 안건은 호사스런 부자(富者) 의식의 소치로 보인다. 회사를 일굴 때, 가족 5명이 방 하나에서 살던 시절도 있었다. 그는 그 시절에 척박한 환경이 정신을 강인하게 만든다는 교훈을 얻었다. 그래서 박전무와 정전무, 노상무가 임원회의에서 한 발언에 공감이 간다. 게다가 그 세 임원은 자신의 손발이 되어 바오로제약사를 오늘의 위치에 올려놓은 공신들이다. 그러나 다른 한편으로 왕권을 세워야 할 필요가 있다. 왕세자인 아들 신소장의 위엄을 높이고 후계자의 왕권을 공고히 하기 위하여 그에게 힘을 실어주어야 한다. 대신들이 그에게 복종하게 만들어야 한다. 그러자면 신소장의 계획이 설령 잘못이라고 하더라도, 아들을 두둔해서 그가 계획한 안건을 관철시켜야 한다. 신회장은 박전무에게 신뢰를 보이고 그의 체면을 살려주고자 한껏 달래는 말을 늘어놓는다. 혹시 새는 돈이 생길까 보아 우려하는 박전무의 애사심에 깊은 이해와 감사를 표시한다. 하지만 끝으로 밝히는 그의 입장은 다르다. 아들 신소장이 연구원 출신이고 회사경영이 아직 일천해서 그러하니, 경영수업을 시키는 셈치고 이번 안건을 통과시키자고 제안한다. 회사가 밑지게 될 연구실의 유지ㆍ관리비용은 아들의 경영수업비로 생각하자고 설득한다. 그쯤 되자 박전무도 물러설 수밖에 없다. 신소장은 며칠 후 임원회의를 다시 열어, 본래 안건을 정식 통과시킨다. 그러나 박전무에게 일말의 앙금이 남는다.

3.

신성수는 연구소 연구원들에게 개인연구실이 주어진다고 해서 그들이 연구실 안에 틀어 박혀 조용히 연구만 하도록 내버려 두지는 않는다. 신소장은 연구원 개인이나 연구팀으로 하여금 수시로 연구보고서를 제출하도록 하고, 그 보고서를 놓고 그들과 신랄하게 토론 벌이기를 좋아한다. 네 곳 연구센터는 돌아가며 월별(月別)로 연찬회를 연다. 3개월 마다 개최되는 분기별 워크숍(workshop)에는 중앙연구소의 120명 연구원 전원이 모여 난상토론을 벌인다. 연구원들의 사기가 충천하다. 바오로제약사의 거대한 싱크탱크(think tank)가 역동적으로 돌아간다.

두 번째 열리는 연구원 전원참석의 워크숍에서 신소장이 개회연설(opening speech)을 한다.

"바오로제약사의 연구원들은 모두 우수한 인재들입니다. 우리 중앙연구소는 수재들로 채워져 있습니다. 타고난 수재, 하늘이 내린 수재, 그리고 남달리 뛰어난 업적을 올린 수재는 이른바 천재입니다. 우리 연구원들 중에는 천재라고 일컬을 만한 인재도 적지 않습니다. 정말 자랑스럽습니다. 그런데 천재의 재능은 일반인이 말하듯 하늘이 부여한 것이 아닙니다. 천재란 그 개인에게 우연히 유전자 돌연변이가 발생한 것에 불과합니다. 더욱이 약학, 유전공학 등 자연과학을 전공한 우리에게 하나님이 주신 은총이라는 개념은 통하지 않습니다. 자연과학으로 단련된 우리의 사고는 천재란 1개의 정자와 1개의 난자를 부모로 해서 수태하고 세포분열을 하는 과정 중에 우연히 DNA 돌연변이 현상이 발생하고, 그 변이에 남다른 재능이 내재된 것이라는 가설을 수용하게끔 되어 있습니다. 천재란 염색체상의 염기배열에 돌발적인 변화가 일어난 개체 돌연변이에 불과합니다. 천재란 스스로 우쭐대며 자랑스러워하고, 부모가 추켜세우며, 주위에서 우러러 떠받들 신비스런 초인이 아닙니다. 천재란 하늘이 점지한 거룩한 존재가 아니라, 전적으로 우연의 산물이며, 일종의 변종이라고 할 것입니다. 영화에서 봄직한 초능력자인 슈퍼맨이나 특별히 돌보아야 할 저능아와 기형아도 우연한 돌연변이입니다.

제가 왜 이런 말을 꺼내는지 모두들 궁금해 하실 것입니다. 그것은 여러분이 백신을 만들어내고 치료약을 개발하여 퇴치하고자 상대하는 세균과 바이러스도 돌연변이이기 때문입니다. 다제 내성균, HIV, 구제역 바이러스, 이들 모두가 DNA 돌연변이를 일으킨 병원체입니다. 치매 중에서 알츠하이머병을 일으키는 원인으로 알려진 노폐물 단백질도 돌연변이 단백질이라고 할 수 있습니다. 독감을 정복하기 어려운 이유도 독감 바이러스가 다양하게 돌연변이를 일으키기 때문입니다. 우리가 대적하는 상대는 돌연변이 박테리아, 돌연변이 바이러스, 돌연변이 단백질입니다. 우리는 인류가 예상하지 못했던 전대미문의 돌연변이들을 상대하고 있습니다. 과학적 상식을 훌쩍 뛰어넘는다는 의미에서 슈퍼(super)라는 수식어를 붙인다면, 다제 내성균은 슈퍼 박테리아이고, 에이즈와 구제역의 바이러스는 슈퍼 바이러스입니다. 우리의 적은 슈퍼 병원체입니다. 슈퍼 병원체는 어찌 보면 천재 병원체입니다. 그런데 천재인 연구원에게도 슈퍼라는 수식어를 붙여 슈퍼맨이라고 부른다면, 우리 연구소의 슈퍼맨들은 슈퍼 병원체들과 싸우고 있는 것입니다. 약학과 의학은 바야흐로 슈퍼맨과 슈퍼 병원체 간의 전쟁터이고, 천재 인간과 천재

병원체가 격전을 치르고 있는 전장(戰場)입니다. 유전학상으로는 인간 돌연변이가 병원체 돌연변이를 대적하고 있는 형세입니다. 우리가 돌연변이에 주목해야 할 이유는 또 있습니다. 14세기에 유럽 전체인구의 4분의 1을 죽음으로 몰고 간 페스트와의 서바이벌 게임(survival game)에서 DNA상의 돌연변이 면역체를 획득하여 살아남은 일부 유럽인이 있습니다. 그 자손들이 전수받은 유전적 면역력은 신기하게도 지금 유행하고 있는 HIV에 대해서도 효과가 있습니다. 그러니까 특정의 슈퍼 병원체가 침입해도 거뜬히 살아남는 슈퍼 감염자가 있습니다. 이들도 돌연변이 인간입니다.

여기에서 우리가 눈여겨보아야 할 점을 한 가지 지적하겠습니다. 병원체의 돌연변이에 있어서 예측불허의 다양한 변화 이외에 상상을 초월하는 속도에도 유의해야 한다는 점입니다. 예컨대 에이즈 RNA 바이러스는 돌연변이 속도, 그리고 개체 돌연변이가 퍼지고 축적되어 집단 돌연변이로 변화하는 진화속도가 무려 일반 생물의 100만 배에 달하는 것으로 알려져 있습니다. 그 녀석들이 1년 동안에 초래한 진화는 일반 생물이 100만 년 걸려 쌓아온 진화에 대응합니다. 무서운 속도입니다. 그러므로 돌연변이들 간의 전쟁은 속도전입니다.

슈퍼 파워 사이의 전쟁에서 우리 연구원들이 사용할 무기는 무엇일까요? 무기에 있어서도 돌연변이가 있어야 합니다. 변화무쌍한 돌연변이를 구사하는 적들에게 방사선 또는 화학물질로 공격하여 인위적 돌연변이를 일으킬 수 있다는 인류의 과학적 업적이 바로 우리의 무기고입니다. 인간은 우발성이 지배하는 돌연변이 영역에 인위적 작용을 가하여 원하는 결과를 가져올 수 있습니다. 우리는 이 점에 착안하여 전략을 세우고 무기를 개발하고 있는 것입니다.

여기에 저는 중요한 연구자세 하나를 강조하겠습니다. 돌연변이에는 기본적으로 우연이 지배하기 때문에 우리의 연구기반을 우연성에 두지 않을 수 없다는 점을 이 자리에서 새삼스레 부각시키고자 합니다. 우연성은 행운에 의존한다는 뜻입니다. 우리의 연구 성과가 행운에 달려있다는 것은 유감스럽기는 하지만, 맞는 말입니다. 그 예로 여러분이 익히 잘 알고 있는 페니실린 발견자 플레밍의 연구를 보겠습니다. 어느 여름철 플레밍은 포도상구균을 배양하던 접시를 배양기 밖에 둔 채로 휴가를 떠나게 되었습니다. 그의 실험실 아래층에는 다른 과학자의 곰팡이 연구실이 있었습니다. 이 아래층 연구실의 푸른 곰팡이가 위로 날아 올라와 배양접시에 있는 포도상구균의 발육을 억제한 모습을 발견하고 페니실린을 만든 플레밍의 연구업적은 우연이자 동시에 행운이었습니다. 우연한 발견에 위대한 행운이 따른 것입니다. 그 다음으로 전구의 필라멘트 재료를 발명한 에디슨의 연구를 봅시다. 그는 탄소, 아마사(亞麻絲), 종이, 무명실, 대나무 섬유 등을 사용하여 수천 번이 넘는 집요한 실험을 거듭한 끝에 전등의 실용화에 성공했습니다. 그가 '천재란 1%의 영감과 99%의 땀이다.'라고 한 유명한 말은 1%의 행운을 얻기 위해 99%의 피땀 어린 노력을 하는 연구원의 실험정신을 대변하고 있습니다. 비전문가들은 웃을지 모르겠으나, 신약을 개발하려는 우리의 연구는 요행수를 바라는 운의 실험이라고 하겠습니다. 그러므로 우리는 희박하기 짝이 없는 행운을 얻기 위해 자나 깨나 연구에 골몰해야 합니다. 여러분은 연구의 화신(化身)이 되어야 합니다. 여러분의 연구는 지름길을 달려갈 단순궤도가 아닙니다. 연속선상의 질주가 아니라 비연속선상의 방황입니다. 여러분의 연구는 다양한 복잡계에서의 헤매기입니다. 우리의 실험은 끊임없는 운의 시험입니다. 바오로제약사의 중앙연구소는 무수한 시행착오를 반복하는 실험실이면서 행운을 간구하는 기도실입니다.

이제 저는 개회 인사말을 마치면서, 마지막 한 문장을 더하겠습니다. '세렌디퍼(serendipper) 여러분의 연구에 행운이 있기를 진심으로 기원합니다!'"

신소장의 스피치가 끝나자, 워크숍이 열린 장내는 숙연해진다. 바오로제약사의 천재 연구원들은 겸허해진다. 그들은 자신의 재능을 믿기보다는 투철한 목표의식, 강한 집념, 헌신적인 몰두, 훌륭한 연구환경이 성패를 좌우한다고 각성한다. 그들 연구의 출발점에는 현재 지구상 모든 생물은 최초의 단세포 생물이 출현한 이래 38억년이 넘는 돌연변이와 진화의 산물이라는 인식이 깔려 있다. 다른 모든 생명체를 존중하여 생체모방(bio mimicry)을 하려는 연구자세뿐만 아니라, 다른 인간 개체를 모두 존중하여 인류의 집단지성을 이끌어내려는 협동의식도 갖춘다. 교과서대로의 정석(定石) 사고, 판에 박힌 사고, 질서정연한 사고, 이성적이고 논리적인 사고로부터 우연과 돌연변이를 환영하는 열린 사고로 넘어간다. 평면차원에서 입체차원으로 한 단계 올라간다. 다른 제약사의 보통 연구원들이 두세 가지 시각을 갖고 있다고 한다면, 그들은 네댓 가지 시각을 갖춘 셈이다. 신소장이 이끄는 연구소에서는 120명의 괴짜들이 일하고 있다.

4.

연구소가 드디어 성과를 내기 시작한다. 신약을 개발하고 상용화하는 과정에서 연구소 명의로 낸 특허만도 140개가 넘는다. 연구원 한 사람당 적어도 1개씩의 특허 실적을 올린 것이다. 다른 제약사들, 심지어 외국의 유수한 제약사들도 바오로연구소를 벤치마킹하려고 연구원을 파견한다.

다제 내성균 퇴치연구센터는 신소장의 아들 면이가 죽기 직전에 발견했던 오가졸리드를 신약개발의 타깃으로 삼는다. 임상실험도 차근차근 진행하여 3상까지 성공적으로 끝내고, 식약청*의 승인을 받아 오가졸리드가 정식으로 출시된다. 슈퍼 박테리아를 잡는 슈퍼 항생제로서 약효가 좋아 의사들의 반응이 뜨겁다. 그러나 약효가 얼마나 지속될지는 알 수 없다. 2—3년도 안되어 내성균은 또 다시 돌

---

*2013년 3월 국무총리실 산하 '식품의약품안전처'(식약처)로 승격하기 전에는 '식품의약품안전청'(식약청)이 보건복지부 산하의 외청으로 설치되어 있었다.

연변이를 일으키고, 오가졸리드는 더 이상 듣지 않는 약이 될 수 있으니까!

에이즈 퇴치연구센터는 에이즈 바이러스 감염을 차단하는 돌연변이 인간유전자를 연구한다. 백인 유럽인의 10% 정도가 이러한 별종 유전자를 지니고 있다고 알려져 있다. 연구센터는 에이즈에 대한 백신과 치료제를 개발하는 중간단계에서 HIV 활동을 지체시키는 항레트로바이러스(ARV) 약제를 출시하는 개가를 올린다.

구제역 퇴치연구센터는 두드러진 연구성과를 올리지 못한다. 소·돼지에게 치명상을 입힐 만큼 강력한 돌연변이 바이러스이기 때문에 치료제 개발이 아주 어려운 분야이다. 그래도 다양한 혈청형의 구제역에 대하여 공통적으로 효과가 있는 백신을 생산하는 좋은 성적표를 내놓는다.

연구·개발이 가장 더딘 곳은 치매 퇴치연구센터이다. 치매 퇴치는 '바늘구멍에 낙타를 통과시키기보다 어렵다'는 말이 나돌 정도로 불가능에 도전하는 연구분야이다. 바오로연구소는 소피아 대학병원이 설립한 치매연구소와 협동 연구를 하고, 한 명의 연구원을 일본 국립유전학연구소로, 또 한 명을 프랑스 파스퇴르 연구소로 유학 보내서, 세계적 협력체제를 구축한다. 알츠하이머병 연구팀은 일종의 돌연변이가 화학물질인 뇌 속의 노폐 단백질을 제거하는 기술개발에 매달린다. 혈관성 치매퇴치연구팀은 이 분야가 뇌경색·뇌출혈 등 뇌질환의 예방과 치료 연구에 직결되는 만큼, 관련된 외부 전문가를 바오로연구소의 특별연구원으로 위촉하여 학제적 연구를 확대해 나간다. 신소장은 치매퇴치 연구를 독촉하지 않는다. 연구원들에게 서두르지 말라고 충고한다. 치매퇴치연구는 시간과의 기나긴 싸움이라는 점을 잘 알기 때문이다.

연구소에 분설된 네 곳의 연구센터는 유전자 치료술을 연구·개발하는 합동 연구팀을 발족시킨다. 합동 유전자연구팀은 이이제이(以夷制夷) 전략과 트로이목마 전략을 조합한 복합전략을 개발한다. 병을 일으키는 돌연변이 바이러스에 침투할 운반체로서 별종의 돌연변이 바이러스를 만든다. 돌연변이 바이러스는 인간 면역체에는 성문을 닫지만, 별종이라고 하더라도 동족인 돌연변이 바이러스에게는 성문을 열어준다. 연구원들은 침투 바이러스 안에 인체 면역세포를 강화하는 유전자를 숨겨놓는데, 연구 작전명이 '트로이목마 유전자 치료술'이다. 바이러스로 바이러스를 잡으려는 야심찬 연구계획을 진행한다. 신소장은 이 기술이 암 치료에도 효과가 있을 것으로 예상하고 있다.

5.
신현호 회장이 선친을 추모하는 기제사(忌祭祀)를 올리는 날이다.

미국에 유학 중인 둘째 아들네를 빼고, 가족 모두가 수화장 위채에 모인다. 신회장 내외, 장남 신성수 내외와 그 아들, 여식 신은수 내외와 그 두 딸, 모두 합해 아홉 명이다. 늦은 밤에 올린 제사를 마치고, 이슥한 밤이 되어 제사상에 진설했던 음식을 함께 먹으면서 대화를 나눈다. 신회장은 바오로제약사가 창사 이래 모처럼 눈부신 활약상을 보이는 것을 아들의 공로로 돌려 크게 치하한다.

"성수야! 요즈음 사업이 괄목하리만치 번창하는데, 모두 다 네 덕이다. 정말 장하다. 돌아가신 네 조부께서도 무척 기뻐하실 것이다. 이 술 한잔 받아라! 오늘 밤 다 같이 축배를 들자꾸나!"

신회장은 제사상에 올렸던 퇴주를 따라준다. 신회장의 사위도 음복하고 있는 신소장을 한껏 치켜세운다.

"처남! 연구원 체질인줄 알았는데, 어찌 그리 사업수완도 뛰어나십니까? 제약업계에서 처남을 하늘이 내린 사업가이면서 연구원이라고 칭송이 자자합니다. 처남 별명이 뭔지 아세요? 약사여래예요. 처남은 부처의 신통방통한 경지에 드신 겁니다."

어머니 박정애 여사도 싱글벙글이다.

"내가 아들 하나는 잘 낳았지! 태몽을 꾸었는데, 부처님이 연꽃 한 송이를 내게 주시더구나! 그때 못 알아 뵀던 그 부처님이 약사여래였구나! 내가 앞으로 약사여래전을 모신 절에 다니면서 치성을 올려야겠다."

딸 신은수가 일침을 놓는다.

"근데, 있잖아요. 엄마가 다니는 성당 신부님이 화를 내시지 않을까요?"

"일요일엔 성북동 성당에 나가고 토요일엔 멀찍이 수원쯤에 있는 절에 다닌다면, 신부님이 어떻게 알겠니? 신심이 깊은 신부님도 있지만 불심이 깊은 스님도 있으니까, 따라 다니면서 이것저것 배우다 보면 내가 성녀가 되든지 보살이 되든지, 무슨 수가 날거다!"

신회장이 껄껄 웃으면서 한마디 던진다.

"우리 집안에 부처 나오고 보살 나오고! 내가 죽어 극락 들어가는 건 보증수표구나!"

딸 신은수가 또 한 번 침을 놓는다.

"근데, 있잖아요. 아빠 천당에 가셔야지, 왜 극락엘 가시려고 하세요?"

"야! 이 멍청아! 내가 아무리 성당에 다니기로서니, 아들이 부처고 마누라가 보살인데, 극락엘 가지, 왜 천당엘 가겠니? 너는 죽고 나서 어디로 갈 거냐?"

"제 딸 진이와 선이가 나중에 뭐가 되는지 보고나서 결정할 거예요!"

"이왕이면 딸 하나 더 낳아서 길러보고 결정하지 그러니?"

초저녁잠을 자고 난 덕에 또록또록해진 아이들이 어른들 대화에 끼어든다.

"할아버지! 오늘 제사지낸 증조할아버지는 어떤 분이셨어요? 아빠 부처님 귀처럼 큰 귀를 갖고 있는데, 증조할아버지도 귀가 컸나요?"

할머니 박여사가 대답에 나선다.

"우리 손자가 똑똑하기도 하지! 재밌는 질문을 했다. 권이야! 네 증조할아버지는 아주 큰 귀를 가지셨단다. 당나귀 귀는 아니지만!"

"근데, 할머니! 궁금한 게 하나 더 있어요. 제 아빠와 증조할아버지는 큰 귀를 가지셨는데, 왜 할아버지 귀는 쬐끄만해요?"

"아비야! 그건 네 전공이니까 네가 대답해보렴!"

"예, 그러지요. 권아! 자식은 조상의 피를 받고 태어나기 때문에 서로 닮는 거야. 그런데 내 귀는 증조할아버지를 닮고, 할아버지는 증조할아버지의 귀를 닮지 않은 일이 벌어진 게, 이상하지? 그런 걸 어려운 말로 격세유전이라고 한단다."

이번엔 신성수의 처 송경숙이 궁금해 한다.

"권이 아빠! 그 말은 한 집안의 특징이 대를 건너뛰어 나타난다는 말이에요?"

"그래, 그런 말이지."

"아비야! 닮은 모습이 건너뛰는 게 한 세대가 아니고, 여러 세대일 수도 있느냐?"

"그럼요. 격세유전은 몇 십 세대를 건너뛰어 먼 조상의 숨어있던 특징이 이삼백년 만에 후손에게 나타날 수도 있는 겁니다."

"그렇다면, 너희 부자의 귀가 크고, 내 귀가 작은 건, 먼 조상의 작은 귀가 내게 격세유전된 것이냐?"

"그렇다고 볼 수 있습니다."

"어떻게 몇 세대를 건너뛰어 옛 조상의 모습이 재현될 수 있단 말이냐?"

"그건 유전자 중에 열성유전자라는 게 있기 때문입니다. 보통은 우성유전자가 자손에게 발현되는 법인데, 열성유전자는 숨어서 전해내려 오다가 어떤 후손에게서 불쑥 튀어나오는 거지요!"

"피는 못 속인다는 옛말이 정말 맞는 말이로구나! 숨어있던 조상의 피가 몇 십 세대를 뛰어넘어서도 드러난다면, 정말 피는 못 속이는 게 아니냐?"

손자 권이는 근래에 사람의 피를 빨아 먹는 귀신 드라큘라 이야기에 흠뻑 빠져있다. 어른들이 피 이야기를 하는 것을 듣다가, 권이가 묻는다.

"아빠. 드라큘라가 피를 빨아먹으면, 피를 빨린 사람의 특징이 흡혈귀에게 유전되는 거예요?"

"아니다. 유전은 엄마가 아빠의 애를 밸 때 이루어지는 것이지, 피로 되는 게 아니다."

"아빠! 거짓말 마세요! 피를 못 속인다는 말이 맞다면, 유전은 피로 되는 거예요. 아빤 공부를 더 하셔야 해요. 병에 걸린 피를 수혈받으면 수혈 받은 사람도 그 병에 걸리잖아요? 그건 유전이 피로 된다는 증거예요."

"권이야! 그건 유전이라고 하지 않고, 감염이라고 한단다."

"아니에요! 드라큘라는 강하고 이쁜 사람을 유전 받으려고 그런 사람들의 피를 빨아먹는 거예요. 힘센 사람의 피를 먹고 드라큘라가 자꾸 힘이 세지는 거를 모르고 계셨어요?"

권이보다 한 살 어린 신은수의 둘째 딸 선이는 오빠 권이의 말을 굳게 믿고 있다. 선이에게 오빠는 백마 탄 왕자다.

"오빠! 피를 받으면 피를 준 사람을 닮는다는 오빠 말이 맞을 거야! 나도 그렇게 생각해. 나는 오빠 편이야! 근데, 있잖아!"

바로 그 순간 할머니 박여사가 큰소리로 외친다.

"모두들 방금 선이가 하는 말을 들었지? 저 아이가 '근데, 있잖아'라고 말하는 습관은 엄마 피를 쏙 빼닮은 거야! 저걸 보니, 나도 유전은 피내림이라고 생각한다."

"할머니, 제가 오빠에게 하는 말을 마저 들어보세요. 오빠! 오빠가 병이 나서 수혈을 받게 되면, 누구 피를 받고 싶어? 누굴 닮고 싶어? 오빠가 드라큘라의 피를 수혈 받아 드라큘라가 되고 싶은 건 아니지?"

박여사가 또 외친다.

"선아! 너, 무슨 끔찍한 소릴 하는 거니! 저래서 어린애들 아무거나 보고 읽게 해서는 안 되는 거야!"

"오빠, 빨리 대답해 줘! 궁금하단 말이야."

권이는 드라큘라 이야기 다음으로 축구에 빠져있다. 커서, 국가대표 축구선수가 되는 게 꿈이다. 그가 닮고 싶어 선망하는 축구 영웅은 박지승이다.

"선아, 나는 말이야, 박지승 선수의 피를 받을 거야! 너는 아파서 수혈 받게 되면 누구 피를 받고 싶어?"

"근데, 있잖아. 오빠가 아무리 박지승 선수의 피를 수혈 받고 싶어

해도 그 아저씨가 오빠에게 피를 줄까?"

"왜 안 되겠어? 할아버지! 할아버지는 돈이 많으니까 박지승 아저씨에게 돈을 잔뜩 주고 제게 피를 나누어주라고 하실 수 있지요?"

"그럼 그럼, 걱정마라! 내가 천금을 주고라도 내 기특한 손자에게 박지승 아저씨의 피를 얻어낼 거다. 그 아저씨가 너를 한번 만나보면, 돈을 받지 않고도 피를 나눠 줄 거다. 너 같이 착하고 귀여운 아이가 어디 있겠니?"

"할아버진 최고예요. 제가 빨리 병이 났으면 좋겠어요. 수혈 받아야 하는 병이 빨리 나길 기도할 거예요."

할머니 박여사가 세 번째 소리를 지른다.

"오늘 무슨 끔찍한 말들을 쏟아내고 있는 거야? 오늘은 증조할아버님을 추모해야 하는 경건한 날이라는 걸 모르고 있니? 이 철 없는 것들아!"

"할머니, 제가 병에 걸려 수혈 받아야 하면, 저는 조순미 아줌마의 피를 받게 해주세요!"

손녀 선이는 노래 잘 하는 가수가 되는 게 꿈이다. 선이가 선망하는 마돈나는 메조소프라노 가수로 세계에 이름을 떨치고 있는 조순미이다. 선이의 언니 진이가 꼬집는다.

"선아! 박지승 아저씨가 오빠에게 피를 준다고 해서, 조순미 아줌마도 네게 피를 줄 것 같아? 아줌마가 너 같은 깍쟁이를 만나보면 피가 아니라, 말조차 나누지 않을 거다. 하기야 네가 아줌마 피를 수혈 받아 깍쟁이 피가 묽어진다면, 내가 가서 부탁해 볼게!"

"엄마! 언니는 누구 피를 받아서 저렇게 섭섭한 말을 하는 거예요? 언닌 정말 너무해요."

"선이야! 걱정마라. 할머니는 틀림없이 조순미 아줌마의 피를 헌혈 받아 오실 수 있단다. 그 아줌마 공연 때마다 25만 원짜리 R석 관람티켓을 30장씩이나 사서 돌리는 후원자인데, 아줌마가 모른 척 하겠니? 헌혈한 피는 늦어도 보름이면 새 피로 그냥 채워지는데, 우리 선이를 살리기 위해 그 정도도 못 하겠어? 엄마, 내 말이 맞지요?"

"그럼 그럼, 내 이쁜 손녀에게 그까짓 것도 못해주겠니? 공연티켓을 30장이 아니라 300장이라도 사서 성당이나 절에 다니는 신도들에게 나눠 줄 거다."

"할머닌 최고예요! 저도 빨리 수혈 받아야 할 병이 났으면 좋겠어요. 할머니가 성당이나 절에 가시면, 제가 병이 빨리 나라고 기도해주세요!"

"오늘이 정말 무슨 날이라고 다들 끔찍한 소릴 하는 거냐! 나는 더 이상 못 듣겠으니 방에 들어가 잘 테다! 너희들끼리 귀신 나락 까먹는 얘기나 하려무나. 우리 집안에 이 무슨 해괴망측한 피가 흐르는지 모르겠다."

박여사가 거실을 떠나버리자, 모였던 가족이 뿔뿔이 흩어진다.

제51화
바오로제약사가 쓰라린 약화(藥禍)사고를 겪다.

1.

신성수는 새벽녘에 느닷없이 걸려온 황비서의 전화를 받고 나서, 다급하게 조간신문을 펼쳐 든다. 사회면 맨 윗머리에 "피임약 복용했던 여성, 기형아 출산"이라고 쓰여 있고, 그 아래에 좀 작은 활자로 "바오로제약사의 피임약 엠브론 약화사고"라고 적힌 문구가 튀듯이 눈에 들어온다. 다른 중앙 일간지의 사회면을 펼쳐보니 사정은 마찬가지다. 심장이 쿵쾅쿵쾅 심하게 뛰기 시작한다. 오만가지 생각이 그의 머릿속을 순식간에 내달린다. 정신없이 들뜨는 자신을 바로잡으려고 애쓰면서 생각을 정리한다. 심각한 대형 약화사고가 자신이 경영하는 제약사에서 터진 것이다. 이 사고로 말미암아 잘 나가던 바오로제약사에 짙은 먹구름이 밀어 닥칠 것이다. 살다보면 맑은 날도 있고 흐린 날도 있기 마련이다. 그렇지만 이번 먹구름은 심상치 않다.

성수는 황비서에게 전화하여, 즉시 홍민 연구이사와 남규헌(南圭憲) 고문변호사에게 신문보도사실을 알리고, 이 두 사람을 오전 9시 서울 사옥의 부회장실로 초치하도록 지시한다. 전화를 끊고 난 그는 이 사고를 아버지 신회장에게 알려야 할 것인가를 한참동안 망설인다. 연로한 어른에게 큰 충격을 주고 싶지 않다고 생각했으나, 아직 회사 돌아가는 형편을 매일 점검하고 있고 경영수완이 대단한 분이 니까, 발발한 위기를 말씀드리고 해결책을 논의하는 것이 도리에 맞다고 생각한다. 그는 두 종의 일간지를 손에 들고 아침잠이 없어 벌써 일어나 있을 아버지에게 간다. 아버지에게 아침 문안인사를 올린 후, 말로 하는 충격 대비용 백신을 놓는다. 신회장은 산전수전을 다 겪은 백전노장이다. 신문에 보도된 불의의 사태에도 흔들림을 보이지 않는다. 그는 잠시 생각할 시간을 갖고 나서, 이번 사태에 자신이 나서지 않고 아들로 하여금 처리하고 마무리 짓도록 하겠다는 심중을 굳힌다.

"에비야! 회사가 큰 시험대에 올랐구나! 이 위기는 네 역량을 시험하는 기회가 될 거다. 내가 너에게 회사경영을 맡긴 이상, 이 위기를 네 힘으로 벗어나기 바란다. 정, 네 힘에 부치면, 다시 나와 상의하자꾸나! 어려움이 많겠지만, 항상 희망과 믿음을 잃지 말거라. 시간이 급박할 터이니, 나가서 사태를 파악하고 임원회의를 소집하도록 해라. 회사 고문변호사의 법률자문도 받아야 한다. 빠를수록 좋다."

아버지와 대면을 마친 신성수는 다음 조처를 쏟아낸다. 곧바로 황비서에게 전화해서, 오후 3시에 핵심임원들과의 대책회의를, 내일 오전 9시에는 전체임원회의를 긴급 개최한다는 통지를 하도록 한다. 핵심임원회의에 참석할 사람은 박전무, 정전무, 홍이사, 약품생산담당의 곽(郭)이사다. 임원은 아니지만 홍보를 담당하는 안(安)부장은 평소 신문기자 등 매스컴 관계자들과 유대를 쌓아온 만큼 임원회의에 특별 배석토록 조치한다. 그리고 신문에 보도된 약화사고를 즉시 사내 통신망을 통하여 모든 임원과 직원에게 알리도록 하고, 이 사태를 조속히 종결지을 터이니 동요하지 말고 본업에 충실할 것을 당부하는 글을 자신의 명의로 공표하도록 한다. 아침식사를 하는 둥 마는 둥 하고, 아내에게 간단히 사정 설명을 하자마자, 사무실로 달려간다. 아침 7시에 도착한 부회장실에는 이미 두 비서가 출근해 있다. 서른한 살의 총각인 황선익(黃善益) 비서와 스물여섯 된 6촌 여동생 신혜란(申惠蘭) 비서이다. 황비서는 신소장이 진천연구소에 가는 날에는 그리로 출근하니까, 수행비서 격이다. 신비서는 신소장의 작은 할아버지의 손녀이다. 두 비서는 눈치 빠르고 행동이 민첩하며 임기응변에 능한 젊은이이면서 신소장의 복심을 짚을 줄 아는 측근이다. 이 두 사람은 신소장을 마음깊이 존경하고 있다. 그는 황비서에게 이번 사고를 일으킨 약품으로 지목된 자사(自社) 생산의 피임약 엠브론(Embron) 열 갑을 당장 가져오라고 시킨다. 그리고 자사가 제조한 모든 약품을 연구·개발단계에서부터 생산·유통을 거쳐 판매현황에 이르기까지를 기재한 제품 이력 문서철을 가져오도록 한다. 그 후에 이번 사고의 사실관계를 요약하고 주요 문제점을 추린 문서를 작성토록 한다. 신비서에게는 오늘 열리는 두 차례 회의와 내일 임원회의를 준비하도록 하고, 진한 아메리카노 커피 한 잔을 달라고 이른다. 그는 먹는 피임약 21알이 포장된 엠브론 한 갑과 제품 이력서를 앞에 놓고 생각에 몰두한다. 혼자 조용히 앉아서 이 초유의 사태를 파악하고자 애쓴다. 피임약 엠브론이 어떻게 만들어졌고, 어떻게 판매되었으며, 지금 어떤 피해를 가져온 것인가? 시제품 생산연도를 보니 자신이 회사에 복직하기 전에 생산되었고 곧이어 판매가 개시된 약품이어서 자신이 잘 알지 못하는 상품이다. 이번 약화사고의 피해여성은 결혼하고서도 출산을 미루려고 약 1년간 피임약을 복용하다가, 약을 끊고 아이를 낳았는데, 양손에 손가락이 하나씩 더 달린 육손이 기형아를 낳았다는 것이다. 대형약국에 고용된 약사로 근무하면서 시중 약품에 대하여 상당한 지식을 갖춘 피해여성은 기형아를 출산하게 된 원인이 장기간 복용했던 피임약에 있다고 믿고, 검찰에 고소장을 제출하여 바오로제약사와 관련 책임자를 엄중히 처벌해 줄 것을 요구한 것이다. 이 고소사건이 밖으로 흘러나와 신문기자들이 인지하게 되고, 취재에 들어가면서 결국 오늘 조간신문에 대서특필되기에 이르렀다.

9시가 되자 부회장실로 홍연구이사와 남변호사가 차례로 들어선다. 이윽고 회의용 테이블 앞에 착석한 두 사람의 얼굴을 살펴보니, 홍이사는 황망한 기색이 역력하고, 남변호사는 애써 침착함을 유지하려 한다. 서른일곱 살 된 홍민(洪敏)이사는 신성수의 대학 4년 후배이다. 바오로연구소에 근무하면서 대학원 학업을 병행하여 약학박사학위를 취득한 학구파이다. 학계로 진출하고 싶어 하는 뜻을 접고 바오로제약사에 뼈를 묻으라고 설득해서 신소장이 자기 사람으로 만든 회사의 대들보이다. 51세의 남변호사는 신소장이 고교동창회에서 알게 된 10년 선배이다. 판사 출신인데, 차분하고 정돈된 인상이 호감을 주었다. 신성수가 부회장에 취임하고 임원 인사를 단행하는 시기에 즈음하여 회사의 고문변호사로 위촉했다. 회의에 임하는 세 사람 각자에게 피임약 엠브론 한 갑, 약품 이력 문서철 복사본, 3종의 중앙 일간지, 황비서가 작성한 사건경위서가 배포된다. 신소장은 황비서를 배석시켜, 회의의 주요내용을 기록하게 한다. 잠시 배포물을 검토하는 시간을 갖은 후, 신소장이 무거운 어조로 운을 뗀다.

"아침부터 궂은 일로 오시게 해서 면목이 없습니다. 두 분 모두 신문기사를 읽어 보셔서 아시겠지만, 회사에 엄청난 불상사가 닥쳤습니다. 중지를 모아 난국을 슬기롭게 헤쳐 나가야 하겠기에, 맨 먼저 제가 믿고 의지하는 두 분을 모셨습니다. 홍이사가 우리 회사의 피임약 엠브론의 성분과 부작용을 설명해주겠습니까?"

"예, 말씀드리겠습니다. 상품명 엠브론은 여성이 복용하는 사전 경구피임약입니다. 이 약은 배란을 억제하고 수정란의 자궁벽 착상을 억제하는 두 종류의 여성호르몬, 즉 에스트로겐과 프로게스테론을 주성분으로 해서 합성·제조한 제품입니다. 한 세트가 21알로 되어 있는데, 피임하려는 여성은 월경 종료 후 21일간 매일 한 알씩 같은 시간대에 먹어야 효과가 있습니다. 피임을 계속하려면 7일간의 휴약 기간 후 다시 새로운 세트를 복용하기 시작해야 합니다. 의사의 처방 없이 일반 약국에서 구입할 수 있는 약입니다. 제품설명서에는 약품의 부작용으로서 혈전, 메스꺼움, 두통, 피부발진 등의 증세가 발생할 수 있다는 주의사항이 기재되어 있습니다. 약품을 연구·개발하고 임상실험을 하는 단계에서 기형아가 출산할 위험성은 보고되지 않았습니다.”

“홍이사! 신문기사에 의하면, 피해여성의 기형아 출산이 엠브론 복용으로 인하여 발생한 것이라고 쓰여 있는데, 있을 수 있는 일입니까? 다른 제약사의 피임약은 안전하고, 우리 제품만 문제되는 건가요?”

“기형아 출산의 원인이 엠브론 복용에 있다고 단정 지을 수는 없습니다. 기형아 출산의 함수에는 다양하고 복잡한 변수가 작용합니다. 피임약 복용 이외에 피해여성이 임신 중에 독성이 있는 다른 약물을 복용했다든지, 피임약도 다른 회사의 제품과 바꾸어가면서 복용했다든지 하는 등등, 우리가 알지 못하는 다른 요인이 얼마든지 개재될 수 있습니다. 만일 피임약의 성분에 전적인 문제가 있다면, 다른 제약사의 피임약도 비슷한 약화사고를 일으킬 수 있습니다. 피임약이라고 하면, 거의 모든 여성이 우리 회사의 엠브론을 구입해서 복용하기 때문에, 화살이 바오로제약사로 날아온 것입니다.”

“대체로 이해가 됩니다. 그런데 엠브론이 시판에 들어간 지는 얼마나 되었습니까?”

“한 6년 되었습니다.”

“그 약의 구입가격은 어떻게 됩니까?”

“현재 한 갑당 시판가격이 7천 원입니다.”

"남변호사님! 이제부터는 오늘 신문기사에 난 약화사고를 둘러싸고 짚어보아야 할 법적인 문제점을 알고 싶습니다."

"오늘 아침에 알게 된 사건인 지라, 충분히 검토할 시간이 없어서 개략적인 말씀만 드리겠습니다. 사고가 사고를 부른다는 말이 있습니다. 이번 약화사고는 사회적 파장이 만만치 않을 것으로 예상되므로, 법적으로 빈틈없이 대비해서 2차 후속사고가 일어나지 않도록 조심해야 할 것입니다. 저는 이 사건을 접하고서 처음에는 피해여성이 혹시 블랙 컨슈머(black consumer)가 아닌가 하고 의심해보았습니다."

"말씀 도중에 죄송합니다만, 블랙 컨슈머라니요?"

"아, 그거, 있잖습니까? 구입한 상품의 약점을 잡아 제조사나 판매사를 상대로 돈을 뜯어내는 악덕 소비자를 일컫는 말이잖아요? 이번 사건에서는 기형아 출산이라는 심각한 피해사실이 있는 데다가, 바오로제약사처럼 명망 있는 대기업을 섣불리 건드렸다가는 오히려 역공을 받아, 피해여성 자신이 입을 데미지(damage)가 클 수 있으니까, 블랙 컨슈머일 가능성은 희박하다고 결론 내렸습니다. 여기서 회사가 취할 역공이란 형사고소한 여성을 무고죄나 허위사실 명예훼손죄, 공갈죄 등으로 고소해서 싸움판을 키우고, 또 회사 이미지에 타격을 주었으므로 막대한 액수의 손해배상을 청구하는 민사소송으로 확장하는 송사(訟事)를 가리키는 겁니다. 그러면 일개 개인이 감당하기 어려운 법정싸움으로 번지는 거지요."

"일리 있는 말씀입니다. 악의적인 소비자라는 관점은 논외로 쳐도 되겠습니다."

"엠브론 약화사고로 말미암아 바오로사가 지게 될 법률상 책임은 두 트랙(track)으로 나누어 검토해 볼 수 있습니다. 피해여성이 형사고소를 했으므로 맨 먼저 형사책임을 살펴보기로 하지요. 유죄가 인정되는 경우에도 법인인 바오로사에게 자유형을 부과할 수는 없고, 벌금과 같은 재산형을 선고하게 됩니다. 회사 책임자 개인에게 형사책임을 인정하여 처벌하는 경우에는 징역·금고와 같은 자유형을 예상해야 합니다. 여기서 책임자란 피임약의 연구·개발·판매에 관여한 임직원과 이들에 대하여 감독책임이 있는 회사 경영자 등을 지칭합니다. 신현호 회장님, 신소장님, 홍이사님이 일견 책임자에 속합니다. 그런데 피임약을 복용한 전력으로 인해 기형아가 출산될 가능성을 알고서도 엠브론을 제조·판매한 것은 아니니까, 책임자들이 기형아 출산에 대하여 고의범으로서의 형사책임을 지지는 않을 것입니다. 그건 유죄가 인정되더라도 고의범이 아니라 기껏해야 과실범으로 처벌된다는 말입니다. 구체적 죄명은 업무상 과실치상죄입니다. 그 외에 약사법과 보건범죄단속법 위반 여부도 검토해 보아야 합니다."

"업무상 과실치상죄의 처벌은 어느 정도가 됩니까?"

"그리 높지는 않습니다. 형법에 업무상 과실치사상죄의 법정형이 5년 이하의 금고 또는 2천만 원 이하의 벌금으로 규정되어 있습니다."

"그런데 업무상 과실치상죄는 업무에 무슨 과실이 있는 경우에 성립하게 되나요?"

"검찰과 법원은 엠브론의 연구·개발단계와 제조단계에서 업무상 잘못이 있는가를 중점적으로 알아보려고 할 겁니다."

"그 단계에서 별 잘못이 없다면, 과실범조차 성립하지 않게 되나요? 바오로사는 약품개발과 제조에 모든 주의를 다 기울이고 있으니까, 던지는 질문입니다."

"그 점과 관련해서는 전문적인 법이론을 말씀드리지 않을 수 없습니다. 과실범 성립에 인수과실이론이라는 게 있습니다. 먼저 쉽게 설명해보겠습니다. 자신이 없는 일은 인수하지 말아야 하고, 만일 해낼 자신이 없는 일을 떠맡아서 처리했는데 나쁜 결과가 발생한다면, 그 일을 인수한 것 자체에 과실이 있다고 보고, 발생한 결과에 대하여 과실범으로서의 책임을 지게 된다는 이론입니다. 개인병원으로 개업한 외과의사가 환자를 받았는데, 자신의 실력과 병원의 의료시설로는 수술이 성공하기 어려운 중환자라면 대형종합병원으로 전원(轉院) 조치를 취해야 할 의무가 있습니다. 그럼에도 불구하고 그 중환자를 맡아서 최선을 다해 수술했는데 환자가 죽었다면, 그 의사는 인수과실책임을 지고 업무상 과실치사죄로 처벌된다는 겁니다. 우리 사건과 관련해서는 예컨대 부작용으로 기형아가 출산할 위험까지를 연구범위에 넣어서 바오로사의 피임약 연구·개발 당시의 능력과 연구시설 등등을 조사한다는 말입니다. 만일 제약회사가 출시할 약품의 안전성을 확보할 연구·개발능력이 없음에도 불구하고 피임약을 제조·판매했다면, 아무리 최선을 다했다고 하더라도 인수과실책임을 지게 됩니다."

"그 이론을 적용한다면, 과실범으로 처벌되는 범위가 무척 넓어지겠습니다."

"그렇습니다. 다음으로 법적 책임을 지게 되는 두 번째 트랙은 민사책임입니다. 피해여성이 기형아를 출산하고 양육하게 된 데에 대하여 회사가 지게 될 손해배상책임입니다. 피해여성과 그 배우자의 정신적 고통에 대한 위자료 청구액도 높을 것입니다. 이 약화사고가 신문에 보도된 이후에 그동안 잠잠했던 다른 피해자들이 잇달아 피해를 신고하거나 고소하게 되면, 손해배상액이 엄청날 수 있습니다. 다만 민사법정에서 피해자가 엠브론 복용으로 인하여 기형아를 출산했다는 약리학상의 인과관계를 입증하기는 불가능에 가까울 것입니다. 형사법정에서 검찰조차 증명하기 어려운 인과관계를 민간인이 규명하기에는 역부족일 것입니다. 인과관계의 입증문제는 조금 후에 설명하겠습니다. 그리고 민사책임은 회사가 피해여성들과 합의해서 합의금을 줌으로써 법정으로까지 가지 않는 방법도 염두에 두어야 합니다. 말씀드린 두 트랙은 각각 별개로 법적 책임을 묻게 됩니다. 다만 피해자와의 합의가 민사책임 이외에 형사책임에도 영향을 미칠 수는 있습니다. 이상은 개략적인 법률검토입니다."

"잘 알아들었습니다. 그렇다면 지금 이 시점에 회사가 취할 법적 대비책은 무엇인가요?"

"형사문제를 먼저 보십시다. 피해여성의 고소장을 접수한 서울지검에서 사건 배당을 하고, 배당받은 검사가 사건의 준비검토를 한 후, 바오로사의 관련 책임자를 검찰청으로 부를 겁니다. 아직은 형사책임을 질 임직원이 누구인지 분명하지 않으니, 관련 책임자를 피의자 신분으로 소환하지는 않고 일단 참고인 신분으로 소환하여 궁금한 점을 알아보려고 할 것입니다. 조사가 진전되어 검찰이 사건의 윤곽을 잡으면, 참고인으로 소환되었던 임직원은 피의자 신분으로 전환될 수 있습니다. 이 단계는 검찰이 수사에 들어간다는 뜻입니다. 수사절차에서는 검찰이 구속, 수색, 압수 등 강제력을 행사할 여지가 있습니다. 검찰 자체로는 약학 지식이 부족해서 식약청의 전문 인력을 지원받아 문제의 핵심을 파헤치고 들어갈 것입니다. 그런데 법이론상 최대 관건은 피임약 복용의 전력이라는 원인과 기형아 출산이라는 결과 사이에 인과관계를 인정할 수 있느냐 하는 입증의 문제에 있습니다. 아까 홍이사님도 기형아 출산의 함수에는 피임약 복용 이외에 다양한 변수가 개입할 수 있다고 말씀하셨습니다. 꼭 맞아 떨어지는 지적을 하셨습니다. 만일 피해여성이 하루에 담배를 한 갑 이상 피운 전력이 있는 흡연 여성이라면, 기형아를 임신한 유력한 원인으로서 흡연사실을 꼽을 수도 있습니다. 전문용어로 중첩적 인과관계 또는 비전형적 인과관계가 개재되면, 검찰 측에서 엠브론이 기형아 출산의 유일한 원인 약물이라는 입증을 하기가 매우 어려울 것입니다. 이 인과관계의 입증문제는 저로서도 좀 더 법리 검토가 필요합니다. 여담입니다만, 검사가 바오로사의 임직원을 참고인으로 소환하기 전에 제가 검찰 측에 손을 써놓겠습니다. 다만 두 분은 앞으로 언행에 매우 조심하시기 바랍니다. 요즘은 몰래 녹음하고 동영상을 촬영하는 위험사회가 되었으니까요. 그리고 피해여성은 형사소송이 진전되는 것을 보아가면서 민사소송을 제기할 것입니다. 민사소송에는 아직 대비할 시간적 여유가 있습니다. 앞으로 홍이사님은 저와 회동하거나 수시로 전화통화를 해야 할 것 같습니다. 제가 약리학 지식이 미흡해서 홍이사님의 머리를 빌려야 할 일이 많을 겁니다."

"남변호사님, 또 궁금한 점이 있습니다. 엠브론이 기형아 출산의 원인일 가능성이 있다고 한다면, 이번에 고소한 사람 이외에 기형아를 출산한 피해여성이 여러 명 더 있을 수 있지 않을까요? 그런데 왜 다른 피해자들은 그동안 잠잠히 있었을까요?"

"그 이유는 여러모로 추측할 수 있습니다. 기형아를 낳으면 산모뿐만 아니라 집안 전체가 수치스러워 해서, 쉬쉬 감추려고 하지, 드러내놓고 고소하기를 꺼릴 겁니다. 또 기형아 출산을 집안 유전이라고 생각할 수도 있으니까, 피임약 탓으로 판단하기가 녹록치 않습니다. 하지만 이번 신문기사로 이 문제가 공론화되었으므로, 피해여성이 계속 등장할 수 있습니다."

"남변호사님과 홍이사 두 분 다 유익한 말씀을 많이 해주셔서 감사합니다. 우선 오늘 회의는 이 정도에서 그칠까 합니다. 그런데 죄송하지만, 이 모임의 대화내용은 대외비로 해주시기 바랍니다. 남변호사님은 내일 전체임원회의에 참석하셔서, 오늘 하신 말씀을 적절히 되풀이하시면 됩니다. 오늘은 제가 살펴 볼 일이 많아서, 변호사님과 점심을 같이 못하게 되는 점, 너그러이 양해해 주시기 바랍니다."

"괜찮습니다. 너무 걱정하지 마시고, 마음의 여유를 찾으시기 바랍니다. 저는 사무실에 돌아가서 이번 약화사고와 유사한 국내·외의 형사사례를 찾아보도록 하겠습니다. 홍이사님도 혹시 다른 제약사에 비슷한 약화사고가 발생한 적이 있는지 한번 조사해주신다면 도움이 되겠습니다."

남변호사가 돌아간 후에도 신소장과 홍이사 두 사람은 숙의를 계속한다.

2.

핵심임원들의 대책회의는 3시에 열리기로 되어 있는데도 영업담당 정전무는 반시간을 앞당겨 일찌감치 부회장실로 들어와 자리를 잡고 앉는다.

"부회장님, 놀라셨죠? 살다보니 별일이 다 생깁니다. 명약만을 만들어 판다는 우리 회사에 이런 일이 생기다니! 전 아직 믿을 수가 없습니다. 누가 장난친다는 느낌을 지울 수가 없습니다. 아마도 경쟁사가 한창 잘 나가는 우릴 꺾으려고 모함을 하는 게 아닌지 모르겠습니다."

"설마 그렇게까지야 하겠습니까? 업종 중에 제약업은 그래도 신사도가 지켜지는 영역이 아닙니까?"

"무슨 소립니까? 약장사가 일등 사기꾼입니다. 물론 바오로사는 예왚니다만. 큰 독에 꿀물 붓고 생강, 대추, 도라지 달인 물을 섞어서, 마시는 기침감기약으로 팔아 떼돈을 번 제약사를 모르세요? 엉터리로 만들어 플라시보 효과로 장사하는 데가 제약업계입니다. 거기다가 유명한 학자로 하여금 과학적 효능이 있는 것으로 입증됐다고 떠들게 만들면 상한가를 치는 거지요. 감기엔 그저 꿀물에 달걀노른자 풀고 소주 한잔 부어 마시고 나서 한잠 푹 자면 낫는 건데, 무슨 약이 필요합니까? 우리끼리 탁 터놓고 얘기하자면 그렇다는 말입니다."

정전무는 창립한지 41년 된 바오로제약사의 산증인이다. 옛이야기를 하기 좋아한다. "회사를 일으켜 세울 때", "배고프고 어렵던 그 시절"이라는 회상을 자주 한다. "외국의 어느 글쟁이가 그랬다지. 눈물어린 빵을 씹어보지 않은 자와 인생을 논하지 말라고! 그걸로는 부족해. 한 겨울에 불도 안 땐 차디찬 방에서 눈물어린 빵을 씹어 봐야, 삶이 뭔지 진짜로 알게 되는 거야. 요즘 애들은 배가 불러도 너무 불렀어. 뭐, 한번뿐인 인생인데 즐겨야 한다고? 누군 인생이 한번뿐인 줄 몰라서 허리띠 졸라매고 사는 줄 알아?" 그가 사석에서 사원들 정신교육시킨다고 번번이 늘어놓는 사설이다.

3시가 가까워 오자 홍보를 담당한 안부장과 연구이사를 포함한 네 명의 임원이 들어온다. 신성수와 잡담을 나누던 정전무를 합해 모두 일곱 사람이 대책회의를 연다. 핵심임원들만의 대책회의는 내일 열릴 전체임원회의와는 성격이 다르다. 전자는 비공식회의, 그야

말로 오프 더 레코드(off-the-record)로 열리는 회의이다. 회의록이 작성되지 않고, 녹음도 금지된다. 후자인 전체임원회의는 상법상 이사회에 해당한다. 정식 회의이니만치 회의록이 규정에 맞춰 작성되고, 추후 주주들이 열람해 볼 수도 있다. 그래서 전체임원회의에서의 임원들 발언은 정제되고, 회의도 형식을 갖춰 조심스럽게 진행된다. 이에 비해 핵심임원 대책회의에서는 발언이 거침없고 적나라하다. 회의에 지켜야 할 틀도 없고, 돌출발언도 튀어나오며, 심지어 욕설도 쏟아진다. 단 하나 건드려서 안 되는 금기가 있다면, 손아래 연령층의 임원은 나이 든 임원에게 존대해야 한다는 예의이다.

참석자 각자 앞에는 엠브론 한 갑, 2종의 신문, 사건경위서, 제품이력서, 생수 1병이 놓여있다. 신성수가 회의를 시작한다.

"갑자기 오시게 해서 죄송합니다. 사태가 워낙 위중한 까닭에 다급히 주요 임원들을 모시고 비상대책회의를 열게 되었습니다. 논의의 대상은 오늘 신문에 보도된 약화사고입니다. 다들 내용을 파악하고 계실 줄로 압니다. 회사가 처한 난국을 뚫고 나갈 현명한 대책을 세울 수 있도록 고견을 들려주시기 바랍니다."

회의가 열리기 전에 미리 와서 신소장에게 통탄스러워했던 정전무가 아연실색할 말폭탄을 쏟아낸다.

"이번 기회에 우리 제품 엠브론을 단종시켜, 여자들이 사고 싶어도 시중에서 구입할 수 없도록 피임약을 영구 피임시켜버립시다. 원래 우리 회사가 개발한 피임약은 비너스라는 상품명으로 판매되었습니다. 헌데, 비너스가 2세대 피임약이라고 해서 인기가 떨어지자, 3세대 피임약으로 엠브론을 개발하여 출시한 겁니다. 시장에 나간 지 6년가량 되었습니다. 제가 그간 파악한 판매동향을 결론부터 말씀드리자면, 엠브론은 별로 돈벌이가 되지 않습니다. 대형종합병원에서 처방·구입해주어서 대량으로 팔리는 전문의약품이 아니고, 여성이 그때그때 필요하면 알아서 낱개로 사가는 일반의약품이라서 판매량이 얼마 되지 않습니다. 도매 장사가 아니라 소매로 나가는 약이라는 뜻입니다. 거기다가 말이 피임약이지, 여자애들이 시험에, 여행에, 걸리적거릴 월경을 늦추어야 할 때 생리조절용으로 구입하는 비율이 높습니다. 피임약이 성문화를 문란하게 한다는 윤리적 지탄도 심합니다. 차제에 자숙하는 의미에서 물의를 빚은 피임약을 더 이상 생산·판매하지 않겠다는 사과문을 큼직하게 신문광고로 싣는 게 어떻겠습니까?"

이때 반론을 제기하는 발언이 나온다. 생산담당 곽이사이다. 바오로사의 약품제조공장은 안양에서 용인으로 이전 건설한 지 20년이 지났다. 곽이사는 오전에 용인으로 출근하여 공장 직원들로부터 이런저런 의견을 듣고 온 터이다. 공장에서 피임약 생산라인을 멈춰버린다는 것은 그에게는 상상도 못할 일이다.

"정전무님이 제안하신 방안은 피해여성이 형사고소를 한 당장의 사태를 수습하고 난 후에야 검토해볼만한 2단계 조치가 아닌가 합니다. 우선 발등에 떨어진 불을 끌 수습안을 마련해야 합니다."

"아니, 왜 내 제안이 차후 수습책이란 말입니까? 대책수립에는 근본이 되는 해결자세와 지도철학이 있어야 합니다. 이게 없으면 우왕 좌왕하게 됩니다."

재무담당 박전무가 상체를 앞으로 빼면서 큰소리를 낸다.

"정전무님이 극히 지당한 말씀을 하셨습니다. 이번 사태해결에는 밑바탕에 철학을 깔아야 합니다. 제 철학은 이렇습니다. 대한민국에서는 되는 일도 없고, 안 되는 일도 없다는 겁니다. 이건 우리나라에서 돈이면 안 되는 일이 없고, 돈 없으면 되는 일이 없다는 말입니다. 서글픈 현실이지만, 어쩌겠습니까? 그러니까 고소한 피해 여성에게 합의금으로 돈을 잔뜩 집어주고 고소를 취소시키도록 하고, 검찰에도 오카네로 손 좀 쓰고, 신문기자놈들 돈으로 입 틀어막고 해서, 쉽게쉽게 처리합시다. 우리가 여기서 이러쿵저러쿵 골머리 썩을 일이 아닙니다. 이런 거 못하는 회사가 망하는 겁니다. 법대로 해결한답시고, 형사재판이니, 민사재판이니, 몇 년씩 끌어 보십시오. 회사 골병들고, 회사 이미지 떨어지고, 사원들 김빠지고…. 세상 물정 모르는 골샌님들이나 머리 싸매고 내놓을 수습책을 어느 짝에 씁니까? 제가 회사 생활 40여 년 만에 터득한 현실철학입니다."

이 말에 힘을 받은 정전무가 재차 발언에 나선다.

"박전무님, 말씀 잘 하셨습니다. 일단은 돈으로 막고, 다음엔 엠브론 퇴출로 말썽의 뿌리를 원천적으로 끊어 버립시다. 피임약 팔아 챙기는 잔챙이 돈벌이는 다른 제약사에 줘 버립시다. 그럼 작은 파이라도 얻어먹게 될 다른 회사들이 우릴 칭찬할 거고, 사회에서는 성문화 건전화에 이바지하는 바오로사의 윤리경영을 본받으라고 높여줄 겁니다. 이 얼마나 좋습니까? 그야말로 위기는 기회입니다."

회의장의 분위기를 파악한 안부장이 제 딴에는 묘안이라고 의견을 내놓는다.

"오늘 신문에 난 피해여성과 그 가족들을 뒷조사해보는 것이 어떻겠습니까? 무슨 곡절이 있는지, 숨은 약점이라도 있는지 뒷조사를 해볼 필요가 있다고 생각합니다. 심부름센터에 뒷조사를 의뢰했다가는 이게 또 문제가 돼서 골치를 썩을 우려도 있습니다. 그래서 우리 회사 자체 직원을 시켜서 뒷조사하는 방법이 좋다고 봅니다. 회사에 소비자 민원창구팀이 있습니다. 소비자 불만사항을 접수해서 알아보고 해결해주는 팀이지만, 별별 소비자가 다 있다 보니, 터무니없는 불만사항을 집요하게 물고 늘어지는 소비자를 뒷조사해서 끊어내는 일도 가끔 합니다. 이런 뒷조사에 능한 베테랑 사원을 동원해서 고소한 여성의 약점을 알아보는 게 어떻겠습니까? 고소인이 약사라고 하니까, 손쉽게 환각제를 손에 넣어 약을 하는 중독자일 수도 있고, 수면제를 상습 복용하는 여자일 수도 있습니다. 이런 약물 복용으로도 기형아가 출산할 가능성이 높습니다. 그게 아니라면, 피임약의 복용법을 어겼다든가 빚쟁이에 시달려 몇푼 돈이 절박한 채무자일 수도 있습니다. 캐낸 약점을 폭로하겠다는 암시를 하기만 해도 큰 돈 들이지 않고 합의를 얻어낼 수 있습니다. 세상에 약점 없는 사람이 어디 있겠습니까? 약점엔 약점으로 맞서야 합니다. 좀 치사하더라도 회사 약점을 잡아 핍박을 가하는 자에게는 약점을 잡아 맞서야 합니다."

"안부장이 뭣 좀 아는 사람입니다. 부회장님, 이번 사태가 종식되면, 안부장을 이사로 승진시키는 것이 어떻겠습니까? 회사가 커지면, 홍보분야 책임자를 직제상 이사급으로 승격시키고, 소속 직원숫자도 늘릴 필요가 있습니다. 기획이사에게 한번 안을 올려보라고 하시지요."

"맞는 말씀입니다. 21세기에 회사 홍보, 약품 광고, 매스컴 장악이 얼마나 중요하게 되었습니까? 대기업군에 들어가게 된 바오로사에 홍보부서가 아직 부장급에 머물러있다는 것은 시대착오적인 처사입니다."

때 아닌 밤에 홍두깨 같은 출세 기회가 포착되자, 안부장의 얼굴이 벌겋게 달아오른다.

"제 제안을 수행하도록 하명만 하신다면, 피해여성을 뒷조사해서 틀림없이 큼직한 약점을 캐내도록 하겠습니다. 캐낸 약점으로 그 여성을 쫓아버리는 일도 제가 틀림없이 해내겠습니다."

"잘되는 회사는 저런 충신이 있어서 잘되는 겁니다. 안부장! 오늘 대책회의에 참설하길 정말 잘 했어. 이따 회의 끝나고 나서 나하고 얘기 좀 더 나누기로 하세!"

공작정치 입안자들의 발언이 점차로 거세지니, 신소장이나 홍이사는 정도(正道) 해결책을 제시할 엄두를 내지 못한다. 이번 사태에 정도 경영은 물 건너간다. 신소장은 대책회의를 마치는 것이 나을 것으로 판단한다.

"세상 물정에 밝으신 정전무님과 박전무님의 사태 수습책을 잘 들었습니다. 좋은 지혜를 주셔서 감사합니다. 그러면 피해여성을 뒷조사하고 관련자들을 사바사바하는 방법을 강구해보겠습니다. 다른 한편으로 중앙연구소로 하여금 엠브론 성분에 기형아를 출산할 부작용이 있는가 하는 약리적 조사와 역학적 연구를 하게끔 지시하겠습니다. 그리고 고문변호사가 법적인 대책을 세울 필요도 있습니다. 남규헌 고문변호사님이 법률검토를 면밀하게 한 후, 내일 전체임원회의에서 설명하도록 의뢰해 놓았습니다. 끝으로 부탁드리는 말씀은 오늘 비상대책회의에서 해결책의 윤곽이 잡혔으니 세부적인 집행은 제게 맡겨 주십사 하는 양해입니다. 그러나 신문에 사과문을 게재하느냐 하는 문제와 엠브론을 단종시킬 것인가 하는 결정은 관계 임원들과 추후 다시금 논의하겠습니다. 엠브론을 판매시장에서 전량 회수하는 문제는 근일 내로 정전무님과 상의해서 결정하겠습니다. 모두들 장시간 수고하셨습니다. 오늘은 회의에 참석해 주신 데 대해 특별히 사례금을 준비하였습니다. 나가시는 길에 부속실 신비서에게서 받아 가시기 바랍니다.”

이로써 핵심임원 대책회의가 종료된다.

신성수는 회의 후에도 박전무와 안부장을 부회장실에 남으라고 해서 숙의를 거듭한다. 무엇보다도 안부장에게 급히 맡길 임무가 있기 때문이다. 안부장은 TV와 방송 등 매스컴 관계자를 만나서 약화사고가 가급적 보도되지 않도록 입단속을 해야 한다. 입막음에 필요한 돈은 박전무가 관리하는 비자금에서 지출하도록 한다. 그밖에 안부장은 신문기자들도 만나야 한다. 후속 기사가 나가지 않도록 하든가, 신문보도를 내보내더라도 아주 미지근한 기사를 쓰도록 해야 한다. 용건을 마친 두 사람이 방을 나가자, 서해(西海)바이오(Bio)라는 제약회사의 권사장에게 전화해서 저녁에 만날 약속을 한다. 권사장은 신소장보다 여섯 살 연상인 제약업계의 선배인데, 평소 형님처럼 모시고 경영 레슨을 받는 멘토이다. 그와 단둘이 저녁 먹으면서 오늘 사태에 대해 조언을 받고자 한다. 권사장을 만나 이야기를 나누던 중에 갑자기 한 가지 기억이 신소장의 머리를 스친다. 대학시절 약사법 강의시간에 교수가 언급한 약화사고였다. 1950년대 말에서 1960년대에 이르기까지 유럽을 떠들썩하게 했다는 탈리도마이드 사건이 생각난 것이다. 신소장은 즉시 남변호사에게 이 사건을 상세히 알아봐주도록 휴대폰 문자메시지를 보낸다.

밤 11시가 되어서야 하루 일정을 끝낸 성수는 귀가 길에 오른다. 그는 평생 살아오면서 오늘같이 긴 날을 보낸 적이 없다. 지친 몸으로 성북동 집에 도착하였으나, 위채에서 틀림없이 자신을 기다리고 계실 부친 신회장을 먼저 찾아뵙는다. 오늘 있은 대책회의 내용과 고문변호사와의 법률상담 건을 간략히 보고하고, 내일 전체임원회의 개최일정을 알려드린다. 신회장은 이번 사태해결을 아들에게 일임한 이상, 가타부타 의견을 내놓지 않고 듣기만 한다. 피곤한 아들을 **빨리** 쉬게 하는 게 아들을 돕는 길이다.

다음날 오전 9시에 전체임원회의가 열린다. 사태가 사태니만큼 회의를 신중히 한다는 모습을 남기기 위하여 회의록 작성은 물론이고 회의의 전 과정을 녹음까지 하도록 한다. 그러므로 회의는 극히 형식적으로 진행된다. 임원들의 모든 발언이 언제든지 외부에 공개될 수 있고, 발언내용과 표결여하에 따라 상법상 책임을 지게 될 수 있으니, 틀에 박힌 보고를 올리고, 틀에 박힌 질문과 대답을 하며, 의결사항도 애매모호하게 뭉뚱그려 놓는다. 이를테면 "엠브론 복용이 기형아 출산에 결정적 영향을 미친다는 관계 당국과 회사 연구소의 역학조사 결과가 나온다면, 엠브론을 시장에서 회수하도록 조치하고, 책임질 임·직원을 문책한다."라는 식이다. 회의 첫머리에 약화사고의 개요가 보고되고, 그 다음에 남고문변호사의 법률문제 검토의견과 법적 대책을 청취한다. 의결사항에 당연히 올린 것은 엠브론 복용사실이 기형아 출산의 원인이 될 수 있는가 하는 점을 중앙연구소에서 과학적으로 조사하도록 한다는 안건이다. 신문에의 사과문 게재여부와 시판 중인 엠브론 제품의 전량 회수여부 등을 논의하기는 했어도, 차후 신소장이 사태 진전을 보아가며 관계 임원들과 상의해서 집행할 수 있도록 권한을 위임한다는 결정으로 마감한다. 어제 핵심임원 대책회의에서 제시된 사태 수습책은 이 회의에 일절 상정되지 않는다. 전체임원회의가 종료되자 신성수는 곧바로 사옥 인근에 있는 사우나 목욕탕으로 가서 몸과 마음의 때를 씻어낸다. 온몸에 무언가 스물스물 벌레들이 기어 다니는 것 같은 느낌을 지울 수가 없어서 때밀이 서비스도 받는다.

3.

　신문에 약화사고가 보도되고 사흘째 되는 날이다. 신성수에게 아침 일찍 전화가 온다. 새벽녘에 느닷없이 울리는 전화벨 소리를 들으면, 막연한 불안감, 심지어는 두려움이 생긴다. 어제부터 생긴 증상이다. 여태까지 숭고한 꿈을 펼친다는 부푼 기백과 넘치는 자신감으로 아침을 시작했는데, 일순간에 불안에 떨면서 무슨 흉측한 일이 또다시 덮칠까 보아 전전긍긍하며 살아가는 불행한 하루하루가 되어버린 것이다. 지금 받은 전화는 남변호사로부터 걸려온 것이다. 신소장이 문의했던 탈리도마이드 약화사고가 참고할 만한 가치가 있으니, 오전 10시에 자신의 사무실에서 만나잔다. 홍이사와 함께 와주었으면 좋겠다고 덧붙인다.

　때는 초여름 더위에 약간은 짜증을 느낄 법한 6월이다. 서초동에 있는 남변호사 사무실에서 세 사람이 머리를 맞대고 앉아 있다. 남변호사가 브리핑 자료를 나눠주면서 용건에 들어간다.
　"약화사고는 대부분 약국에서 약사가 약을 잘못 조제해서 일회적으로 발생합니다. 그러나 이제부터 말씀드릴 탈리도마이드(Thalidomide) 사례는 제약회사가 대량생산한 약품이 세계적으로 막대한 약해(藥害)를 초래했던 케이스입니다. 그 약제를 처음 개발하였고 또 가장 큰 참사가 발생했던 나라가 통일되기 전의 독일이니까, 서독에서의 케이스를 보도록 하겠습니다. 콘터간(Contergan) 사건이라고 합니다. 먼저 그 개요를 말씀드리지요. 1956년에 서독에서 신경안정제로 개발된 탈리도마이드 약제가 콘터간이라는 상품명으로 1957년부터 시장에 보급되었습니다. 수면제로 많이 판매되었다고 합니다. 그런데 이 약을 복용했던 임신부들이 1958년경부터 기형아를 출산하거나 태아를 사산하는 경우가 속출하기 시작했습니다. 세상에 모습을 드러낸 기형아는 손발이 없는 무지증(無肢症) 또는 손과 발에서부터 어깨까지의 팔·다리 부분이 없는 단지증(短肢症)으로 태어난 선천성 기형이었습니다. 처참하고, 또 어떻게 보면 징그러운 모습이었습니다. 임신 초기에 콘터간을 복용했던 여성이 출산한 신생아 중 대략 20%가 이런 기형아였습니다. 1961년에 콘터간 복용이 기형아 출산의 원인일 가능성이 높다는 본격적인 연구가 공표된 후, 콘터간은 판매가 금지되고 시판 중인 약은 전부 회수되었습니다. 콘터간 복용으로 인해 출생한 기형아 수는 5천 명에서 7천 명 사이, 사망한 태아는 2천에서 1만 사이라는 추정치가 보고되어 있습니다. 앞으로는 궁금해 하시는 사항을 질문해주시면, 제가 답변하는 식으로 이 약화사고를 검토해보기로 하겠습니다.”

"정말 무섭고도 끔찍한 사고였군요! 그 사고를 일으킨 제약회사 이름은 무엇인가요? 아직도 영업을 하고 있습니까?”

"제약사 이름은 케미 그뤼넨탈(Chemie Grünenthal)이었습니다. 그 회사는 현재도 그뤼넨탈 유한회사로 존속하고 있습니다.”

"그 사고에 대해 제약회사는 어떻게 대처했고, 또 어떤 책임을 지게 되었는가요?”

"회사는 기형아 출산에 대해 아무런 책임이 없다는 입장으로 일관

했습니다. 사회에 물의를 일으킨 데 대해 사과조차 하지 않았습니다. 서독 검찰은 1968년에 몇몇 회사 간부를 과실치사상죄로 기소하였으나, 1970년 4월에 회사와 피해자 사이에 화해가 성립되자, 12월에 형사재판이 중단되었습니다. 그 후는 모르겠습니다. 다만 심리 중에 회사의 유죄가 인정될 만한 불리한 기록은 찾아볼 수 없다고 합니다. 당시 서독에서 약화사고에 있어서 약물의 영향으로 인하여 인체에 부작용이 초래되었다는 결과를 인정할 수 있느냐 하는 인과관계의 입증이 형사재판에서나 민사재판에서나 일반적으로 받아들여지지 않은 것으로 판단됩니다. 국가는 회사에 대하여 아무런 법적 책임을 지우지는 못하고, 피해자와 회사 간 화해의 결과물로서 특별한 재단을 설립하여, 회사 측이 재단에 1억 마르크(DM)를, 서독 정부가 3억 2천만 마르크를 출연하였습니다. 이 재단이 피해자 당 피해 정도에 따라 일시불로 2천5백 내지 2만5천 마르크를, 그리고 매월 100 내지 450 마르크씩을 보상금조로 지불하게 되었습니다. 월 지급금은 재단의 자금이 고갈되자, 현재는 정부가 전액을 떠맡아 지급하고 있습니다. 회사는 2008년에 5천만 유로(Euro)화를 재단에 추가로 출연한 적이 있고, 2012년에서야 최고경영자가 그 약화사고에 대하여 공식 사과하였는데, 너무나 때늦은 사과라고 해서 비난이 심했습니다."

"결국 서독 법원이 회사 관계자를 유죄로 처벌하지 못했다는 것인데, 우리 엠브론 사건에서도 법정이 유·무죄를 가리기는 어렵겠습니다. 그리고 기형아와 아이를 낳은 부모가 민사상으로도 아무런 손해배상을 받지 못했다는 거네요."

"바로 정곡을 찌르는 말씀을 하셨습니다. 우리가 콘터간 사건을 참조하는 이유는 엠브론을 복용했던 여성이 기형아를 낳은 데 대하여 바오로사가 법적 책임을 질 것인가 하는 점에 포인트가 있습니다. 서독 사례를 유추해보면, 바오로사는 형사상으로나 민사상으로나 아무런 법적 책임을 부담하지 않는다는 거지요."

"그밖에 궁금한 점이 또 있습니다. 지금도 독일 정부가 피해자에게 매달 보상금을 주고 있다는데, 그건 아직도 그 기형아들이 살아 있다는 것이 아닙니까? 그 기형아들은 기형에도 불구하고 이제까지 어떻게 살아왔는지 혹시 알고 계신지요?"

"출산한 기형아도 출생 직후 사망한 경우가 많았고, 다섯 살이 넘도록 살아남은 아이는 40%에 불과했습니다. 현재 살아있는 콘터간 기형아는 갓 환갑을 넘겼을 겁니다. 그런데 사회의 따뜻한 보살핌을 받아 기형아 중에서 영화감독도 나오고 바리톤가수도 나왔습니다. 그 가수는 134cm의 키에, 팔 없이 손만 어깨에 달려있는 단지증 기형아인데, 왼손에 셋, 오른손에 넷, 도합 손가락이 7개뿐입니다."

"다른 국가에서도 콘터간 사건과 유사한 약화사고가 발생했습니까?"

"피해 규모는 서독보다 작지만, 영국, 캐나다, 스페인, 호주, 일본 등지에서도 발생했습니다. 탈리도마이드 약제를 복용하고 출생한 기형아수는 1950년대 말에서부터 1960년대 초까지 전세계 46개국에 걸쳐 대략 2만 명 정도로 추산되어 있습니다. 영국에서는 1958

년에 탈리도마이드 약제가 디스타발(Distaval)이라는 상품명으로 시장에 나왔는데, 1961년 판매가 금지되기까지 약 2천명의 기형아가 출생했고, 그 중 절반이 생후 수개월 내에 사망했으며, 2010년까지 466명이 살아남은 것으로 알려져 있습니다. 영국에서도 이 약화사고는 제약회사와 피해자 사이에 보상금 합의 형식으로 해결되었습니다. 그 외에 2009년에는 영국정부가 생존하고 있는 기형아들을 위해 2천만 파운드를 피해자 보상 신탁회사에 출연했습니다. 캐나다에서는 1962년까지 탈리도마이드 약제가 판매되었는데, 정확한 숫자는 모르겠으나 피해자들이 매년 캐나다 정부로부터 보상금을 받고 있다고 합니다. 일본에서는 1200명 정도의 탈리도마이드 기형아가 출생한 후 사망한 것으로 보고되어 있습니다. 우리나라에서도 탈리도마이드 약제가 시판된 적이 있다고 하는데, 그 피해는 전혀 알려져 있지 않습니다. 그런데 미국은 식품의약국(FDA)이 탈리도마이드 약제의 제조와 판매를 승인하지 않았던 덕택에, 그리고 동독에서는 중앙약품관리위원회가 탈리도마이드 약제에 의문을 제기하여 판매에 들어가지 않았던 덕택에 전세계에 걸친 약화사고에서 예외 국가가 되었습니다."

이 말을 듣고서 신소장이 예리한 질문을 한다.

"남변호사님, 엊그제 만난 자리에서는 제약회사가 약품의 안전성을 보장할 만한 연구·개발능력을 갖추지 못하고서도 약을 제조·판매한다면 인수과실책임을 질 수 있다는 법이론을 가르쳐주셨습니다. 그런데 방금 지적하신 미국과 동독의 경우에는 제약사의 개발약품에 약해가 따를 의심이 들면, 의약품의 안전에 관한 사무를 관장하는 국가기관, 그러니까 미국은 식품의약국이, 동독은 약품관리위원회가 제동을 걸어서 사전에 약화사고를 예방하였습니다. 그렇다면 능력이 부족한 제약회사가 불량한 약품을 제조해서 판매한 경우에 제약사의 인수과실책임을 묻기보다도 관계 국가기관의 점검의무 소홀이나 직무태만을 문제 삼아야 하지 않겠습니까? 우리나라에서는 제조한 의심 약품을 제대로 검사하지 못하고 승인한 식약청에 대해서 과실책임을 물어야 하지 않겠습니까? 제가 보기에 엠브론 약화사고에 대하여 법적 책임을 묻는다면, 바오로사보다도 식약청에 더 큰 책임이 있다고 생각합니다."

"아이구! 신소장님, 머리가 비상하시군요. 탈리도마이드 사건에 대처한 외국의 방식을 분석해 본다면, 또 미국과 동독의 모범사례를 본다면, 말씀하신대로 식약청에 대해서까지 책임을 물을 수 있겠습니다. 그러나 검찰과 법원이라는 국가기관이 식약청이라는 국가기관에 총부리를 들이대기는 어려울 겁니다."

이번에는 신소장이 홍이사를 향해서 질문한다.

"홍이사! 엠브론을 제조·판매할 당시 우리 회사가 식약청을 상대로 로비를 벌였을 가능성이 있습니까?"

"그건 6년 전쯤이어서 제가 알 도리가 없습니다. 당시 엠브론 개발과 판매에 관여한 회사 임직원에게 물어보아야 하겠지만, 어디 사실대로 말해주겠습니까?"

"그것 참! 이건 제약업을 하는 민간기업가와 정부기관을 맡고 있는 권력층과의 코리언 커넥션에 속하는 문제이니까, 더 이상 거론할 성질의 것이 아니겠습니다! 남변호사님, 오늘 말씀 잘 들었습니다. 외국 사례가 큰 도움이 되겠습니다."

"제가 외국 사례를 적절히 요약·정리한 참조자료를 엠브론 사건을 담당한 검찰청에 제출하겠습니다. 독일은 형사사법적 정의 실현에 선두를 달리는 국가로 인정되는 만큼 우리나라 검찰이 독일사례를 따라갈 개연성이 높습니다. 제가 참조자료로 만들게 될 문서를 바오로사에게도 보내드릴 터이니, 문안을 손질해서 피해자들에게 보여준다면 합의를 이끌어내는 데에 도움이 될 겁니다."

"심각한 약화사고에서조차도 제약사가 하등 법적 책임을 지지 않았다는 선진국 사례를 숙지하게 되면, 피해자와의 합의가 쉽게 이루어질 것으로 생각됩니다."

신소장과 홍이사는 다소 안도하는 표정이다. 사무실을 나가는 신소장을 남변호사가 배웅하면서 마지막 조언을 한다.

"더 드리고 싶은 말씀은, 이번 약화사고에 대하여 비록 바오로사가 아무런 법적 책임을 지지 않는다고 하더라도, 앞으로 계속 말썽을 일으킬 소지가 있는 엠브론 생산을 중단하고, 시중에 풀린 피임약을 모두 회수하는 것이 바람직합니다. 이건 변호사로서의 제 의견입니다."

제52화
신성수가 약화사고에서 가르침을 얻다.

1.

신성수는 엠브론 약화사고를 어느 선에서 종결지을 것인가를 고민한다. 바오로제약사에게 법적 책임이 있다고 제 입으로 인정하는 것은 졸렬한 처사일 것이고, 그렇다고 법적 책임을 다투는 법정 공방으로 넘어가는 것은 몇 년이 걸릴지 모르는 지루한 재판이라는 수렁에 빠지는 것이어서 내키지 않는다. 결국 외국사례처럼 피해자에게 보상금을 주고 화해해서 사태를 조속히 해결하는 방안이 제일 낫다는 결론에 도달한다. 보상금 형식의 합의금은 배상금과 법적 성격이 다르다. 배상금은 법적 책임에 따라 지급이 강제되는 것이지만, 보상금은 지급하는 측이 불운하게 사고를 당한 측의 피해를 메워준다는 시혜적 성격이 강하다. 신소장은 안부장으로 하여금 신문보도후 각종 신문사에 들어온 피해신고를 알아보도록 하고, 남변호사는 사법연수원 동기 출신인 검사를 통해 형사 고소한 피해여성이 더 있는지를 알아낸다. 숨어 있다가 얼굴을 내민 피해여성은 모두 134명으로 집계되었다. 고소하거나 피해를 신고한 여성들이 공개적으로 나선 이상, 그들의 신원과 연락처를 입수하는 것은 그리 어려운 일이 아니다. 성수는 회사 내 소비자 민원창구팀을 동원해서 피해자들을 만나 화해를 시도해보라고 지시한다. 결코 회사에 잘못이 있다고 인정하지는 말고, 물의를 일으킨 데 대하여 도의적 차원에서 위로금을 주고 싶어서 만나는 것으로 하라는 해결지침을 내려 보낸다. 보상금액은 피해여성과 기형아 그리고 그 가족을 모두 묶어 한 건으로 해서 일괄 타결을 해야만 뒤탈이 없다. 화해에 나선 직원들은 피해자 측에 건당 3억 원의 보상금을 제시하고, 여의치 않으면 3억5천만 원까지 올려주는 선에서 타협하도록 하는 가이드라인을 받아 움직인다. 돈이 좋긴 좋다. 교섭에 나선 직원들의 사태해결능력도 뛰어나다. 화해를 시도한지 보름이 지나, 134명의 피해여성 모두가 보상금 합의에 응했고, 형사 고소한 여성들은 고소를 취소했다. 피해자 측의 고소가 취소되고, 담당 검사가 서독의 해결방식을 인지한데다가, 남변호사가 검찰청을 들락거리며 애쓴 덕에 형사문제는 검찰의 무혐의처분으로 종결되었다. 성수는 남변호사가 충고한 대로 시판 중인 피임약 엠브론을 전량 회수하고 생산과 판매를 전면 중단하는 조처를 내린다. 관계 임원들과 상의해서, 앞으로 회사연구소가 엠브론의 부작용을 줄이는 노력과 안전성 테스트를 강화한 후에 기형아 출산의 위험성이 없을 만큼 연구 성과가 나온다면, 엠브론 생산·판매를 재개하기로 결정한다. 엠브론 약화사고로 인하여 사회에 물의를 일으켜 죄송하다는 사과문을 신문지상에 게재하는 것만큼은 보류하도록 결정한다. 사과문이 자칫하면 회사의 법적 책임을 인정하는 자인서로 비쳐질 가능성이 있기 때문이다. 성수는 회사의 내부적 책임문제도 검토했지만, 6년 전에 개발된 약품이어서 문책할 만한 임직원을 찾아내기가 어려워 사건을 그냥 덮어버렸다. 이렇게 해서 신문보도가 있은 지 달포가 지나자, 사태는 일단락되었다. 악몽과도 같은 한 달을 보낸 것이다.

　신성수는 이른 새벽에 몸을 꿈틀거리며 어스름이 잠에서 깨어난다. 아랫도리에 힘이 뻗친다. 몸에 뻗친 기운이 잠을 깨운 것인지, 아니면 잠을 깨고 나서 사타구니에 힘이 몰리는 것을 느끼는 것인지, 그 선후를 알 수 없다. 하여간 주체하기 어려운 육체적 욕구가 자신을 뒤엎는다. 오랜만에 해일처럼 밀려오는 성적 욕구이다. 아들 면이의 죽음이라는 충격을 받아 사그라지고, 엠브론 약화사고라는 타격을 받아 연거푸 꺼져버린 성욕이 거의 열 달 만에 되살아난 것이다. 옆에 욕망의 분출 대상인 아내가 잠들어있다. 팔을 뻗쳐 아내의 어깨를 만져보다가, 아내의 몸 위에 올라탄다. 두 개의 몸이 짝진 듯 포개진다. 온몸을 아내의 몸에 밀착한다. 한 조개의 두 껍질이 입을 다물어 꼭 합쳐지듯이 두 몸이 단단하게 붙어버린다. 잠에서 깨어난 아내는 심한 압박감에 '끄응' 소리를 한번 내더니, 이윽고 본능이 몰아대는 격정의 순간이 왔음을 느끼고 두 팔로 남편의 상체를 세차게 끌어 붙인다. 둘은 무엇을 어떻게 해야 하는지를 순순히 자연에 내맡긴다. 남자가 여자의 냄새를 맡는다. 여자의 목덜미에 얼굴을 묻고 깊은 숨을 들이키더니, 귀밑에 코를 붙인다. 젖내 나는 분 냄새가 난다. 후각이 촉각을 유발한다. 미각의 전령인 혀가 촉각의 더듬이가 된다. 남자의 혀가 여자의 귀밑을 핥는다. 그러곤 남자의 앞니가 여자의 귓불을 잘근잘근 씹는다. 여자의 귀는 백합조개의 속살 같다. 남자의 귀는 가리비 속살만큼 큼직하다. 남자의 혀는 백합 속살을 핥고, 여자의 손은 가리비 속살을 주무른다. 남자가 혀를 옮겨 여자의 아랫입술을 빤다. 여자의 입이 조개 열리듯 벌어진다. 남자의 혀가 그 안으로 들어간다. 여자의 입속에 대합조개의 속살이 있다. 남자 입안의 조개 속살이 밖으로 나와 여자 입속의 속살을 찾는다. 여자 입속의 속살이 반가이 맞이한다. 두 속살이 맞물린다. 두 혀는 세탁기 안에서 돌아가는 빨래처럼 변화무쌍하게 요동치며 뒤엉킨다. 이제 남자는 수컷이고, 여자는 암컷이다. 수컷은 코와 입을 암컷의 젖통에 들이민다. 수컷의 혀가 젖퉁이를 뭉개듯이 섭렵한다. 곧이어 젖꼭지를 빨아댄다. 암컷이 손을 뻗어 수컷의 양물을 만진다. 양물은 탱탱하게 솟구쳐있다. 수컷의 혀는 암컷의 젖을 빨고, 암컷의 손은 수컷의 양물을 움켜쥔다. 수컷은 모처럼의 열락을 더 즐기기 위해 교접을 미룬다. 암컷의 허벅지에 코를 박는다. 종아리에 입을 밀친다. 암컷의 탄력 넘치는 두 다리를 손으로, 코로, 입으로 탐험하다가, 마지막에는 이로 깨물며 훑어나간다. 후각과 촉각 다음에 청각이 흥분한다. 시각은 닫혀있다. 암컷에서 간간이 새어나오던 신음소리는 사타구니를 핥아대는 수컷의 혀를 접하자 괴성으로 질러진다. 암컷의 그 기괴한 소리에 수컷의 흥분이 절정에 달한다. 암컷도 자신의 몸속에서 내질러지는 알 수 없는 짐승의 발성에 놀라면서 흥분한다. 수컷이 더 이상 교접을 미룰 수 없게 되었다. 드디어 암수 한 쌍의 사타구니 맨살이 서로 만난다. 암컷의 두 허벅지 능선 사이에 도톰한 언덕이 솟아 있고, 그 언덕 아래에 벌써부터 입을 활짝 벌린 조개가 벌건 속살을 드러내고 있다. 수컷의 **빳빳한** 맛조개가 암컷의 촉촉하고도 미끄덩거리는 속살 안으로 순식간에 미끄러져 들어간다. 양 허벅지를 당겨 조이며 암컷 조개는 당장 입을 다물어 수컷을 삼켜버린다. 황홀의 극치다.

　바로 그 순간 방정맞기 짝이 없는 생각이 신성수의 머릿속을 스친다. '이 섹스로 늦둥이를 보는 건 아닌가? 이 나이에 너무 늦은 짓이 아닌가? 아내가 피임은 하고 있는 건가? 피임으로 엠브론을 복용하는 것은 아닌가? 그러다가 털컥 아이라도 갖게 되면, 혹시 육손이 기형아가 나오는 건 아닐까? 기형아 모습이 상상하기만 해도 끔직하다. 그래! 섹스의 황홀한 열락은 당연히 종족 번식을 가져오는 것이야! 그런데 인간은 섹스의 쾌락만을 맛보려고, 자식 생산과 양육의 고통을 벗어버리려고 피임을 하다가, 기형아 출산이라는 자기 함정에 **빠지는** 거야. 인간은 머리를 굴려 어떻게 하면 자연의 이법을 거스를 수 있을까 하고 연구하다가, 결국은 재앙을 자초하는 거야. 섹스에 자식 잉태가 따르는 것이 자연의 법칙이요, 자연의 명령이야! 엠브론 약화사고는 자연에 거역하려다가 초래된 거야. 제약(製藥)이란 자연에 맞서는 인간의 잔꾀 부림일 수 있어. 그 잔꾀를 하늘이 가만 두지 않는 거지!' 성수는 여기까지 생각이 미치자 갑자기 아랫도리에 힘이 **빠진다**. 남성의 물건도 순식간에 줄어들더니 여자의 구멍에서 스르륵 **삐져나온다**. '이러면 안 되는데, 안 되는데' 하고 속으로 외쳐보지만, 아무런 소용이 없다. 섹스의 절정을 향해

내달려가던 아내는 절벽에서 떨어지는 불상사에 처한다. 이 아까운 순간이, 결코 돈으로 살 수 없는 환희의 찰나가 휙 날아가 버린다. 신성수는 엠브론 약화사고가 트라우마로 남아, 자신을 임포로 만들리라는 예감에 휩싸인다. 그 임포가 영구적일 수도 있다는 불안이 스친다. 엠브론 약화사고는 자신의 남성성을 거세할 것이다. 섹스의 쾌락만을 취하려는 피임이 결국 쾌락의 원천적인 도구를 무력하게 만드는 의외의 일이 발생할 수 있다. 신성수가 숭고하게 품고 있던 약학의 기본관념이 뒤엎어진다. 그는 '앞으론 무언가 다시 생각해야 할 것 같다'고 되뇌면서, 실망한 아내의 몸 위에서 내려온다.

2.

신성수는 약화사고를 겪고 난 후 중앙연구소로 출근하는 횟수가 늘어난다. 한 인간의 DNA는 한 인간의 설계도에 비유할 수 있다. 인간의 설계도가 잘못되면 기형아가 나올 수 있다. 약품에도 설계도가 있어서 만약에 설계도가 잘못되면 기형아가 나올 수 있다. 신소장은 엠브론 약화사고에서 그 경험을 했다. 제약회사에서 약품의 설계도를 담당하는 곳이 연구소이다. 제약에 연구소가 결정적 역할을 하는 만큼 신소장의 연구소 출근이 잦아지는 것은 당연하다. 그리고 그는 멍하니 생각에 잠기는 일도 잦아진다.

신소장은 진천에 있는 중앙연구소로 출근했다가 점심식사를 마치고 나서 일없이 먹은 음식을 삭이는 시간을 갖는다. 그는 명색이 천주교신자이다. 어릴 적부터 부모님을 따라 성당에 다녔고 세례도 받았다. 세례명은 안드레아(Andrea)이다. 그러나 머리가 좀 굵어진 후로는 이리저리 핑계를 대며 주일에 미사 나가기를 마다하고 성당을 멀리하였다. 겉무늬 신자가 된 것이다. 박해와 고난은 당하는 인간을 종교로 인도한다. 격심한 약화사고를 겪은 신소장의 머리가 이제 종교를 더듬는다. 점심 후 휴식시간에 그 더듬이가 작동하기 시작한다. 중앙연구소가 소재한 진천읍 인근에 두 곳의 천주교 성지가 있다. 충북 진천의 배티성지와 경기도 안성의 미리내성지이다. 그 중 미리내성지는 우리나라 최초로 사제 서품을 받고 순교한 김대건 신부를 안장한 곳이다. 김신부의 세례명은 안드레아이다. 신소장과 교명이 동일하다. 그래서 아버지 신현호는 어린 아들 신성수를 데리고 미리내로 성지순례를 간 적이 있다. 미리내는 순 우리말로 은하수라는 뜻이라고 한다. 19세기 천주교 박해기에 천주교도들이 숨어살던 마을이다. 그런 신소장 머리에 미리내성지가 떠오른 것이다. 그 성지에 가고픈 충동이 인다. 그는 혼자 차를 몰아 안성으로 향한다. 주차장에 차를 세우고 성지의 경내로 들어서니 정밀(靜謐)한 분위기가 그를 감싼다. 걸어 들어가는 길옆에 예수님이 당한 고난을 묘사한 청동조각들이 군데군데 늘어서 있다. 그는 성 요셉 성당과 웅장한 규모의 103위 순교성인 성당 안에서 숙연한 시간을 보낸다. 성당을 나온 그는 26세의 나이로 순교한 김대건 신부의 동상을 찾아간다. 그는 동상 앞에서 서성거리며 자신이 저지른 죄를 생각한다. 과학적 두뇌로는 엠브론 약화사고에 대한 책임을 부정한다고 하더라도, 이 곳 천주교 성지에서는 자신이 죄인이라는 죄의식을 불러내는 종교적 머리가 고개를 쳐든다. 죄의식은 정신적 고통을 준다. 그는 본능적으로 정신적 고통을 덜어내고자 한다. 그 고통을 덜어내는 의식, 고통의 원천인 죄의식을 털어내는 속죄의식이 있다. 고해성사이다. 그는 오랜만에 고해성사를 하고픈 생각이 든다. 고통의 치료제로서 고해성사가 약효를 발휘할지는 몰라도, 어쨌든 해볼 일이다. 사무실에 들러 고해성사를 신청한다. 다행히 허락이 떨어진다. 직원이 알려주는 고해소로 가서 성사를 집전할 신부를 기다린다. 신부가 들어와 자리를 잡는다. 신소장의 심장고동이 빨라진다. 정신이 버쩍 든다. 신소장이 고해절차에 들어간다.

"성부와 성자와 성령의 이름으로 전능하신 천주님과 신부님께 제가 범한 모든 죄를 고백합니다."

신부는 분위기에 무언가 좀 어색한 것이 느껴지는 모양이다.

"천주교 신자입니까?"

"예, 그렇습니다."

"세례명이 무엇입니까?"

"안드레아입니다."

"얼마 만에 고해합니까?"

"거의 22년만입니다."

"무슨 죄를 지었습니까?"

"저는 제약업에 종사하는데, 제가 만든 약을 복용했던 여자가 나중에 기형아를 낳았습니다."

한참동안 침묵의 시간이 흐른다.

"대죄를 범했습니다. 그 죄를 통회합니까?"

"예, 참회합니다."

"그 밖에 지은 모든 죄를 고백하십시오."

신소장은 생각나는 몇 가지 죄를 더 고백하고, 모든 죄에 대하여 용서를 빈다.

"집에 돌아가면 전도서를 다섯 번 읽으면서 죄를 회개하고, 천주님께 죄를 사하여 주실 것을 간구하십시오."

사제는 라틴어로 사죄경을 외운다. 그 소리는 주문처럼 신소장의 몸 구석구석을 휘돌아나간다. 전에 느껴보지 못했던 자극이다. 그는 사제가 고해소를 나간 후에도 남아 앉아서 고해성사의 뒷맛을 음미한다. 그 좁은 공간이 하늘나라처럼 넓디넓어 보인다. 더 앉아있고 싶어도 마냥 그럴 수만은 없는 장소이다. 고해소를 벗어난 신소장은 성지 경내를 느린 걸음으로 산책한다. 여기에 피정의 집이 있다던데, 며칠간 피정을 했으면 하고 생각한다. 그 때 멀리서 신부 한 분이 걸어온다. 성지에 가장 어울리는 사람은 신부든 수도사든 수녀든 맑은 얼굴에 성령 충만한 성직자, 그리고 죄를 회개하러온 어두운 얼굴빛의 신자이다. 성지에서 가장 빛나는 순간은 회개하는 신자와 은총 내려주는 성직자의 만남이다. 가까이 다가온 신부는 신소장에게 두 손 모아 깊이 허리 굽혀 절을 하고 나서, 다짜고짜 신소장에게 청한다.

"안드레아 성도님, 잠시 제방에 가서 이야기를 좀 나누시겠습니까?"

무언가 통하는 것이 있다. 신소장은 정중히 맞절을 하고, '예'하면서 신부를 따라간다. 신부가 안내한 방에서 두 사람이 마주 앉는다.

"저는 스테파노(Stephano)입니다. 좀 전에 성도님의 고해성사를 집전했던 신부입니다."

"신부님! 어떻게 저와 이야기를 나눌 생각을 하게 되셨습니까?"

"성도님은 제약업에 종사한다고 하셨는데, 혹시 달포 전쯤 피임약 사고를 일으킨 제약회사와 관련이 있으신가요?"

"제가 그 회사의 부회장이면서 연구소 소장직을 맡고 있습니다. 그런데 어떻게 그 사고를 알고 계십니까?"

"제 신도 중 한 사람이 그 사고의 피해자입니다. 그래서 그 사고를 알고 있습니다. 말썽을 일으킨 피임약이 아마 엠브론이지요?"

엠브론이라는 명칭을 듣는 순간에 신성수는 가슴이 철렁한다. 약화사고가 발생한 후 항간에서 바오로제약회사는 '육손이 제약회사', 엠브론은 '육손이 약'이라는 비웃음을 받아왔다. 엠브론이라는 언급은 자신의 내면에 숨어있는 정신적 상처를 건드린다. 그에게는 사람들이 그 약을 몰라주었으면, 그리고 이제 그 사고를 잊어주었으면 하는 바람이 있다. 그런데 미리내성지에서 그 상처가 도진다. 신부가 재차 질문한다.

"그 사고는 어떻게 해결되었습니까?"

"피해자들에게 합의금을 주고 끝냈습니다."

"아. 그렇게 끝냈군요! 그런데 성도님은 어떻게 여기 오셔서 고해성사를 하게 되셨습니까?"

"제 마음이 편치 않았습니다. 신부님께 고해라도 하고픈 심정이었습니다."

"고해성사를 하고 나니, 마음이 편해지셨나요?"

"아직은 잘 모르겠습니다."

"그런데 성도님은 고해의 의미를 알고 계십니까? 그냥 죄를 털어놓는 것이 고해라고 생각하시나요?"

"어릴 때 배운 대로 고해한 것이지, 진지하게 그 의미를 생각해본 적은 없습니다."

"제가 고해의 의미를 풀이해 드릴까요? 진정 고해하신다면 마음이 좀 편해지실 수도 있습니다."

"예, 신부님께서 저를 이끌어주십시오."

"어떤 아이가 실수로 아버지 서재에 있는 석고 성모상을 떨어뜨려 깨지는 일이 발생했습니다. 그 아이는 화를 낼 부모님이 무서워서 사고를 숨기려고 합니다. 얼른 깨진 조각들을 말끔히 치웠습니다. 부모는 아직 그 사고를 모르고 있는데, 아이가 이상해지기 시작합니다. 안절부절 하면서 밥을 잘 못 먹고, 잠도 잘 못 잡니다. 걱정이 되어서 물어보는 부모에게 '괜찮아' 소리만 연발합니다. 애써 태연한 표정을 짓습니다. 그런데 아이의 증세가 심해져서, 잠잘 때 헛소리도 하고, 심지어 오줌도 쌉니다. 사흘 후가 되자, 아이는 견디지 못하고 드디어 부모님에게 자기의 잘못을 털어놓습니다. 부모는 어처구니가 없어 속으로 웃으면서도 아이 교육을 위해서 훈계를 합니다. 아이의 잘못을 꾸짖고, 손바닥으로 아이의 엉덩이를 몇 차례 때립니다. 부모님에게 잘못을 고백하고 처벌을 받은 후, 아이는 얼굴이 편안해지고 밥도 잘 먹고 잠도 잘 자는 정상아로 돌아옵니다. 성도님! 또 이런 이야기도 있습니다. 여러 사람을 무자비하게 살해한 흉악범이 있었습니다. 그는 끔찍한 살인을 저지른 후 도주했습니다. 그를 검거하려고 전국에 수배령이 내려졌습니다. 흉악범은 힘든 도주생활을 이어나갑니다. 몇 끼씩 밥을 먹지도 못하면서 산속으로 도망 다니고, 추운 날씨에 숲속에서 잠자기도 하는데, 잠이라고는 하지만 죽은 피해자의 환영이 어른거려서 제대로 자지도 못합니다. 언제 잡힐까 싶어 두려움에 떱니다. 가진 돈은 떨어져가고, 기운도 떨어집니다. 점차 몰골은 형편없어지고, 행색이 초라해집니다. 혼이 흔들거린다는 느낌에, 이건 사는 게 아니라는 생각을 합니다. 언제까지 이 생활을 해야 하는지 막연하기 짝이 없습니다. 걱정하는 홀어머님 얼굴이 어른거립니다. 도주 생활 보름 만에 흉악범은 드디어 자수하고 마땅히 처벌받기로 마음먹습니다. 가까운 경찰서로 가서 자신의 죄를 모두 고백합니다. 그리고 편안한 얼굴이 됩니다. 경찰서에서 내주는 음식을 뚝딱 잘도 먹어치우고, 유치장에서도 깊은 잠을 달게 잡니다. 그는 비로소 정상인으로 돌아옵니다. 유치장에 함께 갇혀 있던 수용자들은 영문을 모른 채 혀를 내두릅니다. '흉악범은 저런 거로구나. 어떻게 그런 끔찍한 살인사건을 저지르고도 저렇게 태연히 밥먹고 잠자고 할 수 있단 말인가. 흉악범은 달라도 정말 다르구나!' 그러나 성도님! 자신의 죄를 고백하기 전과 고백한 후의 사람의 모습은 그렇게 바뀌는 것입니다. 제 이야기를 이해하시겠는지요?"

"예, 그럼요. 제가 신부님한테서 큰 가르침을 받았습니다."

　신부가 선사하는 묵주를 받아들고 사제관을 물러나오면서 신성수는 고해성사의 의미를 반추한다. '맨 먼저 자신이 지은 죄를 진정 뉘우치고 후회하는 회개가 있어야 하고, 그 다음에 바른 상대를 찾아서 자신의 허물을 진실하게 고백하고, 마지막으로 처벌을 마땅히 받는 보속이 따라야 하는구나! 고해성사를 통해 죄인은 정상인으로 'born again'하는 거야. 나는 그동안 법적인 책임만을 회피하려고 노심초사했었어. 이제 법을 떠나 인간으로서 진정 참회해야 해. 그리고 천주님 말고, 죄를 고백해야 할 상대를 찾아야겠어. 134명의 피해자에게 내가 숨기고 있었던 잘못을 고백하고 사과해야 해. 보속은 어떻게 할까? 적어도 1년은 새벽 미사에 나가서 통회하는 자기 처벌을 해야겠지. 그밖에 복지재단을 세워, 기형아와 장애인들을 돕는 일을 해야 해. 죄를 고백하려면 용기가 필요해. 고백 후에 따르는 보속에는 내 명예, 내 재산, 내 장미빛 미래 등등 모든 세속적 영광을 버릴 수 있는 비움이 필요해. 내가 그걸 해낼 수 있을까? 하여간 시간을 갖고 더 생각해 보아야겠어!'

　그날 밤 집에 돌아온 신성수는 성경을 펴들고, 전도서를 다섯 번

읽는다. 그는 전도서의 마지막 부분인 12장 13절과 14절은 세 번
더 읽는다. "일의 결국을 다 들었으니, 하나님을 경외하고 그의 명
령을 지킬지어다. 이것이 사람의 본분이니라. 하나님은 모든 행위와
숨겨진 모든 일을 선악 간에 심판하시리라."

3.

연구소로 출근한 어느 날 신성수는 자신의 별명이 약사여래인 것
이 생각났다. 그는 왠지 약사여래전에 한번 가보고 싶어졌다. 황비
서에게 연구원이나 직원 중에 진천에 사는 사람으로서 절에 다니
는 불교신자가 있는지 알아보고, 있으면 자기에게 데려오라고 했
다. 연구소 본관 건물의 수위가 진천 토박이 불교신자라고 한다. 신
성수는 소장실로 불려온 수위에게 물어, 진천 인근에 약사여래를 주
불(主佛)로 모시는 사찰이 있는가를 탐문한다. 수위는 자기가 아는
한, 진천군에 약사여래를 본존으로 하는 절은 없다고 한다. 그러면
근처에 가볼만한 절을 추천해보라는 신소장의 주문에 수위는 서슴
없이 청룡사를 입에 올린다. 그리고 청룡사의 부속암자로 은적암이
있는데, 그곳에 파파(破破)스님이라는 고승이 기거하고 있다고 한
다. 청룡사(靑龍寺)는 경기도 안성시 서운면 서운산 자락에 위치한
유서 깊은 절이다. 진천군 북서쪽에 엽돈재라고 하는 높은 고갯길이
있다. 이 고개를 접점으로 해서 충청북도와 남도, 그리고 경기도 등
세 도(道)로 행정구역이 갈린다. 엽돈재에서 경기도 방향으로 고개

를 내려가자마자 청룡저수지가 있고, 그 저수지 옆을 지나면 곧바로 청룡사가 보인다. 이 절은 19세기 후반에 활약한 천재적 예능인(藝能人) '바우덕이'의 거점이었다. 본명인 김암덕(金岩德)에서 유래한 예명이 바우덕이인데, 그는 줄타기와 소고 그리고 살판이라는 땅재주 부리기의 고수로서 어린 여자임에도 불구하고 남사당패의 우두머리가 되어 광대 무리를 이끌고 전국의 장터를 누빈 재인(才人)이었다. 아깝게도 23세의 나이로 요절했다고 전해진다. 바로 청룡사 언저리에 바우덕이 남사당 패거리가 월동(越冬)하고 휴식하는 귀향처 마을이 있었다. 그래서 그들이 원찰(願刹)로 삼은 절이 청룡사이다. 신성수는 수위가 대충 하는 소개말을 듣고 나서, 혼자 차를 몰아 청룡사로 향한다. 절에 들어선 그는 산속에 자리 잡은 고찰에 특유한 분위기라고 할 안온함이 온몸으로 스며드는 것을 감지한다. 자그마한 절이라서 아담스런 기운도 풍긴다. 급각도로 휘어진 아름드리 나무를 기둥으로 삼아 건축된 대웅전이 눈에 두드러져 들어온다.

신성수는 땅거미가 어스름한 저녁이어서 되돌아 나올 길이 쉽지 않을 터인데도 은적암(隱跡庵) 가는 길을 물어 찾아간다. 그는 하산 못할 경우에 유숙할 하룻밤을 걱정하지 않는다. 암자 스님이 재워주겠지 싶다. 굽이굽이 산길을 따라 반 마장쯤 올라가니, 허술한 암자가 보인다. 은적암이다. 부처님 모시는 법당 옆에 남루한 한 칸 거처가 있다. 그야말로 불가에서 말하는 토굴이다. 암자 앞에서 신성수가 헛기침을 수차례 한다. 손이 왔다는 신호다.

"거기, 뉘시오?"

"스님을 뵈러 찾아온 사람입니다."

"이 밤에 쯧쯧…. 소승은 잠자리에 들 시간이니, 법당에 들어가 한 귀퉁이에서 주무시고 내일 아침에 봅시다."

성수는 법당에 들어가 방석 몇 개를 가져다 깔고, 그 위에 눕는다. 달빛 교교한 법당 안을 둘러보니 으스스하기 짝이 없다. 좁은 법당이기는 해도, 정면에 도금칠을 한 부처상, 두 벽면과 천장에는 울긋불긋 단청 칠을 한 나한(羅漢)상이 가득해서, 천주교신자인 그에게는 무섬증을 일으킬만하다. 그는 법당 안에서 자보기는 처음이다. 그것도 밤에 혼자서…. 쏴 하는 바람소리와 어디서 산짐승이 울부짖는 소리를 듣고, 무서움에 머리털이 쭈뼛해지자, 그는 스님 거처로 가서 재워달라고 할까 보다 하는 생각까지 한다. 다음날 새벽 스님이 법당 안에 들어와 목탁 치며 염불하는 소리에 성수가 잠을 깬다. 조용히 법당을 빠져나와 개울가에서 세수를 마치고 법당 입구에서 스님 나오기를 기다린다. 조금 후 모습을 드러낸 스님은 몰골이 말이 아니다. 비쩍 말랐다. 피골이 상접했다. 한 달이나 더 살 수 있을까 의심스러웠다. 그러나 눈빛이 형형했다. "객(客)은 잘 주무셨소?" 하고 인사를 건네는 목소리는 짜랑짜랑했다. 육(肉)은 쇠했으나, 영(靈)은 차고 넘쳤다. 성수는 속으로 '아! 이런 스님을 두고, 고승이라고 하는구나'라고 찬탄한다. 아침 공양이라고 내주는 밥 같지도 않은 밥을 서로 말없이 먹고 나서, 두 사람이 마주한다. 성수는 스님에게 삼배를 올린 후 정좌한다. 스님은 그런 그를 뜯어본다. 대화가 시작된다.

"그래, 어찌 소승을 찾아오시었는지요?"

"신성수라고 합니다. 한 말씀 듣고 싶어서 찾아 왔습니다."

"무슨 말을 듣고 싶으신지요?"

"저도 잘 모르겠습니다. 가슴이 메고, 심사가 불편합니다."

"중생이 그러하듯, 객도 번뇌에 빠져있습니다."

"스님, 어찌 하면 번뇌에서 헤어날 수 있겠습니까?"

"허어! 급하기도 하시지! 소승이 단번에 번뇌에서 해탈할 묘수를 가르칠 수 있다면, 서울 한복판에 가서 돗자리 깔고 앉아 있지, 왜 이 산속 토굴에서 혼자 웅크리고 있겠습니까?"

"스님은 아무에게나 해탈의 묘수를 가르쳐줄 분이 아니지 않습니까? 번뇌에 시달려야 할 사람은 시달리도록 놔둘 분으로 보이십니다."

"괴이한 말을 다 하십니다. 객은 어찌 스스로를 소승이 번뇌에서 벗어날 도를 전해줄 사람으로 생각하십니까?"

"그것은 스님의 혜안과 처분에 달려 있습니다."

"괴이한 말을 자꾸 하십니다그려. 말은 접어두고, 소승과 같이 바깥 텃밭에 나가 울력이나 하십시다."

40대 초반의 성수와 70대 초반의 스님이 텃밭에서 농사일을 한다. 성수에게는 태어나 거의 처음이라고 할 농사이다. 농사법을 몰라도 눈썰미로 알아서 작물을 가꾼다. 채소가 쏟아내는 파릇파릇한

잎사귀, 열매 껍질 속으로 엿보이는 단단히 여문 알갱이, 근채(根
菜) 밑으로 힘차게 뻗어나간 뿌리, 풀 섶에 숨어있는 청개구리, 살
랑살랑 간질이는 미풍, 푸르디푸른 하늘, 두둥실 떠있는 뭉게구름,
무엇보다도 건강한 흙냄새! 자연과의 교감이 잠시나마 성수로 하여
금 번뇌를 잊게 만든다. 성수는 농사짓는 쾌감에 취해 정성껏 작물
을 돌본다. 한참 동안 울력을 하고나서 점심 공양을 한 후에 스님은
낮잠을 자고 나더니, 성수를 부른다.

 "농작물에 번뇌가 있겠습니까?"
 "전혀 없어 보입니다."
 "그런데 어째서 중생에게는 번뇌가 있겠습니까?"
 "욕심 때문인가요?"
 "중생의 번뇌는 탐진치(貪瞋癡)에서 비롯됩니다. 이 삼독(三毒)은
탐욕, 분노, 어리석음을 말합니다."
 성수는 정신 바짝 차리고 스님의 가르침을 경청한다.
 "스님, 어찌하면 탐진치에서 벗어날 수 있습니까?"
 "중생이 왜, 어떻게 탐진치에 포박되어 있는지를 깨달아야 합니
다. 그 깨달음의 경지에 다다라야 합니다. 그 경지가 번뇌에서 벗어
남이고, 해탈에 오름입니다."
 "스님, 부디 탐진치에 포박된 저를 깨우쳐 주십시오!"
 "부처님의 무량(無量)한 지혜에 비추어 중생은 하잘 것 없이 어리
석습니다. 보아하니, 객은 많이 배운 사람입니다. 그런데 많이 배웠

다는 자부심이 어리석음을 부채질합니다. 객의 어두운 얼굴은 어리석음에 뿌리를 두고 있습니다. 객의 얼굴에서 탐욕과 분노의 기색은 찾아보기 어렵습니다."

"제가 어떤 어리석음에 사로잡혀있는지 알고 싶습니다."

"못 배워서 모르는 중생의 무지(無知)보다 배워서 아는 중생의 착각이 더욱 어리석은 것입니다. 착각도 어리석음입니다."

"제가 어떤 착각에 빠져있을까요?"

"그것은 객 스스로가 깨우칠 일입니다. 어리석은 중생은 모르면서 안다고 착각하고, 없는데 있다고 착각하고, 넘치는데 부족하다고 착각하고, 잘못인데 옳다고 착각하고, 거짓을 진실이라고 착각하고, 악함을 선함으로 착각하고, 해로움을 이로움이라고 착각하며 살아갑니다. 중생은 자신이 혹은 타인이 빚어내는 착각 속에서 살아가는 것이지요. 착각이라는 어리석음이 일으키는 번뇌 가운데 중생은 한 평생 허우적거리며 살아갑니다. 오진을 한 의사의 착각은 멀쩡한 사람의 생명을 잃게 하여 번뇌의 씨앗을 뿌리고, 오판을 한 판사의 착각은 결백한 사람을 처형하여 번뇌의 씨앗을 뿌리고, 오폭을 한 폭격기 조종사의 착각은 숱한 민간인의 생명을 빼앗아 번뇌의 씨앗을 뿌립니다. 국민을 오도하는 지도자의 착각은 온 백성을 도탄에 빠뜨리는 번뇌를 심습니다. 착각에서 비롯된 어리석은 아집과 편견이 얼마나 처참한 비극을 가져오는지 잘 아시겠지요. 피부색이 다르면, 종교가 다르면, 민족이 다르면, 출신이 다르면, 자기편이 아니면, 열등하고 패악하다는 착각이 아직도 사바세계를 지배하고 있습니다. 더구나 착각이 신념과 결합할 때, 그것도 종교적 신념으로 무장되어 있을 때에는 끔찍한 결과를 초래합니다. 소승의 객설이 길었습니다. 소승이 객을 번뇌에서 벗어나게 해줄 수 있다고 생각하는 것도 착각입니다. 사바세계는 온통 착각으로 가득 차 있습니다."

"스님, 저는 질병과 건강과 생명을 공부하는 사람입니다. 그러한 저에게 착각이 있다면, 고치지 못할 병을 고칠 수 있다고 생각하고, 건강을 주지 못하면서 건강하게 만든다고 생각하고, 생명을 건지지 못하면서 생명을 건진다고 생각하는 착각이겠습니다. 스님, 그런가요?"

"소승이 어찌 그걸 알겠습니까? 소승이 객의 착각을 안다고 생각하는 것이 착각이겠지요. 우리가 더 이상 나누는 이야기도 착각일진데, 이만 입을 다무는 것이 어리석음에서 벗어나는 길일 겝니다."

"스님, 입을 닫기 전에 하나 궁금한 것이 있습니다. 스님의 법명인 파파(破破)는 어디에서 연유하는 것입니까?"

"소승이 모셨던 스님이 지어주신 법명입니다. 파(破)는 깨부순다는 뜻입니다. 벗어날 때까지 착각을 깨어 부수고 또 깨어 부수라고 그렇게 지어주셨습니다."

신성수는 파파스님이 "이것도 인연이니, 받아 가시지요" 하면서 손목에서 내주는 염주를 받아들고, 삼배의 절을 올린 후 암자를 내려온다. 그 이래로 그는 두 손목에 염주를 차고 다닌다. 왼팔에는 스테파노 신부가 준 천주교 묵주이고, 오른팔에는 파파스님이 준 불교 염주이다.

4.

　신성수는 청룡사를 다녀온 다음날도 연구소로 출근한다. 소장실에 앉아 그날 할 일을 체크하고 있는데, 다제 내성균 연구센터 소속의 최연구원이 잠시 찾아뵙겠다고 전화한다. 그는 신소장과 함께 오가졸리드라는 신약을 개발한 열성파 연구원이다. 소장실로 들어온 최연구원은 인사치레로 몇 마디 하더니, 저녁시간을 낼 수 있으면 밥을 사달라고 청한다. 얼굴이 자신처럼 어두움에 가득 차있다. 만사 제쳐두고 그에게 시간을 내주어야 할 듯하다. 저녁이 되자 황비서에게 오늘은 혼자 서울로 퇴근하라고 이르고 나서, 신소장은 최연구원을 데리고 음식점에 간다. 반주를 곁들인 식사를 거의 마칠 때쯤 최연구원은 속내를 털어놓기 시작한다. 얼마 전에 이혼을 했다고 한다. 결혼한 지 5년만이고, 세 살 된 딸이 하나 있단다. 그는 일단 꺼낸 자신의 이혼 스토리를 독백처럼 술술 풀어낸다. 연애결혼을 했는데, 연애할 때에는 잘 몰랐던 부인의 문제점이 결혼 5년 동안 줄곧 그를 괴롭혀왔다는 것이다. 부인에게는 치유되지 않는 심한 낭비벽과 사치성향이 있다고 한다. 갖고 있는 명품 시계만도 스무 개쯤 되고, 색안경은 열다섯, 구두는 오십 켤레가 넘으니, 집안 꼴을 상상할 수 있겠느냐고 묻는다. 연애할 당시에 부인이 화려하게 성장하기를 좋아했는데, 결혼하고 애 낳아 기르면서 현실에 부딪치면 바뀔 줄 알았으나 그게 아니었다는 것이다. 부인의 감당 못할 낭비벽 때문에 회사연구소 연구비를 빼돌려 감옥에라도 가게 될까봐 겁나고, 딸아이가 엄마를 닮을까봐 겁나고 해서, 이혼을 결심했다고 한다. 아이는 자신이 키우고 싶어 은행 대출도 받고 어떻게 돈을 3억 원 가량 마련해 부인에게 주면서 달래고 달래어 협의이혼을 성사시켰다는 것이다. 앞으로 혼자 아이를 키울 생각을 하면 암담하기 그지없다고 말하는 최연구원의 얼굴에 수심이 가득하다. 그야말로 번뇌하는 중생이다.

최연구원의 신상보고를 듣는 자리를 파한 후, 성북동 집으로 돌아온 신소장은 밤늦도록 상념에 잠긴다. 최연구원은 문제가 있는 여자를 문제가 없을 사람으로 착각하고 결혼한 것이 문제였다. 그 착각에서 번뇌가 자꾸 생산된 것이다. 중생은 백년해로할 배우자의 사람됨됨이를 착각하고 백년가약을 맺은 탓에 평생 번뇌를 짊어지고 살아가게 되는 것이다. 파파스님의 가르침이 이렇게 하루 만에 구구절절이 와 닿을 수가 없다. 신소장은 어리석음을 무지와 저능(低能)의 관점에서가 아니라 착각과 오신의 관점에서 숙려해본다. 치매보다 더 무서운 것이 착각이라는 생각을 한다. '치매는 기억의 공백이지만, 착각은 기억의 혼돈이다. 기억의 혼돈에서 최종 선택된 기억이 자신과 주변을 설계하고 변화시킨다. 인간의 삶은 잘못된 착각과 올바른 분별 사이를 오간다. 성장이란 착각을 피하고 분별심을 키우는 지적 과정이다. 불완전한 인간인데, 착각 없는 삶이 어디 있겠는가? 잘못된 착각은 자신과 주변을 파멸로 몰고 간다. 자신과 주변에 번뇌 바이러스를 번지게 한다.' 신소장의 상념은 줄줄이 뻗어나간다. '보잘 것 없는 자신을 특별한 존재로 착각한다. 인간관계에서의 착각은 어떤가? 파렴치범을 스승으로 착각하고, 배신자를 친구로 착각하고, 도적놈을 형제로 착각하고, 사기꾼을 충복으로 착각한다. 악당을 의인으로, 추잡꾼을 성인으로, 가짜를 진짜로 착각한다. 남자는 여자의 화장한 얼굴, 성형한 얼굴을 예쁘다고 착각한다. 그래서 여자들은 남자들을 어리석다고 한다. 인간은 스스로 초래한 착각도 있지만, 한 시대, 한 사회가 만든 거대한 착각의 틀 안에서 살아가는지도 모른다. 중세 유럽 기독교인은 천동설이라는 착각을 신봉하며 살았다. 지동설이 상식이 된 현대인이 보기에 그들은 얼마나 우매한가! 자신이 몸담고 있는 국가, 종교, 단체가 지키고 따르라는 가치관이 만일 착각이라면, 헛된 삶, 속은 삶을 산 것이 아닌가! 심지어 가치가 전도된 그 착각에 목숨까지 바쳤다면, 그 죽음은 얼마나 억울하고 비통하겠는가! 애국심, 애교심, 애향심, 애사심이라는 것, 그럴듯한 명분을 내세워 헌신하라는 설득과 호소는 우리를 거대한 착각 속에 몰아넣는 인간 조종술에 불과할지도 모른다. 기독교도와 불교도가 서로 입장을 바꾸어 본다면, 이차돈의 순교와 김대건의 순교는 얼마나 위대한 착각이고, 얼마나 어처구니없는 죽음인가! 순국, 순교, 순직은 착각한 죽음을 포장하는 말장식이다. 그래서 국경일 중에서 현충일이 가장 애석하게 눈물 흘려야 할 날이다. 아! 인생은 착각이요, 혼돈이고, 미망(迷妄)이다. 아! 인생은 번뇌요, 고해(苦海)다.'

신소장은 이쯤에서 상념을 접고 잠자리에 든다.

파파스님은 인간이 번뇌를 야기하는 착각 속에서 살아감을 가르쳐 주었다. 신소장은 자신이 만든 약이 결함이 없을 것이라는 착각에서 벗어나야겠다는 다짐을 한다. 모든 약은 결함을 지니고 있다, 그 결함이 심각한 것이라면, 그 약은 사람에게 이로움을 주기보다는 해를 끼치고, 심지어 죽음에 이르게 한다. 그는 이미 출시된 약품에 대해서 그 안전성을 지속적으로 모니터링하고 테스트하는 연구센터를 중앙연구소에 설치해야겠다고 결심한다. 약화사고는 그에게 가르침을 준 것 말고도 작은 변화들을 가져 왔다. 그는 자택 서재와 연구소 소장실 그리고 본사 부회장실에 작은 석고 성모상과 작은 석조 약사여래상을 모신다. 그리고 특별히 조각가에게 부탁하여 청동으로 어른 머리 크기 정도의 육손이 손바닥 조각상을 세 개 만들게 해서 세 곳에 비치한다. 그는 육손이 조각상을 수시로 보면서 마음의 경계로 삼고, 조각상의 여섯 번째 손가락이 결코 기형아의 손가락이 아니라, 닿기만 하면 세상의 모든 병을 치료하는 기적의 마이더스(Midas) 손가락이 되게 해달라고 기도한다. 그는 복지재단을 설립하여 기형아와 장애인을 돕는 데 힘쓴다. 그러나 기형아를 낳은 134명의 피해 여성을 모아, 자신의 허물을 고백하고 용서를 구하는 성사(聖事)는 차마 하지 못한다.

신성수의 보속 리스트에는 성당 다니기가 들어있다. 집에서 가까운 성북동 성당으로 가 일요미사에 참석한다. 앞줄에 앉아 신부의 강론을 듣는다. 그날따라 신부는 인간의 원죄를 설파한다. 인간은 죄를 지어서 죄인이 아니라, 죄인이어서 죄를 짓는다는 강론이 신자들의 마음을 때린다. 인간은 모두 타고난 죄인이다. 우리가 잘못을 저지르고 죄를 범하는 것은 숙명이다. 지금까지 죄를 범해왔고, 앞으로도 그럴 것이다. 우리는 예수의 가르침대로 살려고 노력하면서 죄성(罪性)을 줄일 수 있을 뿐이다. 신성수는 불가의 탐진치도 인간의 원죄에서 유래하는 것이라는 연상을 한다. 인간은 어리석은 짓을 해서 우인(愚人)이 아니라, 우인이어서 어리석은 짓을 하는 것이다. 우리는 모두 타고난 우인이다. 우리가 어리석음을 저지르고 착각에 빠지는 것은 숙명이다. 지금까지 어리석음을 저질러왔고, 앞으로도 그럴 것이다. 우리는 부처님의 지혜에 다가가고자 노력하면서 치기(癡氣)를 줄일 수 있을 뿐이다. 인간이 죄 없이 벌받음과 우행(愚行) 없이 번뇌함도 숙명이다. 신성수는 유전공학을 연구하였다. 그래서 또 다른 연상을 한다. 탐진치는 인간의 유전자에 악성 코드로 숨겨져 있을 것이다. 우리는 숨겨진 악성(惡性) 유전자 코드에서 벗어날 수 없다. 인간의 유전자는 지구에 생명체가 출현한 이래 38억 년이 걸려 형성된 것이다. 타고난 악성 유전자 코드는 영원히 풀 수 없을 것이다. 신성수에게 깨달음이 온다. 인간은 영원히 탐욕스럽고, 분노하고, 어리석다. 태양이 뜨고 지듯이, 우리의 탐진치는 출생과 더불어 뜨고 사망과 함께 진다. 신성수에게 숨어 있던 영성이 고개를 든다. 영성(靈性)은 인간에게 숨겨진 양성(良性) 유전자 코드이다.

CENTAKNON

———

제2장

제약왕국의 골육상쟁

제2장 제약왕국의 골육상쟁

제53화
신회장의 둘째 아들 신대수가 미국에서 귀국하여 회사경영에
참여하다.

1.

　같은 방에서 직장생활을 하는 두 사람이 서로 경멸하다 못해 혐오
하고 있으면, 일하는 게 고역이 아닐 수 없다. 그러나 서로 호감이
넘쳐 단짝이 되면, 출근길이 즐겁고 퇴근은 서운하다. 더구나 호감
을 가진 두 사람이 미혼의 남녀이고, 또 한창 나이에 미모를 뽐내고
있으며, 정신적으로 건강하다면, 둘 사이가 어떻게 발전할 것인가
는 묻지 않아도 뻔하다. 바오로제약사의 본사 신성수 부회장실에서
근무하고 있는 두 비서, 황선익과 신혜란이 하늘의 축복을 받은 그
러한 남녀이다. 그들이 출근하고 퇴근하기까지 얼마나 달콤한 시간
을 보낼지 상상하기만 해도 짜릿하다. 일처리 하는 틈틈이 서로 바
라보면서 정을 담뿍 담아 미소 짓고, 스쳐 지나가면서 살짝 몸을 부
딪고, 말을 나누면서 윤기 잘잘 흐르는 음성을 실어 보낸다. 두 사
람 사이를 비집고 사랑이 끼어든다. 사랑이 뿌리 내리고, 줄기 뻗으
며, 잎사귀 단다. 사랑이 살포시 싹트고, 향긋이 꽃피며, 알알이 영
근다.

사랑에 빠진 두 남녀는 서로에게 홀려 주술에 걸린 세상을 살아간다. 함께 있는 시간은 영혼 충일이고, 떠나 있는 시간은 영혼 고갈이다. 마주보며 내근하는 하루는 촌각으로 흐른다. 연인이 외근하는 하루는 여삼추이다. 연인이 앉았던 자리에 남긴 자그만 눌림 자국은 공룡 발자국만큼이나 심대하다. 계절이 바뀌어 갈아입고 온 연인의 옷은 털갈이 한 천사 날개처럼 눈부시다. 연인끼리는 조그만 무엇이라도 주고 싶어 한다. 연인이 잠시 외출했다가 사들고 와 쥐어 주는 음료수 한 병은 신선이 사흘 밤을 지새우며 달인 감로수 같다. 밤늦게 연인이 보낸 '깊은 잠자고 좋은 꿈꾸고 내일 만나요!'라는 문자메시지는 큐피드의 화살에 달린 쪽지이다. 연인의 생일이 어서 오기를, 크리스마스가 어서 오기를 어린이처럼 손꼽아 기다린다. 그때에 여섯 달 동안 모은 돈을 풀어 숙원의 선물을 한다. 세상이 온통 악인의 심술로 가득 찼어도 연인이 있기에 삶이 달콤하다. 연인과 함께 먹는 김밥 한 줄은 대감의 구첩반상보다 더 맛나다. 연인과 함께 굶주리는 하루는 짜릿한 공복의 쾌감을 준다. 연인과 함께라면, 추워도 따사롭고, 슬퍼도 기쁘며, 아파도 감미롭다. 연인의 눈은 눈이 아니라 반짝이며 눈맞춤을 기다리는 보석이요, 입술은 입술이 아니라 뾰조록이 입맞춤을 기다리는 앵도요, 손은 손이 아니라 살포시 잡아주기를 기다리는 모피장갑이다. 연인을 보듬을 때 세상도 품안에 들어온다. 태어났음을, 살아있음을, 연인을 만났음을 천상천하의 축복으로 여긴다. 모든 게 바뀐다. 모든 게 황홀하다. 콧소리로 하는 '사아 랑'은 마법을 거는 주문이다. 사랑은 현실을 꿈으로 바꾸고, 땅을 하늘로 바꾸며, 나를 우리로 바꾸고, 순간을 영원으로 바꾼다. 사랑은 '이제 그만!'을 '조금 더!'로 바꾼다. 하느님은 인간 세상에 불행에 걸릴 999개의 덫을 치고, 마지막에 1개의 행복 몽혼제를 묻어 놓는다. 그 몽혼제가 사랑이다. 인간에게는 사랑이 있기에 현세의 지옥 불구덩이를 견뎌낸다. 모두들 어서 사랑하자!

2.

신대수는 미국 버클리 MBA를 졸업하고, 화이자 제약회사에서 1년가량 근무한 후 귀국한다. 곧바로 바오로제약사에 취업한다. 사주인 아버지 신회장은 둘째 아들 신대수를 부회장으로 선임하여, 영업 부문과 생활건강회사를 맡긴다. 형 신성수는 기획과 연구 부문을 맡는다. 형제가 상법상 공동 대표이사로 취임하여, 바오로 제약왕국을 투 톱 체제로 분할 통치한다. 그러나 왕정(王政)은 하나의 국가를 한 사람의 국왕이 다스리는 것이 필연이다. 왕정은 1인 1군주국이지, 두 사람의 군주가 사이좋게 통치할 수는 없다. 권력은 속성상한 사람에게 집중되려고 하지, 분할되려고 하지 않는다. 그것이 사물의 본성이다. 민주국가에서 권력을 셋 넷으로 분립시키고 상호간에 견제와 균형을 도모하는 것은 권력의 속성에 대한 반발이지, 권력에 고유한 체제는 아니다. 회사도 마찬가지이다. 형 신성수는 회사경영의 투 톱 체제를 아버지의 의중이 그런가 보다 하고 반무의식적으로 받아들이고 있는 반면에, 동생 신대수는 왕권강화를 노리고 형의 권력을 압도하려 한다. 종내에는 바오로제약사를 자신이 혼자 지배하려고 획책한다. 바오로사는 주식회사이니까 주식 지분이 결정적인 권력기반이다. 주식 지분의 과반은 아버지 신현호 회장이 소유하고 있다. 신대수는 아버지의 마음을 움직여 아버지의 주식 지분을 최대한 양도받을 궁리를 한다. 단번에 공짜로 주식 지분을 늘리는 길은 세금을 좀 내겠지만 증여받는 방법이다. 그 다음으로 권력을 모아야 할 영역은 신하이다. 자신의 수족이 될 충성스런 신하들을 가급적 불려나가야 한다. 회사 경영의 중요사항은 이사회에서 결정되고 그 집행은 상임이사가 담당하므로, 상임이사들, 이른바 임원들을 자기 사람으로 포섭해야 한다. 신대수는 임원진의 면면을 검토한 결과, 은연중에 두 진영으로 나뉘어 있음을 파악한다. 훈구파와 신진파의 대립이다. 전자에는 재무담당의 박지운 전무, 영업담당의 정찬욱 전무, 관리담당의 노기태 상무 등 세 사람이다. 후자에는 연구담당, 기획담당, 생산담당, 구매·불류담당 능 네 사람의 이사가 있다. 신진파는 형이 선임한 임원들이니까 자신이 포섭할 대상은 응당 노회한 훈구파이다. 대수는 귀국 후 서울강남지역 도곡동의 고급 아파트에 입주했다. 가까이 해야 할 사람은 집으로 저녁초대해서 따스한 집안 분위기로 끌어들여 가족의 일원처럼 받아들이는 것이 효과적이다. 자신의 아파트는 아버지와 형이 살고 있는 강북지역 성북동에서 멀리 떨어져 있으니, 세 사람의 훈구대신만을 집으로 초대해서 은밀히 대화를 나누려는 꿍꿍이수작을 부리기에 지리적 이점이 있다. 세 대신이 신대수의 아파트에 모여 저녁을 먹는다. 신대수는 대인관계에서 교묘한 스킬(skill)을 발휘한다. 자신의 정체는 위장하고 변장한다. 말은 포장하고 가장한다. 얼굴표정은 단장하고 분장한다. 베푸는 것은 치장하고 과장한다. 진정성과 이타심은 없다. 인간은 기본적으로 경영할 대상이 아니라 존중할 대상이다. 그렇지만 경영학을 전공한 신대수는 인간도 경영 대상으로 삼는다. 부모님과 누님 부부 그리고 임원들을 상대로 한 그의 대인술은 형과는 차원이 다르다.

"제 아파트를 찾아오시는 데 어려움은 없으셨는지요? 세 분을 번거롭게 집으로 오시게 해서 죄송합니다."

훈구파의 대표격인 박전무가 답례 인사를 한다.

"아닙니다. 이렇게 집으로까지 초대해주셔서 감사합니다. 여기 보잘 것 없는 와인 한 병을 가져왔습니다."

"그냥 오셔도 되는데, 웬 이런 고급 와인을 다 가지고 오셨습니까!"

"부회장님이 귀국하신지 얼추 보름이 되었습니다. 댁에서나 회사에서나 빨리 환경에 적응하셔서 안정을 찾으셔야 하는데요."

"외국생활이 오래되어, 이곳 적응이 쉽지 않습니다. 서투른 점이 많은 저를 세 분이 잘 이끌어 주십시오. 우리나라의 식문화를 보니, 귀한 손님은 집으로 모시기보다 좋은 음식점으로 초대하여 접대하는 외식문화가 정착된 듯합니다. 미국인은 집으로 식사 초대받는 것을 더 영광으로 생각합니다. 음식을 장만하는 주부의 수고를 알아주는 것이 아닌가 합니다."

"저희들도 부회장님 댁으로 초대받은 것을 대단한 영광으로 생각합니다. 어디서 어떻게 사시는가 하고 궁금했습니다."

네 사람은 신대수가 귀국할 때 가져온 나파 밸리산 프리미엄 와인을 반주삼아 식사를 즐긴다. 식후에는 코냑을 한잔씩 앞에 놓고 대화에 들어간다. 대수는 세 임원의 속을 떠본다.

"제 형, 신성수 부회장님은 회사 경영을 잘 하고 계시지요? 회사 실정이 어떤지, 아직 모르는 것투성이입니다."

예민한 질문을 받자, 세 임원은 순간 서로 얼굴을 쳐다본다. 박전무가 또 나선다.

"예, 잘 하고 계시지요. 그런데 회사가 번창하려면 아쉬운 점도 있습니다."

질문에 대답을 긍정문으로 하더라도 그 긍정문 다음에 '그러나' 또는 '그런데', '그렇지만'이라는 따위의 이의가 따라 붙을 때는 그 부가문을 유의해서 들어야 한다. 덧붙이는 말이 앞의 긍정문에 약간의 이의를 제기하는 정도에 그친다든가, 걱정하거나 아끼는 뜻에서 던지는 부가문이라면, 신경 쓸 필요가 없다. 만일 어조는 부드럽더라도 그 부가문이 앞의 긍정문을 송두리째 무너뜨릴 취지를 담고 있다든가 잠복해있던 불만을 드러내는 것이라면, 귀담아들어야 한다. 그러니까 듣는 사람은 자기 생각을 앞세워 듣지 말고, 상대방이 하는 말귀를 잘 알아들어야 한다.

"세 분께서는 제가 회사 경영에 신경을 써야 할 부문이 어디라고 생각하십니까? 회사를 위해 고견을 들려주시면 감사하겠습니다."

"우리 회사는 연구에는 강하지만 영업에 소홀한 점이 없지 않아 있습니다. 부회장님이 이 부문을 보완해주셔야 하리라고 봅니다."

"제가 회사 경영에는 신출내기라서 앞으로 세 분의 지도를 많이 받아야겠습니다. 도와주십시오. 이 자리에서도 좀 더 조언해주시지요!"

이번에는 영업담당 정전무가 입을 연다.

"신성수 부회장님은 약학과 생명공학을 전공하셔서 연구부문에 포부가 크시지만, 아무래도 영업에는 약하신 듯합니다. 또 연구소에 쏟아 붓는 자금도 만만치 않아서 회사의 재무구조도 걱정이 됩니다. 비유적으로 말해 제약사에서 연구는 이상이고, 영업은 현실입니다. 외람되지만, 바오로사는 이상에 치중하고 현실에 어두운 제약사라고 말할 수 있겠습니다."

관리담당의 노상무도 한마디 거든다.

"건물관리에 국한해서 말씀드리자면, 우리 회사는 연구소 비중이 지나치게 크다고 봅니다. 본사와 공장, 창고, 물류시설을 보강할 필요가 있습니다."

이제 회사 경영의 큰 지도가 그려졌다. 자신은 경영학을 전공했으니 영업이라는 현실을 맞상대해야 하고, 형은 약학을 전공했으니 연구라는 이상세계에 묻히는 것이 마땅하다. 앞에 앉은 세 임원은 현실을 중시한다. 이들은 앞으로 자신의 강고한 지지세력이 될 것이다. 오늘 저녁자리는 네 사람 간에 일종의 의견 단합을 이끌어낸 점에서 적시타를 날린 셈이다.

　세 임원이 돌아가고 나서, 부부가 마주 앉는다.

　"여보, 오늘 저녁식사를 준비하고 손님 접대하느라 수고가 많았어. 고마워."

　"당신이 만족해하니 좋아요. 손님들도 흡족해서 돌아간 것 같아요."

　"그 양반들 초대하기를 잘 했어. 앞으로 든든한 내 편이 될 거야."

　"그런데 그 늙은이들 나이가 70이 가까워 보이던데 무슨 쓸모가 있겠어요?"

　"무슨 소리야! 그분들은 회사에 비바람이 몰아치고 한파가 들이닥칠 때 회사를 지켜낸 사람들이야. 머릿속에 경험과 지혜와 자부심이 가득 차 있어. 아버지도 세 분 창업공신을 무척 아끼고 계셔. 내가 아버지 마음을 사야 하는데, 그 세 분이 한 몫 단단히 할 거야!"

　"당신이 어련히 알아서 잘 하겠지요. 그런데 오늘 오전에 애들 고모가 하는 수화미술관에 다녀왔어요. 지하 3개 층에 지상 4층인 큼직한 건물인데, 직원이 스무 명가량 된다고 해요. 지하 수장고에는 명화를 꽤 많이 모아놓았어요. 사설이 아니라 국·공립 미술관 수준이에요."

　"그래? 나도 빨리 가보아야 할 텐데."

　"애들 큰 엄마가 하는 신면리조트에도 가보아야 해요. 나는 모레가 보기로 했어요."

"당신도 뭐 하나 하고 싶은 욕심이 안 들어?"

"나도 왜 욕심이 없겠어요! 그런데 가만히 생각해보니, 내가 뭘 하나 하기보다는 수화미술관과 신면리조트만 빼고, 바오로제약 그룹 전체와 집안 재산을 몽땅 가져야겠어요."

"꿈이야 좋다! 그런데 무슨 수로?"

"나는 대외적인 일은 아무 것도 하지 않으면서 아버님 곁에 딱 붙어 아버님 모시는 일에만 열중하려고 해요. 그래서 아버님 혼을 나한테 확 뽑아놓을 거예요."

이 말을 듣고 신대수가 잠시 머리를 굴린다.

"그래! 당신 정말 단수가 높다. 성북동 집에서 아버지를 제대로 모시려는 여자는 하나도 없어. 애들 고모는 미술관한다고 여념이 없고, 애들 큰 엄마는 리조트사업에 빠져 있고, 어머니는 고모 미술관 사업 돕고 화가들과 어울려 다닌다고 정신없고…. 아버지가 많이 허전하시겠어. 아버지 모실 여자는 당신 하나뿐이네. 참 좋은 기회다. 당신이 개인적 욕심을 접는 대신, 아버님을 그림자처럼 따라다니며 입안의 혀처럼 굴면 아버지 마음을 훔치는 것은 따 놓은 당상이야."

"그러려면 우리가 성북동 집에 들어가든지 그 근처에 집을 마련해서 살아야 되지 않겠어요?"

"아니야! 좀 떨어진 이곳에서 효도하는 게 나아! 여기서 성북동엘 다니면 정성이 더 커 보이지. 그리고 서로 지근거리에서 살면 이것 저것 흠도 보이게 돼! 부모자식 사이라도 자식이 결혼한 후에는 세간을 따로 내어 멀찍이 사는 게 옳아!"

"그래요. 나도 아버님을 24시간 모실 수는 없어요. 여기 와서 긴 장 풀 시간이 필요해요. 또 내가 성북동 집에서 가끔은 없어져야 아 버님이 내 존재를 귀하게 여기실거예요."

"당신 생각 잘 했어! 당신은 뭐 할 욕심 부리지 말고, 아버지 모시 는 데 힘을 다하기 바라! 반드시 그 보답이 주어질 거야."

신대수 부부는 확실히 단수가 높다.

3.

신대수는 세 임원이 조언한대로 회사경영에서 영업이익을 크게 창출할 부문이 무엇일까 하고 골똘히 궁리한다.

'약품은 아픈 사람이 구입한다. 소비자가 병자로 국한되어 있다. 의약품은 소비자가 전 국민의 5%도 안 된다. 더구나 희귀질환에 쓰 이는 약은 소비자가 전 국민의 0.001%나 될까? 팔아봐야 벼룩이 뜀뛰기이다. 그런 약의 제조와 판매에 적잖은 연구인력과 생산공정 을 투입하는 것은 경제원리에 비추어보면 바보짓이다. 발상을 전환 하여, 국민의 90%쯤이 사서 쓸 제품을 만들어야 한다. 건강한 사람 이나 건강하지 않은 사람이나 모두 필요로 해서 구입할 상품을 만 들자! 그래야 돈벌이가 두둑하다. 그런 상품으로 무엇이 있을까? 그 래! 그런 상품으로서 제약회사가 손쉽게 제조할 수 있는 분야는 건 강기능식품과 생활건강용품이다. 건강기능식품이 별건가! 내가 어 렸을 때 어머니가 동네 건강원에서 사다 먹인 보신제, 아버지가 기력이 떨어졌을 때 어머니가 건강원에서 사다 먹인 보양강장제가 건강기능식품이지! 개소주, 뱀탕, 염소중탕 같은 것이 옛 건강원의 건강식품이다. 식품연구소에서 어렵게 연구해서 만들 게 뭐 있는가? 민간 전래의 보신식품을 흉내 내어 제조하면 된다. 그런 거 먹고 허약체질의 어린이, 산후조리 중인 산모, 오래 병치레하던 환자가 건강해지지 않았던가? 우리 조상이 참 지혜로웠다. 의약품은 서양에서 배워야 할지 몰라도, 건강기능식품은 동양이 아이디어의 보고다. 홍삼, 웅담, 녹용, 홍합, 자라, 가물치, 영지버섯, 동충하초, 등푸른 생선, 심해상어의 간, 블루베리 등 기능성 원료를 가지고 건강기능식품을 제조하자! 비타민제, 미네랄제도 생산하자! 건강기능식품은 장기간 섭취해야 효과가 있는 상품이니까, 2-3주 복용하고 치우는 의약품과는 게임이 안 된다. 건강에 좋다는 과자도 생산할까? 아니, 그건 그만두자! 너무 나가면 업계에서 욕을 얻어먹을 거야! 그런데 생활건강용품은 꼭 생산해야겠어! 비누, 치약, 세제, 소독제는 거창한 설비 없이도 생산할 수 있지! 국민생활수준이 올라갈수록 주방세제, 세탁세제, 화장실 소독제, 가습기 살균제 같은 것이 고급화되면서 동시에 국민 대부분이 필요로 하는 보편적 상품이 될 것이다. 이런 고급제품을 생산해서 시장의 선두주자가 되자. 사업영역을 이런 노다지 부문으로 확장하자!'

　신대수는 사업구상을 확정짓고, 회사명을 '바오로 헬스케어'(Health Care)라고 지은 회사 설립을 결심한다. 이 회사에 건강기능식품 사업본부와 생활건강용품 사업본부라는 두 개의 사업부문을 두기로 한다. 이제 바오로제약회사는 생활건강회사로 탈바꿈한다. 제약업도 그렇지만 건강사업도 플라시보 효과가 크게 작용한다. 먹어서 탈만 없다면, 이름난 제약사에서 만든 건강식품을 일단 사먹고 본다. 신대수는 효과가 있든 없든 건강보조제를 팔아 돈을 벌려고 한다. 더 나아가 신대수는 생수를 생산·판매하는 사업부문도 바오로 헬스케어에 설립하여, 대동강물을 팔아먹은 봉이 김선달을 본받고자 한다. 국민의 건강을 먹거리에서부터 지키려는 건강식품회사 설립의 애당초 목적이 돈벌이 수단으로 변질된다. 목적은 머리에서 사라지고, 수단은 손에서 재주를 끌어낸다. 신대수는 손재주와 잔재주를 부리려고 한다. 이런 '본말전도의 원리'는 경제계뿐만 아니라 정계, 법조계, 학계, 문화계 심지어 종교계까지에서도 작동한다. 유익과 효율, 안전과 복리, 정의와 형평, 진리와 이성, 창의와 다원(多元), 구원과 용서 등등의 선한 본래 목적은 허울에 지나지 않게 된다. 그래서 국가·사회와 가정의 모든 생활영역이 돈의 운동법칙, 돈의 목적원리가 지배하는 자본주의의 병폐에 감염되는 것이다. 일단 감염되기만 하면, 이 병에 치료제는 없는 듯하다. 속도의 문제일 뿐, 아버지 신현호 회장도 서서히 이 병에 감염된다.

회사의 박전무실에 모여, 정 영업이사와 노 관리이사 등 훈구파 임원 세 사람이 환담한다.

"회사에 부회장이 두 사람이니까, 부회장이라고 해도 누굴 가리키는 것인지 구별하기가 쉽지 않습니다. 다들 불편하지 않으세요?"

"그렇습니다. 두 부회장의 호칭 문제를 정리해서 알아듣기 쉽게 합시다."

"성수 부회장이니 대수 부회장이니 하는 식으로 이름을 붙여 호칭하는 것은 곤란하겠지요?"

"그것도 그렇지만, 형 아우 간에 큰 부회장, 작은 부회장이니, 윗 부회장, 아랫 부회장 하는 식으로 부르는 것도 듣기에 좀 거슬리겠지요?"

"그럼요! 크고 작음으로 또는 위 아래로 서열을 매기는 호칭도 내키지 않습니다."

"그러면 이렇게 하십시다. 두 부회장이 맡은 분야에 따라 연구 부회장, 영업 부회장으로 나누어 부르는 게 어떻겠습니까?"

"그런 호칭이 그런대로 무난합니다. 앞으로 그렇게 부릅시다."

"박전무! 영업 부회장이 건강기능식품분야와 생활건강용품분야 쪽으로 사업을 크게 키우기로 했다면서요?"

"예, 진작 그랬어야 했는데요. 지금이라도 바오로제약사가 신동력 사업에 눈을 떴으니 다행입니다."

"형만한 아우가 없다지만, 우리 회사는 동생의 사업감각이 훨씬 뛰어나다고 봅니다."

"내가 보기에 영업 부회장이 아버지 신회장님을 쏙 **빼닮은** 것 같아요. 귀가 쪼그만 것부터 보세요. 그 점에서 벌써 호감이 갑니다. 또 연구 부회장은 집으로 식사초대는 고사하고, 차 한 잔 마시자고 초대한 적이 있습니까? 인간미가 결여되어 있어요."

"그런데 이제 우리 문제를 이야기해봅시다. 전번에 영업 부회장이 집으로 저녁초대한 자리에서 우리 셋이 나이도 되고 했으니 퇴직을 생각해보라고 신호를 보내지나 않을까 하고 걱정했었습니다. 젊은 새 부회장이 새로운 사업을 추진하고 자기 사람도 심을 겸 60대 후반인 우리들을 젊은 세대로 갈아치우는 세대교체에 나서지나 않을까 하고 말입니다."

"그렇습니다. '새 술은 새 부대에'라는 말이 있잖습니까! 나이가 나이인 만큼 알아서 물러나야 할런지, 신호를 받고 물러나야 할런지 고민입니다. 정전무는 어떻게 생각합니까?"

"우리가 이 나이에 나가면 뭘 하겠습니까? 우릴 받아줄 곳은 아무데도 없습니다. 이 회사에서 버틸 수 있을 때까지 버텨야 합니다. 나가더라도 젊은 부회장들의 신호에 따를 것이 아니라 회사 창립 이래 생사고락을 같이 한 신회장님의 뜻에 따라야 합니다. 회장님이 비록 경영 일선에서 한 발짝 물러나 계시지만, 언제든지 친정체제로 돌아서실 수 있습니다. 우리 셋에 대한 신임도 아직 두텁다고 생각합니다."

"잘 봤습니다. 그리고 내가 눈치 하나로 여기까지 온 사람인데, 영업 부회장은 자기 사람을 새로운 임원으로 영입하려 하기보다는 우리 셋이 끄는 마차를 몰고 다닐 의향인 것 같습니다."

"아니, 우리가 마차를 끄는 말이라는 말입니까?"

"말이 그렇다는 말입니다. 그리고 또, 딱 깨놓고 말하자면 고용인은 고용주가 부리는 노새나 우마(牛馬)가 아닙니까? 우리는 마소처럼 일하고, 주인은 우리를 먹여주고 지켜주고 자식들 잘 키우게 뒤를 봐주고, 뭐 그런 게 노사관계가 아닙니까? 요즘 마소에게는 평생직장이 무너지고, 주인은 노동운동으로 무너지고 하는 세태를 나는 정상으로 보지 않습니다."

"그렇게 생각하면 인간의 존엄은 어디로 갑니까? 우리가 마소를 자처하니까 고용주가 갑(甲)질하는 것 아닙니까?"

"우리가 이 나이에 퇴직하면, 어디서 인간의 존엄을 찾을 수 있습니까? 퇴직한 가장은 마누라도, 자식들도 무시하고, 심지어 내치기도 합니다. 집안에서도 찾지 못하는 인간의 존엄, 가장의 존엄을 세상 사람들이 인정해 줄 것으로 착각하지 마세요. 회사에서 고용주가 존중해주는 마소의 존엄이 집에서 찬밥 먹는 가장의 존엄보다 낫습니다. 노상무는 어느 쪽을 택하겠습니까?"

"정전무 이야기가 듣기 거북하긴 하지만, 맞는 말입니다. 영업 부회장이 우릴 계속 쓸 생각이 있는 이상, 우리 셋이 그 쪽에 딱 붙어서 마소의 여물통과 마구간을 잘 보전합시다."

"연구 부회장 쪽에 붙는 것은 어떻게 생각합니까?"

"그 쪽이야 우리하고 벌써 껄끄러운 사이가 되지 않았습니까? 연구 부회장은 물 건너갔습니다. 붙으려면 어느 한 쪽에 확실히 붙어야 합니다. 그리고 우리 모두 같이 붙어야 합니다. 뭉치면 살고, 헤어지면 죽습니다."

"좋습니다. 우리, 오늘 퇴근 후에 미쓰리 카페에 가서 한잔 합시다."

제54화
신성수와 신대수 형제가 제약왕국을 분할 통치하면서
암투가 벌어지다.

1.

경영학을 전공한 신대수는 바야흐로 때를 만나, 회사경영의 야심
찬 꿈과 야멸친 욕심을 활짝 펼친다. 그는 자기 앞에 열린 세상은
비단길이든 가시밭길이든 경영하기 나름이라고 생각한다. 의욕이
차고 넘친다. 이미 설립되어 있었으나 소규모로 그리고 소극적으로
운영되고 있었던 바오로 건강식품회사를 '바오로 헬스케어'로 사명
을 바꾸고, 건강기능식품과 생활건강용품을 생산·판매하는 신동력
기업체로 일군다. 새 사업에 소요될 자금은 바오로제약사가 절반을
부담하고, 아버지 신회장이 소유한 개인 주식의 일정 부분을 팔아서
또 다른 절반을 부담한다. 신회장이 출자한 자금은 주식회사 바오로
헬스케어사의 주식 지분으로 넘어가게 되는데, 이 주식 지분의 큰
덩어리를 둘째 아들 신대수에게 증여하고, 자기 부부 명의로 다소간
의 지분을 보유한다. 헬스케어사 주식 지분율을 보면, 바오로제약
사가 45%, 신대수가 35%, 신회장이 10%, 신회장의 부인 박정애가
5%, 상임이사들에게 공로주로 분배한 5%가 된다. 이 신설회사에서
35% 가량의 주식 지분을 차지한 신대수는 대표이사 사장으로 취임
한다. 이로써 바오로 제약왕국은 신성수 신대수 형제의 분할 통치시

대에 들어간다. 신대수가 본사 회장실에서 아버지를 만난다.

"어서 오너라. 대수야! 신설회사를 설립하고 네가 사장이 되어 경영을 하는 기분이 어떠냐? 좋으면 좋다고 해라."

"물론입니다. 기분이 날아갈 듯 좋습니다. 회장님! 회사에서는 아버님보다는 회장님이라고 부르는 습관을 붙이겠습니다."

"나는 너를 믿는다만, 회사 안팎에서는 나이도 젊은 네가 회사의 한 기둥을 떠받칠 재목이 되는가 하고 의아해 하며 지켜볼 사람이 많다. 네가 처신을 잘 해야 한다."

"저를 믿고 헬스케어 회사를 맡겨주셔서 감사합니다. 회장님의 믿음과 기대를 저버리지 않도록 최선을 다하겠습니다. 또 제게 부족한 점이 보이면 저를 잘 지도해주시기 바랍니다."

"내가 바오로사를 일구려고 노심초사한 것을 생각하면 감회가 깊다. 부디 네 형과 우애롭게 회사를 경영해서 바오로사의 2세대 역사를 성공리에 마치고, 내 손주들인 3세대에게 순조롭게 넘겨주도록 해야 한다."

"예, 명심하겠습니다. 형님을 도와, 바오로사를 반석 위에 올려놓겠습니다."

"내가 너희 형제에게 회사를 맡기고 물러날 수 있게 되어서 마음이 편안하다. 내 일생 중 이처럼 평안을 느낀 적이 없다."

"회장님께서 그토록 행복해하시니 저도 기쁩니다. 제가 청이 하나 있습니다. 본사에서 관리이사를 맡고 있는 노상무를 전무로 승진시켜 제 회사로 옮기고 싶습니다."

"그래라. 잘 하는 거다. 인사가 만사라는 말이 있다. 회사 창업 이래 견마지로를 다한 세 명의 임원은 비록 늙긴 했어도 신뢰할 만한 사람들이다. 가까이 하도록 해라."

"그렇게 하겠습니다. 그리고 제가 회사를 좀 적극적으로 경영할 생각입니다. 회장님 보시기에 제가 다소 무리수를 둔다고 여기시더라도 당분간 지켜보아 주시기 바랍니다."

"급변하는 요즘 세상의 변화상을 늙은 내가 어떻게 읽어내겠느냐? 제약업이 바이오산업으로 뻗어나가고, 약학이 유전공학에 자리를 내주고, 연구와 경영의 기반이 컴퓨터와 정보통신기술에 놓인 이 시대를 어찌 내가 감당할 수 있겠느냐! 내 아들 세대가 나서야 할 때가 된 거다. 이런 걸 두고 세월이라고 하는 거지. 이제 나가보아라. 그리고 이따 점심이나 같이 하자. 네 형이 오늘 본사로 출근했을 터이니, 형보고 점심 같이 하자고 해라."

"예, 형님 와 계신 부회장실에 들러보겠습니다. 그럼 점심때 뵙겠습니다."

신대수는 그날 퇴근하는 대로 수화미술관에 가기로 약속이 잡혀 있다. 어머니와 누나를 만나 미술관을 둘러보고, 밖에 나가 저녁을 함께 한다.

"관장님, 미술관이 대단합니다. 누나는 미술계의 대모가 되셨습니다. 앞으로 화가들 돌보자면 돈 꽤나 들겠습니다."

"대수야, 너 부회장되고 새 회사 대표이사된 거 축하한다. 그런데 내가 미술계에 쓸 돈, 좀 내놓을 거지?"

"제가 어련하겠습니까? 어머니가 무서워서라도 한국의 구겐하임을 자처하겠습니다."

"에비야. 기업인이 왜 예술을 후원해야 하는지 아니? 예술은 계산적인 사고를 유연하고 창의적인 세계로 넓혀준단다. 유능하고 크게 성공한 리더들은 거반 예술후원자란다. 이태리의 메디치가 그렇고, 미국의 스티브 잡스가 그렇잖니? 우리나라 호암미술관엘 가 보아라. 수화미술관이 호암을 능가해야 한다."

"스티브 잡스가 예술후원자라는 건 처음 듣습니다. 그런데 어머니! 제가 귀국해서 부회장에 취임한 기념으로 그림 한 점 선물해드리겠습니다."

"잡스 이야기는 내가 잘못 들었나 보다. 근데 네 선물 말이야. 내 맘에 들 만한 그림은 값이 상당히 나간다. 동그라미가 8개는 붙어야 할 걸!"

"어머니가 기뻐하신다면야 동그라미가 9개가 붙은들 아깝겠습니까?"

"사업하는 사람은 스케일이 저 정도는 되어야지! 이제 바오로사가 임자 만났구나!"

"누나에게도 기념으로 그림 한 점 사드릴까요?"

"아이고, 말이라도 고맙다. 그 대신 다음 달 1일에 수화미술관 개관 2주년 기념 미술전을 열게 되는데, 네가 그 개최비용을 맡아주겠니?"

"기꺼이 맡겠습니다. 그런데 그 개최비용이 동그라미 8개가 붙는 건가요?"

"아냐, 7개면 충분해. 고마워. 근일 중에 미술관의 장 큐레이터가 부회장실로 찾아 갈 거야."

"알겠습니다. 개최비용이 그 정도라면 별 부담이 되지 않으니까, 누나에게 그림 선물은 선물대로 하겠습니다."

"정 그렇다면 내가 고맙게 받으마!"

"어머니, 이 레스토랑 음식이 정말 맛깔스럽습니다."

"대수야, 예술애호가는 동시에 미식가란다. 하여간에 사람은 잘 먹고 잘 살아야 한다."

"그런 점에서 어머니와 누나 두 분은 참으로 행복한 분이십니다."

"우리 신씨가문 사람이라면 누구나 그런 행복을 누리면서 살 수 있다."

어머니에게서 이 말이 나오자, 딸 신은수가 곧 바로 응수한다.

"신씨가문 중에서 어째 성수 오빠는 그런 행복을 제 발로 걷어차는 것 같아요!"

"넌 어떻게 그런 생각이 드니? 이상한 소릴 다한다."

"오빠는 엠브론 약화사고를 겪고 나서 사람이 변한 것 같아요. 곁에 누가 있어도 의식하지 못하고 자기 생각에 깊이 빠져 드는 듯하고, 어떻게 보면 우울증에 걸린 듯이 보이기도 해요. 언젠가는 안면 기형인 어린이를 보더니 하염없이 눈물을 흘리더라구요. 그렇게 타고난 아이를 우리가 어쩌겠어요?"

"그래, 약화사고 후에 성수가 진천연구소로 출근하는 날이 부쩍 늘었다. 연구소 구내식당에서 점심을 먹거나 읍내에서 잘 한다는 음식점을 찾아가 보았자, 뭐 맛있는 거 챙겨먹을 수 있겠니? 연구야 연구원들에게 맡겨두면 되지 않겠어? 성수가 들어온 복을 제 발로 차는 것 같다는 네 말도 일리가 있다."

"저도 귀국 직후에 형님과 단 둘이서 저녁식사를 한 적이 있습니다. 인류의 건강을 책임진다는 자부심으로 살아왔는데, 최근 회의가 들면서 그 자부심이 꺾인다고 하시던데요. 표정이 어두웠어요. 형님이 우울증에 걸린듯하다는 누나 말이 맞을 수도 있습니다."

그 후 세 사람은 신성수 부회장 걱정을 하면서 식사를 계속한다. 걱정을 하면서도 세 사람의 식욕은 전혀 줄어들지 않는다. 모두들 미식가이자, 탐식가이다.

신대수 부회장이 전무로 승진시켜 바오로 헬스케어사로 자리를 옮기게 된 노기태 관리이사는 대수의 성은에 감읍한다. 다른 제약사라면 벌써 퇴임했을 나이에 오히려 전무로 승진했으니 감읍할 만도 하다. 훈구파 임원 세 사람 중에 자기만이 상무로 머물러 있어서 심기가 매우 불편하던 차에 마음을 짓누르는 바윗돌이 제거되었으니 하루하루가 호쾌하다. 노전무가 새 회사로 첫 출근한 날 신대수 사장실에 들어선다. 맞이하는 대수의 얼굴에는 웃음이 가득하고, 들어서며 인사하는 노전무의 허리는 90도 각도로 굽어져 있다. 신현호

회장을 모시는 인사법이 그 둘째 아들에게 재현된다.

"이리 앉으시지요. 이제부터 이 회사에서 저를 도와주셔야겠습니다."

"귀국하신 후부터 사장님을 꼭 모시고 싶었습니다. 앞으로 혼신의 힘을 다해 모시겠습니다."

"감사합니다. 아버님은 노전무님을 깊이 신임하고 계십니다. 아버님이 회사를 경영하실 때처럼 저를 도와주신다면 그 은혜를 잊지 않겠습니다."

"열과 성을 다하겠습니다."

"전무이사실은 마음에 드십니까? 여비서는 구하셨는지요?"

"남향 방이어서 볕이 잘 드는 게 아주 좋습니다. 여비서는 데리고 있던 아이를 계속 쓰기로 했습니다."

"여기서도 관리이사직을 맡아주셔야겠습니다. 신설회사라서 관리할 일이 많을 겁니다. 그리고 직책에 구애받지 마시고, 제게 폭넓은 경영조언을 부탁드립니다. 노전무님만큼 바오로사에 정통하신 분이 어디 있겠습니까? 박전무님 그리고 정전무님과 함께 세 분은 바오로사의 산 역사이자, 산 증인이십니다."

"과찬이십니다. 방금 경영조언이라고 하시니까 드릴 말씀이 있긴 한데, 드려도 될는지 모르겠습니다."

"이제 우리는 한 몸인데, 아무 말씀이나 허심탄회하게 조언해주십시오."

"경영권과 관련된 이야기입니다. 사장님이 보유하신 헬스케어사의 주식 지분율이 35% 가량 되지만 바오로제약사의 지분은 45%입니다. 장차 사장님이 보유하신 주식을 은행이나 증권사에 담보로 제공하셔서 대출을 받으시고, 그 대출금으로 헬스케어사의 주식을 점차로 더 매집하셔서 지배주주가 되셔야 합니다."

"주식담보대출을 말씀하시는 거군요."

"그 동안 미국에 계신 까닭에 우리나라에서 경영권을 장악하기 위한 수법을 잘 모르실까 봐 말씀드린 겁니다. 여기선 주식담보대출로 보유주식 지분을 키우는 것이 일반화된 방법입니다."

"잘 알겠습니다. 그 밖에 또 경영권을 키워야 할 포인트가 있습니까?"

"앞으로 헬스케어사가 사장님이 염두에 두신 생수회사를 자회사로 설립해야 할 겁니다. 그렇게 바오로사가 필요로 하는 자회사나 계열사를 자꾸 설립해 나간다면, 요즘 추세에 따라 지주회사를 세워 바오로 그룹 전체를 지배하는 구조로 전환해야 합니다. 그렇게 될 때를 대비해서 사장님은 지주회사의 대주주가 될 수 있도록 미리미리 신경을 쓰셔야 할 것으로 생각합니다."

"예민한 사항이지만, 아주 좋은 조언을 해주셨습니다. 미리미리 준비할 게 어떤 것일까요?"

"새 회사를 세울 때에는 토지를 매입하고 건물과 창고, 공장 등을 건설하는 등, 굵직굵직한 거래가 많습니다. 이 때 들어가는 비용을 이중으로 처리하여, 허위 처리한 액수만큼 보전해둔 차액을 지주회사 주식매수에 사용할 수 있습니다."

"들인 비용을 이중 계약서와 영수증 그리고 이중장부로 처리해야 할 터인데, 위험한 방법이 아닙니까?"

"그러니까 정말 믿을 수 있는 사람과 극히 은밀히 처리해야 합니다."

"잘 알겠습니다. 조심스러워서 그 이야기는 이쯤에서 그치기로 합시다. 이제는 같이 나가서 회사 건물을 한번 둘러보는 게 어떻겠습니까? 새 건물인 만큼 꼼꼼히 점검해야겠지요?"

2.

신대수와 성명희 부부는 딸 아들, 두 아이를 두었다. 귀국한 해에 아이들 나이는 딸은 다섯 살, 아들은 세 살이다. 딸은 할아버지 신현호 회장의 현(鉉) 자와 할머니 박정애의 애(愛) 자를 따서 이름을 신현애로 지었다. 아들 이름은 완(完)인데, 미국서 출생한 까닭에 영어 이름이 있다. 다니엘(Daniel)이다. 아이는 미국서 자란 탓에 다니엘이라는 이름으로 불리기를 좋아하고, 완이라는 이름을 낯설어한다. 신회장이 다니엘을 줄여서 다니라고 부르다 보니, 아이의 통상 이름은 Dany로 바뀌어버렸다. 그래서 신씨 집안에서는 신대수 아들을 '다니'라고 부른다.

시아버지를 모시기에 전념하기로 한 다니 엄마가 신회장을 모시고 골프를 치러간다. 남자 골퍼들의 최대 관심사는 18홀을 몇 타에

치는가 하는 골프수준과 비거리가 얼마나 나가는가 하는 장타실력에 있다. 여자 골퍼들의 최대 관심사는 얼마나 멋진 골프 복장을 하고, 얼마나 아름다운 자태로 골프 스윙을 하는가에 있다. 남자들은 더 좋은 신제품을 찾아 수시로 골프채를 바꾸어 치고, 여자들은 더 멋진 브랜드를 찾아 수시로 골프복을 갈아입는다. 신회장의 골프수준은 보기(Bogey) 플레이어다. 괜찮게 친다. 며느리인 다니 엄마는 미국서 골프 꽤나 치러 다닌 덕에 보기 플레이어치곤 핸디캡 10대 전반을 치는 수준급이다. 그러나 다니 엄마는 실력을 감추고 신회장보다 퍼팅을 여러 차례 더 하는 꼼수를 써서 하수(下手) 행세를 하면서 시아버지의 위신과 자만심을 지켜준다. 신회장에게는 골프 친구들이 있지만, 젊은 며느리와 골프 치러가는 재미가 상당하다. 남들은 단 둘이 즐기는 골프 메이트 며느리를 신회장의 애첩인 줄로 알고 야릇한 시선으로 바라본다. 신회장은 그런 시선을 즐긴다. 여자들이 들으면 펄펄 뛰겠지만, 늙은 남자가 작은 집 하나 거느리고 사는 것을 성공한 남자의 능력으로 부러워하는 남성 심리가 있다. 부티가 철철 풍기는 71세의 신회장이 짧은 스커트에 착 달라붙는 상의를 입은 날씬한 34세의 여성과 골프를 친다. 힘껏 당겼던 활시위에서 풀려나가는 화살처럼 세차게 날아가는 골프공을 바라보는 통쾌함, 좌우로 펼쳐진 울창한 숲속에서 상큼한 아침공기를 들이키며 잔디 페어웨이를 걷는 상쾌함, 플레이어들과 가벼운 농담 주고받으며 웃음 터뜨리는 유쾌함! 골프를 치는 시간만큼은 인생의 모든 가치를 쾌와 불쾌로 계량하는 에피쿠로스학파가 된다. 아침 7시 반에

시작한 골프 라운딩을 마치고 샤워를 한 후에 클럽하우스에서 신회
장과 다니 엄마가 점심을 먹는다.

"다니 어미야. 오늘 골프 어땠냐?"

"정말 좋았습니다. 아버님과 매일 골프만 치면서 살 수 있다면 더
이상 소원이 없겠어요. 오늘 아버님은 버디도 하나 잡으셨잖아요!
그 공이 홀컵에 딸랑 하면서 들어갈 때 제 온몸이 짜릿했습니다."

"그래, 골퍼들 최고의 순간은 버디를 할 때지. 어미도 14번 홀에
서 버디할 뻔 했는데, 아깝게 됐다!"

"골프도 실력이긴 하겠지만, 운도 있는 것 같아요. 운(運)3 기
(技)7쯤 되지 않을까요? 7번 홀에서 아버님이 치신 드라이버 샷이
나무에 맞았는데, 공이 워터 해저드에 빠지지 않고, 페어웨이 쪽으
로 떨어진 건 정말 럭키한 거였어요. 아버님은 실력도 좋으시고, 운
도 좋으세요. 골프 친구들이 약 올라 하지 않나요?"

"그럴 때가 있긴 하지. 내기 골프를 칠 땐 더하단다. 그런데 다니
어미야! 골프장 하나 할 생각 없냐?"

일순간 며느리의 눈이 반짝한다. 이내 정신을 차린다.

"아버님, 무슨 말씀이세요? 저보고 가정주부이기를 포기하고 사
업가로 나서라는 말씀이세요?"

"다니 할머니와 고모는 미술관한다고 밖으로 돌고, 다니 큰 엄마
는 리조트사업으로 집에 붙어있지 않고, 너라고 집밖에 나가 사업
못 할 것 없지 않겠느냐?"

"아니에요. 저는 가정주부 본분에 충실하겠습니다. 남편과 아이들 뒷바라지 하고, 시부모님이 노년에 불편하시지 않게 의지할 며느리가 되겠습니다. 제 욕심 하나 버리면 가까운 가족이 모두 행복해지는데, 뭣 하러 집밖으로 나가겠습니까? 저는 행복은 집밖이 아니라 집안에 있다고 생각합니다."

"알겠다. 어미의 생각이 깊구나!"

신회장은 둘째 며느리를 그윽이 쳐다본다.

'어떻게 저렇게 착할 수가 있을까? 가족과 시부모에게 충실하려는 마음가짐, 사심 없이 뒷전에서 주부의 역할만을 자임(自任)하려는 덕스러움! 저런 여자가 조선시대 사대부 가문의 표본이 되는 며느리다. 내가 며느리 하나만큼은 잘 얻었구나! 저 아이는 눈에 넣어도 아프지 않은 예쁘고 착한 며느리다.'

골프장에서 점심식사 중에 오간 대화가 계기가 되어, 신회장은 둘째 며느리에게 완전히 사로잡힌다.

신회장의 딸 신은수의 집이다. 늦은 밤에 부부가 마주 앉아 과일을 먹는다.

"여보, 이 복숭아 어디서 샀어? 기막히게 맛있다."

"그러네! 정말 맛있다. 수밀도인가 보다."

"당신 말에 생각난다. 중학교 국어시간에 읽은 책에 '수밀도 젖가슴'이란 표현이 있었어. 이 수밀도는 당신 젖가슴처럼 생겼고, 맛도 딱 닮았다."

"아이 징그러! 애들 들으면 어쩌려고 그래?"

"히히! 요즘 애들한테 이 정도 표현은 아무 것도 아니야. 그건 그렇고, 오늘 둘째 처남 회사엘 들렀는데, 헬스케어사의 광고는 모조리 내 광고회사에 주겠다고 했어. 어떻게 벌써 소문이 났는지, 거 있잖아, 홍보담당의 안부장이 내게 전화해서 점심 같이 하자고 조르던데!"

"대수가 통이 크고 남자다운 데가 있어. 한번 약속한 걸 이행하는 실천력도 대단해. 나한테 그림 선물한다고 약속하고는, 벌써 2억짜리 그림을 계약했다는 연락이 왔어. 나 개인에게 하지 말고 미술관 앞으로 기증하라고 했지."

"잘 했어. 회사 돈으로 그림사서 문화재단에 기증하면 세금 혜택이 상당할 거야."

"문화국가를 지향한다는 건, 국가가 문화사업에 특별한 지원을 한다는 거야. 보호·육성이라는 게 돈벌이 되도록 지원한다는 거지, 뭐, 별 거겠어?"

"그렇고말고. 안목이 있는 사람은 시대조류를 잘 타서 사업해야 해!"

"여보, 말이 나온 김에 내가 제안할 게 있어! 출판사를 하나 차리자!"

"미술관에 몸 바친다는 사람이 웬 출판사야? 또 출판사가 무슨 돈벌이가 된다고 그래?"

"문화국가에선 출판업이 괜찮아. 인쇄업엔 부가세가 붙어도 출판업엔 부가세가 안 붙어. 그리고 출판사 차리는 덴 돈이 안 들어. 직원도 두세 명이면 충분해."

"출판사 일감은 많을까?"

"한번 생각해 봐! 바오로사 전체로 볼 때 광고나 홍보 책자가 얼마나 많겠어. 사보도 있지. 또 지금 독서추세에 비추어 보면, 건강을 다루는 서적은 많이 읽힐 거야. 건강식품이나 의약품에 관련된 과학서적을 출판하는 것도 괜찮다고 생각해. 아버님께 자서전을 쓰시라고 하고 공짜로 출판해드리는 선심을 쓰면, 그게 바로 누이 좋고 매부 좋은 거야!"

"당신 사업감각은 정말 뛰어나다!"

이렇게 해서 바오로 그룹은 출판업에도 진출한다. 신은수와 신대수의 남매 사이가 강고해지는 것은 물론이다.

3.

"세상이 무너져도 나는 한 그루의 나무를 심겠다."라고 하면서, 실제로 세상이 무너지는데 나무심고 있는 사람을 찾아보기 어렵다. 아니, 찾기가 불가능하다. 그런 사람이 있다면, 자기 본분에 투철한 사람이라기보다는 무신경한 사람으로 보인다. 우리는 세상이 어떻게 돌아가는지, 직장이, 집안이 어떻게 돌아가는지 궁금해 한다. 알고 싶어 한다. 알아서 뭘 어떻게 할 수 없어도, 어쨌든 알고 싶어 한다. 그 밑바탕에 호기심이란 본능이 작동한다. 인간은 다른 어떤 동물보다도 호기심이 강한 동물이다. 탐험가, 개척자, 모험가는 유독 강한 호기심에 용기를 내는 사람에게 붙여지는 호칭이다. 사람들은 호기심에서 숙덕거리고, 소문을 듣고 전파하고 불리기도 하고, 소문의 진원지를 파헤치기도 하고 비난하기도 하고 칭송하기도 한다. 인간의 그런 언행을 담론이라든가 의사소통, 여론형성, 의견조정, 이견제기 등으로 근사하게 표현한다.

연구소장 신성수는 회사와 집안이 어떻게 돌아가는지를 모른다. 궁금해 하지도 않는다. 그는 오로지 연구소가 어떻게 돌아가는지에 관심을 둘 뿐이다. 그런 그에게 직장의 측근들이나 아내가 세상 돌아가는 형편을 알려준다. 아내에게는 수화장 가정부 조씨 아줌마가 위채 사정을 소상히 알려준다. 직장에서는 황비서와 신비서 두 사람이 회사 정세에 밝아서, 신소장에게 누구보다도 믿을만한 소식통이 된다. 항상 그런 것은 아니지만 비서들끼리는 통한다. 한 회사의 비서진은 소통의 네트워크를 형성하고 있다. 경영진이 모여 식사를 하는 때에 CEO를 수행하는 비서들은 비서들끼리 모여 식사를 하고, CEO를 모시는 운전기사들은 기사들끼리 모여 식사를 한다. 끼리끼리의 식사자리는 옛 시골 동네 우물가와 흡사하다.

지근거리의 수하 직원이 제보할 때, 고자질인가 직언인가를 어떻게 구별하는가? 제보하는 분위기가 다르다. 고자질하는 제보자는 낯빛이 음험하고 좌우를 경계하며 공을 알아달라는 기색이 섞인다. 직언하는 제보자는 낯빛이 결연하고 간절함이 묻어있으며 주위를 두려워하지 않는다. 밀고자는 인간관계를 이간질하고 분열을 획책하지만, 직언자는 인간관계를 회복하고 개선하고자 애쓴다. 누구를 위해서 하는가? 또는 누구를 해치려고 하는가? 하는 의도에서도 차이가 난다. 고자질하는 사람에게는 자신을 위한 이익이 감추어져 있다. 누군가를 해하려하는 의도가 있거나 적어도 이간질하는 쾌감을 누린다. 직언하는 사람은 듣는 사람을 걱정하고 위해서 한다. 황선익 비서가 신 연구소장에게 회사 돌아가는 정세를 보고하고 충언하는 얼굴에는 직언하는 기색이 역력히 풍긴다. 그는 벼르고 잡은 날에 중앙연구소 소장실에서 신성수를 마주한다.

"소장님, 제가 걱정이 돼서 드릴 말씀이 있습니다."

"할 말이 있으면 하게나! 왜 그리 심각한 표정을 짓고 있어?"

"단도직입으로 말하겠습니다. 헬스케어사와 신대수 사장님의 동태에 관한 겁니다. 신사장님이 주식담보대출을 받아 헬스케어사의 주식을 은밀히 매집하고 있다고 합니다. 증권가에서 들리는 수치로, 현재 신사장님이 보유한 지분율은 45%이고, 애초에 바이오로제약사가 보유했던 지분율 45%는 35%로 내려갔습니다. 지분율이 역전되었습니다. 만에 하나, 경영권에 충돌이 발생하면 바오로사에 내분이 일어나고 소장님 집안이 불화에 휩싸입니다. 주식 지분에 균형을 유지할 필요가 있습니다."

"그렇다면 우리도 주식담보대출을 받아 헬스케어사의 주식을 몰래 매수하자는 제안을 하는 건가? 신사장이 이미 매집한 주식을 어떻게 빼내오겠어? 우리 형제 이외의 주식은 아무도 팔지 않고 꼭 쥐고 있다는 걸 황비서도 잘 알고 있지 않아?"

"시장에 나가있는 바오로제약사의 보유주식을 모두 거두어들어야 합니다. 그리고 회장님 내외분이 보유하신 지분 15%를 염두에 두셔야 합니다."

"지금 나더러 부모님 지분을 양도받으라는 말이야? 내가 나서면 집안 불화가 시작될 게 뻔하잖아. 또 부모님이 내 편을 들지, 동생 편을 들지, 어떻게 알아? 우리 할 일에나 충실하자구!"

"연구소의 동태도 심상치 않습니다."

"그게 또 무슨 소리야?"

"헬스케어사에서 식품연구소를 설립할 계획이랍니다."

"건강기능식품을 생산하려면 식품연구소 차리는 것은 당연한 것 아닌가?"

"문제는 우리 중앙연구소 인력을 몰래 빼가려고 하는 움직임입니다."

"필요한 인력이 있으면 신사장이 내게 요청하겠지, 왜 몰래 하겠어?"

"연구소 연구원은 소장님이 장기간 온갖 정성을 다 기울여 키운 인재들입니다. 신사장님이 정식으로 요청하더라도 절대 내주어서는 안 됩니다. 외부에서 찾아보라고 하셔야 합니다."

"그럼, 신사장이 외부에서 연구인력을 찾고 있을 거야. 괜히 뜬소문에 넘어가지 않도록 조심해!"

"뜬소문이 아닙니다. 더 좋은 대우를 해주겠다면서 유혹받은 연구원이 실제로 있답니다."

"그게 누구야?"

"이름은 거론되지 않지만, 그런 사실만큼은 틀림없습니다."

"식품연구소를 차리는데, 제약사 연구원이 왜 필요하겠어?"

"우리 연구원 중에서 미생물학 연구분야를 노리는 모양입니다."

"하긴, 미생물학은 건강기능식품 개발에 필수적인 학문이지."

"우리 연구소에서 15명가량 되는 미생물학 연구원은 국내 최고, 아니, 세계적으로도 최고 수준의 우수 연구원입니다. 그들을 빼앗겨서는 안 됩니다."

"중앙연구소 연구원들과 나는 일심동체야. 연구원들이 여기를 결코 떠나지 않을 거야! 내가 장담해."

"소장님, 세상이 그렇지 않습니다. 신대수 사장님이 바오로사의 실세라는 이야기가 파다하게 퍼지면서, 그 근처에 사람들이 꼬인다고 합니다. 그리고 인간이라는 동물만이 지닌 능력으로 배신이란 게 있잖습니까? 큰 은혜를 입고 충성을 맹세한 사람이라도 단 한번 섭섭한 일이 생기거나 달콤한 꾐에 빠져 순식간에 배신자로 돌변할 수 있는 것이 인간의 간사스런 마음입니다. 머리로는 최고의 연구원이지만, 마음은 언제든지 소장님을 떠날 수 있다는 걸 받아들이셔야 합니다."

"황비서, 자네가 날 배신할까 봐 겁이 나네. 내가 잘 알아들었으니, 이제 그만하세."

황비서가 방을 나간 후, 그가 한 말이 한참 동안 신소장의 머리에서 떠나지 않는다. 신성수의 마음이 편치 않다. 성수는 회사의 앞날이 순탄치 않을 것이라는 예감에 휩싸인다. 그날 퇴근하고 서재 안락의자에 앉아 있는 신소장 앞에 신면리조트 사장인 아내가 간이의자를 끌어다 놓고 마주 앉는다.

"여보, 집에 여우가 한 마리 들어왔어요."

"어, 정말이야? 어디서 봤어? 연못 쪽에서 봤어? 아래 덤불 속에서 본 거야? 이 수화장에 뭐 먹을 게 있다고 여우가 다 나타나지?"

"아이고, 인간 여우가 들어왔다는 거예요. 그것도 꼬리 아홉 달린 불여우요!"

"누가 불여우라는 거야?"

"당신 동생의 마누라요! 다니 엄마 말이에요."

"여자들은 서로 불여우라고 그런단 말이야. 여자는 인간계에 속한 동물이 아니라 여우과에 속한 동물인가?"

"그렇게 한가하게 농담할 일이 아니에요!"

"여자들끼리 불여우라는 말을 한 귀로 듣고 한 귀로 흘려버려야지, 그걸 진지하게 받아들이다가는 집안이 쑥밭이 되고 말아!"

"당신 걱정이 되어서 그러는 거예요."

"내 걱정할 게 뭐 있어?"

"고 불여우가 재산노리고 여우 짓하는데, 당신이 맏이 장남이지 재산 몽땅 빼앗기고 나면 당신 상심이 이만저만 아닐 걸요!"

"재산 뺏기는 건 당신 걱정이 아닌가?"

"누구 걱정이고 간에 다니 엄마가 어떤 여우 짓을 하는지 알고 싶지 않아요?"

"그 여우 짓을 당신이 보고 하는 얘기야?"

"위채에 있는 조씨 아줌마가 두 눈으로 똑똑히 보고, 내게 한 말이에요."

"뭐라 그랬는데?"

"고게 아버님이 집에 계시는 날에는 출근하듯 수화장에 와서 아버님 밥 먹여 드리고, 아버님 모시고 골프 치러 다니고, 서예전시회 구경 다닌다고 해요. 아버님 곁에 착 달라붙어서 바늘 가는 데 실 가듯 따라 다닌대요."

"그런 며느리는 효부잖아? 당신 빈자리를 다니 엄마가 채워주는 거네."

"고 불여우를 아버님은 천사로 알고 계세요."

"아버지 사람 보는 눈이 도사급인데, 불여우와 천사를 분간 못 하시겠어?"

"조씨 아줌마가 그러는데, 아버님이 어머님보고 '다니 엄마는 천사야 천사!'라고 하시더래요. 그랬더니 어머님이 받아서 '우리 손자 다니엘은 진짜 천사에요. 천사가 천사를 낳는 법이니까, 천사 다니엘을 낳은 엄마는 당연히 천사에요'라고 말씀하시더래요. 두 분 눈에 다니 엄마는 천사로 보이는 거예요."

"형은 약사여래고, 동생 집안에는 천사가 둘이니, 신씨 집안사람들은 죽어서 극락 아니면, 천당 가는 거야. 당신도 응당 좋아해야지!"

"농담할 일이 아니라니까요! 조씨 아줌마 보기에 다니 엄마는 꼭 아버님의 첩같이 군다고 해요. 그리고 아버님은 둘째 며느리를 꼭 애첩처럼 아껴준다고 해요. 조씨 눈에 그렇게 보이니, 다른 사람들 눈에는 오죽 하겠어요? 무슨 대비책을 세워야 해요."

"방법이 있긴 하지. 당신이 꼬리 열 달린 불여우가 되는 수밖에!"

"그게 무슨 소리에요?"

"당신이 신면리조트 경영을 포기하고, 수화장을 지키면서 입안의 혀처럼 아버님을 모시면 될 거야!"

"안 돼요. 나는 신면리조트를 포기 못 해요."

"다른 사람한테 경영을 맡기면 되지, 포기 못 할 건 뭐야?"

"신면리조트에 딸린 식구가 200명은 되는데, 내가 그만 두면 모두들 굶게 된단 말이에요."

"왜 굶게 되지?"

"나처럼 신면리조트를 잘 아는 사람이 없고, 나처럼 신면리조트에 몸 바쳐 일할 사람이 없단 말이에요."

"당신은 독재국가의 대통령이 장기 집권할 때 쓰는 말과 꼭 같은 말을 하고 있어."

"그러면, 당신은 중앙연구소를 포기할 수 있어요?"

"그건 포기 못 하지. 연구소는 내 전부야!"

"당신이 연구소를 포기 못 하듯, 나는 리조트를 포기할 수 없어요."

"그럼, 아버님을 불여우에게 맡기는 수밖에 없네!"

"당신이랑은 더 이상 말을 할 수가 없어요. 내가 무슨 수를 강구해야겠어요."

아내가 서재를 나간다. 혼자 남은 신소장 머릿속에 아내가 한 말이 한동안 떠나지 않는다. 신성수는 마음이 편치 않다. 성수는 집안의 앞날이 순탄치 않을 것이라는 예감에 휩싸인다.

제55화
바오로사 경영에 내분이 깊어지다.

1.

"소장님, 제 말을 듣고 실망하지 마십시오. 제가 중앙연구소를 사직하려고 합니다."

"아니, 홍이사! 그게 무슨 말입니까? 연구소를 그만둔다고요?"

"예, 제가 오래 동안 소장님을 형님처럼 모시고 연구에 매달려왔습니다. 소장님과 연구소에 정도 들었고 연구에 보람도 느꼈습니다만, 이런저런 사정으로 연구소를 그만두려고 합니다."

"나는 도통 이해를 못하겠습니다. 느닷없이 그만둔다니, 대체 어찌된 영문입니까?"

"그만두는 이유는 천천히 말씀드리겠습니다. 다만 한마디로 말씀드리자면, 업무의 중압감을 이겨내기가 어렵습니다."

"유능한 홍이사에게 업무 중압감이라니요? 내가 거의 매일 홍이사와 얼굴을 맞대고 지내오지만, 홍이사에게 중압감이 있다는 기색은 전혀 눈치 채지 못했는데요!"

"소장님, 신약개발이라는 업무가 사실 연구원에게 보통 중압감을 주는 게 아닙니다. 신약개발은 몇 년간 노력해도 아무런 흔적이 없을 수도 있는 장기소모전입니다. 거기에 쏟아 붓는 돈은 엄청납니다. 빨리 가시적인 성과를 올려야 한다는 책임감이 말도 못하게 짓누릅니다."

"내가 빨리 성과를 올리라고 독촉한 적이 있습니까? 나는 신약개발이 장기전이라는 것을 누구보다도 잘 알고 있는 사람입니다."

"소장님의 느긋한 이해심이 연구원들에게는 더 부담감을 줍니다. 몰아대는 상사보다 지긋이 지켜보는 상사가 더 무섭게 느껴집니다."

"그것 참, 홍이사가 소장이 되어보면 알게 될 터인데, 지금 그 이야기는 나를 이러지도 못하고 저러지도 못할 처지로 몰아넣는 겁니다."

"저는 그저, 업무에 부담감이 심해서 이겨내기 어렵다는 사정을 이해해줍시사 하고 말씀드린 것입니다."

"그런데 연구소를 그만 두면 무얼 할 겁니까?"

"업무 부담이 좀 덜한 연구소에서 일하려고 합니다."

"그게 어떤 연구소입니까?"

"말씀드리기 뭣 합니다만, 식품연구소입니다. 건강식품 개발은 그리 어려운 연구가 아닙니다."

그 순간 신소장은 망치로 머리를 한대 얻어맞은 듯하다. 잠시 오른손을 뒷머리에 대고 놀란 뇌를 진정시킨다. 동생이 하는 헬스케어사가 식품연구소를 설립하고 내 연구소에서 연구원을 빼가는 공작을 한다더니, 바로 연구소 부소장인 홍이사가 표적이로구나라는 생각이 든 것이다. '아니, 이럴 수가! 아닌 밤에 홍두깨라는 말이 바로 이런 경우인 거야!' 일순간에 배신감, 분노, 실망감, 좌절감 등이 몰아쳐온다. 멘붕 상태에 빠진다. 자신을 진정시키는 데 한참 시간이 걸린다. 아직도 벌게진 얼굴로 홍이사에게 묻는다.

"헬스케어사의 식품연구소로 가려는 것이지요?"

홍이사는 고개를 떨구고 말없이 끄덕인다.

'119명의 연구원이 자신을 배신하더라도 맨 마지막까지 버티어 줄 것으로 믿고 있는 동지가 맨 먼저 배신하다니! 하늘이 아득하다.'

"홍이사, 어찌 그럴 수가 있습니까? 무엇보다도 지금 한창 진행 중인 울트라(Ultra) 프로젝트는 어떻게 되는 겁니까? 다제 내성균을 잡을 신약 후보물질이 극히 중요한 임상 2상 시험단계에 와 있고, 홍이사가 그 프로젝트를 지휘하고 있지 않습니까? 제약사의 명운이 걸린 중요한 연구인데, 그만 두더라도 3상까지의 임상시험을 끝내고 그만두세요!"

"소장님, 정말 죄송합니다. 남은 임상시험이 언제 끝날지 알 수 없지 않습니까? 제가 없어도 최 연구센터장이 잘 해낼 겁니다."

"나와의 두터운 정리(情理)를 생각해서라도 그동안 어떻게 일언반구도 없이, 한마디 상의도 없이, 이렇게 날벼락처럼 통고하듯이 잘라버린단 말입니까?"

"제가 입이 열 개라도 드릴 말씀이 없습니다. 인사란 게 워낙 노출시켜서 안 될 성질의 것이 돼놔서, 일이 다 된 후에 말씀드리려고 한 것일 뿐입니다."

"내가 실망이 이만저만이 아닙니다. 지금이라도 생각을 고쳐먹을 수는 없는가요? 대우를 더 잘 해줄 수도 있고, 원한다면 소장직도 줄 수 있습니다."

"제 생각이 이미 떠났고, 최후의 선을 넘은 말씀을 드린 후가 되어서 소장님과 얼굴을 맞대고 지내기가 어려울 것으로 봅니다."

"그 정도로 진척되었습니까? 그렇다면 나도 생각할 시간을 좀 가져야겠습니다. 현재로서는 내가 이 사태를 어떻게 해결해야 할지 모르겠습니다."

홍이사가 소장실을 나가자, 신성수는 의자에 깊숙이 앉아 한참 멍하니 있다가, 일어서서 방안을 왔다갔다 서성인다. 황비서가 우려가 되어 자신에게 직언했던 일이 정말 터진 것이다. 황비서를 불러서 사태의 전말을 알아보아야 한다.

"황비서, 조금 전에 홍이사가 다녀간 것을 알고 있지?"

"예, 방을 나가는 홍이사님 얼굴이 아주 굳어져 있던데요."

"일이 터졌어! 황비서가 말했던 일이 드디어 터지고 말았어! 그것도 홍이사한테서 터졌단 말이야!"

황비서는 터졌다는 일이 무엇인지를 알아챈다.

"소장님, 사람은 믿을 동물이 못됩니다. 처음부터 믿지 않으시면 실망할 일도 없습니다."

"부모님, 마누라, 자식 다음으로 믿고 살아온 사람이 홍이사인데…. 내가 홍이사를 안 믿으면 연구소를 어떻게 꾸려나가겠어? 그런데 황비서는 식품연구소에서 포섭하려는 연구원이 홍이사라는 걸 알고 있었나?"

"예, 알고 있었습니다. 연구원 이름까지 말씀드리면 소장님이 충격을 너무 받으실까봐, 나중에 알려드리려고 시간을 저울질하고 있었는데, 의외로 빨리 홍이사님이 일을 터트리셨네요."

"황비서는 지금 내 기분이 어떨지 짐작하겠지? 하늘이 무너지는 기분이야! 이 사태를 어떻게 처리할지는 다음 문제고, 지금은 홍이사가 왜 여기를 떠나는지 알고 싶네. 자네가 아는 대로 말해주기 바라네."

"들리기로는 여러 가지 이유가 있습니다. 소장님께는 무슨 이유를 대시던가요?"

"신약개발 연구의 중압감이 너무 심해서 그만두고 싶다고 하더구만!"

"그것도 한 이유가 되겠지요. 그러나 달리 개재된 사정이 더 큰 이유가 될 겁니다."

"그게 뭐야?"

"저도 들어서 아는 이야기입니다. 돈으로 사람 마음을 움직이는 세상이니까 홍이사님을 돈으로 꾀었다고 합니다."

"이제부턴 님자를 빼고, 그냥 '홍이사'라고 부르도록 해! 그런데 어떤 제안을 해서 마음을 홀린 거지? 구체적으로 말해 보게!"

"큰 거 한 장을 주기로 한 모양입니다. 그리고 보수도 크게 올려주고, 식품연구소의 소장 자리도 약속했답니다."

"큰 거 한 장이라면 얼마를 얘기하는 거야?"

"10억을 말하는 겁니다."

"월급쟁이 연구이사에게는 굉장히 큰돈이구만! 홍이사에게 그렇게 큰돈이 필요한 사정이라도 있었나?"

"사람의 돈 욕심은 엉뚱한 데서 생길 수 있는 모양입니다. 땅 욕심이 있었다고 합니다."

"아니, 연구하는 사람에게 무슨 땅 욕심이야! 어울리질 않는데…."

"생거진천(生居鎭川)이라고 하지 않습니까? 우리 중앙연구소가 위치한 진천군은 소장님도 아시다시피 예로부터 사람이 살기 좋은 십승지(十勝地) 중 하나로 꼽히지 않습니까? 작년 말에 아주 길지(吉地)라고 하는 땅이 백곡면에 나왔는데, 부동산 소개업자가 홍이사를 한번 데리고 가서 보여주니까 홍이사가 그 땅에 넋을 잃었다고 합니다. 그 후부터 홍이사가 자나 깨나 그 땅 노래를 부르더랍니다."

"은행 대출을 받아서 구입할 수도 있잖은가?"

"지금 살고 있는 서울 아파트를 살 때 은행대출을 받은 액수가 만만치 않아서, 더 이상 대출 받을 엄두를 내지 못했다는데요. 그리고 나온 땅이 덩어리가 커서 은행대출로 커버하기가 어려운 액수였답니다."

"그 땅이 그렇게 탐이 났었나?"

"소장님, 첨단과학을 공부한 엘리트 연구원도 미신에 끌릴 수가 있습니까? 홍연구원은 명당자리를 믿는 모양입니다. 그 땅에 집을 짓고 살면, 만복이 도래하고 극락왕생하며, 자손만대로 영화를 누린다는 지관(地官)의 말에 꼼짝 못하게 사로잡힌 겁니다. 부동산 소개업자와 지관이 짜고 덤빈 게 아닐까요?"

"눈에 뭐가 씌우면 별별 짓을 다하는 거야. 그 땅이 남에게 팔릴까 봐 마음이 급했겠지."

"홍이사가 돈에 갈급한 시점에 헬스케어사 측이 접근하게 된 겁니다. 그러니까 홍이사가 단번에 홀라당 넘어간 겁니다."

"큰돈 받고, 벌써 땅주인과 그 땅 계약했나?"

"중도금까지 지불했다는데요."

"그럼, 일을 저지른 거네."

"예, 사태가 돌이키기 어려운 지경에 와 있습니다."

이 말에 신성수는 황비서에게 자리에 그냥 앉아 있으라는 손짓을 하고서는 장고에 들어간다. 그는 홍이사를 내보내는 수밖에 없다는 결론에 다다른다.

"황비서, 내 의견을 들어보게. 내 생각이 맞는지 모르겠어. 홍이사가 이젠 돌아올 수 없는 강을 건너간 거야! 그런데 한 조직을 유지하려면 신상필벌을 세워야 해. 홍이사가 조직 기강을 멋대로 흩뜨린 이상, 불이익이란 제재를 과해야 하지! 내가 방금 어떻게 할까 고심했어. 홍이사에게 취업계약상의 의무불이행으로 손해배상을 청구할 수도 있고, 해고하면서 퇴직금상의 불이익을 줄 수도 있어. 그렇지만 그런 불이익을 홍이사는 감정상의 보복으로 느낄 거야. 감정싸움이 악화되면, 홍이사는 우리 연구소가 힘들여 연구·개발한 고급 기술정보를 다른 경쟁 제약사에 몰래 팔아먹을 수도 있지. 연구원의 연구는 본인의 자유의사에 터 잡아야 해. 홍이사 마음이 이미 떠났는데, 억지로 잡아두어 보았자 아무 의미가 없어. 나한테 의논도 하지 않고, 이따위 비열한 짓을 한 동생이 섭섭하다고나 할까? 괘씸하다고나 할까? 아주 서글픈 심정이야. 이 일을 동생에게 따져 묻는 것도 체통에 어긋나고, 아버지에게 말씀드리는 것도 동생의 잘못을 고자질하는 것 같아서 내키지 않아. 한마디로 불운이 덮친 거야! 내가 덕이 부족해서 불행한 일이 일어난 거지!"

"소장님, 말이 나온 김에 제가 아는 바를 마저 말씀드리겠습니다. 홍이사가 미생물학 전공의 연구원 다섯을 데리고 나갑니다."

"뭐야! 혼자가 아니고 다섯이나 데리고 나간다고? 어디 소속 연구원들인가?"

"다제 내성균 퇴치 연구센터입니다."

"어! 내가 어떻게 일군 팀인데! 이제 연구소의 한 축이 무너지는 거야! 홍이사가 해도 너무 하는구만. 그 다섯은 어떻게 넘어간 거야?"

"한 사람당 작은 거 세 장씩 주고 데려간답니다."

"그럼, 3억씩이네. 내가 들인 공을 생각해보면, 그 사람들 그만한 가치가 있지. 그런데 하필이면 왜 같은 바오로사 연구소에서 데려가는지 모르겠어. 연구인력을 외부에서 조달할 수도 있잖아?"

"외부에서는 우리 연구원만한 인재를 구할 수가 없습니다."

"내가 열이 받쳐서 더 이상 말을 나눌 수가 없네. 세면장에 가서 찬물 샤워를 해야겠으니 일단 나가보게. 나중에 이야기를 계속하기로 하세."

2.

  신성수는 냉수를 온몸에 쏟아 부어도 열이 식지 않자, 그 길로 퇴
근해서 수영장의 서늘한 물에 잠기고 싶어 한다. 서울 P호텔 16층
에 있는 실내수영장에 들어간다. 다행히 사람이 별로 없다. 자유형,
평영, 배영의 순서로 수영장을 몇 차례 왕복하는 몸 풀기를 마치고,
잠시 숨고르기 휴식을 취한다. 이윽고 누워서 수영장 천장을 올려
다보는 배영 자세를 취하면서 배는 위로 쳐들고, 두 팔은 머리 위로
쭉 뻗고, 두 다리만을 최대한 천천히 휘젓는 동작으로 나아간다. 동
작이 느려지면 마음이 느긋해지고, 동작이 빨라지면 마음이 급해진
다. 편안한 마음으로 전신을 물에 맡긴 채로 나무늘보 기어가듯 느
릿느릿 나아간다. 풀(Pool) 언저리에서 나는 소리가 귀에 들린다.
두 귀가 물아래 잠겨 있어서 바깥 소리가 들리지 않을 것 같은데,
공기 중 음파는 수영장 수파로 바뀌고 그 수파는 다시금 귓구멍 속
의 공기를 진동시키나 보다. 물속에서도 바깥 소리를 들을 수 있으
니, 신기하다. 들리던 소리가 그치자, 성수는 온 감각을 몸에 닿는
물에 집중한다. 서늘한 물이 아주 약한 수압으로 온몸을 건드린다.
그러자 평화가 온다. 눈도 감아버리고, 물과 몸이 만나는 촉감에만
정신을 집중한다. 얼마 되지 않아 거의 완벽한 평온이 몸과 마음을
덮어버린다. 어떻게 물이 평화를 가져올 수 있는가? 인간은 물로 더

러움을 씻어내고, 물로 몸을 식히며, 물로 세례를 받는다. 물을 바라보며 청량감을 얻고, 허기보다 더 절박한 갈증을 물로 달랜다. 물이 증기가 되거나 얼음이 되는 신기함에 사로잡힌다. 비와 눈을 맞는 기쁨을 시와 노래로 읊는다. 물은 부드럽고, 낮은 곳으로, 한없이 낮은 곳을 찾아 내려가지만, 그 어떤 것도 물을 이기지 못한다. 그래서 물이 평화를 주나보다. 성수는 두 다리로 휘젓는 동작마저 그쳐버린다. 하체는 물아래 쪽으로 내려가고, 얼굴만이 가까스로 물 위에 떠있다. 한참을 그러고 있다. 꼼짝 않는 그를 누가 보면 익사체로 알 것이다. 성수는 지극한 평안함이 이대로 지속된다면 익사체가 되어도 좋다고 생각한다. 나중에 죽으면 수장(水葬)을 해달라는 유언을 남길까 하는 생각도 든다. 그는 물과 한 몸이 된다. 그는 물과 생사(生死)를 공감한다. 홍이사의 사직통고로 찢겨진 마음이 물을 만나 온전해지고 편안해진다. 물은 모든 것을 깨끗이 씻어낸다. 물은 몸의 상처도, 마음의 상처도 씻어낸다. 물은 부활의 생명수이다.

신성수는 마음이 상해서 어젯밤에 쉬이 잠이 들지 않을 것으로 생각했으나 오랜만의 수영으로 몸이 노곤했던 탓인지 비교적 일찍 잠이 들었다. 다음날 새벽 먼동이 어스름하게 틀 무렵 성수는 잠에서 깨어난다. 그는 집밖 연못가로 나가 의자를 끌어다놓고 상념에 잠긴다. 새벽 이 즈음은 하루 중 가장 영기가 뻗칠 때이다. 목사는 새벽기도를 하고, 스님은 새벽염불을 올리는 시각이다. 밤잠은 머릿속

복잡다단한 기억을 가지런히 정리해놓고, 아직 덜 풀린 본질적인 숙제를 마주보게 한다. 잠의 신묘한 효능이다. 성수의 머릿속에는 어제 홍이사와 나눈 대화, 그 다음에 황비서가 알려준 이야기들이 일목요연하게 정리되어 대기하고 있다.

연구이사이며 연구소 부소장인 홍민이 헌신짝 버리듯 연구소를 차고나가는 배신과 그런 음모를 획책한 동생 신대수의 배신에 정신이 모아진다. '무엇이 사람으로 하여금 배신하게 만드는가? 돈에 대한 탐욕, 경영권을 장악하려는 욕심인가? 나는 왜 배신감에 몸을 떠는가? 두 사람에게 주고 있었던 믿음이 깨져서 그래! 인간 사이의 신뢰관계가 일순간에 여지없이 무너지는 걸 보고, 내가 좌절하고 절망하는 거야! 모든 사람이 다 그런 걸까? 하긴 더 이상 사람을 믿는다는 게 두려워져. 사람에게는 배신본능이 있는 게 아닐까? 사회에 불신이 만연하면 불신사회가 되고 분열하지. 사람 사이에 믿음이 사라지면, 도처에서 비밀녹음과 비밀촬영이 행해질까 두려워하고, 사람을 만나고 대화하는 것을 꺼리게 되지. 그걸 사람이 모여 더불어 사는 세상이라고 할 수 있을까?'

유전학의 관점에서 문제를 짚어보는 습성이 있는 성수는 생각이 더욱 더 뻗어나간다. '맞아, 탐욕이 배신을 불러오지만, 그 밑에 더 근원적인 원인이 있어. 먹이를 실컷 먹고 배가 잔뜩 부른 고양이가 덤불 속에 숨어 있다가 참새를 잡으려고 덮치는 것을 본 기억이나. 배가 고프든 부르든 간에 고양이에게는 사냥본능이 있어. 사냥감을 잡아 털을 뜯고 가죽을 찢어발겨 죽이는 거야. 먹고 안 먹고는 상관없어. 그냥 그렇게 하는 거야. 본능이 시키는 거야. 사람도 그런 거지. 인류의 역사에는 씨족 간, 부족 간, 민족 간, 국가 간에 끊임없는 침략과 정복이 기록되어 있어. 형제간에도 그런 싸움이 끊이질 않지. 내게 형제 간 재산다툼, 경영권다툼의 정복전쟁이 일어난거지. 인간에게는 상대를 정복하고 탈취하고 굴복시키고 지배하려는 본능이 있는 거야. 인간은 본능의 노예야. 본능을 벗어날 수 없어. 본능에 대한 이성적인 제어는 극히 일부분에 불과해. 더구나 이성은 본능을 감추는 재주를 발달시키는 정신능력이 아닌가? 정복본능이 인간 DNA에 들어있어. 배신은 그런 본능이 구현되는 전략의 하나일 뿐이야. 신의를 지키는 것은 순진하고도 어리석은 짓에 지나지 않고, 배신은 전략가의 지혜로운 술책이야. 이기기 위해, 정복하기 위해 수단방법을 가리지 않아. 암수(暗數)를 쓰고 배신을 하는 것은 전쟁에 있어서 중요한 전략이야. 조약을 멋대로 파기하는 국제적 배신이 세계대전을 유발하고 수백만 수천만의 목숨을 앗아가지만, 어찌 할 수가 없어. 쟁취하려는 본능, 보다 큰 권력을 쥐려는 정복본능의 중심축에 붙어 배신이라는 곁가지 수단 본능이 인간 DNA에 숨어들어가 있는 거야. 내게도 그런 본능이 있겠지. 그런데 나는 왜 배신이라는 전략을 구사하지 못하는 거지? 나는 배신으로 파괴되는 인간관계를 견디지 못해서 그런 거야. 내가 배신함으로 인해서 인간 사이의 신뢰관계가 무너지면서 내 마음이 황량해지고 조각조각 나고 세상이 잿빛으로 변하는 것을 견딜 수가 없어. 내가 마음이 약해서 그런 거라고 하겠지. 어쨌든 나는 천성적으로 배신을 못하는 인간이야. 내게는 배신을 억누르는 감정본능이 있어. 본능에도 다소간의 개인차가 있는 거야. 내가 배신을 못하는 인간이라면, 적어도 배신을 당하지는 말아야 하지 않겠어? 배신을 당하지 않으려면 파수꾼을 세워놓아야 하는데, 나는 그러지 못했어. 마음속에, 집안에, 연구소에, 회사에 파수꾼을 세워놓았어야 했는데, 그러질 못했어. 누가 나를 배신하지나 않을까 하고 수시로 염탐할 첩자를 박아놓았어야 했는데, 그걸 못한 거야. 남을 믿지 말고 의심해야 하는데, 나는 그걸 못한 거야. 그런데 다른 사람을 불신하고 의심하는 것만으로도 내 마음은 황량해지고 찢어지면서 견딜 수 없는 세상이 되는 거야. 어떻게 해서든지 배신 없는 세상을 만들어야 하는 게 아닐까?'

성수는 배신당한 분노와 고통, 절망에 생각이 미친다. '배신본능은 당연한 것인데, 왜 배신당한 나는 분노에 떨고, 괘씸해하고, 복수할 길이 없을까 하고 초조해하는 걸까? 배신을 그런가보다 하고 순순히 받아들여야 하는가? 배신을 하는 것도 그렇지만, 배신을 당하는 것도 인간의 신뢰관계가 깨지면서 마음이 황량해지고 갈기갈기 찢어지고 세상이 회색빛으로 변하는 거야. 내가 그런 것도 못 견뎌하는 거지. 그래서 내 마음을 찢어놓은 인간에게 분노하고 괘씸해하는 거야. 홍이사와 동생 신대수 중에 누가 더 괘씸한가? 직접 배신하는 행동을 한 홍이사가 더 괘씸한가? 아니면, 돈으로 꾀어 홍이사를 배신하도록 배후에서 교사한 신대수가 더 괘씸한가? 신뢰관계가 깨어졌기에 괘씸해하는 것이라면, 신뢰관계의 심도에 비례하여 괘씸죄의 크기가 정해지겠지. 그러면 내가 홍이사에게 준 신뢰가 더 깊었던가? 아니면 동생에게 준 신뢰가 더 깊었던가? 홍이사는 비록 혈육은 아니지만, 천지이라 할 직업상의 동료로서는 형제에 못지않은 신뢰관계를 쌓아오지 않았던가? 둘에 대한 내 신뢰는 엇비슷해. 그런데 신대수는 배신을 하더라도 이중으로 배신한 거야! 홍이사의 배신을 뒤에서 만들어낸 간접 배신이 하나이고, 형제간에 우애롭게 공동 경영을 해야 할 신뢰관계를 배신한 것이 그 둘이야. 홍이사의 배신에 대한 배후 인물로서의 배신과 동생으로서의 배신! 그 녀석은 이중 배신자야! 그러니까 신대수가 훨씬 더 괘씸해! 홍이사와 신대수 둘이서 합작한 배신이 시너지 효과로 증폭되어 내게 엄청난 분노를 일으키는 거지. 프랑스 사람들이 현명해. "모르는 사람이 아는 사람보다 낫다"라는 진리를 속담으로 만들어 냈으니까. 정말 맞는 말이야. 배신은 아는 사람 사이에서 벌어지는 참사야. 모르는 사이에서 무슨 배신이 있겠어? 모르는 사람은 믿지를 않잖아? 오랜 믿음으로 다져진 근린관계에서 배신이 있을 수 있는 거야. 가족 간의 돈독한 신뢰를 상상치도 못한 방법으로 무너뜨리고 통렬한 배신감을 안겨주면서 승리를 쟁취하는 거지. 그리고 보면 가족 중에서 가장 무서운 배신자가 나오는 거야. 집안에서나 직장에서나 가장 가까운 사람이 배신이라는 패덕을 저지르고, 인간관계의 기초를 파괴하고, 관계된 사람들을 파멸에 빠뜨리고 고통에 허덕거리게 만드는 거야. 배신이라는 죄성(罪性)도 원죄에 속하고, 탐진치에 내포되어 있어. 인간에게 숨겨진 악성 유전자코드야!'

3.

"윤팀장, 아침부터 나를 꼭 만나봐야겠다고 했다면서?"

"예, 그렇습니다."

"왜? 무슨 일인데 그래?"

"영업에 관련된 일입니다."

"영업이라면 정전무님을 만나서 이야기해도 되잖아? 나는 중앙연구소에 내려가 봐야 하는데."

"아닙니다. 정전무님을 만나서 얘기해서는 안 됩니다."

"무슨 얘기 길래 안 되는 거지? 말해 보게!"

"제약사 영업이 건강기능식품 영업으로 변질되고 있습니다."

"그게 무슨 소리야? 건강기능식품은 헬스케어사에서 영업하는 거 아닌가?"

"우리 제약사 영업부가 헬스케어사 영업을 거의 떠맡다시피 하고 있습니다. 약품 판매와 유통이라는 고유 업무를 볼 수 없을 지경입니다."

"그건 영업사원들이 알아서 할 일인데, 왜 그러고 있어?"

"영업담당의 정전무님 때문에 그렇습니다."

"아니, 정전무님이 어쩌 길래 그렇다는 거야? 정전무님은 제약사 영업담당이잖나?"

"헬스케어사가 신설회사여서 아직 영업망이 제대로 갖추어지지 않다보니, 우리 영업망을 이용해서 건강기능식품을 판매하고 또 자기들 영업망을 구축하고 있습니다. 정전무님이 그렇게 하도록 지시하고 있습니다."

"그룹 전체로 보자면 한 식구인데, 우리 영업망이 그 쪽을 좀 도와 줄 수 있는 게 아니야?"

"그게 정도의 문제입니다. 약품판매보다도 건강식품을 우선시켜 영업하게끔 되어 있는 실정입니다."

"정말 그렇게 되어 있나? 인천지역과 경기 남부지역을 맡고 있는 영업부 강팀장을 불러 확인해 보자구! 강팀장이 아직 회사 안에 있 지? 내 방으로 오라고 하게."

조금 후 강팀장이 신성수 부회장실에 들어온다.

"강팀장, 우리 영업사원들이 건강기능식품 판매하기에 바쁘다면 서? 정말이야?"

"예, 사정이 그 지경이 되었습니다."

"자네가 선임자인데, 왜 이때까지 내게 말하지 않고, 윤팀장이 와 서 얘기하는 거지?"

"제가 정전무님 겁을 많이 내고 있습니다. 윤팀장이 보다 못해 나 선 겁니다. 죄송합니다."

"건강식품 영업으로 약품판매가 소홀해졌다는데, 그게 어느 정도 야?"

"작년 3분기 대비로 매출이 20% 줄었습니다."

"아니, 새로운 브랜드 약품이 여럿 출시되었는데, 매출이 오히려 줄어들었다는 게 말이 되나? 그것도 20%나 줄었다니, 기가 막히는 군."

"아마, 건강기능식품 판매가 그걸 메워 주고 있을 겁니다."

"그 쪽 수익금은 그 쪽으로 잡히는데, 제약사 매출과 무슨 상관이 있어?"

"그러니까 영업상의 협력을 그룹 전체로 보아줄 수 없다는 말입니다. 개개 회사는 결국 회사별로 독립 경영이고, 각자 도생해야 합니다. 부회장님이 영업상의 혼선을 막아주셔야 합니다."

"그러면 내가 정전무를 불러 영업업무를 단속해야 한다는 말인데, 내가 말하지 않아도 정전무가 엄연히 알아서 해야 할 일 아닌가?"

"회사가 묘하게 꼬여 돌아가고 있습니다. 우리 영업사원들의 사기가 저하되어 있고, 불평하는 목소리도 큽니다."

"알겠네. 다들 나가보게. 내가 방책을 세우도록 하겠네."

신성수는 연구소로 내려가야 한다는 것도 잊어버린 채 부회장실에 앉아 고민에 빠진다. 바오로 그룹의 투톱체제 경영이 생각처럼 쉽지 않다. 두 부회장이 연구와 영업으로 부문을 나누어 담당한다지만, 그 구분이 쉽지 않다. 벌써 연구 분야가 제약사 연구소와 건강식품 연구소로 양분(兩分)되는 것만 봐도 그렇다. 눈앞에 닥친 문제로 홍이사의 사직을 처리해야 하고, 정전무를 불러 제약사 영업을 소홀히 하지 않도록 단속해야 한다. 홍이사는 순순히 풀어주기로 마음을 정했다. 다음 문제로 정전무를 어떻게 바로잡을 것인가를 고민한다. 영업뿐만 아니라 회사경영 전반에 걸쳐서 자신과 정전무는 노선이 다르다. 그리고 동생 신대수와 정전무를 비롯한 훈구파 임원

세 사람이 죽과 장이 맞아 지내는 사이라는 것을 벌써부터 눈치 채고 있다. 그런 사이니까 정전무가 건강기능식품 영업에 열을 올리고 있는 것이다. 그런 사람을 불러다가 다그쳐 보았자, 요리조리 발뺌하고 말도 되지 않는 핑계를 둘러대고 할 것이 뻔하다. 분통만 더 터질 것이다. 근본적인 해결책은 제약사에서 영업을 담당하고 있는 정전무와 재무를 담당하고 있는 박전무를 헬스케어사로 보내버리고, 내 사람을 심는 일이다. 그리고 동생과의 업무분담을 연구와 영업으로 나눌 것이 아니라, 회사별로 나누어, 제약사는 내가, 헬스케어사는 동생이 전담하도록 경영책임을 분명히 해야 한다. 그러한 구조개편은 내가 단독으로 결정할 수 있는 것이 아니고, 아버지 신회장이 마음먹기에 달려 있다. 성수는 적절한 시점에 아버지를 만나 담판하기로 마음을 정하고, 진천으로 내려간다.

제56화
바오로 제약사가 불법 리베이트 사건에 휩쓸리다.

1.

 본사 부회장실을 지키고 있는 여비서 신혜란이 중앙연구소에 내려가 있는 신성수에게 다급히 전화한다.

 "소장님, 저, 신비서에요. 회사에 긴급사태가 발생했습니다. 방금 검찰이 회사로 들이닥쳐 정전무님을 체포하고, 사무실을 압수·수색하고 있습니다."

 "뭐야! 지금 한 말을 천천히 한 번 더 말해봐!"

 신비서는 한 말을 다시 반복한다.

 "도대체 검찰이 왜 그러는 거야?"

 "약품판매에 리베이트를 제공한 게 문제인 모양입니다."

 "우리 회사는 리베이트를 전혀 주고 있지 않는데, 검찰이 뭔가 잘못 알았을 거야! 내가 곧 올라가지! 남변호사님한테 전화해서 이 사태를 알려줘."

 서울로 올라가는 차 안에서 신소장은 수행비서인 황선익과 이야기를 나눈다.

 "황비서, 검찰이 본사를 뒤지고, 정전무를 잡아간다고 해!"

 "저도 조금 전에 신비서 전화를 받았습니다."

"불법 리베이트와 무관한 우리 회사에 검찰이 왜 온 건지, 알 수가 없어. 자네, 뭐 짚이는 거 없나?"

"이건 저도 전혀 예상 못했습니다. 이제 보니, 뭔가 짐작 가는 일은 있습니다만."

"그게 뭐지?"

"신비서가 받았다고 제게 말한 전화가 생각납니다. 오래 전인데, 어떤 대형병원의 원장이라고 하면서 소장님을 바꿔달라고 하더랍니다. 안 계시니까 용건을 남기라고 했더니, 리베이트와 관련해서 문의할 일이 있어 전화했다고 하더랍니다. 외부인사들은 신대수 부회장님과의 업무분담을 잘 몰라서, 저희 비서실로 영업 관련 문의전화가 곧잘 오곤 합니다. 신비서가 신대수 부회장실 전화번호를 알려주고, 영업상 용건은 그쪽으로 문의해보라고 하고, 전화를 끊었답니다."

"신비서는 그런 전화가 왔었다는 걸 왜 나한테 말해주지 않았지?"

"신비서는 업무상 교통정리를 해주면서, 소장님이 신경 쓰실 일을 줄여준다는 뜻에서 보고하지 않은 모양입니다. 신비서가 대수롭지 않은 전화로 생각한 듯합니다."

"그런데 지금 검찰이 의심하는 리베이트 사건과 그 전화가 무슨 상관이 있는가?"

"그 전화로 제가 짐작하는 겁니다. 소장님은 연구소에 치중하고 계시고, 제약사 영업은 신대수 부회장님과 정전무님이 전담하시다시피 하니까, 영업전략이 바뀌어서 이런 일이 벌어진 게 아닌가 합니다.”

“자네 짐작을 스토리로 엮어서 얘기해보게!”

“소장님은 약품판매에 불법 리베이트 제공을 엄금하고 계십니다만, 제약업계의 현실은 다릅니다. 리베이트 제공이 당연한 관행으로 행해지고 있습니다. 다른 메이저 제약사들도 거반 리베이트 영업을 하고 있습니다.”

“그건 나도 알고 있어.”

“신대수 부회장님과 정전무님은 약품판매에 리베이트 전략을 세우고 실행에 옮기신 것이지요.”

“왜 그 두 사람은 제약사 사장인 나한테 상의하지 않은 거야?”

“영업업무를 신대수 부회장님 소관으로 넘겼으니까, 소장님이 제외되신 겁니다.”

“그러나 영업사원들 중에는 내게 리베이트 영업을 하게 되었다고 귀띔해 줄만한 사람이 있을 법한데, 어째 한 사람도 없었을까?”

“인간적인 약점 때문에 그렇습니다. 리베이트 영업을 하게 되면, 영업사원들에게는 떨어지는 떡고물이 있습니다. 리베이트 제공은 은밀히 이루어지고 현금으로 주는 경우가 많으며 회계장부상 조작이 행해지기 때문에 영업사원들이 소위 삥땅치게 될 온상이 조성됩니다. 그래서 영업직은 리베이트 영업이 주는 유혹에 빠져들게 마련입니다.”

“영업사원이라면 다 그 짓을 하는 건가?”

“그런 짓 안하는 사원이라 할지라도 소장님에게 리베이트 영업을

까발려서 다른 동료사원을 곤경에 빠뜨리고 싶어 하지는 않을 겁니다."

"그렇겠어! 그럼 바오로제약사도 불법 리베이트 영업을 했을 거라는 것이고, 지금 검찰 수사를 받게 된 건 근거가 있단 말이지?"

"제 추측으로는 그렇습니다."

"그렇다면 사태가 심각하게 되었네! 엠브론 약화사고가 터졌을 때처럼 회사가 긴박하게 돌아가게 생겼구만! 어떻게 수습해야 할지 걱정이 태산이네."

"저는 검찰이 정전무님을 잡아간다는 사실이 무척 걱정입니다."

"어째서 그런가?"

"우리 회사가 불법 리베이트 영업을 하고 있다면, 그 핵심인물이 정전무님입니다. 정전무님이 관련된 내막을 소상히 파악하고 있고, 숨은 비밀을 낱낱이 꿰고 있는 열쇠의 인물입니다. 검찰에서 정전무님이 어떤 진술을 하느냐에 따라 이번 사건의 운명이 갈리고, 그 파장이 어디까지 미칠지 결정됩니다."

"정전무님은 바오로사 창립 이래 회사와 명운을 함께 한 공신인데, 최대한 회사에 유리한 진술을 하지 않겠어? 자기 몸 하나 희생해서라도 회사를 살릴 사람이야! 나는 그렇게 믿고 있어."

"회사를 살리기야 하겠지만, 이 사건으로 형사처벌을 받을 임직원을 어느 선에서 차단할 것인가는 정전무님의 입에 달려있습니다. 어떤 조직이든지 범행에 책임질 사람의 범위를 정하는 꼬리자르기를 하기 마련이고, 잘라낼 꼬리의 길이를 어느 정도로 할 것인가가 앞으로의 숙제입니다."

"자네, 정말로 문제의 정곡을 찔렀네."

"그런데, 소장님, 더욱 더 걱정되는 점이 있습니다."

"뭔데 그래?"

"검찰에서 정전무님이 할 진술에 영향을 미칠 수 있는 사람은 신대수 부회장님입니다. 소장님은 정전무님의 입에 재갈을 물릴 아무런 힘이 없다는 걸 알고 계시지요?"

"그건 자네가 더 잘 알고 있지 않아? 내게 그 사실을 확인시켜주는 거지? 또 궁금한 점이 있네. 리베이트로 뿌린 돈은 얼마나 될까? 그 돈은 어디서 **빼내** 썼을까?"

"그건 정전무님만이 정확히 알고 있을 겁니다."

"그래, 자네 말이 맞아. 이번 사태의 핵심인물은 정전무야! 내가 본사에서 동생을 만나야겠어."

신소장은 즉각 신대수에게 전화해서 회사에 있는 돌발사태를 알고 있느냐고 묻고는 자신의 부회장실에서 만나기로 약속한다.

2.

촌각을 다투는 위기가 발발한 후 살아남기 위하여 급히 손을 써야 할 시한(時限)이 있다. 이 시간적 한계를 보통 골든타임이라고 한다. 골든타임은 사실 황금보다 더 귀한 시간대이다. 골든타임의 숫자는 데드라인을 말하는 것이므로 손을 쓰는 응급처치는 **빠를수록**

좋다. 뇌졸중이나 급성심근경색이 발생한 환자의 골든타임은 3시간이다. 생명위기이다. 지진으로 붕괴된 건물에 매몰된 사람을 구출할 골든타임은 72시간이다. 지진위기이다. 수사기관의 예고 없는 긴급체포 또는 긴급구속으로 국가 형벌권력이라는 칼날 아래 목이 달아날 처지에 놓인 피의자의 골든타임은 48시간이다. 형사위기이다. 형사소송법 제200조의4는 긴급체포로 수사기관이 영장 없이 피의자를 구속할 수 있는 시한을 48시간으로 규정하고 있다. 이 48시간이 수사기관으로서는 결정적인 진술과 증거를 얻기 위해 피의자를 가장 압박하는 기간이다. 체포·구속된 피의자를 신문하기 전에 진술거부권이 있음을 고지하지만, 수사관의 집요하고도 교묘한 추궁에 골든타임 48시간 내내 피의자가 입을 다물고 있기란 쉽지 않다. 과학수사의 시대라고 하더라도 범인의 자백이나 증인의 진술만큼 효과적이고 신속한 증거수단은 없다. 골든타임 동안 강제수사에 돌입한 수사관은 영악하며 열의 넘치는 전문가이고, 체포·구속된 피의자는 충격에 정신을 못 차리고 있는 풋내기이다. 피의자가 살아나려면, 이 골든타임 동안 유능하고 사명감 있는 변호사의 조력을 받아야 한다. 바오로제약사의 고문변호사인 남규헌은 형사위기에 있어서의 골든타임을 잘 알고 있기에 신비서의 전화를 받자마자 사태파악에 나섰다. 그리고 신성수에게 전화한다.

"신소장님, 지금 어디십니까?"
"아! 남변호사님이세요? 지금 진천서 서울로 올라가는 차 안에 있습니다.”

“내가 신비서의 전화를 받고, 곧 바로 사태의 전말을 알아봤습니다.”

“그러세요? 제가 빨리 알수록 좋으니까 말씀해주시지요!”

“사태의 발단은 어떤 제약사 영업사원이 재직 회사의 리베이트 사실을 검찰에 제보한 데 있다고 합니다. 회사에서 중징계처분을 받은 적이 있는데, 앙심을 품고 앙갚음을 한 겁니다. 검찰에서 구체적 사실을 진술하고, 관련 증거도 제출했답니다. 검찰이 리베이트를 수수한 대형병원의 원장과 의사들을 불러 심문해보니, 불법 리베이트를 제공한 제약사가 10여 군데에 이르고 상당한 금액을 매달 상납 받았다든가 뭉텅이 돈을 챙겼다는 자백이 나온 겁니다. 의사들이 입에 올린 열세 곳 제약사 중에 바오로사가 들어간 것이지요. 제약업계의 관행으로까지 정착된 조직적이고 은밀한 범행을 뿌리 뽑겠다는 의지로 검찰이 식약청 등 정부기관과 합동수사단을 발족시켜, 한 달 이상 내사를 하고, 오늘 일제 단속에 들어갔다고 합니다. 이런 사실이 내일 신문에 보도될 겁니다.”

“무슨 죄명으로 수사하는 건가요?”

“문제 삼는 죄명은 무척 많습니다. 대충 열거해보자면, 국·공립 병원 의사들은 형법상 수뢰죄, 사립병원이나 개인 의원급 의사들은 배임수재죄, 액수가 크면 특가법의 적용을 받고, 그 밖에 의료법 위반범죄, 리베이트 제공자가 범한 약사법과 의료기기법 위반범죄의 공범, 탈세가 있으면 조세범처벌법 위반 범죄가 성립합니다. 불법 리베이트를 제공한 제약사 임직원은 증뢰죄, 배임증재죄, 의료법·약사법·의료기기법 위반 범죄, 리베이트 자금을 마련한 비자금조성행위는 횡령죄, 탈세로 인한 조세범죄 등 입니다. 회계장부 조작이 있으면 증거인멸죄, 위계에 의한 업무방해죄, 경제범죄나 금융범죄 등이 성립할 수 있습니다."

"죄명이 굉장하군요! 영업담당 정찬욱 전무가 잡혀갔는데, 빼낼 방도는 없습니까?"

"정전무는 검찰이 긴급체포로 연행해갔습니다. 검찰은 48시간 내에 정식으로 영장을 발부받아 정전무를 구속하게 되는데, 구속적부심사를 받는다든가 보석으로 빼내올 수는 있지만 그리 쉽지 않을 것으로 보입니다."

"구속된 정전무를 보호하고 검찰 신문에 조심시키려면, 빨리 변호사를 선임해서 만나보도록 해야 하지 않습니까?"

"당연하지요. 정전무가 끌려갈 때 자기 비서에게 김시진 변호사에게 연락하라고 했답니다. 정전무가 선임한 변호인은 그 김변호사입니다."

"어디로 끌려갔답니까?"

"서울 서부지검에 설치된 '제약사 불법 리베이트 근절 합동수사단'이랍니다."

"더 끌려간 사람은 없습니까? 또 뭘 압수해갔는지 모르겠습니다."

"영업사원 세 사람을 연행해갔답니다. 압수물은 관련 장부, 수첩 메모, 의심스런 은행통장, 컴퓨터 하드웨어, USB, 혐의자의 휴대폰

같은 것들입니다."

"알겠습니다. 더 궁금한 것은 남변호사님을 직접 뵙고 이야기 나누도록 하겠습니다. 오늘 저녁에 시간 있으신지요?"

"예, 7시경 내 사무실로 오십시오."

3.

신대수 부회장과 노기태 전무가 헬스케어사 사장실에서 급히 만나 밀담을 나눈다.

"노전무님, 조금 전 제약사에 리베이트 사고가 터진 것을 알고 계시지요?"

"예, 제약사의 박전무가 전화로 알려주었습니다. 야단났습니다."

"정전무님이 잡혀간 것도 아시지요? 사태 수습이 문젭니다."

"정전무는 쇠심줄같이 질긴 사람이라서 잘 버틸 겁니다. 6년 전에도 불법 리베이트 사건으로 제약업계가 떠들썩한 적이 있습니다."

"어디가 걸렸습니까?"

"그땐 강동제약 1개사만 검찰수사를 받았습니다."

"사건이 어떻게 끝났나요?"

"영업사원 몇 명과 임원으로는 영업본부장이 형사처벌을 받았습니다. 리베이트를 받은 의사들은 벌금형 정도로 가벼운 처벌을 받고 끝났습니다."

"이번은 그리 간단히 끝나지는 않을 것 같습니다."

"그렇습니다. 제약사의 홍보담당 안부장이 아는 기자들에게 사건을 알아보고 제게 연락해왔는데, 이번 사태는 심상치 않다고 합니다. 제약사 불법 리베이트 영입을 뿌리 뽑겠다는 검찰의 수사의지가 매우 강하다고 합니다. 관계기관과 합동수사단까지 만들었다고 하고, 오늘 검찰이 들이닥친 제약사만도 열 군데가 넘는다고 합니다."

"검찰은 바오로사가 불법 리베이트를 제공했다는 증거를 갖고 있는 걸까요? 갖고 있다면 어느 정도일까요?"

"검찰이 혐의만 가지고 회사를 덮치겠습니까? 검찰은 리베이트를 받은 의사들의 구체적인 자백만으로도 증거물을 확보할 수 있다는 자신감을 갖고 있을 겁니다. 그리고 잡혀간 영업사원들은 회사 충성도가 낮다 보니, 사실을 털어놓을 가능성이 다분합니다."

신대수 사장은 노전무를 향해 상체를 구부리고 목소리를 낮추어 속삭이듯 이야기한다.

"그런데 노전무님, 사건의 불똥이 경영진에게까지 튀지 않을까요? 노전무님, 정전무님, 박전무님과 나까지 넷이 모여 리베이트 영업을 하기로 결정하지 않았습니까? 검찰은 경영진의 지시로 일선 사원들이 리베이트 영업을 한 것이라는 사실을 규명하는 데, 수사의 초점을 맞출 텐데요!"

"그렇습니다. 그러니까 회사 경영진은 리베이트 영업과는 무관한 것으로 끝까지 밀고나가야 합니다. 일선 영업사원들이 매출실적에 따른 성과급이 탐이 나서 무리하게 리베이트 영업에 나선 것이라고 해서, 회사의 윗선이 끌려들어가지 않도록 사태 수습을 해야지요.

그러나 상급자의 책임을 완전히 부정하기는 어렵습니다. 책임질 임직원을 잘라내는 작업, 이른바 꼬리자르기를 잘 해야 합니다."

"노전무님은 어느 선에서 꼬리자르기를 하는 것이 좋다고 보십니까? 당장 사태 수습책을 세워야 하지 않겠습니까?"

"잠시 생각해 보십시다."

두 사람은 골똘히 머리를 굴린 후 복안을 내놓는다. 먼저 노전무가 밝힌다.

"검찰이 정전무를 잡아간 것을 보면, 정전무가 무사히 빠져나오기는 어려울 겁니다. 그건 정전무 자신도 알고 있을 겁니다. 남은 문제는 정전무 선에서 꼬리자르기를 할 것인가? 더 확대해서 제물로 바칠 임원급을 늘릴 것인가 하는 점입니다."

"임원급은 정전무님 하나로 충분하지 않을까요?"

"재무를 맡은 박전무도 검찰의 표적이 되어 있을 겁니다. 그리고 검찰은 좀 더 높은 거물급을 잡아들여서, 큼직하게 일을 떠벌리려는 과시욕이랄까 공명심이 강합니다. 우리가 임의로 꼬리자르기를 할 수 있는 건 아닙니다. 검찰이 순순히 물러서지는 않습니다. 검찰이 원하는 선을 어느 정도 만족시켜주어야 합니다."

"그렇다면 최악의 경우에는 대표이사 급도 끌려들어갈 수 있겠습니다."

"말씀하신대로 최악의 경우이지만, 그렇게 된다면 회사에 참사가 발생하는 겁니다."

신사장이 이마를 찌푸리더니, 목소리를 더욱 낮추어 속삭인다.

"검찰이 수사망을 옥죄어 와서, 부득이 대표이사 급이 잡혀가기 전에, 우리가 앞장서서 대표이사 급을 검찰에 갖다 바치는 것은 어떻겠습니까? 검찰이 예측하지 못한 선물을 받고, 바오로사에게만은 호의를 가질 겁니다."

이 제안에 노전무는 소스라치듯 놀란다.

"사장님, 그렇다면 제물로 바칠 대표이사란…."

노전무는 더 이상 말을 못하고, 신대수의 얼굴을 쳐다보고만 있다. 신대수는 잠자코 그 시선을 받아낸다. 무시무시한 적막의 시간이 흐른다. 노전무의 침묵을 신대수가 깨뜨린다.

"검찰이 원하는 먹이감을 우리가 갖다 바치는 걸 어떻게 생각하십니까?"

노전무는 아직도 대답을 못한다. 신대수가 짤막하게 말을 덧붙인다.

"나는 그룹 전체를 혼자서 경영하고 싶습니다. 이 위기가 내겐 기회입니다."

노전무가 머릿속에 큰 그림을 그린다. '내게도 이 위기가 기회가 될 수 있다. 모시는 사장이 제약왕국의 대권을 장악하는 데 결정적인 공을 세운다면, 나는 1인지하 만인지상의 영화를 누리게 될 것이다. 이 위기는 단순한 기회가 아니라, 일생일대의 호기(好機)이다.' 노전무는 결단을 내린다.

"제 둔한 머리가 이제서야 사장님의 사려 깊고도 원대한 포부를 이해하게 되었습니다. 비록 둔한 머리이지만 지모를 다해 사장님이 포부를 펼치실 수 있도록 힘을 보태겠습니다."

신대수는 그제서야 찌푸렸던 이마를 펴고 구부렸던 상체를 젖히며 사장으로서의 위엄을 되찾는다.

"노전무님, 위기를 기회로 바꿀 묘책을 세워 말씀해보시지요!"

신대수는 그 묘책을 몰라서가 아니라, 차마 자신의 입으로 꺼내기가 내키지 않아서 묻는 것이다.

"일단 검찰에 바칠 제물을 정한 이상, 방법은 간단합니다."

"그 방법을 말씀해보세요!"

"검찰 신문에 정전무가 완강하게 버티다가 마지막에 그 분의 지시로 리베이트 영업을 한 것이라고 진술하도록 각본을 짜는 것이지요."

노전무는 차마 제물이 될 대표이사급 인물의 이름을 입에 올리지는 못하고, 그냥 '그 분'이라고만 지칭한다.

"정전무에게 그런 신호를 보내야 할 텐데, 누가 하지요?"

"김시진 변호사가 할 수도 있겠지만, 변호사는 모르는 게 낫습니다. 이 계책은 박전무에게도 알려서, 우리와 손발을 맞추도록 해야 합니다. 그러면 저 또는 박전무가 구치소로 정전무를 면회가서, 해야 할 일을 귀띔해주어야지요. 정전무에게는 넉넉히 보답하겠다는 언질을 주어야 합니다."

"노전무님은 과연 지모가 출중하신 분입니다. 앞으로는 세우신 묘책을 추진해나갈 일만 남았습니다. 제가 정전무님뿐만 아니라 노전무님과 박전무님에게도 극진히 보답하도록 하겠습니다. 사나이로서 분명히 약속드립니다."

"사장님! 저만 믿으십시오. 제가 세운 계략을 사나이로서 틀림없
이 수행하겠습니다."

이런 것을 두고 바로 '음모'라고 한다. 음모는 음흉한 몇 사람이 모
여 이익을 도모하고자 남을 해치는 수법을 짜내고 준비하는 것이다.
은밀히 속닥거리고, 누가 듣거나 알게 될까봐 극력 경계한다. 사방
을 두리번거리며 살피고, 누가 들을 새라 소리 죽여 말하며, 여차하
면 약어를 쓰거나 은어를 구사하거나 손짓·몸짓으로 의사를 교환
한다. 서로 머리를 맞대고 짜내는 수법은 비열하고 사악하며 잔학하
다. 음모는 누군가를 파멸시키고 굴복시키고 치욕을 안겨주려고 획
책한다. 음모자들은 승리하고 쟁취하고 환호한다. 서로 만나서 껴안
고, 이야기하면서 자애로움을 담고, 수시로 정표를 주고받으며, 자
기들만이 알 수 있고 느낄 수 있는 소통으로 단합한다. 결속을 다지
기 위하여 의리를 축복하고 배신을 저주한다. 그들의 결속력은 공통
된 이익에서 나온다. 이익만이 그들을 단결시킨다.

음모로 희생되는 사람은 넋이 나가고 고통스러워하며 신음한다.
방황하고 절망하고 기도한다. 마지막에 파멸이 온다. 심신이 꺼꾸
러지고, 삶이 무너진다. 극단적인 선택을 하기도 한다. 자신에게 왜
이런 불행이 오는지, 왜 불운이 닥치는지를 몰라서 어리벙벙하고 있
다가, 서서히 누가, 어째서, 어떻게 자신을 파멸시키는지 깨닫게 된
다. 바보가 아닌 이상, 결국은 음모의 전모를 감지한다. 음험한 음

모로 말미암아 결백한 숫사람이 죄를 뒤집어쓰면서 무너질 때, 억울한 희생자는 하늘을 원망하며 통곡한다. 음모자가 희생자와 막역지간(莫逆之間)이면, 희생자는 치를 떨며 절규한다. 배신당한 분노에 끓어오르고, 배신의 무서움에 전율한다. 배신한 음모자가 자신의 피붙이라면, 분노와 전율은 극에 달한다. 극에 달한 분노와 전율이 자신을 갉아먹고, 종내는 자신을 파괴한다. 신씨 집안에 골육상쟁의 비극이 펼쳐진다.

제57화
신성수가 제약사 리베이트 사건으로 구속되다.

1.

서울 본사에 도착한 신성수는 자신의 부회장실에서 동생 신대수와 대좌한다. 동생의 무서운 음모를 알 길이 없는 신성수는 동생과 힘을 합쳐 닥친 난국을 돌파하려고 한다.

"대수야, 네가 귀국한지 얼마 되지도 않아서 회사에 큰 일이 닥쳤구나! 정신을 바짝 차려야 한다."

"제가 한국의 기업풍토를 잘 모르고 인맥도 두텁지 못한 까닭에 형님께 도움을 드릴 수 있을지 모르겠습니다. 형님이 판단하시고 지시하시는 처분에 따라서 사태해결에 전력을 다하겠습니다."

"네가 그렇게 말해주니, 참으로 고맙다. 네가 미국에 있는 동안 엠브론 약화사고가 발생해서 회사가 엄청난 곤욕을 치렀다. 이번 사태도 그 때에 못지않을 듯하다."

"형님은 그런 약화사고를 슬기롭게 극복하셨으니까, 이번 사태도 잘 해결하실 겁니다."

"나는 평소 임직원들에게 불법 리베이트를 제공하는 영업을 절대 하지 말라고 금지시켜왔다. 그런데 어떻게 이런 사고가 발생했는지 알 수 없다. 누가 우리 회사를 무고했을 리도 없고, 검찰이 결백한 우리 회사를 근거 없이 터는 것도 아닐 것이다. 무언가 꼬투리가 있으니, 이런 사태가 발생한 것이겠지. 너는 영업담당 부회장인데, 우리 회사가 불법 리베이트 영업을 하고 있을지도 모른다는 생각이 든 적이 없었냐?"

"저는 영업을 맡은 지 얼마 되지 않은 탓에 약품판매가 어떻게 돌아가는지 아직 제대로 파악하고 있지 못합니다. 우리 회사가 리베이트 영업을 하리라고는 꿈에도 생각하지 못했습니다. 미국에서 이런 일이 발생한다면, 해당 제약사는 시장에서 영구히 퇴출됩니다. 저는 우리나라에 정도 경영, 윤리 경영을 정착시키려는 신념으로 부회장 직에 임했습니다."

"이번에 네 경영철학이 시험대에 오른 것이다. 부디 윤리 경영이라는 영업원칙을 지켜 다오!"

"예, 그렇게 하겠습니다."

"먼저 우리 회사에 리베이트 영업이 정말 있었는지 진상을 파악해야 할 것이고, 그런 사실이 있었다면 적절히 대책을 세워야 한다. 이 모든 걸 제약사 영업의 일선 사령관이라고 할 정전무가 알고 있을 터인데, 그 사람이 잡혀갔기 때문에 문제해결이 난처하게 되어버렸다. 정전무가 검찰에서 무슨 말을 할는지, 걱정이 태산이다."

"우리 회사가 리베이트 영업을 결코 하지 않았다면, 정전무는 검찰에서 그런 사실이 없다고 끝까지 부인할 것입니다. 비록 우리 형제가 모르고 있지만, 만일 리베이트 영업을 했다손 치더라도 정전무는 자기 선에서 책임을 지는 진술에 그치지 않겠습니까? 우리 형제가 리베이트 영업을 지시한 적이 없는 이상, 사태가 그리 확대되지는 않을 겁니다."

"그렇게 되기만 한다면, 얼마나 다행이겠냐! 정전무와 영업사원 몇 명이 다지는 선에서 끝나기를 바랄 뿐이다. 그렇지만 검찰은 경영진이 한 통속이 되어 리베이트 영업을 한 것으로 수사 방향을 정하고 압박해 올 것인데, 나는 걱정이 크다. 경영진이 검찰에 불려가서 호된 추궁을 받을까봐 두렵다."

"우리 형제가 검찰에 불려가는 경우까지 대비해야겠네요! 남변호사님을 오시라고 해서 법률 자문을 구해야겠습니다."

"당연히 그렇게 해야지. 그리고 구치소로 정전무를 면회가야 하지 않겠니? 네가 영업을 함께 했으니, 네가 한번 가보는 것이 어떻겠냐?"

"형님, 면회가는 것도 신중해야 합니다. 검찰은 회사의 대표이사가 구속된 영업 전무를 면회하는 것은 리베이트 제공사실을 무마하려고 찾아가는 것으로 오해할 것입니다. 변호사나 좀 낮은 선에서 면회가도록 하지요."

"나는 그렇게 생각하지 않는다. 한솥밥을 먹는 회사 식구가 잡혀들어갔는데, 어떻게 모른 척 하겠느냐? 정전무와 영업직원들을 면회하는 것이 인간의 도리다."

"저는 검찰에 의심의 소지를 제공하고 싶지 않습니다."

"정 그렇다면, 내가 면회를 다녀오겠다. 나와 같이 면회갈 생각은 없냐?"

"형님이나 정전무나 섭섭해 하실지 몰라도 저는 면회가지 않겠습니다. 제가 정전무를 아끼고 걱정하는 마음은 누구보다도 큽니다. 제 뜻은 다른 사람을 시켜서 전달하도록 하겠습니다."

"알겠다. 앞으로 우리가 긴밀히 연락을 취하고, 자주 만나야 한다. 리베이트 사건이 내일 신문에 기사화된다고 하니까, 아버님이 아시고 궁금해 하실 게다. 심려하지 않으시도록 잘 말씀드려라!"

"예, 별 문제 없을 거라고 말씀드리겠습니다. 그리고 저는 제약사 영업 팀장들 회의를 소집해서 사태 파악에 나서겠습니다."

"좋다. 내일 아침에 내 사무실에서 또 보기로 하자."

"예, 내일 9시에 오겠습니다."

신성수는 급히 영업부 윤팀장을 부른다.

"윤팀장, 영업부 분위기는 어떤가?"

"엉망입니다. 모두들 검찰에 불려가지나 않을까 좌불안석입니다."

"자네는 내게 제 발로 찾아 와서 제약사 영업이 건강기능식품 영업으로 변질되었다고 직언하고 가지 않았나?"

"예, 보름 전 쯤 찾아뵙고 그런 말씀을 올렸습니다."

"그렇다면 말이야, 자넨 윗사람에게 직언하는 타입의 강직한 성격이라고 생각하는데!"

"예, 부르신다고 해서, 제가 각오하고 왔습니다."

"그럼 이번에도 직언해보게! 우리가 리베이트 영업을 한 사실이 있어? 없어?"

단도직입으로 묻고 들어오는 신성수의 시선을 피하는 윤팀장은 얼굴이 벌겋게 달아오른다.

"예, 사실입니다."

"그럼 왜 내게 보고하지 않았어? 나는 리베이트 영업을 엄금하고 있잖아!"

"영업직은 리베이트를 제공하면서 생기는 국물을 외면하기 어렵습니다. 소장님의 경영원칙이 깨끗하고 올바른 것이기는 하지만, 사원들의 돈 욕심에는 지켜지기 어렵습니다."

"자네도 돈 챙겼어?"

"저는 안 했습니다."

"그럼 리베이트 영업을 내게 알려야 하지 않아?"

"동료들의 비행을 밀고할 수는 없었습니다."

"그게 왜 밀고인가? 내부비리제보라는 용기 있는 행동인데. 국가적으로나 우리 회사 윤리경영방침에 비추어 보거나 내게 보고할 의무에 속하는 사항이지 않아?"

"직업윤리로 보면 그렇습니다만, 동료애라는 측면에서는 그렇지 않습니다."

"자네의 동료애라는 게 결국 세 명의 영업사원을 잡혀 들어가게 만든 거 아닌가?"

"결과적으로 그렇게 되었습니다. 제 생각이 짧았습니다."

"리베이트 영업은 누가 지시했는가?"

"중요한 영업방침은 정전무님이 지시합니다."

"더 윗사람이 지시하지는 않는가?"

"그건 모르겠습니다. 직접 지시하는 최고위층은 정전무님입니다."

"다른 영업사원은 무사한데, 잡혀간 세 명은 왜 그런 거지?"

"리베이트를 받은 의사들이 제공한 사원들 이름을 불었겠지요."

"얼마나 준 거야?"

"저는 잘 모릅니다. 의사에 따라, 약품에 따라, 판매되거나 납품한 양에 따라 일정치 않을 겁니다."

"이 사태에 어떻게 대처해야겠는가? 좋은 의견이 있으면 말해보게!"

"워낙 큰 일이 벌어져서, 저 같은 송사리는 뭐라고 드릴 말씀이 없습니다. 검찰수사를 받고 있는 다른 제약사들과 연합전선을 펴야 할 것 같다는 초보적 의견이 고작입니다."

"그리고 지금 이 판국에 리베이트 영업을 하고 있는 정신 나간 영업사원은 없겠지?"

"그럴 리가 있겠습니까? 제가 단속을 철저히 하겠습니다."

"영업부의 뒤숭숭한 분위기를 잘 다독거려 주게. 그리고 나에게 보고할 사항이 생기면, 언제든 찾아와서 직언해주게!"

"기꺼이 하겠습니다. 소장님의 영업원칙을 어긴 리베이트 영업을 몰래 하게 된 점, 정말 죄송합니다."

2.

정전무가 검찰에 연행된 지 아흐레가 되는 날이다. 바오로사에서

네 사람만을 제외하고 어느 누구도 예상치 못했던 돌발사태가 발생한다. 신성수 부회장이 검찰의 영장집행에 의하여 구속 수감된 것이다. 정전무에게 불법 리베이트 영업을 지시한 혐의이다. 그 혐의를 뒷받침하는 유일한 증거는 정전무가 검찰에서 한 진술이다. 정전무는 그러한 진술을 할 최적의 시점을 잡아 폭약의 뇌관을 터뜨린다. 터진 폭약은 바오로사를 강타해서 곳곳을 파괴하지만, 파괴된 심장부는 신성수이다. 신성수는 신현호 회장의 장남으로서 바오로 제약왕국을 왕세자의 지위에서 통치하는 부회장이다. 제약사의 두뇌집단을 이끌어가는 중앙연구소장을 겸직하고 있다. 한 왕국의 세자가 모함을 받아 하루아침에 범죄자로 전락한다. 왕세자의 보좌에서 끌려 내려와, 두 손에는 수갑이 채워진다. 좌우에 늘어섰던 신하들은 꽁무니 빼고, 대신 감방 밖의 간수들과 감방 안의 죄수들의 구경거리가 된다. 왕세자를 끌어내려 감옥에 처넣는 반란의 수괴는 그의 친동생 신대수이고, 동생의 손발이 된 반역자는 훈구대신 세 사람이다. 반역자들은 검찰과 법원을 도구로 이용하여 합법적으로 정권을 탈취한다. 무력반란이 아니라 사법(司法)반란이다. 정전무의 위증 한마디로 신성수가 완전히 무너진다. 검사 앞에서, 그리고 기소된 후에는 판사 앞에서 "신성수 부회장이 불법 리베이트 영업을 지시했습니다."라는 진술 한마디로 신성수는 끝장난다. 신성수는 단 두 마디 말로 절규한다. "억울합니다. 저는 결백합니다." 법치국가에서 최후의 심판자는 법이다. 그리고 그 법을 선언하는 사람은 법관이다. 법관은 단 한마디 말로 한 인간의 운명을 결정짓는다. "피고인은 유죄이다." 신성수는 무병장수하는 세상을 건설하려는 꿈, 인간의 생명과 건강을 지키려는 드높은 이상을 더 이상 추구할 수 없게 되었다. 그는 살아있어도 살아있지 않는 산송장이 된 것이다.

아들이 구속되었다는 소식에 놀라, 신현호 회장은 둘째 아들 신대수와 박전무, 노전무 등 세 사람을 부른다.

"대수야! 도대체 어찌 된 일이냐?"

"저도 얼떨떨합니다. 형님이 리베이트 제공을 지시했을 리가 없습니다."

"박전무! 이게 대체 어찌 된 거요?"

"저도 영문을 모르겠습니다. 설사 신소장님이 리베이트 제공을 지시했더라도 정전무가 끝까지 함구해야 하는데, 혹시 검찰에서 고문을 당한 게 아닐까요?"

"지금 무슨 소리를 하는 거요! 정말 리베이트 영업을 지시했다는 거요?"

"그 뜻이 아니라, 정전무가 고문 끝에 검찰이 원하는 허위자백을 한 것이 아닌가 할 정도로 어이가 없다는 말씀입니다."

"정말 답답합니다. 노전무! 어떻게 이 지경이 된 거요?"

"뭔가 잘못된 것 같습니다. 저희들이 이 충격에서 한시 바삐 정신을 차리고, 무엇이 잘못된 것인지 알아내서 아드님을 구출하도록 최선을 다 하겠습니다. 회장님께서는 고정하시기 바랍니다."

"대단히 외람된 말씀이지만, 큰 그릇은 산전수전을 두루 겪으면서 만들어지는 법입니다. 아드님의 수감생활이 전화위복이 될 수도 있습니다."

"아니, 박전무! 지금 그걸 말이라고 하는 거요?"

"건풍당제약의 서회장님이 쓰신 자서전을 보면, 감옥에서 보낸 2년이 인격도야의 큰 자양분이 되었다고 하십니다."

"아니, 이 양반이 보자보자 하니까 별 소리를 다하는구만. 불난 집에 부채질을 해도 유분수지!"

"제 본뜻은 그게 아니라, 회장님을 조금이라도 위로해드리려고 올린 말씀입니다."

"성수를 **빼**내올 이야기를 조금이라도 하란 말입니다."

"정전무가 검찰에서 한 진술을 법원에서 번복하는 수밖에 없습니다."

"정전무의 자백이 검찰신문조서로 작성되어 있으면 강압을 받아서 한 것이 아닌 이상, 법원에서 번복하더라도 받아들여지지 않는다는 것을 알고 하는 소리요?"

"아! 듣고 보니 그렇군요! 십여 년 전에 회장님께서 겪으신 일이 바로 그런 건데, 제가 깜박했습니다."

"아니, 지금 이 판국에 왜 십년 전 일을 들추는 거요?"

"아이구! 제가 실언을 했습니다. 용서하십시오."

"안 되겠어! 다들 나가 보시오. 대수야, 남변호사를 불러다오. 내가 만나보아야겠다."

"예, 알겠습니다. 곧 오시도록 하겠습니다."

신성수가 수감되어 있는 서울구치소로 남변호사와 황비서가 면회를 온다.

"남변호사님, 내가 왜 여기에 잡혀온 겁니까?"

"소장님이 불법 리베이트 제공을 지시했다고 정전무가 검찰에서 진술했답니다."

"아니, 내가 하지도 않은 지시를 했다고 말할 수 있습니까? 어떻게 그런 거짓말을 할 수가 있습니까? 정전무가 그랬을 리가 없습니다. 변호사님이 뭔가 잘못 들었을 겁니다."

황비서가 나선다.

"소장님, 침착하게 잘 들으십시오. 소장님은 덫에 걸리신 것 같습니다. 덫을 놓은 사람은 믿기지 않으시겠지만, 신대수 부회장입니다."

"말도 안 되는 소리야! 대수가 왜 덫을 놓지?"

"혼자서 총괄 경영을 하고 싶은 겁니다. 소장님은 신대수 부회장의 경영권 장악에 걸림돌에 불과합니다. 형님을 감옥에 넣은 것은 그 걸림돌을 제거하는 일에 지나지 않습니다. 소장님은 형님이 아니라 돌덩이에 지나지 않는 겁니다."

"무슨 소리를 하고 있어! 아버님이 그걸 그냥 보고 계시지는 않을 거야!"

"박전무님과 노전무님이 신회장님의 눈과 귀를 막고 있습니다. 아버님은 아무 도움도 주지 못하십니다."

"황비서가, 그리고 남변호사님이 아버님에게 사실대로 알려야 하지 않겠습니까?"

"소장님의 피붙이 형제가 이 핑계 저 핑계를 대며, 저희들이 회장님을 만나지 못하도록 막고 있습니다."

"애 엄마가 만나면 되지 않아? 며느리까지 막지는 못할 거야!"

"권이 어머니는 회장님을 만나더라도 제대로 진언을 하지 못합니다. 억울하다는 말, 진실을 가려달라는 말밖에는 못할 겁니다. 유감스럽지만, 근거를 들어 자초지종을 밝힐 능력이 없습니다. 저희들도 신대수 부회장 측의 모함을 추정하고, 또 내심 확신하고 있지만, 구체적인 증거를 들이대면서 명명백백하게 밝힐 계제는 아닙니다. 정전무의 자백 한마디에 우리 측 주장이 먹혀들 여지가 없습니다."

"지금이 어떤 시대인데, 대명천지에 이런 억울한 일이 일어난단 말입니까?"

"소장님, 역사에 교훈이 있습니다. 조선시대에 조광조가 훈구파의 모함을 받아 억울하게 목숨을 잃었습니다. 현대에도 억울한 옥살이는 얼마든지 일어날 수 있습니다."

"그럼, 내가 그러려니 하고 받아들여야 합니까?"

"아니지요, 덫에 치이기는 했지만, 덫에서 벗어날 방법을 강구해야지요."

"어떻게 해야 합니까?"

"당장은 묘수가 떠오르지 않습니다. 곧 방법을 찾아내도록 하겠습니다."

"소장님, '범에게 물려가도 정신만 차리면 산다'라는 말이 있지 않습니까! 부디 마음을 안정시키시고, 건강 돌보시고, 냉철히 사태를 파악하시어 덫에서 빠져나올 생각을 하셔야 합니다."

"내일 또 면회 오도록 하겠습니다. 사식을 넣어드리겠으니, 식사 꼭 챙겨 드시기 바랍니다."

3.

두 사람이 면회실을 나간 후, 감방으로 돌아온 신성수에게 충격의 쓰나미가 몰려온다. 쓰나미만이 아니다. 경악, 공황, 불안, 실의, 낙담, 증오, 원한, 분노, 적의(敵意), 절망 등등이 뒤엉켜 뭉쳐진 감정의 태풍이 불어 닥친다. 몸이 굳어지고, 얼굴이 벌게지며, 손발이 떨리고, 눈이 살기를 띠며, 심장고동이 빨라진다. 안되겠다 싶어, 성수는 생각을 고쳐먹는다. '대수가 그랬을 리가 없어! 내가 착각한 거야! 황비서도 착각한 거야! 우리 집안에 그런 일이 벌어질 수 없어. 우리 형제를 이간질하려고 누가 거짓 꾸며낸 이야기야. 파파스님이 그랬어. 인간의 무지가 빚어내는 착각이 삶을 망친다고. 얼마나 착한 동생인데. 얼마나 형을 좋아하는 동생인데. 내 동생이 그랬을 리가 없어!'

무서운 현실을 외면하고 싶어 하고, 부정하고 싶어 하는 생각이 이내 방향을 틀어, 믿음에서 불신으로 선회한다. '내가 어리석지. 등잔 밑이 어둡다고 하더니, 바로 내 발 아래를 파고들어오는 함정을 모르다니…. 바라는 것은 잘도 믿는다는 말처럼 동생이 그런 짓을 하지 않았기를 바라는 마음이 어리석은 믿음을 가져오는 거야! 사실을 직시해야 해! 동생이 그런 짓을 할 수 있을까? 한 배에서 태어났지만, 대수는 어릴 때부터 나와는 달랐어. 부모한테서 내가 조금이라도 더 받는가 하고 살피고, 부모 사랑을 더 받으려 시샘하며, 아이들 대장노릇하기 바쁘고, 남 앞에 나서기 좋아하며, 약한 아이들 굴복시킨 쾌감을 즐긴 대수였어. 명리에 급급하고, 잔꾀에 밝았어. 아무렇지도 않게 거짓말하고 남을 해치곤 했지. 거짓말하고 사람을 해치는 것이 문제라기보다 그것을 아무렇지도 않게 생각하는 게 문제였어. 비천하거나 궁핍하거나 병든 사람을 불쌍히 여기지 않고, 구질구질하고 내쫓아야 할 쓰레기로 여겼지. 그런 떡잎이 자라 이제 꽃을 피운 거야. 연구소 홍이사를 몰래 **빼간** 것을 보고도 내가 정신을 못 차리다니. 한마디로 대수는 육식동물이고, 나는 채식동물이야! 그 육식동물이 나를 잡아먹은 거야! 하필이면 형님인 나를 잡아먹은 거지. 아무리 육식동물이라지만, 친형을 잡아먹다니! 그러다가 부모도 자식도 잡아먹을 건가?'

신성수는 세차게 몸서리치고, 거세게 진저리친다. 한참 후 분노의 불길이 타오른다. '괘씸하기 짝이 없는 놈! 천륜을 어긴 저질의 인간 말짜! 호적에서 파내, 내쳐야 할 동생! 극악무도한 놈! 비열하고 악랄한 패륜아! 찔러 피도 안 나올 냉혈의 철면피! 금수만도 못한 버러지! 껍질 벗겨 가시나무에 매달아야 할 독사! 벼락 맞아 뒈질 놈! 당장 시정에 끌어내어 처 죽여야 할 놈! 그런 놈을 갈기갈기 찢어죽이고 싶다. 도끼로 그 놈의 머리통을 내리쳐 으깨고 싶다. 죽이고 나서도 육시할 놈!' 분노의 불길은 더욱 더 타올라 작열한다. '예리한 칼로 그 놈의 두 눈을 후벼 파고 간을 도려내고 사타구니를 저미고 싶다. 녀석의 골수를 파내어 아작아작 씹어 먹어도 분이 풀리지 않을 놈! 아니다! 단숨에 죽이지 않고, 오랜 고통과 번민에 시달리다가 죽게 하고 싶다. 끔찍한 병균에 감염시켜, 온몸이 부풀어 오르고 피를 토하고 가려움과 통증에 몸부림치고 발작하고 고성을 지르며 아주 천천히 죽어가게 하고 싶다.' 성수는 머리에 떠오르는 온갖 욕설과 저주를 퍼붓는다. 그는 발악한다. 그는 걷잡을 수 없이 극으로 치닫는 자신의 분노와 복수심에 소스라친다.

신대수가 본사 신성수 부회장 비서실에 들어선다. 약간 두려워하는 기색으로 자신을 맞이하는 신비서에게 이른다. 잠시 부회장실에 들어가 형님에게 유리한 자료를 찾아보겠다고 한다. 대수는 부회장실 내부를 주욱 둘러본다. 한 귀퉁이에 있는 육손이 조각상 앞에서 '웬 이런 게 다 있지?' 하면서 고개를 갸우뚱한다. 이윽고 형님의 집무용 가죽의자에 앉는다. 사무용 책상서랍을 차례차례 열어보고 나서, 편한 자세를 취한다. 상체를 뒤로 젖히고 두 다리를 앞으로 길게 뻗친다. '흠! 이 방이 형님 방이란 말이지. 근사한데! 이젠 내 차지가 될 방이야. 내가 이 방을 쓰게 되면 맨 먼저 저 기분 나쁜 조각상을 치워버려야지! 여기서 내 열 손가락으로 바오로그룹을 지휘할 거야. 열 손가락을 펼친 두 손 조각상을 제작하도록 해서, 내가 이 방을 점령한 기념물로 전시해야겠어. 제약사 중앙연구소도 접수해야지. 형님을 오래오래 감옥에 가두어 둘 거야. 아예 보지 않는 게 좋겠어. 한시 바삐 지주회사를 설립해서, 내가 지배 지분을 확보해 두어야지. 신민리조트도 뺏어야겠어! 형님 없는 형수가 무슨 힘을 쓰겠어? 리조트 이름도 수화리조트로 바꾸어야지. 이제 회사 일체와 집안 재물 모두를 내 꺼로 만들 거야!' 재산을 독차지 하려는 신대수의 탐욕, 야욕이 점점 뻗어나가서 서울 상공을 뒤덮어버린다.

신성수가 서울 구치소 감방에 앉아 동생을 향한 분노의 극을 달리는 시점은 신대수가 바오로 본사 부회장실에 앉아 탐욕의 극을 달리는 시점과 일치한다. 그리고 바로 이 시점이 우주선 아칸투스 호의 함장인 센타크논이 서울 상공에 출동시킨 모듈 1호기가 제3의 인체에너지 감지기를 사용하여 분노에너지 또는 탐욕에너지가 최고 수준에 달한 지구인 4인씩을 선정하는 시점이다. 인체감지기에 매우 짙은 갈색으로 반응한 신성수가 B-d 지구인으로 선정되었고, 극히 진한 적색으로 반응한 신대수가 R-d 지구인으로 선정되었던 것이다. 선정과 동시에 레이저 광선발사기로 두 사람의 뇌에 심어진 나노(nano) 칩을 통해 아칸투스 호의 마로스 대원과 아포티 대원이 B-d와 R-d 지구인을 추적관찰해왔다. 두 대원은 신씨 형제를 계속해서 관찰한다.

4.

남변호사와 황비서가 신성수를 두 번째 면회한다.

"소장님, 힘드시지요?"

"옥살이도 며칠 지나니, 그런대로 지낼만합니다."

"그런데 거북한 말씀을 드리지 않을 수 없습니다. 우리가 신현호 회장님을 만나려고 해도, 그리고 정전무를 면회하려고 해도 도통 되지를 않습니다. 만나지 못하도록 동생 측이 극력 막고 있는 겁니다."

"내가 여기서 나갈 방도는 없습니까?"

"당장은 뾰족한 수가 없습니다."

"내가 이곳을 벗어나야 아버지를 만나든가 동생을 만나든가, 무슨 방법을 강구할 텐데요! 답답하기 그지없습니다."

"소장님 심정은 십분 짐작하고도 남습니다. 우리들도 애가 타기는 매일반입니다. 조금만 더 견디시기 바랍니다."

"저어, 소장님! 사실 한 가지 방법이 있긴 있습니다."

"황비서, 그게 뭔가?"

"소장님, 치고 들어오는 데에는 치고 나가는 방법이 어떻겠습니까? 공격이 최상의 방어라는 말이 있잖습니까?"

"그게 무슨 소린가?"

"신대수 부회장이 헬스케어사를 설립하는 과정에서 큰돈을 빼돌린 정황이 포착되었습니다. 비자금을 조성하는 전형적인 수법을 쓴 흔적이 보입니다."

"아니, 나한테는 윤리 경영, 정도 경영을 정착시키겠다는 신념을 밝혔는데…. 표리부동도 유분수지, 하는 짓이 점입가경이구만!"

"신대수 부회장의 비자금조성행위는 횡령죄가 됩니다. 필요한 증거를 수집해서 검찰에 고발하고, 신대수 부회장을 감옥에 처넣어야 합니다. 그러면 형 좋고 아우 좋고, 양측이 좋게좋게 해결하자고 하면서 물러설 겁니다. 정전무가 소장님이 리베이트 영업을 지시했다는 허위자백을 거두어들이거나 자기 선에서 책임을 지려고 진술을 바꿀 겁니다. 이런 전략을 쓰는 것이 어떻겠습니까?"

신성수가 잠시 생각하더니, 황비서의 제안을 단호히 거절한다.

"절대 안 될 말이야! 그럴 수는 없네! 한번 생각해 보게나. 내가 동생을 감옥에 보내는 데 성공한다고 하세. 형제가 둘 다 감옥에 가는 참사가 벌어지는 거네. 아들 둘이 감옥에 갇혀, 서로 죽자 사자 싸우는 참극에 부모님 마음이 얼마나 찢어질 듯 아프시겠는가, 세상 사람들은 얼마나 비웃겠는가, 내가 차마 그 일은 벌일 수가 없네!"

동생을 향해 길길이 뛰던 그의 분노는 이제 식어있었다.

"그렇지요! 맞습니다. 소장님이라면, 그럴 수는 없으시겠지요. 그렇지만 말입니다, 순진하게 착하고 나약하면 악당에게 잡아먹힙니다. 영악하게 착하고 강해야 악당들을 내리 누를 수 있습니다."

"황비서, 악당들을 내리 눌러서 뭣 하려나?"

"순진하게 착한 사람들을 살려야 하지 않겠습니까!"

"황비서! 나이도 어린 자네가 나를 가르치는구만!"

"너무나도 안타까워서 그럽니다."

남변호사도 서글픈 표정으로 입을 연다.

"형제간에 달라도 어떻게 그렇게 다를 수가 있습니까! 소장님은 골백번 착하십니다."

두 사람은 이것저것 바깥소식을 전해주고 나서 작별인사를 한다. 떠나는 황비서는 성수의 두 손을 맞잡고 한참을 서 있다. 황비서의 눈에는 눈물이 글썽글썽하다.

신성수가 감방에 누워 밤이 이슥하도록 잠을 들지 못하고 몸을 뒤척이다가, 일어나 앉아 처량한 신세를 한탄하며 시를 읊는다.

"금수저 입에 물고 부러움 받아오다
감방에 홀로 앉아 지난 날 회상하니
여든 노인 마음되어 착잡하기 끝없구나!

귀히 자라 높은 이상 매진하다
홀연히 옥고 치르다니
믿기지 않는구나!

한 뱃속 한 지붕 동고동락하던
친동생 모함 받아 죄수로 떨어지니
모골이 송연쿠나!

희로애락 함께 하던
동기(同氣)를 덮치다니
탐욕이 무섭구나!

인류 건강 도맡던 몸이
제 몸 하나 건사 못하니
세상만사 어림하기 어렵구나!

영달 다하고
의욕 진하고
눈물 마르고
분노 그치고

옥에서 벗어난들
무엇에 매달리랴
아예 태어나지 말 것을!"

CENTAKNON

제3장

영성에로의 회향(回向)

제3장 영성에로의 회향(回向)

제58화
신성수가 중국 노산으로 ad hoc 여행을 다녀오다.

1.

바오로제약사의 신성수 사장을 피고인으로 한 제1심 형사재판에서 같은 회사의 정전무와 박전무 두 사람이 모두 증인으로 선서하고 진술한다. 정전무는 '사장이 리베이트 영업을 하라고 지시했다'라고 진술하고, 박전무는 '사장이 리베이트로 제공할 자금을 마련하라고 지시했다'고 진술한다. 입금의 출처와 출금의 향처(向處)가 오리무중인 은행통장도 물증으로 채택된다. 신성수와 남변호사가 법원에 결백을 호소해도 엄연한 인증과 물증 앞에서 소용없는 울부짖음으로 끝난다. 선고공판에서 신성수에게 징역 3년에 집행유예 5년이라는 판결이 떨어진다. 남변호사가 항소하자고 강력히 주장하지만, 신성수는 항소 포기를 고집한다. 그는 더 이상 항소심에 불려 다니며 수모를 당하고, 들어주지도 않을 읍소를 거듭하고 싶지 않았다. 중인환시의 법정에서 더 이상 비참한 모습을 보이고 싶지도 않았다. 제1심 판결은 그대로 확정된다. 구속된 지 3개월하고도 열흘 만에 성수는 구치소 문을 나선다. 남변호사와 황비서가 출소하는 성수를 집까지 바래다준다. 수화장에서 아내와 아들 그리고 부모님, 누이동생 은수 부부가 성수를 기다리고 있다. 뜨거운 재회의 인사가 끝나고, 서재에서 아버지 신회장과 아들 신성수 단 둘이 마주한다.

"아비야! 고생이 많았지? 얼굴이 반쪽이 되었구나!"

"심려를 끼쳐드려 죄송합니다."

"그간의 네 처지를 생각하면 내 호강이 부끄럽기 짝이 없다."

"별 말씀을 다하십니다. 편히 드시고 편히 주무셔야 할 부모님 마음에 짐이 되어 불효가 막심했습니다. 그런데 어째, 대수는 보이지 않습니다."

"내가 대수 부부에게 수화장으로 오라고 했는데, 형을 볼 면목이 없다고 하면서 오지 않으려고 하더구나!"

"면목이 없다는 게 무슨 말입니까?"

"대수는 잡혀간 형에게 아무런 도움이 되지도 못하고, 무엇보다 정전무 선에서 형사처벌을 막지 못하고 형에게까지 문제가 비화하게 된 걸, 다 자기책임이라고 하면서 괴로워하고 있다. 그래서 형을 볼 면목이 없다는 거다."

"아버지는 제가 불법 리베이트 사건에 연루된 게 대수의 연출이라고 생각해 보신 적이 없으십니까?"

"그 무슨 벼락 맞을 소릴 하는 거냐? 대수가 얼마나 착한지는 너도 잘 알지 않느냐! 대수는 그런 끔찍한 일을 저지르는 것은 고사하고, 지금 네 말을 듣는 것만으로도 기절초풍을 할 거다. 대수 안사람도 착하기 그지없다. 그런 생각은 아예 하지도 말아라!"

"사람 마음이란 게 알 수 없게 돼나서, 그럽니다."

"그 얘긴 그만두자! 그런데 아비야, 내가 궁금한 게 있다. 내가 구치소로 면회 가리는 걸 왜 극구 거부했느냐?"

"아버님, 무슨 말씀이세요? 제가 아버님 면회를 거부하다니요? 그럴 리가 있겠습니까? 누가 그런 말을 했습니까?"

"네 어미가 그러더라. 어미가 나와 함께 면회하려는 걸 자식인 네가 왜 싫어했는지 모르겠다."

"어머니는 누구에게 알아보았다던가요?"

"대수 안사람에게 네 면회신청을 해달라고 했다더구나. 그러니까 다니 엄마가 네 의사를 알려준 거겠지."

"아버지는 왜 남변호사를 한 번도 만나보지 않으셨어요?"

"글쎄, 말이다. 남변호사가 나를 만나지 않으려 한다더구나!"

"누가 그랬습니까?"

"김비서도 그러고, 노전무도 그러더라!"

"저는 남변호사에게 아버님 만나 뵈라고 신신당부했는데, 있을 수 없는 일입니다."

"두 사람 말로는 남변호사가 수임료 문제로 예전부터 내게 유감이 많았다고 하더라. 그래서 나를 만나기를 아주 꺼리는 모양이다. 이번에 네 사건 수임료는 넉넉히 주었느냐?"

"아버지는 제가 아는 것과 정반대의 말씀을 하십니다. 저는 아버지가 제 면회 오는 것을 싫어하셨다고 들었습니다."

"누가 그러더냐?"

"남변호사와 제가 데리고 있는 황비서가 그럽디다."

"뭔가 이상하다. 내가 더 자세히 알아봐야겠다."

"저도 사정이 어떻게 된 건지 알아봐야겠습니다.

"네가 출소하자마자 이런 질문하기가 난처하다마는 내가 몹시 궁금해서 그런다. 너, 불법 리베이트 영업을 지시한 사실이 있느냐?"

"아버지, 무슨 말씀을 하세요? 제 경영방침이 리베이트 영업금지였다는 것을 잘 아시잖아요?"

"글쎄다. 사람 마음이란 게 알 수 없게 돼나서…."

신회장은 말꼬리를 흐린다.

"아비야, 금년 들어 제약사 매출이 급감했다는 걸 알고 있었냐?"

"예, 그런 보고를 받고 장부를 검토했었습니다."

"헬스케어사는 신설회사임에도 불구하고 금년 2분기 매출이 제약사를 능가했다고 하더라. 대수의 경영능력을 보여주는 거다."

"지금 제 형편에 바오로사 영업실적을 가지고 왈가왈부하고 싶지 않습니다."

"기업인은 영업실적에 일희일비하는 거다. 그건 당연하거야! 내가 경영 일선에서 물러나 있다고는 하지만, 회사 수익이 크게 올랐다는 보고를 들으면 그렇게 기쁠 수가 없구나!"

"아버지는 손자 면이가 세상을 떠난 후 저를 불러서, 회사 수익을 떠나 혁신적 의약품 개발에 아낌없이 연구비를 투자하여 무병장수하는 세상을 만들자고 다짐하셨습니다. 그 때 저는 아버지가 돈 욕심, 돈이 주는 기쁨을 초월하신 줄 알았습니다."

"허어! 사람 마음이란 게 알 수 없게 돼나서….”

신회장이 또 말꼬리를 흐린다.

"아버지! 세가 좀 쉬어야겠습니다.”

"그렇고말고. 쉬어야 할 너에게 회사 일을 이야기해서 미안하다.”

"그리고 아버지. 제가 회사의 모든 직책을 내려놓고 싶습니다. 길게 길게 쉬고 싶습니다.”

"그렇고말고. 좀 쉬고 나서 일할 의욕이 생기면 다시 회사로 돌아오너라. 네가 쉬는 동안에 대수가 회사경영을 잘 해낼 거다. 네 동생이 버클리를 나왔잖냐!”

신성수는 출소한 날 종일 잠을 잔다. 그 다음날도 집에서 하루 종일 잠을 잔다. 또 그 다음날도 종일 잠을 잔다. 그토록 잠에 굶주린 사람이 있는가?

나흘째 되는 날 비로소 성수는 자신을 몽혼시킨 잠에서 깨어난다. 중병에 걸리거나 중상을 입은 사람이 며칠간 혼수상태에 빠져 잠을 자듯이, 그는 정신적 내상이 중했다. 기계와 달리 생명체는 자신의 상처를 스스로 치유하는 능력을 지녔다. 잠에서 깨어난 성수는 마음의 상처를 치료하기 시작한다. 제약회사가 이런 상처를 치유하기 위해 만든 치료약은 없다. 마음이 병든 환자를 돌보는 곳이 종교시설이다. 교회에, 절에, 기도원에, 선원에 가슴앓이를 하는 환자가 많다. 그들은 정신적으로 다시 건강해지기를 염원한다. 성수는 엠브론 약화사고 때 찾았던 미리내 성지와 청룡사 은적암을 떠올린다. 그런데 이번 상처는 종류가 다른 모양이다. 선뜻 집을 나서기가 내키지 않는다. 다친 짐승이 굴 안에 틀어박혀 상처를 핥아가며 몸소 치료하듯이, 다친 성수도 집안에 웅크리고 앉아서 스스로 상처를 치료하려고 한다.

'무엇이 어디에서부터 잘못된 것일까? 무엇이 어떻게 얽히고설켜 이런 파멸을 불러온 것일까? 내가 초래한 것인가? 악마가 장난친 것인가? 악마의 정체는 무엇인가? 산다는 것이 이토록 무서운 것인가? 내가 앞으로 무엇을 할 수 있는가? 떼려야 뗄 수 없는 아버지와 동생! 혈육이란 무엇인가? 피를 나눈 가족이란 이토록 무섭고도 끔찍한 관계인가? 내가 수십조 원의 자금을 배경으로 해서, 풀릴 수 없는 질병의 암호코드를 풀려고 덤벼들었던 것은 신의 영역에 도전한 것인가? 내 오만을 하늘이 징벌한 것인가? 질병 퇴치라는 단 하나의 사명감과 목표의식으로 똘똘 뭉친 사람은 나 외에는 없었던 거야! 바오로사의 다른 연구원들은 월급 받아먹고 사는 것이 일차적인 관심사인 거야! 그들에게 질병과의 싸움은 하는 만큼만 하면 되는 것이었어! 나 혼자 세상 고민 모조리 짊어지려고 만용을 부렸던 거지! 무엇보다 인간의 물욕을 너무 경시했어. 수십조 원이 되는 재산에 대한 탐욕을 동기간의 우애가 막아줄 것이라고 생각하다니! 내가 어리석어도 한참 어리석었지. 수십조 원에 대한 동생의 탐욕은 형제도, 부모도 꺾어버리는 거야. 요즘은 하잘 것 없는 돈 몇 푼에도 형제를 팔고, 부모를 밟는 세상이잖아? 내 동생만은 그러지 않으리라고 믿은 것은 나만은 암에 걸리지 않으리라고 믿은 말기암환자와 다름없어. 그런데 어쩌지. 내가 맞은 파멸에 내가 무엇을 할 수 있을까? 네가 동생한테 가서 멱살잡이라도 해야 해? 너 죽고 나죽자 하고 덤벼들어야 해? 이것저것 증거를 모아가지고, 아버지와 동생 앞에서 따지고 또 따지고 들어야 해? 정전무와 박전무를 불러다가 어찌 그럴 수가 있냐고 길길이 뛰어야 할까? 그러면 분노라도 풀릴까? 아니야! 그렇게 하면 틀림없이 화가 화를 불러올 거야. 내게 닥친 이 시련은 하늘이 무언가 메시지를 주려고 하는 걸 거야. 내가 그 메시지를 읽어야 해! 그러려면 하늘의 언어를 배워야 하는 거야! 이 사태를 마무리하고 나서, 나는 하늘의 언어를 공부하기 시작해야겠어.'

닷새째 되는 날 성수는 황비서를 집으로 부른다.

"황비서! 내가 회사에서 완전히 손을 떼기로 했어!"

"그러실 줄 알았습니다."

"내 모든 직책의 사직서를 작성해서 내게 가져오면 내가 서명해 줄 테니, 그 후 회장실에 제출하도록 하게. 회장님에게는 이미 말해놓았네."

"그러면 저도 자동적으로 사직서를 제출해야겠습니다."

"일이 그렇게 돌아가는 거지! 자네도 회사에 남아있을 기분이 전혀 아닐 거야."

"예, 그렇습니다. 소장님이 안 계신 회사는 제게 아무런 의미가 없습니다. 그런데 저는 누구 앞으로 사직서를 작성할까요?"

"내 앞으로 작성해서 가져오면, 내가 사직을 재가한다는 서명을 하고, 그걸 회장실에 제출하도록 하게."

"말씀하신 사직서들을 작성해서 내일 또 오겠습니다."

"황비서, 자넨 이제부터 무얼 하고 살 거야?"

"신비서와 결혼식을 올리고 나서, 미국가서 공부를 해보렵니다."

"무슨 공부를 하려고 하나?"

"종교학을 하고 싶습니다."

"좋은 생각이야! 그런데 아예 신학대학에 가는 건 어때?"

"그렇게 경건하게 살고 싶지는 않습니다."

"신비서는 무얼 하려고 하나?"

"애 낳아 키우고, 제 뒷바라지하는 게 소원이랍니다. 소장님은 이제부터 무얼 하시렵니까?"

"난 아무 것도 안하면서 살 거야!"

"생각 잘하셨습니다. 그런데 소장님 나이에 아무 것도 안하면서 사시는 것이 제일 어려울 겁니다."

"해보면 알게 되겠지. 황비서, 신비서, 둘이 나를 보필하느라 정말 고생 많았어. 나는 자네들을 비서로 만나 행복했었네. 결혼해서 부디 잘 살기를 비네."

2.

"학문은 날마다 더해가는 것이고, 도는 날마다 덜어내는 것이다."(爲學日益 爲道日損)라는 구절이 노자 도덕경에 있다. 신성수의 대학시절에 약물학을 강의하던 교수는 도덕경에 심취한 사람이었다. 교수는 항상 강의를 시작하면서 도덕경의 한 구절씩을 소개하고 풀이해 주었다. 그런 다음에 본격적인 강의에 들어갔다. 도교의 단약(丹藥) 제조법이 약학의 기초를 닦았다고도 했다. 그 교수는 신성수를 '노자 아들'이라고 불렀다. 노자는 성이 이(李)인데, 유난히 귀가 커서 이(耳)라는 이름을 얻었다. 신성수도 귀가 유달리 큰 까닭에 약물학 교수가 차마 노자라고는 못하고 그 아들이라고 부른 것이다. 성수는 대학을 졸업한 지 20년쯤이 지난 지금, 도덕경의 한 구절과 노자 아들이라고 불리던 옛날 생각이 났다. 출소한 후 집에서 번뇌에 시달리는 열흘 가량을 보내다가 문득 그런 기억이 머리에 떠오른 것이다. 남보다 처리용량이 큰 두뇌 속에 온갖 것을 닥치는 대로 집어넣고 집어넣으며 살아오다가, 이제 머릿속에 든 것을 덜어낼 생각이 든 것이다. 약학의 토대를 마련했다는 도교에도 관심이 간다. 그러자 노자를 교조로 하는 도교 성지에 가보고 싶어진다. 집을 벗어나 여행을 떠나 볼까 하는 마음도 일어난다. 도교 성지를 알아보니, 국내에는 이렇다 할만한 곳이 없고, 중국의 세 곳이 이름 높다. 호북성(湖北省)에 있는 무당산(武當山), 사천성(四川省)에 있는 청성산(靑城山), 산동성(山東省)에 있는 노산(嶗山)이다. 아직 멀리까지 여행하고픈 생각이 들지 않기에, 가까운 노산을 목적지로 정한다. 노산은 청도(靑島)에서 약 40km 떨어진 곳에 있는데, 정상의 고도가 1100m 정도이다. 성수는 청도 가는 항공권과 숙소를 예약

하고 중국 비자를 얻은 후에 3박 4일 일정의 중국 노산여행에 나선다. 그는 도교 성지순례라는 '특별한 목적으로'(ad hoc) 중국여행을 떠난다. 다른 것에는 별 관심이 없다. 비행기에 올라서도 도덕경을 열심히 읽는다. 착륙에 들어간다는 기내방송을 듣고, 머리를 들어 창밖을 내다본다. 현지시각으로 아침 8시경이다. 멀리 해가 떠 있는 동쪽으로 청도시내를 감싸고 있는 산이 실루엣으로 눈에 들어온다. 저 산이 성지순례의 목표인 노산인 듯싶다. 성수는 공항에서 입국절차를 마치고 시내로 가는 버스타기 한 차례, 청도시내에서 내려 예약한 호텔로 가는 버스타기 또 한 차례를 거쳐, 호텔방에서 여장을 푼다. 성지를 순례하는 여행자는 고행을 마다하지 않는다. 목적지인 성지까지 수십 일을 오체투지로 전진하는 티베트 불교도의 신심은 경건하다 못해 처절하다. 성수는 불편하고 시간이 많이 걸려도 굳이 고생스레 버스를 탄다. 간단히 국수로 점심을 때운 후, 호텔부근 버스정류장에서 노산가는 버스를 탄다. 노산 입구가 종점이다. 이곳 사람들은 노산을 선산(仙山)이라고 떠받든다. 노산 입구에서는 다시 노산 경내(境內) 버스를 탄다. 성수는 노산에 있는 여러 도교사원 중 가장 오래되고 규모가 큰 태청궁(太淸宮)에서 하차한다. 사원에 들어가서 삼청전(三淸殿), 삼관전(三官殿), 삼황전(三皇殿), 관악사(關岳祠), 서왕모전(西王母殿) 등을 구경한다. 모시고 기리는 신이 정말 많기도 많다. 여기저기 산재한 뜰에는 천년 이천년 되었다는 고목들이 숙연한 분위기를 자아낸다. 태청궁 맨 뒤편에는 엄청난 크기의 노자상(老子像)이 자리하고 있다. 높이 80m가 되는 거상(巨

像)이다. 노자상 발치 주위의 석물에 도덕경 81장이 새겨져 있다. 성수는 노자상 앞에서 자신이 먼 동방으로부터 배알하러 왔음을 고하는 삼배를 올린다. 큰 귀를 한 노자가 큰 귀를 가진 성수에게 빙긋이 웃음을 보낸다. 성수는 그 앞에 10여 분 동안 엎드려 있다. 도교의 교조인 노자께 인사드리는 첫날이 이렇게 지나간다.

둘째 날에도 성수는 아침 일찍 노산 태청궁을 찾아간다. 이번에는 곧바로 노자상한테로 간다. 그리고 그 앞에 엎드려 대화를 청한다.

"저는 동방의 고려국에서 온 신성수라고 하옵니다. 현덕(玄德)이 무변하신 도주(道主)님을 뵈옵는 영광을 누리옵고, 이제 큰 가르침을 얻는 존귀한 시간을 청하옵나이다."

"내 가르침을 적은 도덕경을 읽어보았느냐? 거기에 내 현덕이 담겨 있느니라!"

"예, 무릎 꿇고 두 손으로 받들어 읽었나이다."

"그러함에도 불구하고 또 가르침을 원하는 것은 무슨 연고인가?"

"제 머리가 심히 아둔하여 도덕경을 깨치지 못하였사오니, 삼가 물음을 허락하여 주시옵소서!"

"내 대답을 듣고도 깨치지 못할까 저어하노라! 성수야, 무엇에서 막히는가?"

"도주께서 말씀하시는 무위(無爲)가 무엇입니까?"

"무인위(無人爲)니라."

"도주께서 말씀하시는 자연이 무엇입니까?"

"인위가 없는 것이니라."

"도주께서 말씀하시는 인(人)이 무엇입니까?"

"자연이 아닌 것이니라."

"인은 자연이 될 수 없습니까?"

"인이 인위(人爲)를 하지 아니 하면 자연이 되느니라."

"어찌 하면 인위를 하지 아니 할 수 있습니까?"

"인위를 하지 아니 하는 길이 도(道)이고, 그 길에 들어가는 문이 도덕경에 열려 있느니라."

"저는 뭇사람들의 온갖 병을 고치려는 사람입니다. 도덕경 71장에 '병을 병으로 알 때에만 병이 되지 않는 것이다'(夫唯病病 是以不病)라는 구절을 이해하지 못하겠나이다."

"성수야, 너는 심히 아둔하구나. 그 구절의 병은 네가 생각하는 병이 아니라, '모르면서 안다고 하는 병'(不知知 病矣)을 말함이로다."

"삼가 가르침을 깨치고 명심하겠나이다."

"깨우치고 깨우치면, 무불위(無不爲)니라!"

"삼가 도주님의 가르침에 맞서는 제 어리석은 생각을 올리고자 합니다."

"그게 무어냐?"

"제가 알기로 도주님은 하나가 전부이고 전부가 하나이며, 빈 것이 찬 것이고 찬 것이 빈 것이라고 가르치십니다."

"도에서 보자면, 그렇다고 할 수 있노라."

"그러나 제 어리석은 생각에 하나는 전부가 아닙니다. 전부가 전부입니다. 빈 것은 찬 것이 아닙니다. 빈 것은 빈 것이고, 찬 것은 찬 것입니다."

"허허! 정녕 그러하녀나?"

"예, 그러하옵니다. 그런 것은 그런 것이고, 아닌 것은 아닌 것입니다. 그런 것은 아닌 것이 아니고, 아닌 것은 그런 것이 아닙니다. 이 두 경계가 무너질 때, 한편에서는 도가 드러나지만, 다른 한편에서는 혹세무민의 난적이 고개를 듭니다."

"성수야, 너는 실로 현현(玄玄)하구나! 도덕경의 아집(我執)에서 벗어나다니, 현이로다. 내게 던지는 질문을 넘어 나를 벗어나다니, 현이로다."

"제 외람됨을 용서하여 주시옵소서!"

"아니다. 네 언행은 외람이 아니다. 이제 물러가도록 해라!"

3.

셋째 날에도 성수는 아침 일찍 노산 태청궁을 찾아간다. 노자상 앞에 가서 엎드려 아침 인사를 드린다.

"소생 신성수는 도주(道主)께 삼가 아침 문안을 올립니다."

"너는 어째 나를 도주라 부르느냐?"

"도의 주인이신 까닭에 응당 도주로 모십니다."

"허허! 나를 도주라 칭한 사람은 네가 처음이니라. 저기서 울리는 아침 종소리가 들리느냐?"

"예. 청청(淸淸)하고 명명(明明)하게 들리옵니다."

"내 도는 종소리처럼 멀리 멀리 퍼져나가야 하거늘, 잡소리에 묻혀 청명함을 잃었도다."

"잡소리라 함은 무엇을 뜻하는 것이옵니까?"

"내 도를 전한다고 떠드는 도사(道士)나 방사(方士)의 소리를 말함이로다."

"감히 또 묻겠나이다. 왜 그들의 소리가 잡소리입니까?"

"나는 자연의 도를 따르라고 가르치거늘, 그들은 자연의 도를 어기는 언행에 빠져있느니라."

"무엇이 자연의 도에 어긋나는 그들의 언행입니까?"

"너는 뭇사람의 온갖 병을 고치려는 사람이라고 했겠다. 맞느냐?"

"맞습니다. 어제 그렇다고 말씀 올렸습니다."

"그러면 무병장수하는 인간세상을 만드는 것이 네 꿈이 아니겠느냐?"

"정녕 그렇습니다. 무병장수는 모든 인간의 꿈이옵니다."

"무병장수의 꿈이 더더욱 펼쳐져서, 불로불사(不老不死)의 꿈은 어떠하냐?"

"인간의 한없는 욕심은 불로불사도 꿈꾸나이다."

"그러나 인간이 늙고 병들고 죽는다는 자연의 법칙은 어떠하냐?"

"생로병사는 인간이 피할 수 없는 운명이라고 답할 수밖에 없습니다. 생로병사는 모든 생명체가 거스를 수 없는 천명입니다."

"생로병사할 인간이 불로불사할 방술(方術)을 찾는 것은 자연에 순응하는 것인가? 아닌가?"

"정녕 아니옵니다."

"도사와 방사가 불로불사의 신선이 되는 술법을 인간에게 가르쳐 주겠다고 한다면, 자연의 도를 따르는 것인가? 아닌가?"

"정녕 아니옵니다."

"그러면 그들의 소리는 잡소리인가? 종소리인가?"

"정녕 잡소리입니다."

"내 도를 표방하는 도사와 방사가 불로불사의 술법에 요사(妖邪)를 떠는지 아닌지 밝혀보도록 하라!"

"삼가 명하심을 따르겠나이다."

노자상에서 물러나온 성수는 도사와 방사의 전적(前績) 기록을 찾아 읽는다.

도교의 도사들은 애초의 도심(道心)을 잃고, 신선이야기에 정신이 홀렸다. 그들에게 신선은 속세를 떠나 산속에 살면서 수행을 쌓아, 하늘을 날고 귀신을 부릴 줄 아는 불사의 존재였다. 그 중에서도 불사영생(不死永生)한다는 능력에 가장 마음이 끌렸다. 중국의 도사들은 중국의 신선전(神仙傳)에 매료되었다. 유향(劉向)의 저서 열선전(列仙傳), 갈홍(葛洪)이 저술한 신선전(神仙傳)과 포박자(抱朴子), 심분(沈汾)의 속선전(續仙傳) 등등의 신선전을 탐독하였다. 장자의 저서 '장자'(莊子)에 나오는 서왕모(西王母)의 이야기도 신선사상으로 흘러 들어갔다. 이런 문헌들이 도교가 밀교화(密敎化)한 화근(禍

根)이 된 셈이다. 도사들이 도심을 잃으면서 넋도 잃었다. 도사들은 신선이 되는 방법을 연구하는 데 골몰하였다. 신선이 되는 방법은 크게 나누어 두 가지였다. 그 하나는 내단파(內丹派)로서 태식과 방중술 같은 수련을 통해 신선이 될 수 있다는 것이다. 태식(胎息)은 기공(氣功)이라고도 불리는 단전호흡 등 호흡법이고, 방중술(房中術)은 남녀 간의 성행위를 통한 보정법(補精法)이다. 또 하나는 외단파(外丹派)로서 약물(藥物) 복용을 통해 신선이 될 수 있다는 것이다. 신선이 될 수 있는 약물은 진나라의 시황제와 한나라의 무제가 찾아보고자 힘을 쏟은 신묘한 불사약이다. 도사들은 이 약물을 단약(丹藥) 또는 선약(仙藥)이라고 해서, 그 약재를 채집하고 약으로 정련하기 위한 별별 제조법을 고안해내었다. 단약 제조법은 의약 발달에 기여한 공로가 컸다고 평가할 수 있지만, 그 자체만을 두고 보자면 터무니없이 사람을 홀림으로써 생명과 건강을 해치는 극약이라는 결과물을 내놓았다. 도사들의 단약제조는 치명적인 독소물질인 비소, 수은, 납을 사용하는 방법이 일반적이었기 때문에, 단약 복용은 필연적으로 죽음이나 장기적인 약해(藥害)를 초래했다. 한마디로 도사들이 제조한 불로불사의 영약이 사실은 독약이었던 것이다. 단약은 일반인이 쉽게 구할 수 없는 비방(秘方)약으로서 왕가, 귀족, 고관대작 등 최상류계층이나 복용할 수 있는 희귀 약제였다. 그러니까 피해자도 그 계층이었다. 단약을 먹고 죽은 황제나 왕이 적지 않았다. 자기가 만든 단약을 실험한다고 스스로 복용하거나 제자 도사들에게 복용하게 해서 죽음에 이른 도사들의 수도 상당했다. 과거

도사들의 행적에 관한 신성수의 공부가 여기에 이르자, 자연의 도를 어긴 불로불사의 욕심이 어떻게 도교를 썩게 했는지가 확연해졌다. 도사들은 배도(背道)의 도(徒)가 되었고, 중생제도에는 뜻이 없고 산속에서 일신의 입선(入仙)만을 꾀하는 도교는 쇠퇴의 길을 걸었다.

　　노자와의 대화에서 노자가 지적한 도교의 폐단, 보다 정확히는 도사들이 둔 패착(敗着)과 악수(惡手)가 성수의 마음에 통렬히 파고들었다. 신성수가 반성을 한다. '무병장수하는 세상을 건설하려는 자신도 도사들과 마찬가지의 전철을 밟는 것은 아닌가? 다제 내성균, 치매, 에이즈, 구제역을 퇴치하려는 자신의 원대한 포부는 쇠몽둥이를 갈아 바늘을 만들려한다는 중국 고사 ―鐵棒磨成針― 속의 할미나 흙짐을 져 날라 산을 옮기려는 우공(愚公)의 우행(愚行)과 다름없지 않은가? 돌연변이 병균을 물리칠 신약 개발사업이 일이십 년 내로 성공할지가 불확실한 장기소모전이라는 것을 내 자신이 잘 아는 까닭에, 내심 기적 같은 일이 벌어지기를 간구하지 않았던가? 진천 연구소에 연구동을 신축한 직후, 어느 아침에 혼자 빈 연구실을 돌아보다가, 약사여래가 준 약초 한 포기, 시바신이 던져준 과일 한 알, 베드로가 내준 성수 한 종지, 방정환 선생이 넘겨준 약초강목 책 한 권, 이런 것들을 받아 품안에 간직했던 꿈같은 일은 신약 개발의 막막함에 좌절한 나머지, 기적 같은 만병통치약을 하늘이 내려주기를 희구한 내 간절한 염원이 빚어낸 환상이 아니었던가? 기적을 일으켰다고 과시하고 기적의 도래를 약속하는 종교는 종교의 본태를 일탈한 것이다. 내가 만병통치의 특효약 개발이라는 기적을 바란다면, 불로불사의 단약을 제조하려는 도교의 도사와 다름없지 않은가? 인간이 병환에 고통받음은 자연이 내리는 업보이고, 인간에게 내린 자연수명이 있어서 자연사함이 마땅한데, 무병과 억지 장생을 꾀하는 인위(人爲)는 자연의 도에 역행하는 일이 아닌가? 유전공학의 힘으로 인간수명을 150살로 연장하려 하고, 텔로미어(tel-omere)의 길이를 늘려 수명을 300세까지 연장하려는 연구는 과학발전이 아니라 탐심(貪心)의 오만방자함이다. 유병(有病)함과 천수(天壽)에 순응하자! 욕심과 우행(愚行)을 버리자! 인위를 버리자! 내가 회사의 모든 직책을 내려놓은 것은 잘한 일이다! 나는 노자의 이런 가르침을 받으려고 이번 성지 순례여행을 떠났나 보다.'

4.

셋째 날 저녁 태청궁을 벗어난 성수는 숙소로 발길을 돌리지 못하고, 궁 입구인 노산 아래 언저리에서 서성거린다. 시간가는 줄 모르고 이리저리 거닐다가 어느덧 밤이 깊어진다. 한 밤 삼경(三更) 무렵이다. 갑자기 하늘에서 5음계 풍악소리가 울려 퍼진다. 하늘을 쳐다보니, 밝은 달빛과 수많은 별빛이 비추는 가운데 지구를 향해 살같이 내리꽂힌 오색영롱한 유성(流星)으로부터 다섯 마리 용이 끄는 선가(仙駕)가 하강한다. 북극광이 수레 앞길을 밝혀주고, 수레 뒤로는 북두칠성이 후광을 드리운다. 수레는 점차 노산으로 다가와 신성수 위에 멈춰 선다. 수레에 앉아 있는 이는 전설 속의 옥황상제이다. 상제 옆에는 신선 일곱 분이 시위하고, 뒤로는 칠선녀(七仙女)와 칠선동(七仙童)이 시립(侍立)하고 있다. 천제(天帝)의 안전(案前)은 너무나도 휘황찬란하여, 성수는 얼굴을 들어 올려다보지 못한다. 천제가 성수와 대화한다.

"성수야! 고개를 들어 나를 보라!"
성수는 온몸이 부들부들 떨리는 지라 어찌할 바를 모르고 있다가, 천제의 명을 듣고 간신히 위를 올려다본다. 천제의 옥음이 밤하늘에 또 울려 퍼진다.
"내가 노자와 너의 대화를 들었도다. 너에게 천계(天界)의 비약을 제조하는 법을 가르쳐주려고, 내가 하강했노라."
"황공무지로소이다. 한낱 미물인 소생이 어찌 천상의 비약을 접하겠나이까?"
"너는 도교의 진수에 다다랐느니라. 너를 가상히 여겨, 내가 손에 들고 있는 이 영약을 빚는 방법을 전수하겠노라. 먼저 이 영약의 신묘한 효능을 알려주노니, 잘 듣고 가슴에 새기도록 하라!"
"예, 하해와도 같은 은총에 감읍하옵고, 삼가 내리는 말씀을 명심하겠나이다."
"어떤 사람이고 간에 이 알약 하나를 복용하게 되면, 그 사람은 자유의지를 상실하고 너에게 절대 복종하게 된다. 이 약은 사람을 마음대로 부릴 수 있는 묘약이니라. 네가 모든 인간들에게 이 약을 먹이면, 모든 인간이 네가 시키는 일이 무엇이든 간에 복종하게 된다."

"요술 같은 효능을 지닌 그런 약은 생전 처음 듣습니다."

"그런데 내가 이 약의 제조법을 전수하기 전에 단 한 가지 조건이 있노라."

"소생이 지킬 수 있는 조건인지가 두렵습니다."

"조건인 즉, 네가 도교의 교주(敎主)가 되는 것이다. 그리고 도교의 교의와 교칙을 준수해야 하느니라. 그 외는 모든 것이 네 자유에 맡겨져 있도다. 네가 세상 만물과 만사를 주재하게 된다."

너무나도 뜻밖의 일이 순식간에 벌어지는 터라, 성수는 대답을 못하고 엎드려 있다.

"성수야. 내 뜻을 따르겠느냐? 내가 천계로 돌아갈 시간이 임박했느니라."

"소생이 감히 짚기 어려운 엄청난 일이옵니다. 청컨대, 잠시 생각할 여유를 주시옵소서."

"좋다. 내가 노산을 한 바퀴 돌아보고 올 터이니, 그 동안 생각을 가다듬도록 해라."

성수의 두뇌가 복잡하고도 분주하게 움직인다. '어떻게 이런 일이 있을 수 있는가! 세상에! 이런 일이 내게 일어나다니! 이건 이적(異蹟)이야. 이적으로 사람을 꼬드기는 종교는 사이비종교인데, 방금 내게 일어난 일은 생생한 사실이잖아! 옥황상제를 배알하고, 음성을 듣고, 천혜를 약속받은 일이 내게 일어난 거야. 상제가 가르쳐주는 제조법으로 만든 영약을 복용케 해서 세상사람 모두를 수족처럼 부릴 수 있다면, 73억 인류의 지배자, 5대양 6대주의 정복자가 되는 거야. 상제께 불로불사의 단약까지도 내게 달라는 조건을 내걸어야지. 괘씸하기 짝이 없는 동생 신대수, 요사스런 정전무, 박전무, 노전무, 이 넷을 평생 감옥에 가두어 고통 받게 할 수 있어. 홍연구이사를 외딴 섬에 유배 보낼 수도 있고. 내 분신과도 같은 황비서에게 바오로사를 맡겨야지. 먼저 한 국가의 권력자 집안에 접근해서 가족 한 사람에게 영약을 먹여서 내게 복종케 하고, 그 다음으로 그 가족이 몰래 권력자의 음식에 영약을 타 넣어 먹게 한 후에, 내 수족이 된 그 권력자가 전 국민에게 영약을 먹도록 해서, 한 국가의 국민을 모조리 내 손에 넣는 거야. 그런 식으로 지구상 모든 국가의 국민을 내 노예로 부리게 되는 거지. 나는 상제를 모시고 도교에 충실하기만 하면 돼! 어떻게 할까? 상제의 제안을 흔쾌히 받아들일까? 그렇지만 한 번 더 짚어보자! 도교가 어떤 종교인가? 내가 도교의 진상(眞相)을 제대로 알고나 있는 건가? 무위(無爲)라는 도교의 슬로건이 참으로 매력적이다. 그런데 그게 통할 수 있기는 있는 건가? 무위는 인위가 없음이라 한다면, 인위 없이 자연에 그대로 내놓여진 인간세상이란 어떤 모습일까? 중세시대에 인간의 평균수명은 3-40살 남짓이었다. 지금은 인간 평균수명 80살을 자연수명으로 누리고 산다. 그런데 주어진 자연에 인간이 그대로 순응하면서 살아왔다면,

평균수명 80살을 누릴 수 있을까? 인간은 페스트, 콜레라, 천연두, 홍역과 같은 역병을 퇴치하고, 체내 기생충을 구축하려고, 또 온갖 자연재해에서 벗어나려고 인위적 노력을 다해오면서 이만한 세상을 건설한 것이 아닌가? 자연에 맞서는 인위 없이, 숱한 질병에 시달리고 재해에 떠는 인간세상이 도교가 꿈꾸는 천계인가? 모르겠다. 모르겠다. 현재로서는 내가 도교의 진면목을 알 수 없다. 아직 도교는 내게 알 수 없는 종교이다. 그런데 내가 어떻게 도교의 교주가 되기를 응낙할 수 있다는 말인가? 불가지론 앞에서는 판단을 보류할 수밖에 없다. 알 수 없는 도교의 신에게 내 영혼을 팔 수는 없다. 나는 결코 파우스트가 될 수 없다.'

옥황상제가 탄 수레가 풍악을 울리며 가까이 다가오는 소리가 들린다. 성수는 마지막으로 마음을 한 번 더 가다듬고, 상제와 대면할 준비를 한다. 위에서 상제의 그윽한 음성이 떨어진다.

"성수야, 이제 마음을 정하였느냐?"

"황송하옵게도 은혜로운 상제님의 뜻에 거스르는 말씀을 올리지 않을 수 없습니다."

"괜찮도다. 어서 말하거라."

"도교의 교주가 되는 것은 제게 과람하옵나이다."

"어째 과람하다는 것이냐?"

"저는 아직 노자의 무궁한 가르침, 도교의 심오한 경지를 넘보지 못하고 있사옵나이다. 저는 감히 교주를 맡아 중생을 이끌 재목이 되지 못하옵나이다."

"정녕 그렇게 생각하느냐?"

"그렇습니다. 인간계를 지배할 욕심으로 말미암아, 제가 모르는 도교를 안다고 말할 수는 없습니다."

"네 욕심이 그쳤으니, 내가 진정한 도인 하나를 얻었구나! 이것만 으로도 내가 인간계에 하강한 보람이 있도다. 네가 나를 만난 이 영 험한 일은 모두 잊도록 하여라!"

"예, 상제께서 명하신대로 잊고자 하옵나이다. 다만 인간의 능력 으로는 기억과 망각이 자재하지 못하오니, 미물을 어여삐 여기시어, 모든 것을 잊을 망각의 단약을 내려주옵소서!"

"허허! 망각의 단약은 이미 네 품안에 있느니라."

성수가 옷을 뒤져 단약을 찾으려 한다. 그 순간 옥황상제가 탄 수 레와 배행 행렬은 눈 깜짝할 사이에 천계로 올라가 버리고, 없다. 시간도 단숨에 흘러 새벽녘이 되어버린다. 성수는 숙소로 돌아와 잠 시 선잠을 잔다. 성수는 도교 성지순례 여행에서 노자 그리고 상제 를 만나 대화를 나눈 꿈같은 경험을 하고, 수화장으로 돌아온다.

제59화
신성수가 하늘의 언어를 배우려 애쓰다.

1.

　신성수는 고난의 의미에 대해서 심사숙고한다. 최근 3년 사이에 닥친 고난과 시련을 되돌아본다.

　'아들 면이의 죽음, 그 다음에 피임약 엠브론 약화사고, 또 다시 불법 리베이트 영업을 지시했다는 누명을 쓰고 치른 100일 동안의 옥살이, 이런 불행이 자신의 잘못에서 비롯되었든 또는 잘못과는 무관하게 운명처럼 맞닥뜨린 것이건 간에 내게 무언가 의미가 있을 것이다. 겪은 고난이 내게 그냥 고통을 준다는 의미밖에 없는 것은 아닐 것이다. 고난도 의미있는 것으로 받아들인다면 병이 아니라 약일 것이다. 그 의미란 달리 말하자면 하늘이 내게 던져주는 메시지이다. 무언가 경고나 교훈을 주는 하늘의 메시지, 하늘의 신호를 내가 알아들어야 한다. 하늘의 메시지를 어떻게 알아들을 것인가? 하늘은 메시지를 보내는 하늘만의 방식이 있을 것이다. 메시지를 보내는 하늘만의 방식을 하늘의 언어라고 부를 수 있겠지. 고대 그리스에서는 하늘의 메시지를 신탁이라고 했어. 신탁은 아무나 이해할 수 없기 때문에 전령(傳令)의 신인 헤르메스나 신관이 신탁을 해석해서 들려주었어. 내가 하늘의 메시지를 알아채려면 하늘의 언어를 이해할 수 있어야 해. 내가 하늘의 언어를 찾아 배워야겠어.'

중국 노산 성지순례 여행에서 돌아온 신성수는 본격적으로 하늘의 언어공부에 몰입한다. '내가 노산 태청궁에서 노자 그리고 옥황상제를 만나서 어떻게 대화를 했지? 내가 무슨 언어로 말했던가? 이제 와서 생각해보면, 그 경험은 대화라기보다 일종의 환청으로 여겨진다. 사막에서 보는 신기루 같았던 거야! 하늘의 언어는 인간의 언어와는 다를 것이다. 상징언어를 사용해서 뜻을 표현할 것이다. 하늘이 쓸 법한 상징언어를 찾아보자. 아니면 자연이 쏟아내는 자연언어를 연구해보자. 옥황상제가 인간계에 하강할 때 풍악이 울려 퍼진 것을 보면, 하늘의 언어는 음악일 수 있어!'

신성수는 하늘의 언어를 찾는 맨 처음 시도를 음악 속에서 행한다. 성가(聖歌)를 듣고, 영성음악을 뒤져본다. 가장 경건한 소리를 낸다는 악기를 찾아 서투르나마 연주를 해본다. 교회에 가서 파이프오르간 연주를 들어보기도 하고, 허락을 받아 오르간 건반을 두드려보기도 한다. 바흐, 헨델, 베토벤의 성가를 듣고서 전율에 가까운 감동을 받는다. 오라토리오를 들을 때에는 황홀에 겨워, 넋이 하늘로 두둥실 떠오르는 듯하다. 하늘이 아니라 예수 그리스도를 영접하는 듯하다. 그런데 인간이 만들어내는 음악은 땅에서 하늘을 향하는 일방적 소리이다. 하늘에서 내려오는 소리는 아니다. 인간 언어의 또 다른 표현양식이 음악이다. 천상의 언어를 배울 길이 없다. 언어는 양방향이어야 한다. 하늘에서 오는 언어, 땅에서 가는 언어! 신성수는 하늘과 땅 사이에 오가는 언어를 찾고자 한다. 음악이 아무리 황홀한 전달방식이라고 하더라도 하늘을 향한 인간의 일방적 언어라면 더 이상의 연구를 포기할 수밖에 없다. 다른 데서 하늘의 언어를 찾아보기로 한다. 신성수는 아쉬워하면서 음악을 떠난다.

성수는 나아가 자연언어를 공부한다. 자연이 내는 소리, 자연이 보여주는 상징에서 하늘의 메시지를 읽어내고자 한다. 수화장 정원에 300년 묵은 회화나무가 있다. 그 나무의 굵은 줄기에 귀를 대고 나무가 내는 소리를 들으려고 애쓴다. 둥치에 입을 대고 소근 소근 말을 걸어본다. 수화장 위 연못에서 아래 연못으로 졸졸 물 흐르는 소리를 들어본다. 물소리가 물이 내는 언어라고 믿고 열심히 듣는다. 낮에 사람들이 내는 소음에 방해받지 않으려고, 새벽녘 사위가 적막한 때에 물소리를 연구한다. 일주일 넘어 나무의 언어, 물의 언어를 공부한다. 애석하게도 별 소득이 없다. 성수가 하는 공부를 누가 보면 미친 사람의 짓이라고 여길 것이다. 다행히 모두가 잠든 새벽에 하는 공부이기에 미친 짓을 들키지 않는다.

점성술이 있다니, 이번에는 별자리를 보고 하늘의 메시지를 알아들으려고 시도한다. 도시는 대기오염으로 하늘이 흐려져 별을 관찰하기에 적당치 않다. 밤하늘이 맑아 천문대를 설치했다는 소백산에 올라가 며칠 밤이고 별자리 공부를 한다. 87년에 한번 지구에 접근한다는 혜성을 보는 행운도 얻는다. 행운이 겹쳐 개기월식도 관찰한다. 번개까지도 자연언어로 이해해 본다. 그런데 이런 자연현상은 메시지를 던져준다고 하더라도 하늘에서 땅으로 펼쳐지는 상징언어이다. 땅에서 하늘로 소통할 언어를 배울 길이 없다. 상향언어를 찾아낼 수 없다. 음악은 인간의 일방적인 상향언어이고, 자연언어는 하늘의 일방적인 히향언어이다. 신성수는 하늘과 인간이 서로 소통할 수 있는 양방향 언어를 배우고 싶어 한다.

수학자로부터 수(數)가 절대적이고 유일한 우주 언어라는 말을 듣고, 수학을 공부한다. 완전수는 10이고, 공(空)의 수는 0이다. 성수는 불가사의함을 뜻한다는 숫자인 10^{64} 그리고 무량수(無量數)라는 10^{68}을 접하면서, 제곱수 연구에 빠져든다. 황금비율에 매혹되어 기하학에 매달리기도 한다. 그러나 성수는 직감적으로 깨닫는다. 자신의 수학적 능력에 비추어, 수학은 배우기에 지난한 신비영역이라는 것을! 잘못하다가는 피타고라스의 신비주의 종교에 떨어질 우려도 한다.

2.

신성수는 또 다른 방법으로 하늘의 언어를 배워보고자 노력한다. 이번에는 죽은 사람의 영혼과 대화하고, 또 하늘의 신령과 대화한다는 무당을 찾아가서 하늘의 언어를 배우려고 시도한다. 대화는 서로간에 양방향으로 진행되는 것이다. 그러니까 신 지핀 무당의 대화는 하늘과 주고받는 언어로 행해질 것이다. 성수는 여기에 무슨 해답이 있을 수 있다고 희망을 걸어본다. 그는 서울 삼각산 아래 무당 마을을 찾아, 접신의 깊은 경지에 이르렀다는 박수무당을 만난다.

"왜 왔어?"

"신통방통하시다는 자자한 명성을 듣고, 뵙고자 찾아왔습니다."

"내가 그 말을 듣고 좋아할 줄 알았어? 왜 왔냐니까?"

"죽은 사람의 혼을 불러내실 수 있습니까?"

"응, 굿하러 왔구먼! 무슨 굿이야?"

"굿에도 종류가 있습니까?"

"아, 있지. 그런데 내 전공은 혼백 위령(慰靈)해서 멀리 보내는 거야. 요즘 굿하러 오는 사람이 뜸한데, 내가 굿 값 싸게 해 줄게."

"저는 굿하러 온 게 아니고, 궁금한 게 있어서 왔습니다."

"그럼 돌아가! 쓸 데 없는 소리 말고!"

"굿은 안 해도 굿 값을 쳐 드릴 터이니, 제 궁금증에 대답 좀 해주세요!"

신성수는 주머니에서 현금 100만 원을 꺼내, 무당 앞으로 밀어 놓는다. 무당은 얼마인가 세어 보고 나서, 표정을 누그러뜨린다.

"내 굿 값이 이것밖에 안 되는 줄 알아? 내가 100만 원어치만 대답해주고 그칠 테니, 그런 줄 알라구!"

"예, 알겠습니다. 굿할 때 죽은 이의 혼을 불러내서 대화를 나눕니까?"

"응, 내가 대화하는 게 아니라, 굿해달라는 사람과 죽은 이의 혼 사이에 통역하는 거야!"

"통역이라지만, 혼백의 소리를 낸다면서요?"

"응, 죽은 이의 혼백이 내 안에 들어와서 내 입을 빌려, 하고 싶은 말을 하는 거지. 유식한 단어로 통역하는 나를 영매라고 해."

"혼백의 말을 통역하실 때 우리나라 말로 합니까?"

"아, 그럼, 내가 한국사람인데 한국말로 하지, 어느 나라 말로 하겠어?"

"죽은 이가 중국사람이면, 어떻게 됩니까?"

"중국사람 굿도 쳐 준 적이 있어. 그런데 우리 동포던데! 한국말로 했지."

"그럼 죽은 사람이 미국사람이면, 어떻습니까? 교포가 아닌 경우에 말입니다."

"미국사람 굿도 해 본 적이 있어. 죽은 젊은 애가 교포인데, 모국어를 못하는 덜 된 놈이야! 걔 엄마가 굿해달라고 해서, 죽은 애 혼백을 불러내니까, 이 녀석이 영어로 말하더라니까! 그래서 내 말이 영어로 나왔어. 한 번은 러시아어로 말한 굿판도 있었어."

"원래 영어와 러시아어를 할 줄 아십니까?"

"내가 무슨 외국어를 씨부렁거릴 줄 알겠어?"

"아니, 통역을 하신다고 했잖습니까?"

"내 통역은 혼백이 지껄이는 소리를 내 입으로 그냥 뱉어내는 거지, 내 머리로 통역해서 옮겨주는 게 아냐. 나는 그대로 전달하는 것뿐이야! 굿판이 끝난 후에 사람들이 내가 영어로 말했다고 하니까, 내가 그런가보다 하는 거지. 난 굿하면서 지껄인 이야기를 기억도 못해."

"혼백과 대화하려는 사람이 영어를 모르면 어떻게 됩니까?"

"그거야 내가 알 바 아니지. 그때 굿해 달라고 한 엄마가 영어를 잘 못하면 못 알아듣는 거지, 뭐."

"그럼 불려나온 아들 혼이 한국어로 말하는 엄마 말을 못 알아들을 거 아닙니까?"

"그것도 내 알 바 아니. 그 땐 서로 제 할 말만 떠드는 거야."

"서로 못 알아들으면서 제 하고 싶은 말만 서로 다른 언어로 하면, 어디 대화가 됩니까?"

"그러니까 미국 이민가서도 애새끼들 모국어 가르쳐야 해. 살아서도 그렇고, 죽어서까지 말이 안 통하잖아!"

"산 사람과 죽은 사람 사이의 굿은 그렇다 치고, 신령님과도 대화하실 수 있습니까?"

"그럼! 나는 내가 모시는 삼각산 산신령과 대화해. 그러나 아무 때나 되는 건 아니야!"

"산신령과는 무슨 언어로 이야기합니까?"

"이제 100만원 어치 끝났어. 나가 봐!"

성수는 주머니에서 또 현금 100만 원을 꺼내 무당에게 준다. 무당이 흐뭇해한다.

"자! 어서 대답해 주세요!"

"내가 산신령과 대화할 땐 언어라고 할 게 없어. 그냥 뜻을 주고받는 거지. 산신령하고는 내가 영매가 아니라 신통력을 가진 사람으로서 대화하는 거야!"

"어떻게 언어 없이 그냥 뜻을 주고받을 수 있습니까?"

"그러니까 신통하다는 거지. 신통력을 얻으면, 말없이 뜻이 통하는 거야! 신통(神通)이란 게 신과 통한다는 거, 아니야?"

"좀 더 자세히 알고 싶습니다. 말없이 뜻이 통할 땐, 뜻이 머리로 옵니까? 아니면 마음으로 옵니까? 귀로 들리는 건 아니잖습니까?"

"그건 모르겠어. 그냥 뜻이 통하면 통하는 거지. 그 이상은 몰라!"

"좀 더 생각해보세요! 100만 원이나 더 드렸잖아요!"

"그래, 생각해보지. 가만 있자! 산신령과 대화할 때에는 산신령이 실제로 내 앞에 나타나는 거야. 우리가 알고 있는 산신령의 모습 있지? 눈처럼 하얀 머리털에 흰 눈썹, 길게 늘어뜨린 흰 수염에 지팡이 들고, 흰 도포를 입은 신령님이 나타나지. 그런데 신령님이 입으로 말을 하진 않고, 서로 이야기를 나누는 거야. 작년 정월 초하루에 내가 목욕재계하고 산신각에서 신령님을 뵈었어. 내가 새해에 무슨 일이 일어나겠습니까? 하고 여쭈었더니, 여름에 큰 홍수가 날 거라고 전음(傳音)하시더구먼. 내 신상에 무슨 일이 일어나겠습니까? 했더니, 아버지가 돌아가실 거라고 전음하셨어. 그 전음이란 게, 유식한 말로 염력(念力)이 서로의 뜻을 간파하는 것 같은 현상이야!"

"그런 걸 두고 이심전심(以心傳心)이라고 하는 거군요!"

"난 그 이상은 설명할 수 없어. 나가 봐! 이젠 돈의 문제가 아니라 대화 수준의 문제야!"

무당집을 나온 성수는 또 고뇌한다. '내가 무당의 영교술(靈交術)을 배워야만 하늘의 언어를 깨칠 수 있는 것인가? 내가 무당내림이라도 받아야 하나? 내가 귀신 씌움의 경지에 들어서야 하나? 그런 경지는 인간의 노력으로 도달할 수 있는 게 아니라, 하늘로부터 점지 받아야 가능한 것일 거야! 마약이라도 해서 황홀경에 들어서면 영적인 대화가 가능할까? 잘못하면 내가 마약의 유혹에 떨어질 수 있어. 하늘의 언어를 배우려는 욕심은 아주 위험한 것이다! 하늘의 언어는 배우려고 노력해서 될 일은 아닌 것이다! 그래도 포기하기 전에 마지막으로 한 번 더 시도해보자! 비록 하늘의 언어를 찾는 데 실패하더라도 무언가 얻는 게 있을 거야!'

3.

하늘의 언어를 담은 책으로 성경이 있다. 성경에서는 하늘의 언어를 하나님의 말씀이라고 한다. 신성수는 하늘의 언어를 알아내고자 성경을 펼쳐든다. 요한복음 1장 1절에서 5절까지를 정독한다. "태초에 말씀(the Word)이 계시니라. 이 말씀이 하나님과 함께 계셨으니 이 말씀은 곧 하나님이시니라. 그가 태초에 하나님과 함께 계셨고, 만물이 그로 말미암아 지은 바 되었으니 지은 것이 하나도 그가 없이는 된 것이 없느니라. 그 안에 생명이 있었으니 이 생명은 사람들의 빛이라. 빛이 어두움에 비취되 어두움이 깨닫지 못하더라." 신성수는 하늘의 언어가 말씀이고 하나님이라는 성경 기록에 새삼 놀란다. 그렇다면 인간의 언어도 바로 말씀이요, 인간이란 말인가? 언어는 말하는 사람의 말씀이고, 말하는 사람 그 자체인 것인가? 성수는 성경을 더욱 더 연구한다. 모세와 하나님 여호와가 시내(Sinai) 산에서 언어로 대화하는 장면을 접한다. "모세가 말한즉 하나님 이 음성으로 대답하시더라"(Then Moses spoke and the voice of God answered him.). 출애굽기 19장 19절 후반부이다. 성수는 '옳 거니' 하면서 무릎을 친다. '드디어 인간과 하늘이 양방향으로 서로 대화하는구나! 그런데 모세는 무슨 언어로 말했을까? 하나님은 어 떤 언어로 대답했을까? 인간의 언어가 하늘의 언어와 합일이 되었 을까? 하나님이 모세와 대화하고자 선택한 인간의 언어는 무엇이었 을까? 히브리어인가? 아니면 헬라어? 고대 아람(Aram)어? 하나님 이 소리(sound)가 아니라 '음성'(voice)으로 대답하셨다고 하니, 상 징언어라든가 보디랭귀지는 아닐 것이다. 그런데 내가 생각하기로, 만백성의 구주이신 하나님은 모든 민족이 알아들을 수 있는 언어로 말씀하실 거야! 어느 한 민족만이 알아들을 수 있는 하나의 인간 언 어로 이야기하진 않으실 거야! 내가 하늘의 언어를 히브리어나 헬 라어라고 믿고 공부할 필요는 없을 것이다! 바보짓을 하지는 말아 야지! 그런데 하나님의 말씀을 기록한 성경은 누가 무슨 언어로 썼 을까? 성서의 원전(元典)은 누가 쓴 것일까? 이를 테면 예수님의 말 씀과 행적을 증거한 4복음서는 누가 쓴 것일까? 사도들이나 초대교 회의 장로들이 예수의 어록과 구전된 바를 자료로 해서 저술한 것으 로 알려져 있으니, 4복음서의 원전을 손으로 쓴 이는 사도와 그리스 도교의 초기 장로들이다. 하지만 그 거룩한 성서가 인간의 육필(肉 筆)로만 이루어진 것일까? 역사상 모든 기록물을 손으로 쓴 이는 인간이지만, 종교의 경전만큼은 인간이 쓴 단순 기록물이라는 점을 인정하기 어렵다. 그렇다면 성경은 성령이 쓴 것이야! 성경은 그 누군가가 성령이 불러주는 바를 들으면서 그대로 받아쓰기(dictation)한 기록물이다. 그것이 환청이라고 해도 괜찮아! 성경의 원전을 저술한 본체는 성령이다. 성경의 원전 저술에는 신(神)이 역사하는 영적(靈的)인 힘이 관여한 것이다. 성경을 불러준 언어는 성령의 언어다! 하나님의 언어이고, 그게 하늘의 언어다. 성령의 언어, 하나님의 말씀은 신의 영역이지. 인간의 언어능력을 벗어난 의사소통의 영역인 거야. 인간인 신성수의 힘으로는 하나님의 언어를 알아낼 수 없어! 하나님의 역사하심이 있어야만 하늘의 언어를 깨칠 수 있어. 그것은 내가 하나님을 믿어야만 가능할 것이다. 성수는 그러한 깨달음을 성경에서 찾아낸다. "너희는 하나님이 보내신 자를 믿지 아니하므로 하나님의 음성(voice)을 듣지 못하였다."라고 하는 요한복음 5장 37절과 38절의 골자를 접하고서, 고개를 끄덕인다. '그렇다. 하늘의 언어를 배우려면 신앙을 가져야 한다. 하늘의 언어를 깨치려다가 훨씬 더 어려운 하나님 깨우치기로 넘어가게 생겼네! 내 공부가 아주 복잡하게 되었어. 좀 더 두고 보아야 해!'

4.

마침내 신성수는 언어를 통해서 고난의 의미를 파악하고자 하는 노력을 포기한다. 인간의 언어이든 하늘의 언어이든 간에 언어의 세계에 작별을 고하고, 고난 그 자체를 받아들이고 해석해서 고난의 가르침을 받고자 한다. 언어 없이 하늘의 메시지를 알아들어야 한다. 그는 드디어 언어를 졸업한다. 말이 필요 없는 세계에 들어선 것이다. 그는 각지(覺知)에 입문한다. 그는 각(覺)에 정신을 집중하고, 각에 귀 기울이며, 각을 눈여겨보고, 각을 전한다.

약학을 공부한 성수는 고난으로부터 언어 없이 배운다는 것은 전염병의 예방주사를 맞는다는 것과 같다는 생각을 한다. 하늘이 보내는 고난의 메시지는 하늘이 인간에게 예방주사를 놓아주는 것과 다름없다. 그러니까 인간이 겪는 고난은 병을 예방하는 백신이다. 백신을 맞으면 해당 질환을 가볍게 앓고 나서 면역력을 갖게 된다. 인간은 닥친 고난을 앞으로 올지도 모를 큰 고난의 가벼운 맛보기로 알아야 한다. 고난은 큰 재앙을 예방하는 작은 시련이다. 고난은 앞으로 닥쳐올 재앙의 전조(前兆)이다. 사실 고난은 크기를 비교하기 어렵다. 고난은 그 깊이와 길이를 헤아릴 길이 없다. 인간은 현재의 고난을 짚고, 미래의 고난을 예지할 따름이다. 잘못으로 초래한 고난을 겪고 또 고난의 의미를 깨친 사람은 그 잘못을 되풀이 하지 않는다. 고난에는 하늘의 가르침이 깃들어 있다. 현명한 자는 고난에서 하늘의 가르침을 깨친다. 슬기로운 자는 고난을 수인(受忍)하고, 미련한 자는 고난에 저항한다.

신성수는 자신이 겪은 고난에 담긴 하늘의 가르침을 깨치고자 한다. '애통하기 짝이 없었던 아들 면이의 죽음은 무슨 가르침을 주는가? 독감 바이러스에 무너지고 다제 내성균에 쓰러진 내 아들은 내가 온실의 화초처럼 키운 탓일 것이다. 아들의 몸과 옷에 조금만 더러운 것이 묻어도 기겁을 하면서 털어내고, 더러운 곳을 화들짝 놀라 떠나버리고, 깨끗하다 못해 무균상태에 가까운 환경에서 아들을 키우려고 한 우리 부부에게 잘못이 있었던 것이다. 면이를 흙에서 뒹굴게 놓아두고, 때 묻은 걸레로 자기 방을 청소하게 해야 했던 것이다. 인간은 항상 병균이 득시글거리는 주위 환경에서 살아가게 되어 있다. 우리는 병균과 공생하면서 병균을 이겨내는 튼튼한 몸으로 단련되는 것이다. 거기서 병균을 이길 항체가, 면역력이 커나가는 것이지. 우리가 겪어야만 하는 병균과의 공생관계를 차단하면, 결국 우리는 나약해지고 병균과의 싸움이 벌어진 경우에 병을 이겨낼 힘을 끌어낼 수가 없다. 그러다가 항생제로 병균을 이겨보려고 항생제를 남용하면서 병균의 힘만 키워준 거야! 우리 부부는 아들 면이를 인위적 과잉보호상태에 두고 키웠기 때문에 그 아이가 자연에서 얻어낼 자기보호능력을 잠재워버린 것이다. 면이를 자연에 맡겼어야 했는데! 내가 잘못했어. 이제라도 둘째 아이 권이를 자연 속에서 커나가도록 해야겠어. 자연의 힘으로 어려움을 이겨내도록 키워야지.

엠브론 약화사고는 무슨 가르침일까? 그것도 자연법칙을 어긴 데 대한 징벌이야! 섹스의 쾌감만을 취하고, 섹스에 당연히 따르는 자식 잉태와 출산 그리고 양육의 수고를 면하려고 인위적으로 만들어낸 피임약이 결국 기형아 출산이라는 비극을 가져온 것이다. 섹스와 임신, 출산, 자손 번식이라는 상관관계는 자연법칙이다. 하늘의 명령이지. 그걸 어떻게 해서든지 피해보려고 온갖 꾀를 짜내어 만든 피임약이 무서운 결과를 가져온 거야.

  불법 리베이트 영업이 초래한 하늘의 징벌은 무슨 가르침일까? 어떻게 해서라도 약을 더 팔아보려고 인간이 짜낸 꾀가 불법 리베이트 영업이지. 제약사의 숭고한 목표는 질병 없는 세상을 건설하는 것이다. 무병장수하는 세상을 만들려고 하는 것이다. 그런 세상은 약이 필요없는 세상이다. 제약사는 점점 약이 덜 팔리는 세상을 만들려고 해야 해. 제약사의 최종 목표는 약이 전혀 팔리지 않는 세상을 실현하는 것이다. 그런데 약을 더 팔아보려고 불법 리베이트 영업을 한다는 게, 도대체 말이 되지 않는 짓이지. 아주 자기모순적이고, 비정상적이며, 반윤리적이고, 비열한 짓이야. 약이 많이 팔리도록 하자면, 먼저 이 세상에 병을 널리 퍼뜨리는 것도 한 가지 방법이지 않아? 제약사가 약을 팔려고 다른 한편으로 병균을 생산해서 퍼뜨린다면, 천국을 꿈꾸는 성직자가 세상을 지옥으로 만들고, 범죄 없는 사회를 만들겠다는 사법기관이 범죄를 양산하며, 국민을 계몽한다는 지도자가 국민을 속이고 우매하게 오도하는 것과 뭐가 다르겠어? 불법 리베이트 영업은 그것과 다를 바 없어. 거기에 누가 책임지느냐의 문제가 있다고 하지만, 결국은 제약사의 어느 누군가가 하늘의 징벌을 받아야 하는 거야! 내 동생이 받아야 할 것을 내가 받았다고 억울해 하는 것은 2차적인 문제다. 제약사의 영업도 자연의 도리에 따라야 하는 것이지!

내가 겪은 이러한 고난을 되짚어보니, 인간은 인간의 법이 아니라 자연의 법에 따라 살아야 한다는 가르침을 얻었어. 우리는 자연법을 지켜야 해! 인간이 만든 인정법보다 상위에 있는 하늘의 법을 우선시켜야 한다. 내가 겪은 고난은 자연법에 따라서 살라는 하늘의 메시지, 하늘의 가르침이야. 생각해 보자면, 노자가 말씀하신 도가의 가르침이 그런 것이다. 인간이 만든 사회규범을 준수하라는 유가, 3강 5륜 외에 숱한 예법을 만들어낸 유가, 인간 간의 신분질서뿐만 아니라 국가 간의 차등질서까지도 만들어 낸 유가는 도가에서 보기에 한계가 있어! 국가가 만든 국법질서를 최고의 위치에 올려놓는 법가도 도가가 보기에 문제가 있어! 유가의 인정법과 법가의 국가법은 자연법에 역행하는 법질서야! 우리는 인정법, 실정법 이전에 자연법, 자연법칙, 자연질서에 순응해야 하는 것이다. 자연법을 어긴 내게 그 동안 고난이 닥친 거지! 하늘이 이런 가르침을 주려고 내게 고난과 시련을 준 것이다.'

제60화
신성수가 아내에 시달리다.

1.

"여보! 회사에서 불법 리베이트 영업을 지시한 CEO가 당신이 아니라 당신의 동생인 다니 아빠라는 게 사실이에요? 내가 꼭 알아야겠어요."

"나는 그런 말 한 적이 없는데, 누가 그래?"

"당신이 말했건 다른 사람이 말했건 간에, 그게 사실인지 아닌지를 알아야겠어요."

"나는 그걸 믿을 만한 사람이 말한 건지 아닌지가 궁금해서 그래!"

"위채 조씨 아줌마가 그랬어요."

"조씨 아줌마가 어떻게 그런 말을 하게 되었는지가 궁금하네."

"아버님과 어머님이 나누는 이야기를 들었다고 해요."

"두 분이 무슨 이야기를 나누셨는데?"

"아버님이 어머님에게 이러시더래요. '성수는 불법 리베이트 영업을 대수가 지시했다고 생각하고 있어' 그러니까 어머님이 활짝 놀라시면서 '그럴 리가 있겠어요? 대수는 미국서 귀국한지 얼마 되지도 않고, 착하기 이를 데 없는 아인데. 우리나라 제약업계의 고질적인 관행과 싸우면서 윤리경영 하려고 애쓰는 아인데. 성수가 좀 이상하지 않아요?' 그러시더래요."

"당신이 보기에도 내가 이상한 사람이 되었나?"

"그건 둘째 치고, 불법 리베이트 지시를 한 게 당신이에요? 당신 동생이에요?"

"그 사건으로 감옥에 갔다 온 사람이 누구지?"

"그거야, 당신이잖아요."

"그렇다면 내가 지시한 거네."

"그건 법원의 판단이고. 난 진짜 사실을 알고 싶은 거예요."

"법원이 그렇다면 그런 거겠지."

"그럼 아버님이 거짓말을 하셨단 말이군요. 내가 지금 위채로 올라가서 아버님에게 왜 그런 거짓말을 하느냐고 따져야겠어요."

"왜 그래? 집안에 분란을 일으키지 말아!"

"분란이라니요? 당신이 동생의 죄를 다 뒤집어쓰고, 억울한 옥살이를 하고, 회사에서 쫓겨났는데, 나보고 가만히 있으라는 거예요?"

"회사에서 쫓겨나다니? 듣기가 거북하구만. 내가 자발적으로 사표를 낸 건데."

"흥, 자발적으로 사표를 냈다구요? 죄를 짓고 옥살이를 한 사람이 무슨 면목으로 회사에 남아있을 수 있어요? 말이 사표지, 더 이상 대표로 남아있을 수 없어서 사표를 낸 건 쫓겨난 거나 다름없어요."

"당신 말도 일리 있어."

"당신 입으로 불법영업 지시자가 당신 동생이라는 말을 들어야겠어요? 우리 아들 권이가 아직은 어리지만 나중에 어른이 되면 진실을 알아야하지 않겠어요? 누가 그 진실을 권이에게 말해주겠어요?"

"당신이 내 말을 듣고 나서 동네방네 떠들고 다니지 않겠다고 약속하겠어? 약속하면 말해주지."

"약속할 게요. 사실대로 말해줘요."

"회사의 정전무와 박전무가 내가 지시했다고 위증을 해서 내가 유죄판결을 받은 거야! 내 동생이 지시했는지는 확실치 않아. 내 추측이지. 아버님한테 불법영업 지시자가 동생일 가능성을 열어 보이려고, 내 추측을 말씀드린 적이 있어."

"알겠어요. 그런데 당신도 추측하지 못한 사실이 있어요. 불법영업을 지시한 배후 인물은 틀림없이 다니 엄마에요. 고 불여우가 사건의 결정적 장본인이에요. 그년이 우리 집안에 들어와서 모든 분란을 일으키고 있는 거예요."

"내 추측과 당신 추측이 어우러져 더 큰 분란을 일으킬 수도 있어! 그만 하지, 그래!"

"지금 우리 형편이 어떤지 알고나 하는 말이에요? 지금 바오로제약사와 딸린 모든 회사들을 장악할 지주회사를 세운다고 해요. 지주회사의 대주주는 당신이 아니라 당신 동생 대수가 되는 작업을 하고 있다구요. 당신은 회사 직책에서 쫓겨나는 정도가 아니라 빈 털털이가 되는 거예요. 당신은 당신 동생이 주는 돈으로 살아가야 하는 사람이 되는 거란 말이에요. 내가 맡은 신면리조트도 빼앗기게 생겼어요. 정신 좀 차리고 사태를 짚어 봐요!"

"아버님 어머님은 그걸 그냥 두고 보실 분이 아니야! 사태를 너무 절망적으로 생각하지 마!"

"고 불여우가 당신 부모님을 어떻게 만들어 놓은지 알고 하는 말인가요? 다니네 식구 넷은 천사이고, 당신은 다니네를 파멸시키려는 악마가 되어 있다구요."

"그러니까 내가 그랬잖아! 리조트 사업 그만두고 수화장에서 부모님 모시라고! 당신이 불여우라는 다니 엄마는 그 효도를 한 거고, 부모님은 거기에 대한 보답을 하는 거지."

"당신, 이 판국에 내 가슴에 불을 지르는 거예요? 내가 칼 들고 가서 불여우 꼬리 아홉 개를 잘라내고, 위채에는 불을 질러야만, 내 분이 풀릴 거예요."

"무슨 끔찍한 소릴 하고 그래? 다 지나간 일이야."

"앞으로 닥칠 일을 생각해 봐요. 끝난 게 아니라 이제 시작일 뿐이에요. 앞으로 끔찍한 일이 닥칠 거예요."

"내가 더 이상 못 듣겠어. 밖에 나가 있을 테니, 당신은 권이하고 먼저 저녁 먹도록 해요!"

2.

"당신! 아들 교육 어떻게 시키는 거예요?"

"또 무슨 얘기야? 권이 교육이야 당신이 맡아서 하고 있잖아?"

"그럼, 권이 교육은 전적으로 내게 맡겨 놓아야지, 당신이 왜 물을 흐려놓고 그래요?"

"난 당신이 무슨 말을 하는지 모르겠어."

"정원 한 켠 쓰레기장 옆에 흙과 낙엽을 쌓아놓은 공터가 있지요? 배씨 아줌마가 그리는데, 어제 권이가 그 흙더미 속에서 뒹굴고 노는 바람에 옷을 세 번이나 갈아입혔다고 해요. 내가 권이더러 앞으로 흙더미에서 놀지 말라고 하니까, 어릴 때 흙을 옷처럼 묻히고 살아야 건강해진다고 아빠가 가르쳐주었다고 해요. 당신이 애한테 정말 그랬어요?"

"어릴 때부터 흙에서 뒹굴면서 면역력을 키워야 하는 거야."

"애를 더럽게 키우면 더러운 인간이 되는 거예요. 뭐, 흙에서 면역력을 키운다구요? 제약사를 하는 사람이 면역력을 키우는 약을 만들든지, 병을 치료하는 약을 만들든지 해야지, 흙에서 면역력을 키운다니요? 그게 다른 사람이면 몰라도, 당신이 할 말이에요?"

"우리 아이 면이가 죽은 게 면역력이 약해서 그랬던 것 같아!"

"아니, 명색이 대한민국 제일의 제약사 연구소장인 당신이 면이를 살릴 치료약 하나 만들어내지 못하고, 기껏 한다는 말이 아이를 흙 속에서 더럽히지 않아 면역력을 키우지 못한 탓이라니요!"

"당신이 내 뜻을 잘 몰라서 그런 거야. 인간이 만든 약은 한계가 있어. 병을 이기는 근본적인 힘은 자연에서 나오는 거야. 아이들을 너무 인위적인 환경에서 키우면서 약에 의존하게 만들면 나약해지는 거지. 청결이 중요하긴 하지만, 사람은 적당히 더러운 곳에서 살면서 악과 싸울 힘을 얻는 거야. 그게 내 교육철학이야!"

"내게 지금 철학 강의를 하는 거예요? 그 잘난 연구소장에서 쫓겨나니까, 더 이상 약이야기는 할 수 없고 흙이야기라도 해야 가장으로서의 위엄이 선다는 거지요? 흙에서 면역력이 생긴다면 제약사가 뭣 하러 있어요? 도대체 말이 되는 이야기를 해야지. 당신 정말 좀 이상해진 거 알아요?"

"내가 회사에서 쫓겨난 꼴이 되었다고 해서 내가 하는 말이 전부 이상하게 들리는 거야? 지금 내 처지가 나로 하여금 삶의 진정한 모습을 보게 해 준 거라고!"

"삶의 진정한 모습이라구요? '네 자신을 알라'고 한 소크라테스가 웃겠어요! 당신은 삶의 패배자라구요. 그리고 패배자인 스스로를 변명하고 정당화하려고 온갖 말을 늘어놓는 불쌍한 백수에요. 그게 당신 삶의 진정한 모습이라구요."

"왜 그렇게 내 뜻을 이해하지 못하는 거야? 나는 권이가 나처럼 되지 않도록 키우려는 거야!"

"권이가 커서 당신처럼 되지 않으려면, 흙속에서 뒹구는 교육이 아니라 하루라도 일찍 미국 가서 최고의 교육을 받게 해야 하는 거예요. 다니 아빠는 미국 버클리에서 공부해서 부모님과 정전무, 박전무의 마음을 훔쳤잖아요? 자식의 존경을 받지 못하는 아버지는 비참한 거예요. 권이가 흙속에서 뒹굴게 키운 아빠를 존경하겠어요? 아니면 미국 최고의 엘리트 교육을 받게 해준 아빠를 존경하겠어요? 제발 아이 키우는 데 분별 좀 하세요?"

"내가 미국 유학을 보내지 않겠다는 것이 아니라, 사람의 면역력 이야기를 하는 거야!"

"좋아요. 그렇게 면역력, 면역력하니까, 면역력 이야기를 합시다. 인간이 홍역, 천연두, 간염 등등에 대한 면역력을 어떻게 얻는 거예요? 인간이 만든 백신 약을 맞고 면역력을 얻는 거잖아요? 백신 안맞고 흙속에서 뒹군다고 면역력 얻어서 살아남는 거예요? 당신이한 번 그렇게 살아봐요!"

"그렇게 말하면 내가 무슨 이야기를 하겠어? 내 뜻은 인간이 만든약을 전적으로 거부한다는 것이 아니라, 병에 대한 근본적 저항력을자연에서 키운다는 것이야!"

"자꾸 말을 돌리지 말아요! 권이 교육을 어떻게 할 거예요? 나한테 아이 교육 모든 걸 맡기겠어요? 아니면, 그 어쭙잖은 철학으로아이 교육에 간섭하고 나오겠어요? 분명히 밝히세요!"

"권이가 당신 아이요? 우리 둘의 아이요? 그걸 분명히 합시다. 나는 그 아이 아버지요!"

"몸으로야 당신이 아빠지요. 그러나 정신적으로, 아니, 교육적으로는 아버지 자격이 없어요. 그런 줄 아세요."

"그럼 내가 권이에게 해 줄 수 있는 게 무어야?"

"뭐 해 줄 생각하지 말고, 그냥 가만히 있어요. 난 한시 바삐 권이를 미국으로 유학 보낼 거예요. 영어도 어릴 때 본토에서 배워야 해요."

"알겠어. 내가 머릿속이 어수선해서 밖에 나가 있을 테니, 당신은권이하고 먼저 저녁 먹도록 해요!"

3.

"여보! 당신 여동생 신은수를 어떻게 생각해요?"

"그게 또 무슨 소리야?"

"집에 불여우가 하나 들어오더니 새끼를 쳤어요."

"그게 무슨 소리야?"

"불여우가 새끼를 쳐서 은수도 불여우가 됐어요."

"새끼를 치려면 당신에게 칠 것이지, 왜 그리로 갔지?"

"새끼를 칠 때도 소질이 있는 쪽으로 치는 법이에요. 나는 불여우가 될 소질이 없으니까 시누이 쪽으로 간 거지요."

"나는 모든 여자는 불여우가 될 소질이 있다고 생각하는데."

"글쎄 말이에요. 은수는 어머님한테 붙어서, 다니 엄마가 날개 둘 달린 천사가 아니라 날개 넷 달린 천사장이라고 치켜세운다고 해요. 그 정도가 아니라, 당신이 물러빠졌기 때문에 바오로사의 선장은 다니 아빠가 되어야 한다고 해요."

"그런 얘기는 누구한테 들었어?"

"그야 뻔하지요. 위채 조씨 아줌마가 소상히 일러줘요. 조씨는 사실 그대로 전해주는 내 사람이에요."

"은수는 왜 다니 엄마를 올려주는 거야?"

"그것도 뻔하지요. 미술관을 하면서 바오로사와 짝짜꿍 맞춰 미술품 거래를 하면, 그런 수지맞는 장사가 없어요. 또 은수 남편 이서방이 하는 광고회사와 출판사는 바오로사로부터 수주 받아 짭짤한 수입을 올리고 있구요. 그러니 한 통속이 될 수밖에요!"

"비록 그렇다손 치더라도 나와 대수 사이가 안 좋은데, 하나 남은 여동생과의 사이까지 벌려놓는 이야기는 삼가는 게 현명하지 않을까?"

"당신, 정말 맞는 말을 했어요. 요즈음 집안에서 당신이 따돌림을 당하는데, 하나뿐인 여동생 은수만큼은 오빠를 감싸는 말을 해주어야 하지 않아요? 왜, 내 말이 틀렸나요?"

"당신이 콩가루 집안을 만드는구만."

"아니, 콩가루 집안을 내가 만드는 거예요? 두 마리 불여우가 만드는 거예요?"

"위채에서 보면, 당신이 불여우일 수 있어."

"불여우 짓을 하고 나면 뭔가 생기는 것이 있는 법이에요. 내가 지금 불여우 짓을 한다면, 내게 생기는 것이 무엇이 있어요? 나는 생기는 것 없이 그냥 사실을 말하는 거지요."

"당신이 자꾸 그러면 내가 힘들어져. 내 처지에 요즈음 당신이 하는 이야기를 들으면 몸속의 진액이 다 빠져버려. 날 좀 살려줘."

"사람은 적당히 더러운 곳에 있어야 악에 대한 저항력을 키운다면서요? 그게 당신 철학이잖아요!"

"적당한 정도를 넘은 거란 말이야!"

"아직 적당한 정도에 이르지도 못했어요. 더 심한 이야기를 해줄게요. 조씨 아줌마가 들려준 거예요. 은수가 어머님한테 제안하기를, 다니네를 수화장 아래채에 들어와 살게 하고, 우리 살림을 밖으로 내치자고 하더래요! 어떻게 그런 끔찍한 말을 할 수가 있어요!"

"정말로 우리 집안에서 끔찍한 일이 벌어지고 있는 거구만!"

"아무래도 콩가루 집안이 될 것 같아요. 은수가 수상해요. 장태림 화백과 노상 어울려 다니는 것이 심상치 않아요."

"그게 또 무슨 말이야?"

"미술계에 파다한 소문이에요. 은수와 장화백이 그렇고 그런 관계라는 거예요. 그리고 내겐 여자로서의 직감이 있어요."

"직감은 그렇다 치고, 당신이 미술계 소문을 어떻게 알지? 그것도 조씨 아줌마가 일러주는 건가?"

"내가 리조트를 그냥 하는 건줄 알아요? 내로라하는 마나님들이 내 리조트로 온단 말이에요. 여자들이 제일 수다 떨기 좋아하는 화제가 뭔지 알아요? 남녀 사이의 그렇고 그런 관계예요. 당신도 여자 관계하면서 완전범죄라고 믿는다면 오산이에요. 백에 백은 내게 직통으로 걸려든단 말이에요."

"이왕 콩가루 집안 되는 김에 나도 한 몫 해 볼까?"

"농담하지 말아요. 우리 코가 석잔데, 무슨 농담할 여유가 있어요?"

"농담이 아니라, 우리 집안이 너무 비참하게 무너지는 것 같아서 내 자신을 조롱하고 싶어진 거야!"

"무너지는 건 우리 쪽이에요. 같은 집안에서도 무너지는 쪽이 있고, 세우는 쪽이 있는 거예요. 대수와 은수는 우리를 무너뜨리고, 자기들을 세우는 거예요. 가까운 친형제들이 그렇게 무서운 거예요. 이제라도 우리가 정신차려야 해요."

"내가 지금 무너질 듯해서 밖에 잠시 나가 있을 테니, 당신은 권이하고 먼저 저녁 먹도록 해요!"

4.

"아빠! 물어볼 게 있어요."

"아빠가 뭐냐. 너도 이제 제법 컸는데, 아버지라고 불러야지."

"맞아요. 아버지라고 할게요. 근데 엄마는 어머니라고 부르기보다 엄마라고 하는 걸 더 좋아하세요. 엄마와 아버지는 생각하는 게 달라도 너무 다른 거 같아요."

"알겠다. 물어보고 싶다는 게 무엇이냐?"

"화내지 마세요. 아버지는 흙을 묻히고 살아야 건강한 사람이 된다고 하셨는데, 엄마는 몸을 흙으로 더럽히지 말라고 하세요. 누구 말이 맞는 거예요? 아니, 제가 누구 말을 따라야 하는 거예요?"

"음, 그게, 나하고 엄마하고 이야기가 있었단다. 영리한 네가 말을 잘 했다. 누구 말이 옳은 게 아니고, 누구 말을 들을 것인가가 문제란다. 네가 엄마 말을 듣고 자라는 게 좋다는 결론을 내렸다."

"알겠어요. 그리고 우리 집안에 불여우가 두 마리 있다는데, 그게 무슨 말이에요? 할머니, 할아버지를 만나면 우리 집안에 천사들이 있다던데요."

"사람 사는 집안에 무슨 불여우가 있고, 천사들이 있겠니? 우리 집안에는 그저 사람들이 사는 거란다."

"그럼 불여우가 산다는 엄마와 천사가 산다는 할머니가 거짓말을 하는 건가요? 저보고 거짓말하지 말라고 하시면서, 어른들은 거짓말해도 되는 건가요?"

"엄마와 할머니는 거짓말을 하는 것이 아니라 착각을 하는 거란다."

"저는 어른이 되어서도 착각 같은 건 하지 않겠어요."

"그래, 그래야 훌륭한 사람인 거지. 사람은 꼭 훌륭한 일을 해서 훌륭한 것이 아니라 착각하지 않고 살아가는 것만으로도 훌륭한 거란다."

"그렇다면 훌륭한 사람이 되는 건 쉬운 거네요. 착각하지 않는 것만도 훌륭한 거니까요."

"권이야, 착각하지 않는다는 것이 그리 쉬운 일이 아니란다."

"두 눈 뜨고 똑바로 보면 착각하지 않잖아요? 어떻게 불여우와 천사, 사람 사이를 착각할 수 있어요? 그건 착각이 아니라 장님인 거예요."

"눈으로 볼 때 착각하는 것도 있지만, 머리로 생각할 때 하는 착각도 있단다. 네가 어른이 돼도 착각하지 않는 법을 가르쳐 줄까?"

"예, 가르쳐주세요."

"저기 우리 집 연못을 보아라. 저 연못에 고인 물이 썩지 않고 신선하게 있을 수 있는 이유가 무엇이겠니?"

"말씀해보세요."

"보이지는 않지만, 연못 위에서 끊임없이 조금씩 새 물이 들어오고, 연못 아래로 끊임없이 고인 물이 조금씩 빠져나가면서 연못이 썩지 않는 것이란다."

"아버지 말뜻을 알아듣겠어요. 사람도 끊임없이 새 것을 받아들이고 옛 것을 조금씩 내보내면서 착각을 하지 않게 된다는 말씀이지요?"

"그래, 내 말을 잘 알아들었구나. 내 아들, 참 영리하기도 하지!"

"그런데 아버지! 엄마가 그러시는데, 내년에 제가 미국으로 유학을 떠나야 한다는데요. 우리 가족 모두 같이 가는 거예요? 나 혼자 가는 거예요?"

"너 혼자 가는 거란다."

"싫어요. 전 엄마, 아버지와 헤어져 미국가는 거 싫어요. 다니네는 어떻게 식구가 모두 미국에서 공부할 수 있었어요?"

"엄마는 네가 미국에서 좋은 교육받고 좋은 사람되기를 원해서 그러는 거란다. 다니네는 다니 부모님이 젊었을 때 미국가서 함께 살 수 있었던 거란다."

"아버지, 그런데 다니와 현애는 미국에서 살다 와서 그런지 착각을 많이 해요. 미국생활과 한국생활 사이에서 헷갈리는 것 같아요. 아버지는 착각하지 않고 사는 게 훌륭하다고 말씀하셨잖아요? 제가 미국에서 살다가 와서 다니와 같은 착각을 하게 되면 어쩌지요?"

"다니가 착각을 한다니, 어떤 것을 말하는 거니?"

"다니는 좋아하는 걸 필요하다고 말해요. 사실 그게 착각인지 아닌지는 잘 모르겠지만, 저는 그런 말을 들을 때마다 마음이 불편해요."

"네가 그렇게 말하게 된다면 큰일이로구나! 네가 할아버지 앞에 가서 '저는 할아버지를 좋아해요'라고 하지 않고, '저는 할아버지가 필요해요'라고 말한다면, 나도 마음이 불편해질 것 같다."

"그러니까 저를 미국으로 유학 보내지 마세요. 부탁이에요."

"알겠다. 너를 미국 유학 보내지 않을 방법을 생각해볼 터이니까, 너는 엄마하고 먼저 저녁을 먹도록 해라!"

신성수는 가족과 함께 저녁 먹는 날이 점차로 줄어든다.

제61화
신성수가 가습기 살균제 사건으로 애통해하다.

1.

　신성수가 TV 뉴스를 보고 있다. 긴급뉴스가 방송되고 있는 중이다. "최근 원인을 알 수 없는 폐질환으로 사망자가 속출하는 가운데, 질병관리본부는 금일 오전 10시에 그 원인이 가습기 살균제 사용에 있다는 추정 결과를 발표하였습니다. 이러한 추정에 따라 질병관리본부는 시중에서 판매되고 있는 모든 가습기 살균제에 대하여 수거명령을 내리고, 국민들에게 모든 가습기 살균제의 사용을 중단하도록 경고하였습니다. 본 방송국이 조사한 바에 의하면, 소비자의 대부분은 바오로 헬스케어사가 제조ㆍ판매하고 있는 '가습기 올클린업'이라는 제품을 구입해서 사용하고 있는 것으로 확인되고 있습니다. 시청자들에게 재차 보도합니다. 가습기 살균제 사용을 중단하시기 바랍니다."

　신성수는 화들짝 놀란다. 앉아서 TV를 멀끔히 보고 있다가, 긴급뉴스 보도에 아연실색하면서 일어나 TV를 노려본다. 피임약 엠브론 약화사고가 발생한지 약 4년 만에 바오로사가 제조한 상품이 또다시 끔찍한 사고를 일으킨 것이다. 동생 신대수는 미국에서 귀국한 직후 바오로 건강식품회사의 경영을 맡았다. 동생은 건강식품회사를 '바오로 헬스케어(Health Care)'로 사명을 바꾸고, 건강기능식품 이외에 생활건강용품까지를 생산·판매하는 사업체로 확장하였다. 생활건강용품으로는 비누, 치약, 각종 세제, 화장실 소독제 등을 취급한다. 2년 반 전부터는 '가습기 올클린업'(All-Cleanup)이라는 가습기 살균제를 생산하기 시작했는데, 이 제품이 인기가 좋아서 가습기 살균제 분야의 시장을 석권하게 되었다. 가습기 올클린업은 바오로 헬스케어사의 이른바 효자상품이다. 그런데 바로 이 효자상품이 앞으로 회사에 밀어닥칠 쓰나미의 진원지가 된 것이다.

　5개월 전 쯤 서울의 어떤 대학병원 중환자실에 급성호흡부전을 주된 증상으로 하는 중증폐질환 환자의 입원이 증가하면서 다수의 사망자가 발생하였다. 병원 측은 환자들의 폐질환 원인을 규명하지 못하게 되자, 이 사태를 심각한 것으로 판단하고 질병관리본부에 보고하는 한편 역학조사를 요청하였다. 질병관리본부는 문제의 대학병원 이외에 유사한 사태가 발생한 다른 대형병원들을 포함하여 전국적 규모로 역학조사를 실시한 결과, 그 원인이 가습기 살균제 사용에 있는 것으로 추정하고, 그 사용 중단을 공표하기에 이른 것이다. 신성수는 가만히 있을 수 없었다. 사태의 전말을 소상히 알아야 하고, 무엇보다도 환자들이 처한 현장을 제 눈으로 확인해야 한다고 생각했다. 무언가 엄청난 사고가 발생한 것은 틀림없는데, 그 실상이 과연 어떠한가를 파악해야 했다. 그는 소피아 대학병원 감염내과 의사인 절친 백교수에게 전화하여, TV 긴급뉴스 보도내용을 문의한다. 소피아 병원 부원장 직책에 있는 백교수 역시 그 TV 뉴스를 보자마자 소집한 병원 관계자 긴급회의 석상에서 성수의 전화를 받는다. 백교수는 긴말하지 않고, 성수에게 소피아 병원으로 내방하라고 한다.

성수가 소피아 대학병원에 도착한다. 그동안 회의를 끝낸 백교수가 호흡기내과의 김교수와 함께 성수를 맞이한다. 소피아병원에도 원인불명의 급성폐질환 환자가 여섯 명 입원해 있고, 지난 열흘 간 이 질환으로 사망한 환자가 두 명이나 된다고 한다. 성수는 두 교수의 안내로 폐질환 환자가 치료받고 있는 호흡기내과 중환자실에 들어선다.

2.

호흡기내과 중환자실이다.

"우선 여기서 설명하겠습니다. 저기 왼편 여섯 병상에 누워있는 환자들이 원인불명의 폐질환으로 치료받고 있는 중입니다."

김교수는 환자 보호자들이 듣지 못하도록 멀찍이서 손으로 가리키면서 조용조용 말한다. 성수가 그 쪽을 바라본다. 환자 모두가 인공호흡기를 달고 있다. 잠을 자는지 의식이 없는지 모두들 죽은 듯 누워있다. 침대 네 곳에 보호자가 붙어 있다. 두 명의 보호자는 졸고 있고, 다른 두 보호자는 환자를 물끄러미 쳐다보고 있다. 네 명의 보호자는 병간호에 지친 기색이 역력하다. 얼굴이 무표정하고, 젊은 보호자건 늙은 보호자건 간에 수심에 겨워 패인 얼굴주름이 서글퍼 보인다. 김교수가 설명을 계속한다.

"저 보호자들은 아직 질병관리본부가 발표한 긴급뉴스를 모르고 있습니다. 이 병실에 가습기를 5대 가동하고 있었는데, 긴급뉴스 보도 직후 가습기를 모두 치워 버렸습니다."

성수가 질문한다.

"저 환자들의 증상은 어떤가요?"

"맨 왼편 두 침대의 환자는 다섯 달 전에 출산한 20대 산모와 산모가 출산한 남자 아이입니다. 폐섬유화가 급속히 진행되고 있습니다. 영아는 사경을 헤매고 있습니다. 산모도 위중합니다. 그 옆 침대는 야구선수인 30대 환자입니다. 폐섬유화 말기 증상을 보이고 있습니다. 나머지 세 침대는 차례대로 80대 노인, 30대 초반의 임신부, 7살 된 어린이입니다. 증상이 같아서 아이들도 호흡기내과에서 치료하고 있습니다. 환자 모두가 폐섬유화로 인해 호흡이 곤란해서 인공호흡기에 의존하고 있습니다."

"섬유화된 폐는 회복될 수 없습니까?"

"섬유화로 한번 굳어진 폐는 폐이식 외에는 정상적으로 회복되기 어렵습니다. 폐섬유화는 수많은 허파 꽈리가 두꺼워지고 굳어져서 산소교환이라는 제 기능을 하지 못하게 되는 증상입니다. 결국에는 호흡을 못해 사망하게 되는 거지요."

"처음에는 어떤 증상으로 입원했나요?"

"다들 급성호흡부전으로 병원에 옵니다. 천식이나 호흡발작을 수반하기도 하지요. 일반 병실에 입원했다가, 폐에 구멍이 보이고 폐가 굳어지는 섬유화 증상이 심해지면 중환자실로 들어오게 됩니다. 처음에는 폐렴을 의심해서 각종 검사를 해보았는데, 저 여섯 환자는 원인불명으로 치료방법을 찾아낼 수가 없었습니다. 병원균이 폐섬유화를 야기한 것이 아닐 수도 있기에, 박테리아나 바이러스 감염 이외의 다른 원인을 찾아보았으나 밝혀내지 못했습니다."

"환자를 가까이에서 보아도 되겠습니까?"

"그러지요. 이리로 오십시오."

성수는 맨 먼저 산모에게 다가간다. 인공호흡기에 의지해서도 호흡을 힘들어 한다. 숨을 이어가는 것만으로도 심히 고통스러운 표정을 짓고 있다. 산모의 코와 눈 주변에 보이는 염증을 가리키면서 성수가 묻는다.

"이건 무슨 증상입니까?"

김교수가 나지막이 대답한다.

"코와 눈도 유해물질에 노출되면 염증을 일으킵니다. 환자의 콧속에서는 비강섬유화증상이 관찰되고 있습니다."

"지금 치료는 어떻게 하고 있습니까?"

"아까 말씀드렸듯이 원인을 모르는 질환인지라, 이렇다 할 치료를 하지 못하고 있습니다. 우리로서는 원인불명의 불치병으로 간주하고 있었습니다."

백교수가 제안한다.

"신소장, 이제부터는 내 방에 가서 이야기를 나누는 것이 어때?"

"마저 환자들을 보고 나가세!"

성수는 남은 환자들을 세심히 살펴보고 나서 두 교수를 따라 중환자실을 나선다.

백교수의 연구실에 세 사람이 앉았다. 백교수가 김교수에게 묻는다.

"알 수 없는 폐질환의 원인을 질병관리본부는 어떻게 가습기 살균제 사용에 있다고 추정하게 되었을까요?"

"곡산 대학병원 호흡기내과에 진교수라는 분이 있습니다. 그 분이 폐섬유화증상의 원인으로 가습기 살균제를 의심하고 연구한 결과를 1년 전쯤 학회에서 발표한 적이 있습니다. 그 후로 몇몇 의사가 이러한 관점에서 연구를 계속하였습니다. 질병관리본부도 이러한 연구동향을 알고서 가습기 살균제에 무게를 두고 역학조사를 실시한 것이 아닌가 합니다."

이번에는 성수가 김교수에게 묻는다.

"그 진교수의 학회 발표내용이 어떤 것이었는지 기억하시나요?"

"가습기 물통의 물을 자주 갈아주지 않고 방치하면 폐렴의 원인이 되는 레지오넬라균과 같은 독성박테리아가 번식하게 됩니다. 그리고 물통에 물때가 끼게 되지요. 그러니까 가습기를 수시로 세척해주어야 합니다. 건강용품 개발회사들이 이 점에 착안하여 가습기 물통 안을 살균·세척하는 용액을 만들어서 판매하게 되었습니다. 가습기 사용자들이 너나할 것 없이 이 제품을 구입하게 된 것은 당연하지요. 그런데 이 용액이라는 것이 박테리아 살균제이니까, 그 성분의 과학적 명칭은 지금 생각나지 않지만, 유해 화학물질일 것은 틀림없고, 따라서 가습기가 초음파로 공기 중에 쏘아낸 유해 물입자를 코로 흡입한 사용자는 폐에 손상을 입게 되겠지요. 상식이 있는 사람이라면 얼마든지 과학적으로 추정할 수 있는 결론인데, 모두들 그런 의심을 하지 않고 막연히 사용한 것이 문제입니다. 진교수는 그런 의심이 들자 본격적으로 역학적 연구를 해서 자신의 주장을 학회에서 발표하게 된 것입니다."

"가습기 사용은 이제 일반화되지 않았습니까? 김교수님도 댁에서 가습기를 틀고 살지 않습니까? 또 살균제도 사용하구요! 그런데 누구는 폐질환에 걸리고, 또 다른 누구는 왜 멀쩡합니까?"

"맞습니다. 저도 좀 전에 집에 전화해서 가습기를 치워버리라고 했습니다. 아파트 생활이 편리하기는 하지만, 단점도 있습니다. 겨울철 난방시즌에는 실내가 매우 건조해서 가습기를 틀고 공기의 습도조절을 합니다. 아파트에 사는 사람들 대부분이 그럴 겁니다. 질병관리본부의 이번 경고를 놓고 추측해 보자면, 겨울철 24시간 내내 살균제를 넣은 가습기에서 뿜어져 나오는 독성 화학물질이 폐에 장기 축적되어 폐질환이 발생하게 됩니다. 가습기 살균제 사용자는 모두 증세의 강약에 차이가 있을 뿐, 폐에 손상을 받았을 것입니다. 우리 세 사람도 드러나지 않아서 그렇지, 경미하나마 호흡기 손상이 있을 겁니다. 다만 영유아, 임산부, 노인처럼 체력이 아주 약한 사람들이 맨 먼저 희생자가 됩니다. 머리맡에 가습기를 쉴 새 없이 틀어놓고 습도조절에 극성을 떨던 사람일수록 피해가 클 것입니다. 지금이라도 그 원인이 밝혀져서 가습기 살균제 사용을 중단하게 되었으니, 천만다행입니다."

"신체 건강했을 그 야구선수는 어떻게 된 것일까요?"

"그 환자는 독감으로 오래 폐렴을 앓았는데, 가습기 살균제 피해가 겹친 것으로 생각됩니다."

"환자들 치료비는 어떤가요?"

"원인불명인 질환이어서 기본적으로 건강보험이 적용되지 않습니다. 환자 개인의 치료비 부담이 상당합니다. 그 야구선수는 폐섬유화 초기에 관련부위 제거수술을 받아서 수술비까지 포함하여 현재 1억5천만 원이 넘는 병원비를 부담하고 있습니다."

"폐이식 수술은 어떻습니까?"

"폐이식 수술에는 2억 원 가량이 소요됩니다. 수술비보다도 폐라는 장기를 제공받기가 어렵다는 게 문제지요."

"환자들의 의료비 부담이 만만치 않아서 걱정입니다."

"가습기 살균제로 가장 널리 팔리는 제품이 바오로 헬스케어사의 올클린업이라고 합니다. 여기 오면서 회사 영업부서에 알아보았습니다. 지난달까지 대략 350만 병이 팔렸다고 하더군요. 앞으로 바오로사에 형사문제, 손해배상문제, 회사이미지 실추 등등 엄청난 태풍이 몰아칠 것입니다. 회사가 존망의 기로에 처하게 되지나 않을까 두렵습니다."

백교수가 성수를 안심시키려 한다.

"신소장, 너무 두려워하지 말고, 사태의 귀추를 눈여겨 보기로 하세나! 여태까지 숱한 역경을 극복해오지 않았나!"

"백교수, 격려해주어 고맙네! 또 중환자실 현장도 보여주어서 재삼 감사하네. 앞으로 가습기 살균제 피해규모가 어느 정도인지, 누가 어떤 책임을 져야 하는지, 피해수습을 어떻게 해야 할지, 바오로사가 어떤 처지에 놓이게 될지 등등 산적한 문제에 직면하게 될 걸세. 자네 말대로 귀추를 주의 깊게 살펴보겠네. 내가 또 궁금한 점이 있으면 소피아병원으로 올 테니, 계속 도와주기 바라네."

"물론이지, 언제든 연락하고 찾아와도 좋고, 전화로 궁금한 것을 물어봐도 좋네."

성수는 소피아병원에서 볼일을 마치고 수화장으로 돌아간다.

3.

정부는 즉시 피해조사에 나선다. '가습기 살균제 피해자와 가족 모임'이 결성되고, '환경보건시민센터'가 행동을 개시한다. 살균제 제조 · 판매회사를 상대로 손해배상소송이 제기되고, 회사 임원들이 업무상 과실치사 혐의로 검찰에 형사고발된다. 피해 집계에는 공식, 비공식의 차이가 있으나, 사망 피해자 231명, 생존 피해환자 1500여 명, 잠재적 피해자라고 할 수 있는 가습기 살균제 사용자가 800여만 명으로 추산되었다. 가습기 살균제 사건은 유독 한국에서만 발생했다. 유해 살균제를 호흡기로 흡입하는 제품으로 제조·판매한 국가는 대한민국이 유일하다. 외국에서는 안전성의 이유로 그러한 제품 판매가 허용되지 않았다.

　바오로 헬스케어사에 태풍이 몰아친다. 피해자 측이 손해배상소송을 제기하고, 검찰이 수사에 착수하여 대표이사 신대수 사장과 건강식품 및 생활건강 연구소 홍민 소장, 영업담당 정찬욱 전무에 대한 구속영장을 청구한다. 가습기 올클린업 제품이 '인체에 무해하며, 흡입해도 안전하다'라는 결론으로 실험보고서를 조작한 경천대학교 독성학연구소장 최모 교수가 뒷돈을 받은 혐의로 긴급체포된다.

　신성수가 다시 소피아 대학병원을 찾는다. 지난 번 방문한지 닷새만이다. 김교수가 그를 호흡기내과 중환자실로 안내한다. 중환자실 안의 분위기는 닷새 전과 판이하다. 침대마다 보호자가 서너 명씩 붙어있다. 폐질환의 원인을 알게 된 환자 보호자들은 분노와 원통함과 자책이 뒤엉킨 행동양태를 보인다. 무기력한 기색에 무표정한 얼굴을 보였던 보호자들이 '이대로 있을 수 없다, 무언가 해야 한다'라는 결연한 자세로 돌아섰다. 의식이 없는 환자에게 무어라고 속삭이고 있는 보호자, 여럿이 모여 수군대는 보호자들, 간호사에게 소리지르고 있는 보호자, 실태조사를 하고 있는 시민단체 멤버 등이 뒤섞여, 중환자실 안은 수선스럽기 짝이 없다. 맨 왼편 두 병상이 비어있는 것을 보고, 성수가 묻는다.

"김교수님, 저 왼편 두 침대에 있던 환자는 어떻게 된 겁니까?"

"거기는 20대 산모와 5개월 된 영아가 누워있던 자리지요. 영아는 그저께 사망하고, 산모는 어제 사망했습니다."

"그러면 산모와 영아를 위한 빈소가 차려졌겠지요?"

"그렇습니다. 병원 장례식장에 마련되어 있습니다."

"저와 함께 그리로 가보십시다."

두 사람은 장례식장 6호실에 들어선다. 유족들이 한편에 앉아 성토하고 있다.

"정부와 회사가 처음에는 요리조리 발뺌하고, 사건을 뭉개버리려고 했다지. 공무원 놈들하고, 회사 놈들을 감옥에 쳐 넣어야 해. 가습기 살균제가 안전하다고 떠들던 그놈들 감방마다 살균제 세 통씩 넣은 가습기 열대씩을 틀어주어야 해."

"애를 낳자마자 둘이 병치레를 하는 통에 경황이 없어서 애 이름조차 지어주지 못 했다지!"

"애 아빠가 입은 피해는 어떻게 배상받아야 하는 거야? 정부에서 받아내는 거야? 아니면 살균제 판매 회사야? 오지게 받아내야 해!"

유족들 앞쪽에 사망한 산모의 남편이자 사망한 영아의 아버지인 20대 후반의 남자가 엎어져있다. 그는 망연자실 오열하는 중이다. 그가 간간이 내뱉는 신음 반, 자꾸 내지르는 절규 반의 소리가 들려온다.

"내가 무식했지! 건강에 좋다고 사다 준 게 독약이라니! 내가 어찌 그럴 수가 있었을까!"

"내가 잘못했지! 잘못했어. 게을러빠진 내가 애와 애 엄마 코앞에 가습기 틀어주는 건 왜 그리 열심이었는지 몰라! 내가 돌았어."

"나쁜 놈들! 정말 나쁜 놈들! 돈벌이에 환장한 놈들! 가습기 살균제 사랑이 가족 사랑이라고 광고에 열 올리던 놈들, 다 나가 뒈져라! 살균제에 튀겨버릴 놈들!"

"아! 아파, 내 마음이 아파!"

"애도 불쌍하고, 애 엄마는 더 불쌍하고! 아이가 자기와 같은 폐질환으로 죽어간다는 말을 듣고, 자신이 대물림하는 유전병인 줄로 생각해서 말없이 가슴 치며 눈물만 삼키던 우리 숙이! 숙이가 불쌍해!"

"살려내라, 살려내라! 숙이를 이대로는 못 보낸다."

참극이다. 성수는 김교수를 호흡기내과 병동으로 돌려보내고, 혼자 남아 이 참상을 계속 목도한다. 그는 무엇을 하든 그 본질에 다가가려면 혼자 해야 한다는 지론을 갖고 있다. 즐기는 일조차 제대로 즐기려면 혼자 해야 한다고 생각한다. 옆에 신경 쓰이는 사람이 없어야 한다. 영화도 혼자 보고, 여행도 혼자 가고, 심지어 밥도 혼자 먹으려 한다. 그는 독립 독행(獨行)하는 나홀로 족이다. 그는 잠시 바람을 쐬려고 장례식장을 나와 야외 벤치에 앉는다. 맞은 편 벤치에 40대 남자 한 사람이 담배를 피우고 있다. 깊이 들이마셨다가 길게 내뿜는 연기를 보면서 성수는 끊었던 담배를 피우고 싶어졌다. 그 남자에게 가서 담배 한 대를 청한다. 성수가 그 옆에 앉아 담배를 피운다. 폐 깊숙이 담배연기를 들여 마셨다가 한숨이라도 쉬듯이 연기를 내쉰다. 순간 머리가 핑 돈다. 자신처럼 탄식하듯 담배를 피우는 성수를 보고 옆의 남자가 연민을 느낀 모양이다. 담배 피우는 사람끼리는 연대감이 있다. 그렇게 끊으려 해도 끊지 못하는 담배, 몸에 해롭기 짝이 없다는 것을 알면서도 어쩌지 못하는 담배, 죄인 취급받고 스스로도 죄책감에 젖어 피우는 담배, 하루 세 대로 자제한 담배를 스트레스에 못 견뎌 네 번째 뽑아들고 피울까 말까 망설이는 담배, 피우지 않고는 죽을 것 같아 입에 문 담배! 담배 한 개비는 어쩔 수 없이 저지르는 잘못이지만, 한 개비 연기에는 어쩔 수 없이 솟구치는 번민이 한 가마 가득 뿜어져 나온다. 뻥 뚫린 마음의 번민을 담배 한 모금에 가득 담아 털어버린다. 담배피우는 사람들은 서로서로 그렇고 그런 마음을 잘 안다. 서로를 불쌍히 여기면서 뻐끔거린다. 비흡연자는 흡연자를 경멸하고 증오하지만, 흡연자는 흡연자를 동정하고 용서한다. 흡연자끼리는 가련한 동지애가 있다. 흡연자는 담배갑에 남은 마지막 한 개비를 동지에게 기꺼이 내어 준다. 이런 담배를 받아 피우는 성수에게 흡연 동지가 말을 건넨다.

"누가 돌아가셨습니까?"
"아이가 그저께 그리고 집사람이 어제 죽었습니다."
"둘씩이나요? 교통사고였습니까?"
"아닙니다. 가습기 살균제 때문입니다."
성수는 자신이 왜 거짓말을 하는지 알 수가 없다. 사람들이 거짓

말을 하는 데에는 이익을 얻기 위해서, 곤란한 처지를 모면하기 위해서, 잘못을 덮어버리기 위해서 따위의 이유가 있다. 그래서 거짓말을 들은 사람에게는 꼭 그 이유를 캐내고자 하는 습성이 발동한다. 그러나 이유 없이 거짓의 가면을 쓰는 경우도 있다. 이유를 모른다고 하지만, 사실 깊숙한 이유가 숨어있다. 성수가 거짓말을 하는 데에는 아내와 자식을 잃은 장례식장 6호실의 상주인 남자의 처지를 마치 자신의 것인 양 공감하고 싶어하는 연민의 정이 있다. 성수는 그 남자와 똑 같이 신음하고 분노하고 한탄하고 슬퍼하고 싶어하는 것이다. 너와 내가 없이 우리가 하나됨에 빠져들어가고 싶어하는 것이다. 그가 당한 참극이 내가 당한 참극으로 투영되기를 원하는 것이다. 성수는 다정다감한 사람이다. 가습기 살균제 사용으로 피해를 입은 사람들의 처지에 감응하여 꼭 같이 애통해하는 사람이다. 그런 그가 다른 한편으로는 가습기 살균제를 제조·판매한 회사의 사주와 한 가족이다. 그는 비록 그 제품에 대해 직접책임자는 아닐지라도 연대책임자라고 할 수 있는 사람이다. 적어도 성수에게는 그러한 연대책임의식이 있다. 성수가 6호실 남자가 당한 참상에 공감한다면, 성수에게는 묘하게도 가해자이면서 피해자라는 의식이 혼재되어 있다. 가습기 살균제 피해자라는 성수의 답변을 듣고, 흡연 동지가 눈을 크게 뜨면서 몸을 가까이 붙인다.

"죽은 아이 삼일장은 하지 않으시는 거지요? 오늘이 삼 일째인데요."

"아이 장례를 하더라도 애 엄마와 함께 하려고 합니다."

"저도 가습기 살균제 피해자입니다. 하나뿐인 딸아이가 죽었습니다. 일곱 살 먹은 아이입니다. 댁은 장례식장 몇 호실 상주신가요? 저는 3호실입니다."

"저는 6호실입니다."

"제 딸이 죽은 지 나흘째인데, 저는 장례를 치르지 않고 항의투쟁하고 있습니다."

"저도 그럴 작정입니다. 그렇지만 정신이 없어서 무얼 어떻게 해야 할지 모르겠습니다."

"아직 피해자모임에 가입하지 않으셨나요? 그 모임이 아주 조직적으로 움직이고 있습니다. 꼭 가입하세요."

"그래야지요. 가입한 피해자가 많습니까?"

"사망한 피해자 가족만도 150가구가 넘게 가입했습니다. 6호실은 애와 애 엄마 두 사람이 세상을 떠났으니, 피해자 치고도 드문 케이스입니다. 가만히 계셔서는 안 됩니다."

"그럼요! 정신을 수습하고 나면, 진상규명과 사태해결에 제가 앞장설 겁니다. 같이 투쟁하십시다. 인사드리겠습니다. 저는 신성수라고 합니다."

"저는 안지환이라고 합니다. 함께 힘을 모으십시다. 그런데 잠은 잘 주무시나요? 저는 아이가 죽은 후로 거의 잠을 자지 못하고 있습니다. 하루에 한 두 시간이나 자는지 모르겠습니다."

"저도 잠을 잘 못자고 있지만, 어떻게 한 두 시간을 자고 버티실 수 있습니까?"

"아마 체내에도 비상발전기가 있는 모양이지요. 며칠이나 더 가동될지 모르겠습니다."

"제대로 투쟁하자면 건강하셔야지요. 심신을 잘 추스르시기 바랍니다."

"몸을 건사하기보다 감정을 다잡기가 훨씬 더 어려운 것 같습니다. 딸아이가 죽은 초기에는 원망이랄까 자책감이랄까, 속앓이를 심하게 했습니다. 그 후에는 분노가 걷잡을 수 없이 치밀어 오르더군요. 지금은 슬픔만이 남았습니다. 상처 난 마음의 종착지는 슬픔이 아닌가 합니다. 이젠 고뇌, 원한, 증오, 분노, 절망, 체념이 걸러지고 마지막에 슬픔만이 남아있는 사람의 얼굴표정을 알아볼 수 있을 듯합니다. 혹시 제게도 그런 표정이 보이는지 궁금합니다."

"실례지만, 직업이 어떻게 되십니까?"

"컴퓨터 프로그래머입니다. 회사에 출근 못한 지 두 달이 넘었습니다."

성수는 3호실 상주의 얼굴을 찬찬히 뜯어보면서 묻는다.

"제가 댁의 얼굴에 어떤 감정이 담겨 있는지, 마지막에 슬픔의 표정만이 남아 있는지, 읽어볼까요?"

"혹시 직업이 임상심리학자이신가요?"

"그렇진 않습니다만, 꼭 요리사만이 음식 맛을 오미(五味)로 분간할 수 있는 건 아니지요. 인생의 온갖 영화와 신산(辛酸)을 겪고 나면, 얼굴에 실려 있는 이십칠미(二拾七味)를 읽을 수 있게 되지요!"

"댁은 영화는 맛보았어도 신고를 겪은 사람 같지는 않은데요."

"그렇게 보일 겁니다. 그러나 가습기 살균제 피해를 겪으면서 얼굴 감식안 9단의 경지에 올랐습니다."

"그럼 제 얼굴을 한번 감식해주세요!"

"감식에 시간이 좀 걸립니다."

"예, 좋습니다. 미남 얼굴은 아니지만, 천천히 음미해 보시지요. 그런데 얼굴의 이십칠미는 무엇 무엇입니까?"

"쾌, 불쾌, 희망, 절망, 경탄, 경멸, 사랑, 증오, 확신, 의심, 기쁨, 고통, 분노, 축복, 저주, 탐욕, 허망, 연민, 시기, 겸허, 자만, 태평, 초조, 경악, 공포, 불안, 슬픔이라는 스물일곱 가지 맛입니다."

"어떻게 스물일곱 가지나 되는 걸 다 기억하고 분간하실 수 있습니까?"

"그렇게 될 수 있기까지의 삶은 축복이 아니라 저주입니다."

"하긴 가습기 살균제로 피해를 입고 보니, 삶이 저주라는 생각이 듭니다."

"자! 이제 얼굴 감식을 시작하겠습니다. 제 질문에 가급적 담담하게 대답하시고, 편안한 얼굴을 하고 계세요. 누구를 사랑한 적이 있나요?"

"그럼요! 제 딸과 아내입니다. 변함없이 사랑합니다."

상대방 얼굴은 거룩하고도 그윽한 표정이 된다.

"살아오시면서 제일 기뻤던 때가 언제였습니까?"

"딸아이가 태어났을 때입니다."

대답하는 상대의 얼굴에 웃음이 번진다. 두 눈가가 내려가고, 입매가 귀에 걸린다.

"가장 자랑스러웠던 때는 언제였나요?"

"아이가 그림그리기 대회에서 최우수상을 받아왔을 때입니다."

상대방의 얼굴에 잔잔한 미소가 번진다. 안색이 밝아진다.

"가장 어려웠던 때는요?"

"호흡곤란으로 입원한 딸이 원인모르는 질병에 시달리면서 죽음을 기다린다는 것을 알았을 때였습니다. 그 땐 절망에 몸부림친 때입니다."

상대방의 얼굴이 찡그려지고 굳어지고 양미간이 좁혀진다. 안색이 어두워진다.

"가장 화가 난 때는 언제입니까?"

"아이가 죽은 원인이 가습기 살균제 사용에 있다는 것을 알게 된 때입니다. 그 살균제를 만들어 판 사람들을 잡아 죽이고 싶었습니다."

상대방의 동공이 크게 확장되면서 입매가 무섭게 다져지고 얼굴색이 벌게진다.

"언제 제일 마음이 아팠습니까?"

"아이의 폐섬유화가 심해지면서 죽음에 이르기까지를 속수무책 지켜보던 두 달간입니다. 그 두 달이 제겐 이십 년처럼 흘렀습니다. 그 사이 제 머리도 쉬었습니다."

상대방은 숨을 내쉬면서 허탈한 표정을 짓는다. 두 손으로 머리를 뒤로 쓸어 넘긴다. 불쌍하게도 안지환의 삶에 있어서 최고의 순간과 최악의 순간은 딸아이에게 모아져 있었다. 그런 그에게 그런 딸이 사라져버린 것이다.

"이제 과거는 다 잊으시고, 지금 이곳으로 돌아오세요!"

상대방이 보였던 사랑, 기쁨, 자만, 절망, 분노, 고통의 흔적이 얼굴에서 서서히 걷히고, 평상심이 가져오는 표정으로 돌아온다. 희로애락이 걷힌 마지막 그 얼굴에 정말 슬픔이 읽힌다. 온갖 감정의 앙금이 걸러진 후, 옅기는 해도 나무줄기 안의 나이테처럼 슬픔이 영글어 있다. 원하지 않던 모든 불편한 감정들이 발효하고 나서 체념이라는 체에 걸러진 다음에 남은 정제물이 슬픔이다. 정말 모든 감정의 종착지는 슬픔인 모양이다. 모든 감정의 파도는 결국 슬픔이라는 해변에 안착한다.

장례식장 입구에서 상복을 입은 중년의 여자가 안지환을 향해 돌아오라는 손짓을 한다.

"이제 가봐야겠습니다. 그런데 제 얼굴을 감식한 소득은 있었습니까?"

"말씀하신 대롭니다. 댁의 마지막 얼굴표정에서는 슬픔만이 읽힙니다. 상처난 마음의 종착지는 슬픔이라는 말씀은 맞는 말씀입니다. 우리는 슬픔의 동지입니다."

"저도 인생의 맛을 알 만큼 알게 되었다는 거군요. 또 뵙기로 하고, 저는 이만 들어가 보겠습니다."

신성수는 일어서서 안지환과 작별한다. 그 동안 담배는 다 타고

필터만 남았다. 흰 필터는 한탄과 번민의 연기로 그을은 뒤, 누런 슬픔으로 물들어 있다.

4.

   '어떻게 이렇게 어처구니없는 일이 일어날 수 있었을까? 어떻게 이렇게 기막힌 일이 일어날 수 있었을까? 어떻게 이렇게 바보천치 같은 일이 일어날 수 있었을까? 인간이란 이토록 무지몽매하고 무 책임한 동물인가? 우리 사회는 바보들이 모여 사는 공동체인가? 제 약사란 바보들이 모여 약 만드는 회사인가? 사람의 건강을 위해 일 로매진해 온 바오로사가 기껏 이런 짓을! 건강에 이롭다고 만든 제 품이 건강을 해치고, 심지어 생명까지 앗아가는 독극물이었다니! 가 족이란 피붙이는 집안 재산과 회사 경영권을 쟁탈하기에 동분서주 하고, 돈벌이에 전력질주한다. 회사 임원들은 사주에게 붙어서, 저 하나 잘 먹고 저 하나 잘 살기에 급급하다. 그러다가 있을 수 없는 일이 일어난 거야! 천벌 받을 일이 일어난 거야! 그 와중에 나는 무 엇을 했는가? 앞으로 나는 무엇을 할 수 있을까?'

   신성수는 성경을 꺼내 마태복음 5장을 펼친다. 제4절을 읽는다. "애통해하는 자는 복이 있나니 그들이 위로를 받을 것임이요." 가슴 기 살균제 사용이 가져온 참상에 대하여 성수는 진정 애통해한다. 제7절을 읽는다. "긍휼히 여기는 자는 복이 있나니 그들이 긍휼히 여김을 받을 것임이요." 가습기 살균제 사용으로 피해를 입은 사람들을 성수는 진정 긍휼히 여긴다. 그러나 성수는 자신이 위로받고자 하지 아니하고, 긍휼히 여김을 받고자 하지 않는다. 그는 더욱 더 애통해하고, 좀 더 긍휼해하고자 한다. 가이없는 애통함과 긍휼함의 맨 밑바닥에 내려가고 싶어 한다. 왜 그럴까? 맏아이를 잃은 애통함, 자신의 회사제품이 초래한 약화사고의 피해자들에 대한 긍휼함, 불법 리베이트 영업사건을 겪은 후 무고한 자가 당한 억울한 고난에 대하여 가지게 된 애통함과 긍휼함이 겹겹이 쌓이고, 이제 가습기 살균제 사태가 또 다시 몰아치자, 끝 모를 심연에로까지 내려가 보고자 하는 극한심리가 작동하기 때문이다. 그는 마태복음 5장을 읽고 또 읽는다.

'나는 어디까지 슬퍼할 수 있을까? 나는 어디까지 불쌍해 할 수 있을까? 나는 얼마나 눈물 흘릴 수 있을까? 나는 얼마나 많은 불행한 사람들과 손잡고 애통해할 수 있을까? 나는 슬픔에 겨워하는 사람들을 얼마나 위로할 수 있을까? 세상의 참상을 끝내거나 줄이기 위하여 나는 얼마나 의에 주리고 목말라 할 수 있을까? 나는 의를 위하여 어디까지 박해받을 수 있을까? 내 심령은 얼마나 더 가난해질 수 있을까? 내 마음은 얼마나 더 청결해질 수 있을까? 나는 선지자를 만날 수 있을까? 그리하여 나는 세상의 소금과 빛이 될 수 있을까? 의에 어긋나는 지극히 작은 것 하나라도 버리고, 의를 따르는 지극히 작은 것 하나라도 실천할 수 있을까? 나는 진정 하늘의 도리, 인간의 도리에 따라 살아갈 수 있을까? 그토록 이쁜 아기들이 순진무구한 채로 죽어가다니! 그토록 사랑 넘치는 엄마들이 숨 못 쉬고 죽어가다니! 그토록 씩씩한 아빠들이 폐 굳어져 죽어가다니! 그토록 곱게 늙은 할머니·할아버지들이 캑캑거리며 죽어가다니! 그런 죽음을 하필이면 바오로사가 안겨주었다니!'

성수는 애통해하고, 비통해하며, 원통해하다 못해, 마지막에는 절통(切痛)해한다. 비극은 희극보다 더 깊고, 넓고, 길고, 날카롭고, 아득하고, 사무친다. 역사적인 비극은 과거의, 당대의, 미래의 수많은 사람들에게 아리고 아린 눈물, 콧물로 파고든다.

제62화
신성수가 구도여행을 떠나다.

1.

　신성수가 애통해하는 마음을 추스르지 못하고 집안에 틀어박혀 여러 날 신음하고 있다. 엠브론 약화사고를 겪으면서 인생은 고해라고 가슴을 치던 때가 다시 살아난다. 기억이 회상된다고 하기보다는 시간이 부활하는 것이다. 과거 쓰라렸던 시기가 현재 다시 재현된다. 과거와 현재가 동시적으로 온몸을 휩싸고 돈다.

　'과거와 현재는 하나다. 인생은 고해다. 과거나 현재나 변함없이 삶은 번뇌다. 번뇌를 벗어날 길을 찾아야 한다. 온전한 미래의 길을 열어야 한다. 엠브론 약화사고 때 스테파노 신부와 파파스님을 만나 비록 해탈의 지혜를 얻지는 못했지만 큰 가르침을 받았다. 번뇌를 떨치고자 수행에 전념한 선각자를 만나, 빛을 찾아야 한다. 이 고뇌로 가득 찬 캄캄한 세상에 길을 밝혀줄 등불을 찾아야 한다. 예전에 만났던 신부님과 스님이 그립다. 회사의 모든 직책을 내려놓고 한인(閑人)이 되었으니, 이번 구도여행이 길어진들 어떠랴! 세상 번뇌와 사생결단코 대결하겠다. 번뇌를 일으키는 온갖 허상과 가상을 지워버리겠다. 이번에는 끝까지 가보련다. 번뇌를 이기지 못하고 자유함을 찾아 집을 버리고 나선 그 많은 수도자들처럼 나도 집을 떠나 수행 길에 나서야겠다. 나를 영적으로 깨우쳐줄 스승을 찾아야겠다.'

성수는 당장 길 떠날 채비를 한다. 간소하게 행장을 꾸린다. 세면도구와 필기도구를 챙기는 것이 고작이다. 가족에게 집을 나간다고 알리려 하지도 않는다. 자신이 없어졌다고 자신을 찾아 난리법석을 떨 가족을 다시 보고 싶은 생각도 없다. '집을 떠나는 길에 가족에 대한 미련도 버리고 구도 일념으로 보내고 싶다. 가족과 인연을 끊고 안 끊고는 나중 문제이고, 우선은 떠나고 볼 일이다. 가족이 나를 추적하지 못하게 몸단속을 해야 한다. 가장 말썽을 일으킬 녀석은 휴대폰이다. 거기에 GPS가 들어있지 않은가! 휴대폰을 끄고 수화장 연못에 던져버리자. 또 버려야 할 물건이 있는가? 예전 출가자들은 출가 후 일체 연락을 끊는 것으로 충분했는데, 정보통신시대에는 자신을 따돌릴 안전조치가 너무나 복잡하다. 그런 데 잔머리 굴리기가 싫다. 그런 건 부딪쳐가면서 해결하자. 수행의 길에 자동차를 몰고 다니는 건 어울리지 않는 일이다. 자동차도 버리자.'

성수는 퇴사한 후 미국 유학을 준비하고 있는 황비서에게 전화해서 자신을 경기도 안성의 청룡사에 데려다 달라고 한다. 황비서는 차를 몰아 성수를 청룡사에 내려준다. 성수는 서울로 돌아가는 황비서에게 가족이 캐묻더라도 자신의 행적을 말하지 말라고 당부한다. 그리고 황비서에게 고액권 수표 한 장을 넘겨준다. 앞으로 산천을 떠돌아다닐 계획인데, 은행 신용카드를 모두 버리고 집을 나왔으니, 돈이 필요할 때 연락하면 송금해달라고 부탁한다.

성수는 파파스님을 만나고자 은적암으로 향한다. 반 마장 산길을 느릿느릿 2시간가량 올라가 옛 은적암을 찾는다. 그런데 황당하게도 은적암은 사라지고 토굴 잔해만이 널브러져있다. 하는 수 없이 청룡사로 내려와, 대웅전 앞뜰을 거닐고 있는 스님에게 은적암의 소실 연유를 묻는다. 작년 여름 불어 닥친 태풍에 허술하게 지은 토굴이 날아가 버리고 암자 터만 남았다고 한다. 그로부터 파파스님은 어디론가 떠나버려 간곳을 알 길이 없단다. 성수는 발길을 돌려, 청룡저수지 정류장에서 버스를 타고 미리내 성지로 향한다. 차를 몇 번 갈아타고 성지 사무실에 도착하여 스테파노 신부님을 만나고자 청을 넣으니, 신부님은 아프리카 오지로 복음을 전하러 떠난 지 오래라고 한다. 성수는 하는 수 없이 미리내 성지를 떠나 용인(龍仁) 시내로 나간다. 그리던 성직자 두 분을 만나지 못해 낙심한 성수는 용인중앙시장을 찾는다. 어떤 시장이든지 간에 시장 골목은 언제나 활기에 차있다. 우울한 사람, 실망이 큰 사람, 좌절과 낙담에 막막해 하는 사람은 시장으로 나가 보는 것이 좋다. 시장은 생존에 필요한 욕구를 충족하고자, 너와 내가 서로 간에 밀고 밀리는 흥정을 하면서 생명력을 내뿜는 현장이다. 성수는 그런 곳에서 생기를 받는다. 시장 떡골목에서 떡집이 벌여놓은 떡판에 모락모락 김나는 인절미가 구미를 돋운다. 그 먹음직한 인절미를 보고 성수는 점심을 거르고 다닌 사실을 의식한다. 배가 고프다. 따끈한 인절미 한 팩을 사서 허겁지겁 먹어치우고, 시장기를 다소간 잠재운다. 시장 통을 이리저리 누빈다. 채소가게, 과일가게, 생선가게, 순대가게, 통닭가게, 만두가게, 신발가게, 철물가게, 식기가게, 옷가게, 빵집, 김밥집, 24시간 편의점, 잡화점, 정육점, 학용품점, 화장품점을 주욱 돌아본다. 상인은 너스레떨고 허풍치고 인심쓰고 나서, 만족한 웃음을 웃는다. 손님은 엄살떨고 흠잡고 덤받고 나서, 만족한 웃음을 웃는다. 재래시장 바닥은 질펀하다. 생필품 조달이 국가 배급제가 되어 시장이 사라진다면 사람들은 생기를 잃을 것이다. 아니, 그런 국가에서도 시장은 살아있을 것이다. 어린아이들이 소꿉장난하듯 어른들에게는 장사놀이가 필요하다. 성수가 갑자기 식은땀을 흘린다. 명치가 조이는 통증에 속이 메슥거리고 머리가 어지럽다. 체증이다. 순식간에 몰려오는 급체라서 성수는 정신을 못 차리고 당황한다. 약국을 찾아 쏜살같이 들어간다. 어떤 중년의 남자 손님과 잡담을 하고 있는 약사에게 이마의 식은땀을 훔치면서 체증에 드는 약을 달라고 한다. 약사가 마시는 약병 하나와 알약 둘을 내놓으면서, "1300원입니다."라고 한다. 성수가 바지 뒷주머니에서 지갑을 찾는데, 잡히지를 않는다. 낭패다. 이번에는 낭패함이 몰고 오는 식은땀이 얼굴을 타고 주르륵 흐른다. 아까 부산한 시장 통에서 마주 오는 젊은이가 자신에게 부딪치고 뒤에서 누군가가 세게 밀치는 일이 있었는데, 이제 생각해보니 소매치기를 당한 것이다. 성수는 나중에 돈을 줄 터이니, 우선 약을 먹게 해달라고 약사에게 간청한다. 약사는 매서운 눈으로 성수를 흘겨보면서 약을 거두어들인다. 성수에게는 급체가 몰고 온 고통이 절정에 달한다. 아찔하다. 그런데 약사와 잡담하던 중년의 사내가 성수를 끌고 약방을 나선다. 그 남자는 약국 앞 가로수 아래에서 주섬주섬 가방을 뒤지더니, 침을 하나 꺼내어 다짜고짜 성수의 집게손가락과 새끼손가락 끝을 찔러 피를 짜낸다. 신통하다. 잠시 후 성수의 체증이 물러간다. 성수의 노랗던 얼굴에 생기가 돈다. 이제 살았다 싶다. 거창한 표현이지만, 그 남자는 생명의 은인이다. 급체에 혼이 나가본 사람은 체증에서 낫기 전후에 지옥과 천당을 오가는 경험을 한다. 성수가 생명의 은인에게 감사의 인사를 한다.

"제가 죽다 살아났습니다. 선생님이 아니었다면 큰일 날 뻔 했습니다. 천만번 감사드립니다."

"뭐, 별일 아닌 것을 가지고 그러십니다. 어쩌다 그리 체하셨습니까?"

"점심을 거르고 뒤늦게 시장에서 사먹은 인절미가 탈을 냈습니다."

"떡 먹다가 기도가 막혀 죽은 사람도 꽤 있습니다. 나이도 드신 양반이 조심하셔야지요."

"어떻게 침을 가지고 다니십니까?"

"제가 수지침을 배워서 몇 가지 응급처치를 할 줄 압니다. 그것도 사람 살리는 기술인데, 언제 어디서 써먹을지 몰라서 침을 상비하고 다니지요. 아까 찌른 것은 사혈침입니다."

"혹시 이곳에 사시는 분이신가요?"

"아닙니다. 서울에서 왔습니다. 왜 그러시지요?"

"제가 과거에 인연이 있던 성직자 두 분을 다시 뵈려고 오늘 안성에 왔습니다만, 두 분 다 멀리 떠나시고 가신 곳을 알 수 없어 아쉬워하고 있습니다. 용인 인근에 크게 깨치신 분이 있어서 제가 가르침을 받을 만한 분이 계시다면, 제가 용인에 온 김에 찾아뵈려고 합니다. 혹시 그런 분을 알고 계실까 싶어, 이곳 분이신가 여쭈어 본 겁니다."

"왜 그런 분을 찾고 있습니까?"

"처음 만난 분에게 이런 말씀드리는 것이 뭣합니다만, 제가 최근 여러 차례 불행한 일을 겪고 나서 마음고생을 심하게 하고 있습니다. 인간과 인생에 회의를 누를 길 없어, 선각자로부터 가르침을 받고자 찾아 나섰습니다. 오늘 서울서 집 떠나 왔습니다."

"참 묘한 일입니다. 저도 비슷한 이유로 집을 나와, 고명한 현인을 찾아뵈려 하고 있습니다."

"정말이십니까? 우연한 일치치고는 참으로 묘한 인연입니다. 인사드리겠습니다. 신성수라고 합니다."

"저는 주인덕(朱仁德)이라고 합니다. 대학에서 철학교수를 하고 있는데, 안식년을 맞아 1년간 자유로운 시간을 얻었습니다. 우리 강산 어딘가에 현인이 있다고 믿고, 적어도 선비다운 사람이 있다고 믿고 찾아 나섰습니다."

"철학을 전공하신다면서, 이렇게 밖에서 찾고 다닐 필요가 있는지요?"

"이야기가 길어질 듯하니, 저쪽 벤치에 가 앉읍시다."

길 떠난 동기가 신기하게도 맞아 떨어진 두 사람은 앉아서 사연을 풀어낸다.

"제가 대학에 입학하고 교수를 하면서 이제까지 30년 가까이 철학을 공부해왔습니다. 책 읽으면서 아무리 이론공부하고, 고금의 철학자들 주장을 아무리 접해보아도, 책속의 철학은 책속에 머물러 있을 뿐이지, 책을 벗어나지 못한다는 것을 깨달았습니다. 살아있는 철학을 연구실 밖에서 또 책 밖에서 삶으로 내보이는 생생함을 겪어보고 싶었습니다. 철학이 가르치는 높은 경지를 체득한 인물을 만나보고 싶었습니다. 철학도 좋지만 종교적 경지에서 삶과 죽음의 의미를 가르쳐 줄 현인이 있기를 고대하고 있습니다."

성수는 자신의 신분을 자세하게 밝히고 싶지 않았다. 주목받지 않는 평범한 사람으로 취급받고 싶어, 뭉뚱그려 자신을 소개한다.

"저는 약학을 전공하고 제약회사에서 연구원 생활을 한 20년 했습니다. 뜻하지 않게 약화사고가 발생해서 세 달 전에 다니던 연구소를 사직했습니다. 이렇게 쉬는 시간에 저 역시 참된 삶을 찾아보고자 집을 나왔습니다."

"그러면 같이 찾아보는 것이 어떻겠습니까? 같은 길을 걷는 것이니까, 앞으로 우리는 도반(道伴)입니다. 연구소에 계셨으니, 신박사님이라고 부르겠습니다."

"제가 막막하던 차에 도반을 만나 마음이 든든합니다. 저는 주교수님으로 모시겠습니다. 꼭 훌륭한 선각자를 만나, 우리에게 큰 깨우침이 있었으면 합니다."

"큰 소원을 세우고 크게 발심하십시다. 그런데 아까 보니, 약값

1300원도 없으시던데, 어찌된 일입니까?"

"오늘 시장에서 인절미를 먹고 체한 것뿐만이 아닙니다. 소매치기까지 당해 수중에 일전 한푼 없습니다. 집 떠날 때 휴대폰도 버리고 왔습니다."

"떠나도 제대로 떠나셨습니다. 그러나 배움의 길에는 수강료가 필요할 때가 있을 텐데요!"

"돈 필요하면 부쳐줄 사람은 구해놓고 왔습니다. 하루하루 먹고사는 것이야 어떻게 되지 않겠습니까?"

"한번 겪어보십시다. 저는 휴대폰과 신용카드는 가진 채로 어정쩡하게 집을 나왔습니다. 당분간은 제게 의지하시면 됩니다."

"참으로 너그러우십니다. 제가 신세진 건 나중에 후하게 갚아드리겠습니다."

"신경 쓰지 마십시오. 우리가 가야 할 길 이야기나 하십시다. 제가 찾아가 가르침을 받을 목사님 한 분을 알아 놓았습니다. 오늘 밤은 숙소를 구해 함께 자기로 하고, 내일 아침 그 목사님을 찾아 갑시다."

"그 목사님이 누구신가요?"

"여기서 가까운 여주시에서 신앙공동체를 이끌고 계신 분입니다. 이 곳 용인의 어떤 교회에 들렀다가, 여주에 훌륭한 목사님이 계시다는 칭송을 듣고 찾아가려고 마음먹고 있습니다. 신박사님이 조금 전에 갔던 저 약국의 약사에게도 물어보니, 그 목사님을 아주 칭찬하더군요."

"무슨 신앙공동체입니까?"

"크리스천들이 모여서 가꾸어나가는 마을입니다. 상촌(上村)마을이라고 한답니다. 목사님 성함은 이배근(李培根)입니다. 자세한 것은 내일 가보면 알게 되겠지요. 먼저 잠잘 곳을 구하러 가십시다."

"예, 그렇게 하십시다."

두 사람은 용인 시내에서 값싼 모텔 방에 들어 하룻밤을 보낸다.

2.

그 다음날이다. 두 사람은 여주시(驪州市) 상촌마을을 찾아간다. 주교수는 마을 입구에 있는 안내소 근무자에게 신분을 밝히고 용건을 이른다. 어디론가 연락을 취한 근무자는 두 사람을 이끌고 마을 가운데에 위치한 상촌교회 2층으로 가서 목사실 문을 두드린다. 두 사람이 목사를 만나 인사를 나눈다.

"저는 주인덕이라고 합니다. 서울서 왔습니다. 철학을 공부하고 있습니다."

"저는 서울서 온 신성수입니다. 약학도입니다."

"반갑습니다. 저는 이배근입니다. 이곳 신앙촌의 담임목사입니다. 두 분은 어떻게 되는 사이신지요?"

주교수가 대답한다.

"어제 용인에서 우연히 만나 알게 된 사이인데, 용인에서 목사님 명성이 자자하기에 찾아뵙고 저희들 방황하는 영혼을 인도받고자,

이렇게 함께 왔습니다.”

“제 사람됨이 명성을 따라가지 못해서 두렵습니다. 두 분처럼 우리 신앙촌을 찾아오는 분들이 있습니다. 그런 분들을 위해 우리는 ‘초심자 예비과정’을 마련하고 있습니다.”

“어떤 과정입니까?”

“1개월 동안 여기서 숙식하면서, 제가 들려주는 하나님의 말씀을 묵상하고 기도하고 감화 받는 과정입니다. 그리고 상촌마을 신도들이 생활하는 참모습을 지켜봅니다. 1개월이 지나면 자신이 변하는 것을 깨닫게 되실 것입니다. 관심이 있으시면 부속실에서 신청하십시오.”

두 사람은 예비과정을 설명하고 있는 목사님을 이리저리 뜯어본다. 얼굴빛이 유난히 하얀 50대 중반의 남자이다. 모습과 분위기가 거룩하다. 어깨까지 내려오는 장발에 코밑수염과 턱밑수염을 기르고 있다. 눈빛은 그윽하고 표정이 신비롭다. 음성은 사근사근하다. 옷은 발목까지 내려오는 흰색 가운이다. 성수는 아마 예수님이 50세까지 살았다면 저런 모습일 거라는 상상을 한다. 두 사람은 이배근 목사가 주는 인상에 매료된다. 50년 이상 내면을 지배해온 정신이 어떻게 육신에 드러나지 않겠는가? 저 거룩한 외모 안에는 틀림없이 거룩한 영혼이 들어있을 것이다. 두 사람은 드디어 성인을 만났다는 생각이 들면서, 한 달간 상촌마을에서 이목사님을 모시고 신앙생활을 해볼 결심을 한다.

“목사님, 저희들을 받아주시고 하나님의 말씀을 들려주십시오. 한 달 동안이라도 은총 받는 생활을 하고 싶습니다."

"하나님은 누구든지 받아들이십니다. 하나님이 두 분께 믿음의 은
혜 내려 주시기를 기도하겠습니다. 옆방에 가서서 신청절차를 밟으
십시오. 우리는 이제 한 공동체의 가족입니다."

두 사람은 기쁜 마음으로 부속실로 나간다. 두 사람은 직원이 내
주는 신청 서식을 정성껏 기입한다. 한 달 입촌비가 백만 원이라고
해서, 주교수는 신용카드로 결제하고, 신성수는 주교수의 휴대폰으
로 황비서에게 전화하여 송금하도록 한다. 직원은 두 사람에게 일과
표를 나누어주면서 주의사항을 알리고, 창문을 열어 밖에 멀찍이 떨
어져 있는 숙소와 마을 식당 위치를 손으로 가리켜 준다. 두 사람은
숙소로 가, 배정받은 방에서 짐이랄 것도 없는 짐을 푼 후 마을을
한 바퀴 돌아본다. 교회건물 외에 농장과 작업장, 마을 집회소, 조
그마한 학교, 기숙사처럼 지은 공동숙소, 공동취사장, 공동식당이
있다. 거주하는 신도들 모두가 공동생활을 하고, 자급자족 경제를
꾸려나가는 마을로 보인다. 마을 거주자 수는 정확히는 모르겠으나
사오백 명은 됨직하다. 점심식사를 하는데, 식단이 간소하다. 잡곡
밥에 무국, 두 가지 나물반찬, 계란말이가 전부다. 옆에서 식사하는
신도들을 보니, 모두들 표정이 밝다. 기쁜 마음으로 식사하고, 기쁜
마음으로 대화한다. 신도들에게 기쁨이 넘치는 듯하다. 대화중에 아
멘 소리를 연발한다. 엄숙하거나 무거운 분위기는 찾아볼 수 없다.
두 사람은 진정한 신앙공동체를 만났다고 생각한다. 점심을 먹고 나
서는 일과표에 적힌 대로 농장에 나가 일손을 거든다. 농장에 모인

사람들이 모두 즐거이 일한다. 신도들은 오후 내내 노동하고 저녁 먹고 난 후 일찍 잠자리에 든다.

다음날 새벽 4시 반이다. 상촌교회 예배당에서 새벽기도회가 열린다. 주민 모두가 참석한다. 두 사람도 기대를 잔뜩 하고 뒷줄에 가 앉는다. 거룩한 모습의 목사님이 새벽기도를 올린다.

"만물의 근원되시고 만물을 창조하신 하나님 아버지, 그리고 사랑 넘치시는 예수 그리스도께 오늘 하루를 여는 감사의 기도를 올립니다. 곤고한 저희들에게 어제 밤 평온한 잠자리로 은혜 내려주시고, 원기 회복하여 오늘 하루도 강건히 살아갈 수 있도록 은총 내려주심을 감사드립니다. 우리 상촌마을에 사는 신앙체 신도들은 모두 하나님 예수 그리스도의 충성스럽고도 굳건한 종입니다. 그러나 마을 밖에서는 불의가 득세하고, 어진 사람들이 핍박받으며, 약하고 외로운 자들이 신음하고 있습니다. 하나님께서 마귀가 지배하는 이 세상을 구하기 위하여 독생자 예수 그리스도를 보내셨으나, 강포하기 짝이 없는 인간들이 회개하지 못하고 예수님을 영접하지 않고 있습니다. 하나님께서 이 마귀들을 심판하실 최후의 날을 예비하고 계심을 깨달아, 저희들이 저지른 죄를 이 자리에서 마음 깊이 통회합니다. 저희들의 통회를 받아주소서! 저희 상촌신도들은 속된 세상의 모든 찌꺼기를 떨치고, 이곳에 모여 영혼을 순결히 하고 하나님에 대한 신심을 더욱 굳세게 하면서 기쁜 마음으로 머지않아 닥칠 최후심판의 날을 기다리고 있습니다. 하나님 아버지! 심령을 다하여 하나님 말씀에 따라 살아가는 저희 상촌의 어린 양들을 가련하게 여기시어 최후심판의 날에 하늘나라로 거두어주실 것을 예수 그리스도 이름으로 간절히 기도드립니다. 이제 곧 도래할 하나님의 왕국에서 구원받을 저희 상촌가족들은 사랑과 환희로 영원히 살아갈 것을 굳게 믿습니다. 그리고 저희 상촌신도들이 전지전능하시며 거룩하신 하나님의 한없는 축복 속에 오늘 하루를 무사히 마칠 수 있도록 은혜 내려주십시오. 예수님 이름 받들어 간절히 기도드리옵나이다. 아멘!"

목사님 기도가 뜨겁다. 목사님이 기도하는 간간이 상촌신도들이 내는 아멘과 할렐루야 소리, 그리고 몸을 떨며 두 손을 하늘로 치켜세우고, 주여! 주여!를 외치는 열띤 분위기에 빠져, 신성수와 주인덕 두 사람도 정신이 혼미해진다.

아침 식사 전후에 약간의 자유시간이 주어지고, 오전 10시에 상촌교회에서 정식예배가 시작된다. 두 사람은 이번에는 앞줄에 가 앉아, 목사님을 올려다본다. 목사님이 설교한다.

"사랑이 가득 넘치시는 하나님 아버지, 그 외아들 예수 그리스도께 예배드리옵나이다. 허물 많은 제가 성령의 은총으로 상촌신도들에게 하나님의 복음을 전할 수 있는 거룩한 시간이 되도록 허락하여 주시옵소서. 제가 제 말을 하지 아니하고, 오로지 하나님의 뜻만을 말할 수 있도록 예배시간의 처음부처 끝까지 성령이 함께 해주실 것을 믿습니다. 저희가 상촌마을에 모여 하나님의 왕국이 이 땅에 도래하기를 기다린 지 2년이 되었습니다. 저희들은 상촌마을에 들어

오기 전에 바깥세상에서 저지른 죄와 그로 얻은 재물이 아직까지 저희를 얽매고 있음을 고백하며, 하나님께서 죄 사하여 주실 것을 간구합니다. 재물로 인하여 탐욕이 생기고, 재물로 인하여 번뇌가 일고, 재물로 인하여 살인이 벌어지고, 재물로 인하여 사랑하는 이들을 잃고, 재물로 인하여 하나님을 멀리 했음을 고백합니다. 사랑하는 상촌신도 여러분! 재물은 만악의 근원입니다. 재물을 버려야 합니다. 재물을 떠나야 합니다. 곧 도래할 최후심판의 날에 재물은 아무런 소용이 없습니다. 오직 하나님의 말씀에 따라 살아온 변함없는 믿음, 거룩한 신심만이 최후의 심판에서 저희들을 구원하고, 하나님의 왕국으로 인도할 것입니다. 마귀들이 우상으로 숭배하는 재물을 더럽게 여기십시오. 재물에 침 뱉고, 재물을 저주하십시오. 재물을 쌓으면서 기뻐하는 무리들을 경멸하고 내치십시오. 우리가 소망하는 하늘나라는 돈의 왕국이 아니라, 말씀의 왕국입니다. 성령 충만으로 환희에 가득 찬 왕국입니다. 재물은 한 순간에 먼지처럼 허망하게 사라집니다. 그러나 하나님의 말씀은 영원하고, 거듭 되뇔수록 벅차오르는 기쁨으로 증폭됩니다. 재물의 노예가 아니라 말씀의 주인이 됩시다. 신도 여러분! 우리 다 같이 재물을 경계하는 하나님 말씀을 읽어보겠습니다. 먼저 마태복음 6장 24절입니다. '너희가 하나님과 재물을 겸하여 섬기지 못하느니라.' 또 21절에서는 '네 보물 있는 그 곳에는 네 마음도 있느니라.'라고 말씀하십니다. 19장 24절과 25절에서는 '부자는 천국에 들어가기가 어려우니라. 낙타가 바늘귀로 들어가는 것이 부자가 하나님의 나라에 들어가는 것보다 쉬우니라'라고 하십니다. 그리고 지금 우리 교회 예배장소에 집을 버리고 여행을 떠나온 두 사람이 있습니다. 어제 입촌하신 분들입니다. 이 분들을 위해 누가복음 9장 3절을 읽겠습니다. '여행을 위하여 아무 것도 가지지 말라. 지팡이나 주머니나 양식이나 돈이나 두벌 옷을 가지지 말라.' 같은 말씀은 마가복음 6장 8절과 9절에도 있습니다. 여러분들은 재물을 모두 버리고 어떻게 살아갈 것인가를 걱정하지 마십시오. 마태복음 6장 25절부터 30절까지에서 예수님은 다음과 같이 말씀하십니다. '내가 너희에게 이르노니 목숨을 위하여 무엇을 먹을까 무엇을 마실까 몸을 위하여 무엇을 입을까 염려하지 말라. 목숨이 음식보다 중하지 아니하며, 몸이 의복보다 중하지 아니하냐. 공중의 새를 보라. 심지도 않고 거두지도 않고 창고에 모아들이지도 아니하되, 너희 하나님께서 기르시나니, 너희는 이것들보다 귀하지 아니하냐. 너희 중에 누가 염려함으로 그 키를 한 자나 더할 수 있느냐. 또 너희가 어찌 의복을 위하여 염려하느냐. 들의 백합화가 어떻게 자라는가 생각하여 보라. 수고도 아니하고 길쌈도 아니하느니라. 그러나 내가 너희에게 말하노니 솔로몬의 모든 영광으로도 입은 것이 이 꽃 하나만 같지 못하였느니라. 오늘 있다가 내일 아궁이에 던지우는 들풀도 하나님이 이렇게 입히시거든 하물며 너희일까 보냐.' 사랑하는 상촌신도 여러분! 여러분들은 바깥세상의 모든 재물을 버리고, 그리고 재물의 노예가 된 가족까지 버리고, 또 재물을 벌어들일 직업까지 버리고, 오로지 최후심판의 날에 구원받기 위하여 상촌마을에 들어와 하나님의 말씀에만 의지하고, 말씀만을 사랑하고, 말씀에만 거하고, 말씀 안에서만 기쁨얻는 깨어난 새사람으로 살아오고 있습니다. 사랑하는 신도 여러분! 여러분들은 사랑 넘치시는 하나님으로부터 최후심판의 날에 한 사람도 빠짐없이 구원 받으실 것입니다. 심판의 날에 여러분들은 보답 받으실 것입니다. 예수 그리스도는 여러분들을 사랑하십니다. 여러분들은 추호도 믿음에 흔들림이 있어서는 안 됩니다. 예수 그리스도를 향한 신앙을 반석 위에 세우고 철벽으로 두르십시다. 여러분들의 거룩한 믿음은 반드시 보답 받습니다. 하나님께서는 여러분들을 사랑과 영생과 화평과 환희로 보답하십니다. 마지막으로 신도 여러분 각자가 마음속으로 하는 짧은 기도시간을 갖겠습니다."

　신도들 각자가 웅성거리며 나름대로의 기도를 올린다. 목사님의 설교가 끝났다. 신성수는 재물을 질타하는 설교 말씀을 새겨본다. 목사님 말씀이 천만번 지당하다. 자신이 정신적 고통을 이기지 못하고 진정한 삶의 길을 찾아 나선 계기는 거의 다 인간의 재물욕에서 비롯된 것이 아닌가! 엠브론 약화사고도 돈을 벌고자 일어난 비극이고, 불법 리베이트 영업사건도 돈을 더 많이 벌고자 해서 생긴 불행이며, 가습기 살균제 사건도 쉽게 떼돈을 벌어보고자 일어난 참극이다. 동생 신대수는 회사와 집안의 재산을 독차지하려는 재물욕에서 형을 모함하여 죄인으로 만들었다. 아내 송경숙은 재산 다툼하느라 제수 성명희와 여동생 신은수를 불여우라고 험담하면서 이간질로 집안 분란을 조장한다. 부모님도 자식에 대한 애정의 잣대를 돈

벌어들이는 능력에 두고 있다. 헬스케어사를 경영하면서 판매고를 기록적으로 끌어올린 동생의 이재능력이 미쁘고 사랑스러운 것이다. 이런 불행, 비극, 가족 불화 등등이 결국은 재물에서 싹튼 것이다. 우리 부모님과 형제자매가 모두 보잘 것 없는 궁핍한 집안이어서, 하루 벌어 하루 먹고살기에 바빴다면, 서로 아끼고 위하는 돈독한 관계가 유지되었을 텐데…. 돈이 불씨가 되어, 사람 마음을 타락시키고, 인간관계를 오염시키고, 서로서로를 악마로 여기는 비참한 사태에 이른 것이다. 그러면서 숱한 피해자를 낳은 것이지. 내가 재물에 대한 집착을 끊어야 한다. 내가 가진 재산을 모두 던져버려야 한다. 빈손이 되어야 한다. 재물이 없으면 번뇌가 없다. 내가 상촌 마을에 들어와 하루 만에 큰 깨우침을 얻었다. 성수에게 물욕을 떠난 기쁨이 온다. 집 떠나 구도여행에 나서기를 정말 잘했다고 생각한다. 재물을 버리라는 목사님을 숭배하면서 무릎 꿇어 감사의 기도를 올린다.

그 다음날이다. 상촌교회에 신도들이 모두 모여 경건하게 새벽기도를 올리고 있는 중이다. 갑자기 예배당 안으로 경찰관 다섯 명이 들어오더니 다짜고짜 이배근 목사를 잡아간다. 상촌신도들은 너무나도 충격적인 일을 당한지라 멍하니 보고 있는데, 건장한 부목사한 사람이 경찰관 앞을 막아선다.

"왜 우리 목사님을 잡아갑니까?"

"이 사람은 사기꾼입니다. 사기죄로 체포해갑니다. 여기 체포영장이 있습니다.”

부목사는 체포영장을 자세히 들여다본다.

“우리는 공무를 집행하는 겁니다. 계속 막아서면, 공무집행방해죄의 현행범으로 당신도 체포해 가겠습니다.”

상촌마을 전체가 패닉상태에 빠져든다. 신도들은 하나님을 연이어 부르며 울부짖는다. 신성수와 주교수도 기절초풍할 정도로 충격을 받는다. 두 사람은 무언가 이유가 있을 것이라고 생각하고, 그 이유를 찾으려고 노력한다. 주교수는 알고지내는 신문기자에게 휴대폰을 해서 문의한다. 마을 집회소에 있는 TV를 켜보기도 한다. 별 소득이 없다. 주교수는 휴대폰으로 인터넷 뉴스를 계속 검색해 본다. 인터넷 뉴스가 빠르긴 빠르다. 한 시간이 지나지 않아 이배근 목사의 체포소식이 뜬다. 체포이유도 간략히 올라있다. ‘경기도 여주시 상촌마을에서 기독교신앙공동체를 세우고 일구어온 이배근 목사가 오늘 아침 사기혐의로 경찰에 체포되었다. 이목사는 종말론으로 신도를 현혹하여 재산을 교회에 헌납하게 하고 가정을 떠나게 하였다. 남은 가족들이 상촌신앙공동체를 사이비종교단체라고 사법당국에 고발함으로써 수사기관이 이목사의 행적에 대한 수사에 착수하였다. 경찰은 이목사가 주장하는 지구 종말일로부터 9개월 후를 만기일로 하는 은행정기예금통장을 다수 발견하고, 사기죄의 증거물로 압수하였다. 압수된 통장은 이목사 명의로 된 10억 원짜리와 부인과 두 아들 각각의 명의로 된 5억 원짜리, 도합 25억 원이다. 경찰은 이목사에게 여죄가 있을 것으로 의심하고 수사를 확대하고 있다.'라는 내용이 뉴스의 골자이다. 두 사람이 궁금해 하던 사실 관계가 분명해졌다. 이목사가 주장하는 최후심판의 날 이후에는 아무런 의미가 없을 재산을 신도들로 하여금 헌금하게 하고, 그 돈을 종말일 후의 날짜에 이목사가 수령할 수 있도록 개인적으로 챙겨놓았으니, 신도를 기망하여 재물을 사취한 것이 된다. 신성수와 주교수는 이목사의 어처구니없는 사기 행각에 하늘이 무너지고 땅이 꺼지는 실망을 한다. 두 사람은 더 이상 상촌마을에 머물러 있을 이유가 없다. '인간이란 겉과 속이 그렇게 다른 것인가!' 하고 탄식하면서 그 날 아침으로 마을을 나온다.

3.

　상촌마을을 나온 두 사람은 여행 겸 실망감을 달랠 겸, 여주에서 유명한 사찰인 신륵사(神勒寺)에 가보기로 한다. 이 고찰은 앞에 여강(驪江)이라고 부르는 남한강이 흐르고 있어서 빼어난 전경을 자랑한다. 신륵사는 아미타불을 섬기는 도량이다. '나무아미타불'을 열심히 부르는 염불의 공덕을 쌓아 정토(淨土)인 극락세계에 왕생하려는 불교신자들이 많이 드나든다. 두 사람은 이리저리 절을 둘러보다가 점심공양시간이 되자 염치불구하고 공양 칸에 들어가 끼니를 해결한다. 먹을거리는 국수 한 사발이다. 옆자리에서 면발을 들이키고 있는 일행 네 사람이 수근거린다. 그들은 요즈음 정토신앙 설법으로 한창 주목받고 있는 미생(未生)스님 이야기를 하고 있다. 일행 중 무진거사라고 불리는 이가 다른 일행에게 들려준다. 미생스님은 도가 높고 지조가 굳은 보기 드문 고승이라고 칭송하면서 스님의 이력을 자랑스럽게 들춘다. 스님은 천석꾼 부자의 맏아들로 태어나 귀하게 자랐는데, 10대 후반의 나이에 불교계에서 추앙받는 선사인 춘설(春雪)스님을 만나보고는 일찌감치 출가했다고 한다. 수계 받고 승려가 된 이래로 거친 만행(萬行)이 독특해서, 자발적으로 택시기사, 넝마주이, 술집 웨이터, 부두 노동자, 구두닦이, 굴뚝 청소부, 음식 배달꾼 등 궂은 직업을 숱하게 겪었다고 한다. 무진거사는 직업만큼 팔자 드센 업이 어디 있겠느냐고 자문하면서, 그러한 만행이 득도의 밑바탕이 되었을 것이라고 짐작해 말한다. 스님치고 재물 갖다 바치라는 말을 하지 않는 분이 없는데, 미생스님은 한 봉지의 쌀, 한 묶음의 향이 넘는 시주는 모두 거부하고 되돌려주는 철칙을 지킨다고 한다. 신성수는 이배근 목사의 표리부동한 재물욕심에 크게 낙심한 직후인 까닭에, 절에 하는 시주를 극력 경계하는 스님 인품에 귀가 솔깃하지 않을 수 없다. 재물을 초월한 고승을 만나보고 싶은 성수는 주교수에게 미생스님을 찾아가 보자고 제안한다. 주교수가 동의하자, 스님의 거소를 무진거사에게 알아본다. 경상북도 봉화군(奉化郡) 비룡산(飛龍山) 기슭에 있는 동백사(冬柏寺)의 조실로 주석하고 계시는 스님이다. 주교수는 봉화로 가는 버스 안에서 휴대폰으로 동백사를 검색한다. 미생스님이 열흘에 한번 설법을 하는데, 마침 내일이 법회일이어서, 때맞추어 찾아가게 되었다고 좋아한다. 그날 밤 두 사람은 봉화읍에서 한 여관을 잡아 유숙한다.

다음날 일찍 두 사람은 동백사를 찾는다. 10시경 미생스님의 법회가 열린다. 대웅전에 불자들이 그득 앉아 있다. 스님은 아미타불 불상 아래 설치한 연단에서 주장자를 치켜들고 쩌렁쩌렁한 음성으로 법문을 펼친다.

　　"불자들은 들으십시오. 중의 본업은 상구보리 하화중생(上求菩提下化衆生)이라, 위로는 보리의 지혜를 구하고, 아래로는 중생을 제도하는 것입니다. 소승이 위에서 구한 법어 한 바탕을 이 자리에 온 대중에게 전하겠습니다. 우리를 미망에 빠뜨리게 하는 것은 말씀입니다. 중생은 말씀에 의존하고 맹종하는 까닭에 견성(見性)에 이르지 못합니다. 우리를 오도하는 말씀에는 오만가지가 있습니다. 불자 가까이는 부처님의 말씀, 선지식의 말씀이 있고, 불자 멀리는 성경의 말씀, 예수님의 말씀이 있습니다. 이 말씀들을 모조리 타파하십시오. 말씀에 집착하지 마십시오. 배워서 얻어들은 지식, 밖에서 들어온 지혜는 마음을 미혹케 할 따름입니다. 오로지 스스로 익힌 지식, 스스로 깨친 지혜만이 정각(正覺)이며, 정토(淨土)로 이끌 보리가 됩니다. 머릿속에서 온갖 말씀을 지우십시오. 머리를 비우십시오. 애초에 세상이 공(空)하고, 만색(萬色)이 공하니, 머릿속이 공함이 득도의 경지입니다. 머릿속에 화두 하나를 신주처럼 모시고 온갖 상념을 뿌리내리는 어리석음을 물리치십시오. 머릿속에 모습의 상(像), 생각의 상(想)을 모두 쓸어내십시오. 화두 하나를 붙잡고 용맹정진하여 깨치는 것보다 머릿속에서 모든 상을 지우는 것이 훨씬 어렵습니다. 화두 참구보다 상 소멸이 더 어렵습니다. 세간에서 말하는 멍때리기를 하십시오. 아무 생각을 하지 마십시오. 우리가 선잠을 잘 때 우리 두뇌는 알파파(alpha波) 상태가 됩니다. 공(空)한 머리는 바로 이런 상태를 말합니다. 머릿속에 알파파가 흐르는 무념무상의 상태가 정토세계입니다. 이 경지가 지극한 평화와 기쁨입니다, 순진무구입니다. 텅 빈 머리는 마음의 고향입니다, 어머님 자궁입니다. 공한 머리가 바로 열반입니다. 머릿속에 무엇 하나라도 들어있으면 미망입니다. 머릿속을 채우려고 달려드는 말씀을 믿지 마십시오. 용맹정진하는 선승은 서슬파란 살불살조(殺佛殺祖)의 날을 세웁니다. 부처를 만나면 부처를 죽이고, 조사를 만나면 조사를 죽이려는 무서운 칼날을 휘두릅니다. 깨우침에 방해가 되면, 부처의 말씀도 죽이고 조사의 말씀도 죽이려는 결연한 자세입니다. 기독교신자에게 깨우침에 방해가 되는 성경을 죽이고 예수를 죽이라고 한다면, 놀라자빠질 것입니다. 진리가 중요합니까? 아니면 부처님의 말씀이, 예수님의 말씀이 중요합니까? 부처님과 예수님의 말씀을 설파하는 승려와 목사가 실상은 자신의 말씀으로 우리를 미망에 빠뜨리고 있습니다. 참선은 일체의 생각을 몰아내는 공부가 되어야 하고, 모든 상념을 벗어던지는 공부가 되어야 합니다. 생각을 몰아내야 한다는 생각조차 벗어나십시오. 불자들은 들으십시오. 공한 머리란 애초에 아무 생각이 없었던 갓난아이 머리를 말하는 것입니다. 갓난아이는 얼마나 태평합니까! 정토라는 극락세계는 그 누구도 미워하지 않고 그 어떤 욕심도 없이 대자연에 그대로 내맡겨진 갓난아이 머릿속에 있습니다. 다시 한 번 반야의 지혜를 설파하겠습니다. 머릿속에서 일체의 말씀을 지워버리십시오."

신성수는 스님의 법문을 듣고, 어제 새벽에 벌어진 날벼락 사건을 떠올린다. '상촌신도들은 이목사의 말씀을 믿었기에 재산 바치고 가족 버리고 직장 떠나, 최후심판의 날에 천국 갈 미망에 사로잡혔다. 그렇다. 사람의 말을 믿어서는 안 된다. 그 행적을 면밀히 살펴야 한다. 행적조차 은폐하고 위장할 수 있다. 깨우침의 길에 자칫 끼어들 수 있는 샛길, 미로, 사로(邪路)를 조심해야 한다. 항상 밝히 보면서 정도로 나가야 한다. 말씀을 경계해야 한다!'

두 사람은 열흘 후 있을 미생스님의 다음 설법을 기다리기로 한다. 그때까지 어찌어찌 동백사에서 숙식을 해결한다. 열흘 지나 또다시 대웅전에 불자들이 모여 앉았다.

"불자들은 들으십시오. 지난번에는 공(空)한 머리로 무념무상의 경지에 이르는 것이 해탈성불임을 설법했습니다. 이 보리를 상승(相承)하십시오. 오늘은 아무 생각 없이 공한 머리가 내도하는 법안(法眼)을 일러주겠습니다. 불자 여러분! 머리를 쓰지 말고, 몸을 쓰십시오. 몸을 곤죽이 되도록 사용하고 나면, 머릿속이 텅 비게 됩니다. 지혜는 머릿속에 있지 않고, 몸에 있습니다. 머리를 쓰는 공부보다 몸을 쓰는 노동에서 깨달음의 광명이 옵니다. 선방에 틀어박혀 꼼짝 않고 수도 정진할 것이 아니라, 활발히 몸 쓰는 수행을 하십시오. 앉아 있는 선승보다 일하는 행자가 낫습니다. 하루 종일 울력으로 지친 몸에 아무런 생각 없이 기쁨이 몰려옵니다. 3천배로 지친 몸에 환희심이 솟아오릅니다. 오체투지로 한 달 걸려 성지에 도착한 짓무른 몸에 열반의 희열이 찾아듭니다. 중국 소림사의 스님들이 왜 무술단련에 힘쓰는지 알고 있습니까? 그 스님들이 사람 쳐서 물리치는 고수가 되려고 신체 단련하는 줄 압니까? 아닙니다. 무술을 연마하는 육체적 수행이 열반의 경지를 가져오기 때문입니다. 요가의 고수에게도 그런 법안이 열려 있습니다. 불자 여러분! 다음부터 동백사에 오실 때 차를 타고 오지 말고, 걸어오십시오. 길은 타고 가는 것이 아니라 걸어가는 것입니다. 봉화읍에서 빠른 걸음으로 세 시간 걸려 이 절에 당도하여, 가쁜 숨 내쉬고 지친 다리 주무르면서 머리 텅 빈 환희심을 누려보십시오. 속세의 번뇌 잊으려고 절을 찾는 불자들이 오래 걸어서 지친 몸 누이며 샘물 한 바가지 마시는 그 순간에 고뇌와 망상이 사라지는 해탈을 맛보는 것이지, 결코 부처님 앞에 절 올리는 순간도 아니고, 결코 큰스님 말씀을 듣는 순간도 아닙니다. 스님들이 걸식 유랑하는 것은 그 까닭입니다. 발품 팔아 득도하는 스님들이 계십니다. 소승의 사부이신 춘설스님이 그러했고, 지천스님, 고곡스님이 그런 분이십니다. 소승도 한창 나이 20대, 30대 때에 하루 육십리, 칠십리 길을 걸으면서 태백 줄기와 남도 길을 수십 번 순행했습니다. 그것이 행각(行脚) 수행법이요, 탁발수행입니다. 옛날 자동차 없던 불편한 시대에 득도한 스님들이 많았으나, 요즈음 자동차 타고 다니는 편한 시대에 득도하는 스님들이 희귀한 이유가 어디에 있겠습니까? 육신이 편하면, 정신이 해이해짐니다. 절간이 부유해지고 스님 얼굴이 윤택해지고 스님 육신이 비대해지면, 법은 쇠하고 도는 멸하고 빛은 바랩니다. 몸을 움직여 일하고 또 일하고, 걷고 또 걷고 하는 육신의 업이 쌓여 도에 이르는 것입니다. 소승의 객설에 법안이 눈뜨는 불제자가 있기를 합장하여 축원합니다."

설법이 끝나자 시자(侍者) 스님의 안내가 있다. 미생스님으로부터 법명을 지어받기를 원하는 참석자는 오늘이 마감일이니까 곧 바로 신청하라고 한다. 미생스님이 친히 법명을 지어, 사흘 후 대웅전에서 수여식을 거행한다고 알린다.

신성수는 몸을 쓰라는 스님의 말씀에 귀가 번쩍 뜨인다. '이제까지 해답은 머릿속에 있는 줄 알았는데, 몸에 있다니! 몸에 진리가 있고, 깨달음이 몸에 있고, 번뇌를 벗어나는 길이 몸에 있다니! 진리가 인간을 자유롭게 한다는 진리를 부둥켜안고 살아왔는데, 육체가 정신을 자유롭게 한다니!' 성수는 정신적 고통이 물러가고 육체적 기쁨을 가져오는 지혜를 일러준 미생스님을 일찍이 보지 못한 큰스님으로 공경하게 된다. 이런 스님으로부터 법명을 받는다면, 크나큰 영광이며, 죽을 때까지 입을 가사를 하사받는 것이나 다름없다고 생각한다. 성수는 법명 신청자 명단에 기꺼이 이름을 올린다.

사흘 후 법명 수여식이 열리는 대웅전이다. 식이 거행되는 10시가 되어, 불자 모두가 정좌하고 미생스님을 기다린다. 헌데 정작 식을 주관할 스님이 나타나지 않는다. 예정된 시각에서 한 시간이 지나도 미생스님은 모습을 보이지 않는다. 스님이 오지 않으면 법명 수여식은 도로아미타불이다. 주교수가 신성수에게 밖으로 나가자는 신호를 한다. 불측의 기발한 만행으로 사람들을 놀라게 하는 스님들이 적지 않은지라, 미생스님이 식장에 모습을 드러내지 않아도, 그러려니 하고 받아들일 수 있다. 그러나 두 사람은 상촌마을에서 겪은 일이 떠올라서, 뭔가 심상치 않은 일이 있구나 하는 예감을 한다. 주교수가 휴대폰을 켜, 인터넷 검색을 한다. 놀란 얼굴로 신성수에게 들이대는 휴대폰 화면을 두 사람은 머리를 맞대고 들여다본다. 인터넷뉴스로 올라온 동영상이다. 방영시간은 10여 분간이나 지속된다. 화면 밑에는 설명하는 자막도 뜬다. 문제의 현장은 경북 문경시에 있는 관광호텔의 스위트룸이다. 스님 다섯 사람이 잠옷차림으로 탁자에 둘러앉아 포커를 치고 있다. 옆 테이블에는 양주와 맥주 그리고 치킨 안주를 쌓아놓았다. 스님들이 양주를 마셔가며, 닭다리를 뜯어가며, 도박을 한다. 우악스럽게 마시고 게걸스럽게 먹어댄다. 탁자 위에는 판돈으로 만 원짜리 지폐가 그득 올라있는데, 다 합하면 수백만 원이 넘는 듯하다. 스님들 눈에는 일시 오락의 정도로 보일지 몰라도, 성수의 눈에는 오락의 정도를 크게 벗어났다. 돈 딴 스님은 호탕하게 웃고, 돈 잃은 스님들은 욕지거리를 해댄다. 그런데 놀랍게도 그 다섯 스님 가운데 성수가 숭앙해 마지않는 미생스님이 들어 있는 것이 아닌가! 성수는 눈을 의심하지 않을 수 없다. 도저히 믿기지 않는 장면이다. 누가 미생스님을 모함하려고 동영상을 위작(僞作)한 것이라고 믿고 싶어진다. 그러나 사태는 분명하다. 이 창피하기 짝이 없는 동영상이 인터넷으로 공개되자, 미생스님은 더 이상 동백사에 머물러 있을 수 없었다. 법명 수여식이고 뭐고 간에, 자신이 주석하고 있던 동백사에서 야반도주해 버렸다. 다섯 스님들은 모두 행방이 묘연하다. 사찰입장료 수입이 어마어마해서 동백사 주지자리를 놓고 분규가 심했는데, 이번 주지 선발에서 최종 탈락한 측이 앙심을 품고, 반대파 스님들의 도박판에 몰카를 설치했다. 그리고 몰래 촬영한 치명적 장면을 만천하에 공개한 것이다. 이 추문을 덮을 방법은 없다. 도박하는 얼굴이 찍힌 고승 다섯은 잠적하는 수밖에 없었다.

두 사람은 또 다시 충격을 받는다. 이배근 목사한테서 받은 충격에다가 미생스님한테서 받은 충격이 더해지는 것이 아니라 곱해져서, 그 충격파가 내면의 세계를 강타한다. 기껏 얻어진듯했던 머릿속 알파파가 감마파로 요동친다. 신성수는 최종적인 잘못은 자신에게 있다고 생각한다. 머릿속에서 모조리 지워야한다는 스님의 말씀에 그 스님의 말씀까지도 지워버려야 했는데, 그것을 지우지 못한 자신의 잘못을 탓한다. 앞으로는 밖에서 오는 모든 말씀을 지우기로 다짐한다. 선각자를 찾아 나선 길이 지난하기 짝이 없다.

제63화
신성수가 구도여행을 계속하다.

1.

신성수는 이대로 집에 돌아갈 수는 없다고 생각한다. 길가다가 두 번 돌에 걸려 넘어진 것으로 치부하고, 7전8기의 기백을 갖고 깨달음을 줄 선각자를 찾기로 한 뜻을 밀고 나가자고 주교수를 설득한다. 주교수가 눈을 반짝하더니, 찾아뵐 만한 분이 생각났다고 한다. 가끔 만나면서 알고 지내던 노교수인데, 정년퇴임한 후 충청남도 천안시에 있는 독립기념관에서 날마다 안중근 의사의 동상을 닦고 있다는 것이다. 그 길로 두 사람은 독립기념관을 향해 구도여행을 계속한다. 가는 도중에 주교수는 찾아뵐 교수 이야기를 들려준다. 성함은 장근섭(張勤燮)이고, 교수직에서 은퇴한 후, 평소 존경하던 안중근 의사의 동상을 청소하는 일로 여생을 보내기로 결심하고 부인과 함께 서울서 낙향한 인물이다. 부부는 천안시 목천읍에 거처를 마련하고, 독립기념관이 개관하기 두 시간 전에 야외에 설치된 안의사 동상에 도착하여 매일 한 시간가량 동상을 닦는다. 장교수는 사다리를 타고 올라가 물수건으로 정성스레 동상를 훔치고, 부인은 사다리 아래에서 수건을 빨아 남편에게 올려준다. 비둘기 배설물로 더럽혀지고 황사로 뒤덮인 안의사의 몸을 씻어준다. 올해로 3년째 그 일을 한다. 안중근 의사는 일제 강점기에 항일운동에 헌신하던 중단지회(斷指會)를 결성하여, 조선 병탄에 앞장선 일본 정계의 거두, 이토 히로부미를 살해하기로 손가락을 잘라 맹세하고, 1909년 만주 하얼빈 역에서 이토를 저격하여 거사에 성공하였다. 그는 도마(Thomas)라는 세례명을 받은 천주교 신자이다. 거사 후 체포되고 재판받아 서른한 살의 나이에 처형되는 순국의 길을 걸었다. 그의 꿋꿋한 의기는 옥살이 하는 동안 일본인 간수가 감동하여 존경할 정도로 드높았다. 그야말로 지사(志士)였다. 그가 살아 있다면, 두 사람에게 깨달음을 줄만한 선각자일 것이다. 독립기념관이 위치한 천안(天安)시 목천(木川)읍은 인체에 비유하자면 단전(丹田)에 해당하는 지리적 성지(聖地)이다. 한반도의 원기(元氣)가 여기서 샘솟는다.

장교수를 만나는 것은 어렵지 않다. 두 사람은 천안시내에서 자고, 다음날 새벽 독립기념관 안의사 동상 앞에서 장교수 부부가 오기를 기다린다. 멀리서 다가오는 자동차가 보이고, 주차한 차에서 노부부가 한참이나 짐을 챙긴다. 남편은 사다리를 어깨에 메고, 아내는 물양동이를 들고 걸어온다. 주교수가 쫓아나가 사다리를 빼앗다시피 끌어당긴다. 신성수도 가만히 있을 수 없어 뒤따라 나가 물양동이를 빼앗다시피 옮겨쥔다. 장교수가 주교수를 알아보고 반긴다.

"어이, 주교수! 자네가 여기에 웬일이야?"

"교수님 뵙고 싶어 찾아왔습니다."

"동상 닦는 일이 무언가 싶어 찾아온 거지? 자넨 호기심이 많더라구!"

"예, 오늘은 제가 한번 닦아보겠습니다. 같이 온 분은 제 도반입니다."

"신성수라고 합니다. 사모님께도 인사드립니다. 오늘 수건 빠는 일은 제 몫입니다."

"그래, 주교수가 사다리 타고 올라가서 동상을 닦아 봐! 존경하는 마음가짐으로 세심히 닦아야 하네. 내가 동상 손가락 사이가 잘 보이지 않기 시작하기에 안과병원 진료를 받아봤더니 백내장이 왔다고 하더구만. 며칠 전 백내장 제거수술을 받아 눈이 거북해서 조수 생각이 나던 차에 자네가 마침 잘 왔어."

"그러면 장교수님, 이제 제가 올라갑니다. 이야기는 일 끝내고 하겠습니다."

두 사람은 노부부가 하는 일을 대신한다. 일을 마친 후 네 사람은 아침 먹으러 순두부 백반집에 들어간다. 순두부 그릇을 순식간에 비우고 주교수가 말을 꺼낸다.

"선생님, 실은 저희들이 깨우침을 얻고자 현인을 찾아 다녔습니다. 그간 두 군데를 들렀는데, 다 실망만 하고 오늘 선생님을 찾아왔습니다."

"아, 그럼, 나한테 뭘 배우러 온 건가?"

"그렇습니다. 동상 닦는 일에 여생을 바치시는 선생님한테서는 무언가 거룩한 뜻을 배울 수 있다고 생각했습니다."

"무슨 턱도 없는 소릴 하는 게야? 철학을 하는 사람이 내게서 배울 게 뭐가 있어? 번지수를 잘못 짚었어. 또 실망하지 말고, 내게서 시간 낭비하지 말아!"

"아닙니다. 거룩한 이름 떨친 사람은 겪고 보면 모두 허명에 지나지 않습니다. 행적이 거룩해야 배움이 있습니다."

"내게서 배우려면 동상 닦는 일을 해야 하는데, 이 일은 나 혼자서 충분해. 괜히 내 할 일 빼앗지 말고, 다른 데 가서 알아보게."

"하루에 두 번 닦으면 되지 않겠습니까? 저희들은 밤에 한 차례 더 닦겠습니다."

"정 닦고 싶으면, 서울 광화문 앞에 있는 이순신 장군 동상이나 세종대왕 동상을 닦게! 서울에도 안중근 의사의 동상이 있어. 남산에 가 봐! 동상을 오래 닦다 보면, 도가 트이지. 원래 도란 닦는다는 표현을 쓰지 않나? 자동차나 구두만 닦아도 도에 이를 수 있어! 물체를 닦다가 마음도 닦아지는 거야."

"보세요! 벌써 선생님은 저희들에게 가르침을 주고 계시잖아요?"

"이보게! 주교수, 자네도 교수를 해봐서 알겠지만, 진짜 공부는 말로 하는 게 아니야! 말로 가르치지 말고 또 말로 배우려 하지 말고, 행동으로 가르치고 행동으로 배워야 해. 웃어른이 행동으로 본을 보이면, 아랫사람은 다 따라하게 되어 있어. 지도층이 말 따로 행동 따로 하는 까닭에 국민들에게 실망을 주면, 그 나라 장래가 암담해지는 거야! 나는 여기서 말로 가르칠 건 하나도 없어. 동상 닦는 행동이 그나마 가르침이 되겠지."

"그러면 여기서 한 달만이라도 동상 닦는 수행을 하게 해 주십시오!"

"아니야, 주교수, 내가 좋은 곳을 추천해 줄 터이니, 그리로 가 봐. 아마 실망하지 않을 거야."

"정말 괜찮은 곳입니까? 저희들이 거기서 시간 낭비하는 것은 아닙니까?"

"내 말이 못 미더우면, 왜 날 찾아왔나?"

"예, 알겠습니다. 말씀해 주십시오."

"충남 서천군에 기독교인들이 모여 사는 에덴동산이라는 곳이 있어. 그리로 가 보게."

사모님이 옆에서 거든다.

"1980년대부터 거의 30년 동안 서울의 대형교회 담임목사로 계시면서 영성 충만한 말씀으로 신도들을 사로잡았던 서(徐)요셉 목사님이 에덴동산을 이끌고 계십니다."

"아, 저도 기억하고 있습니다. 그 유명한 낙원교회의 그 유명하신 요셉목사님이 그곳에 계시다구요? 꼭 가봐야겠습니다."

주교수는 에덴동산의 주소와 위치한 약도를 받는다. 두 사람은 장교수 부부와 작별하고, 곧장 에덴동산으로 향한다.

2.

두 사람은 낙원에 들어가는 양, 나지막한 에덴동산에 오른다. 언덕 길 좌우에는 복사꽃이 흐드러지게 피어있다. 복사나무 밑에서는 염소들이 엎드려 되새김질을 하고 있다. 평화로워 보인다. 아름다운 찬송가 소리가 들린다. 교회에서 들려오는 독창이다. "나 같은 죄인 살리신 주 은혜 놀라워, 잃었던 생명 찾았고 광명을 얻었네"라는 가사의 노래가 두 사람을 사로잡는다. 두 사람은 빨리듯 교회 안으로 들어간다. 젊은 여자가 독창으로 부르던 'Amazing Grace'곡은 두 사람이 교회 안으로 들어서는 순간 합창으로 넘어간다. 15명 정도인 합창단이 화음으로 노래하는 찬송가가 거룩함을 자아낸다. 단상에 서요셉 목사님이 앉아 있다. 성성한 머리에 맑은 얼굴을 하고 조용히 앉아 있다. 그 좌우에 젊은 목사 둘이 앉아 있다. 찬송가가 끝나자, 중년의 목사가 단상 전면으로 나와 설교를 시작한다. 예배시간인 모양이다. 300명가량의 신도들이 귀기우려 목사님 말씀을 듣는다.

"저희 모두를 에덴동산에 품으시는 사랑의 하나님! 오늘 이 자리에서 저희들의 죄를 고백합니다. 저희들은 모두 죄인입니다. 저희들은 돌이킬 수 없는 죄를 지었습니다. 거짓말한 죄, 마음으로 간음한 죄, 남을 시기한 죄, 남을 깔보고 무시한 교만의 죄, 남의 물건을 탐한 죄 그리고 일일이 열거하기도 어려운 수많은 죄를 지었습니다. 그러나 인간은 죄를 지어서 죄인인 것이 아니라, 죄인이기에 죄를 짓는 것임을 고백합니다. 저희들은 모두 타고난 죄인입니다. 타고난 죄인이기에 저희들은 과거에 숱한 죄를 지었고, 앞으로도 숱한 죄를 지을 것입니다. 그래서 저희들은 끊임없이 죄 지은 참회의 기도를 올려야 합니다. 에덴동산을 떠나는 아담과 이브는 죄인이었습니다. 그 후 인류는 자손대대로 죄인의 길을 걸었습니다. 사랑의 하나님 아버지! 이런 죄인들에게 어떻게 하나님의 영성이 비추이겠습니까? 죄인에게는 영성이 깃들지 않습니다. 그러나 저희가 죄인임을 진정으로 고백하고 참회하는 기도를 올리는 순간에는 영성이 깃듭니다. 저희들은 저희들의 기도를 죄인임을 고백하고 참회하는 내용으로 가득 채울 것입니다. 저희들은 항상 그러한 기도를 올리면서 영성을 일깨우는 신앙을 놓지 않을 것입니다. 하나님을 믿지 않는 불신자들은 지구 400km 상공에서 지구를 내려다 볼 때 영성을 느낀다고 말합니다. 저들은 전자현미경으로 백혈구가 세균을 잡아먹는 장면을 관찰할 때 영성을 느낀다고 말합니다. 저들은 수심 10km의 심해에 도달해 칠흑같이 캄캄한 주변을 살필 때, 8000m가 넘는 설산 정상을 악전고투 끝에 정복했을 때, 그리고 새벽녘에 붉게 떠오르는 태양을 맞이할 때 영성을 느낀다고 말합니다. 그러나 사랑이 넘치시는 하나님 아버지, 타고난 죄인인 저희들은 십자가 형을 당하시는 예수 그리스도의 고통에 동참할 때 영성이 눈을 뜸을 고백합니다. 부활하신 예수 그리스도의 몸을 영접할 때, 하나님의 말씀을 듣고 자신이 타고난 죄인임을 깨달을 때 거룩하고도 신비한 영성을 체험합니다. 역설적으로 저희들은 죄인이기에 영성이 깃드는 축복을 받았습니다. 사랑하는 신도 여러분! 우리 모두는 죄인임을 고백하고 통절히 회개합시다. 그러면 하나님께서 영성의 빛을 비추어 주십니다.

영성이 비추이는 세상은 구원이 약속되는 세계이고, 기쁨이 충만한 세계입니다. 바로 에덴동산입니다. 다 같이 우리가 죄인임을 고백하는 기도를 올리겠습니다."

중년 목사가 울면서 기도를 올린다. 기도가 끝나자 젊은 두 목사가 늙은 요셉목사를 부축해서 단상 옆문으로 사라진다. 노쇠한 요셉목사는 거동이 매우 불편한 듯했다. 그냥 단상에 앉아 있는 것만으로 신도들에게 거룩함을 주는 것 같았다. 중년 목사의 설교를 듣고, 신성수는 엠브론 약화사고가 발생한 직후 성북동 성당에서 들었던 신부의 강론이 생각났다. 그 신부도 인간이 죄를 지어서 죄인이 아니라, 죄인이어서 죄를 짓는다는 요지의 강론을 했다. 그리스도교에 특유한 교리가 원죄관념이다. 성수는 자신이 관련된 죄를 떠올려 본다. '피임약을 잘못 만들어 기형아를 출산케 한 죄, 불법 리베이트 영업을 한 죄, 가습기 살균제를 제조·판매한 죄, 이런 죄들은 나와 내 가족 모두가 죄인이기에 피치 못하고 저지른 죄인가? 타고난 죄인인 나와 내 가족은 그런 끔찍한 죄를 앞으로 더 범할 수 있단 말인가? 인간은 죄인이기에 숙명적으로 죄를 짓게 되어있는 것인가?'

예배가 끝나고 교회 문을 나서는 어떤 신도에게 주교수가 묻는다. 외부인이 에덴동산에서 생활할 수 있는지를 알아본다. 방문객을 위한 생활관이 있는데, 거기서 허락을 받아 머물 수가 있다고 한다. 두 사람은 생활관을 찾아가 담당자에게 청을 넣어 최장 일주일을 한도로 숙박 허가를 받아낸다. 에덴동산에서는 매일 하나님에게 예배를 드린다. 두 사람은 다음날 예배에 참석하여 처음부터 끝까지 자리를 지키는데, 요셉목사는 단상에 앉아만 있고, 예배시간 내내 아무런 기여가 없다. 요셉목사는 인사도 없고 기도도 없고 설교도 하지 않고 아무런 말씀도 보태지 않는다. 그저 그림처럼 앉아만 있다. 좌우 옆자리에 앉아 있는 두 목사는 요셉목사를 보호하듯 구속하듯 꼭 달라붙어서 옹위한다. 두 사람이 요셉목사를 직접 만나 뵈려고 해도 허락이 나지 않는다. 신도들에게 들은 바에 의하면, 요셉목사는 목사관 건물에서 도우미의 도움을 받으면서 혼자 생활하고 있다. 안쪽에 위치한 거실과 침실에서 대부분의 시간을 보내고 있는데, 목사관 입구에 있는 접견실에 두 명의 직원 신도가 상주하면서 사람 출입을 통제하고 있다. 목사관 안에 들어가 본 신도는 없는 듯하고, 세 명의 목사와 두 명의 도우미 그리고 접견실을 지키는 신도 두 사람이 목사관 내부를 자유로이 드나들 수 있는 사람들이다. 가끔 서울 사는 자식들이 찾아와서 만나보고 간다. 그 외의 사람들은 일체 출입할 수 없다. 신성수와 주교수는 개인적으로 요셉목사를 면담할 기회를 가질 수 있지나 않을까 기대하는 심정에서 목사관 주위를 여러 차례 서성거려본다. 그러나 목사관 안은 밀실처럼 굳게 닫혀 있고, 적막과 신비에 쌓여 있다. 두 사람은 더 더욱 호기심이 생긴다. 무슨 비밀이 있는 걸까? 언제고 목사관 안에 들어가 요셉목사를 만나보고 미심쩍은 것을 풀어보아야겠다는 생각이 솔솔 솟아난다.

그 다음날 예배시간에 중년 목사가 사랑의 말씀을 전한다.

"저희 모두를 에덴동산에 품으시는 사랑의 하나님! 오늘 이 자리가 저희에게 죄 지은 자를 저희들이 용서하는 시간이 되도록 은혜 내려 주시옵소서. 우리 모두는 타고난 죄인입니다. 죄인이기에 죄를 짓습니다. 그러기에 저희들은 저희에게 죄지은 자를 손가락질하지 않겠습니다. 저희들은 죄지은 자를 나무라지 않겠습니다. 죄지은 자를 쫓아내지도 않겠습니다. 죄지은 자를 불쌍히 여기고 받아들이겠습니다. 죄지은 자를 껴안겠습니다. 저희에게 죄지은 자를 위해 눈물 흘리겠습니다. 저희에게 죄지은 자를 용서하겠습니다. 죄지은 자는 우리의 형제입니다. 우리 모두가 죄인이기 때문입니다. 우리 중에 죄를 범하지 않은 자는 아무도 없습니다. 그래서 죄지은 자는 우리 모두입니다. 저희들 모두가 죄인임을 고백하고 통회합니다. 사랑이 넘치시는 하나님 아버지! 저희들을 용서해 주십시오. 저희들이 저희에게 죄지은 자를 용서하오니, 저희들을 용서해 주십시오. 저희들 죄를 대속하기 위하여 십자가에 못 박혀 돌아가신 예수 그리스도의 이름으로 간절히 기도드립니다. 어쩔 수 없이 저지른 저희들 죄를 용서하여 주시옵소서."

중년 목사가 울면서 기도를 올린다. 기도가 끝나자 전번처럼 젊은 두 목사가 늙은 요셉목사를 부축해서 단상 옆문으로 사라진다.

그날 저녁 신성수와 주인덕 교수가 모의한다.

"신박사! 아무래도 이상하지 않습니까? 아무도 요셉목사를 만나지 못하게 하고, 목사관 안에 감금하듯이 보호하고 있는 게, 이상하지 않습니까?"

"예, 요셉목사에게 무슨 비밀이 숨어 있는 것 같습니다. 그것도 말 못할 난처한 사정이 있는 것 같습니다. 그렇지 않고서야 측근 목사들이 왜 그리 요셉목사를 외부와 차단시키고 있겠습니까?"

"뭔가 수상한 냄새가 난단 말이야! 우리가 그걸 알아봐야 하지 않겠습니까?"

"무슨 좋은 수가 있겠습니까?"

"생각 좀 해보십시다."

조금 후 주교수가 수를 낸다.

"목사관 안에 들어가 요셉목사를 만나 보는 건 어렵지 않습니다. 작은 죄를 짓기만 하면 성공합니다. 우리는 죄인이니까 목사관 안에 몰래 침입하는 죄를 지읍시다."

신성수가 알아듣는다. 죄지을 각오를 한다면, 그 정도 일쯤은 별것 아니다. 두 사람은 접견실 직원이 곤하게 잠들어 있을 새벽시간을 틈타 목사관에 침입할 계획을 세운다.

다음날 새벽 3시반경이다. 두 사람은 생활관을 빠져나와 살금살금 목사관 접견실로 들어간다. 다행히 접견실 문은 열려있다. 직원한 사람이 접견실 구석에 놓여있는 간이침대에 깊이 잠들어있다. 두 사람은 접견실 입구 맞은편에 있는 문을 조심조심 열고, 요셉목사가 생활하고 있는 거실로 들어간다. 거실에는 작은 부엌과 화장실이 붙어있고, 좁은 복도에 이어 침실과 서재가 배치되어 있다. 두 사람은 침실로 들어간다. 낮은 조도로 전등이 켜져 있는 침실에서 요셉목사가 잠자고 있다. 주교수가 목사를 가볍게 흔들어 깨운다. 목사가 눈을 뜨고 기지개를 켜더니, 부스스 일어나 침대 모서리에 앉는다. 두 사람은 목사 앞에 무릎을 꿇고 앉아, 목사 얼굴을 올려다본다. 목사가 두 사람을 멀뚱히 쳐다본다. 놀란 기색은 없다. 주교수가 입을 연다.

"목사님, 요셉목사님! 정신이 드십니까?"

"으응! 자네가 요셉목사인가?"

"아닙니다. 저희는 신도들입니다. 목사님이 요셉목사님입니다."

"그래? 요셉목사는 잘 지내나? 죽지 않고 살아있나?"

"무슨 말씀을 하십니까? 저희 둘은 목사님을 뵙고 싶어, 이렇게 한밤중에 찾아왔습니다."

"괜찮아! 한밤중이라구? 왜 찾아왔어?"

"목사님한테서 한 말씀 들어보려고 찾아왔습니다."

"그래? 내가 꼭 해주고 싶은 말이 있어! 예수는 없어! 예수 믿지 말어! 예수는 없으니까 예수 믿지 말어!"

말을 마치자마자 요셉목사는 도로 침대에 누워 순식간에 잠이 든다. 두 사람은 더 이상 있을 수가 없었다. 살금살금 목사관을 빠져나와 생활관으로 돌아와 방안에 앉아 심각하게 대화를 나눈다.

"일평생 예수님을 독실하게 믿고 성령의 은총 받아 예수님 말씀 전하는 데에 추호의 흔들림도 없었던 분이 예수의 존재를 부정하다니! 어쩌다 이런 일이 생긴 걸까요?"

"목사님은 치매에 걸리신 겁니다. 그것도 아주 중증 치매입니다."

"그렇습니다, 모든 기억을 상실한 치매에 걸려 그런 망측한 소리를 하신 거지요!"

"그러니까 측근들이 아무도 면회 못하게 차단한 겁니다."

"이유가 거기에 있었네요. 그런데 목사님 말씀을 어떻게 받아들여야 합니까? 목사님의 진심일까요? 아니면 치매에 걸려서 얼토당토 아니한 미친 소리를 한 걸까요?"

"어느 쪽인지 우리 한번 짚어봅시다. 신박사는 어느 쪽이라고 생각합니까?"

"제가 근무하던 제약회사 연구소에 치매퇴치 연구센터가 있었습니다. 저는 내성균퇴치 연구센터에 있었습니다만, 치매팀 연구원들로부터 치매증상에 관해 많은 이야기를 들었습니다."

"그렇다면 요셉목사님 말씀의 진위를 제대로 짚을 수 있겠습니다."

"깊이 있게는 모르겠습니다. 그저 제 의견을 말해볼 따름입니다."

"의견을 말씀해 보시지요."

"치매는 단계가 진전될수록 부차적 기억, 주변 기억, 중요하지 않은 기억, 본질적이지 않은 기억이 먼저 상실되고, 그 다음에 일상생활에 필요한 동작을 잊어버립니다. 마지막에는 핵심되는 기억만 남습니다. 예컨대 자기 이름 같은 거지요. 그런 순서로 기억이 상실되면서 핵심기억조차 못하는 최악의 순간이 찾아옵니다. 사람을 알아보는 기억도 처음에는 이웃사람, 그 다음에는 친구나 직장동료를 못 알아보다가, 최종 단계에서는 부모형제와 자식들 그리고 배우자를 알아보지 못하게 되는 겁니다. 그러니까 자신이 누구인지도 모르는 요셉목사님이 예수를 부정하는 말을 하는 것은 목사님에게 남은 최후의 기억이 아닐까요? 예수가 존재하지 않는다는 내심의 확언이 목사님에게 가장 본질적이고 핵심적인 유일한 기억으로 남아 있다고 결론내린다면, 비참하기 짝이 없는 진단이라고 하겠습니다. 기독교인에게는 도저히 받아들일 수 없는 결론이겠지요. 기독교인들은 맹세코 치매환자의 미친 망언이라고 할 겁니다."

"나도 그런 생각이 듭니다. 목사님이 치매환자라고 하더라도 하필이면 예수의 존재를 부정하는 말을 하겠습니까? 요셉목사님 정도가 되면, 치매환자로서 마지막 남은 기억의 말씀은 예수님이 영원하시니 부디 예수를 믿으라는 당부의 내용이 되어야 마땅하지 않겠습니까? 어떻게 거꾸로 된 말씀을 하겠습니까? 요셉목사님은 마음 속 깊은 곳에 예수의 존재를 의심하고 있다가, 치매에 걸려 그 의심을 통제하는 정신기제가 풀려버린 후, 진심을 토로하는 것이라고 풀이할 수 있겠습니다."

"어쨌든 씁쓸한 기분을 지울 수가 없습니다."

"여기에 더 머물러 있을 생각이 걷혀버리는구먼요. 날이 밝는 대로 에덴동산을 떠나, 서천 어디 포구로 가서 주꾸미 안주에 소주 한 잔 마시는 죄를 짓는 게 어떻겠습니까?"

"여기서 더 배울 게 뭐가 있겠습니까? 우리는 모두 죄인이니까 또 죄지으러 나가봅시다."

3.

　주교수가 휴대폰을 켜서 서천군에서 가볼만한 곳을 찾는다. 마량포구가 눈에 들어와, 두 사람은 그리로 향한다. 포구가 있는 마량리(馬梁里)에 당도하니, 대규모공사가 한창이다. 한국최초 성경전래지 기념관과 기념공원을 조성하는 공사라고 한다. 1816년 이 포구에 내항한 영국 함선의 함장이 지방관에게 영어로 쓰여진 킹 제임스 성경을 건네주었는데, 그것이 역사상 최초로 우리나라에 모습을 드러낸 성경이다. 아마도 낙원교회가 그러한 종교사적 의미를 감안하여 서천군에 에덴동산을 개발한 것일 수 있다. 두 사람은 공사장을 피해 걷다가, 동백나무숲 아래편에 있는 허름한 식당을 발견하고 들어가, 주꾸미 볶음 한 접시에 낮술을 들이킨다. 조금 취기가 오르자 신성수가 한탄한다.

　"주교수님, 우리가 깨달음을 줄 어른을 찾아 다녔는데, 번번이 헛수고만 하고 말았습니다. 허탈한 기분이 드네요."

　"신박사, 실패도 공부입니다. 반면(反面) 교사라는 말이 있잖습니까? 나는 이배근목사, 미생스님, 요셉목사에게서 크게 깨우친 바 있습니다. '선(善)은 악(惡)과 함께 자란다'는 사실입니다."

　"그래도 저는 제 앞길을 환히 비쳐줄 선각자를 만나보고 싶었습니다."

　"그런 분이 어딘가 계시겠지요. 희망을 놓지 마세요. 제가 겪어보니, 인간정신은 성공에 도취하고, 실패에 각성합니다. 해탈했다는 스님도 득도에 이른 후 마음에 사(邪)가 끼어 무너지기 일쑤입니다.

득도하려고 무진 애쓰는 과정이 성스러운 거지요. 그리고 비록 실패하더라도 분발심이 더 큰 성공을 가져오기도 합니다."

"좋은 말씀 들려주셔서 감사합니다. 주교수님, 저는 오늘밤은 포구근처 민박집에서 자고, 내일 서울 집으로 돌아가려고 합니다. 죄송하지만, 돈 좀 빌려주십시오."

"그럽시다. 나도 집 생각이 나서, 오늘로 서울 올라가렵니다. 작별할 때가 온 것 같습니다. 우리가 무슨 인연인지, 그 동안 서로 도반의 길을 걸었습니다."

"저는 주교수님의 은혜를 많이 입었습니다. 재삼 감사드립니다. 제자들에게 훌륭한 교수님이 되시길 기도하겠습니다."

식당을 나와 주교수는 서울로 떠나고, 신성수는 근처 민박집을 찾아 든다. 그리고 그 다음날 아침 성수는 서울 가는 버스를 타려고 서천읍 시외버스 터미널로 간다. 이게, 웬일인가! 매표창구가 있는 터미널 대합실에 파파스님이 앉아계신 것이 아닌가! 너무도 반가워 나는 듯 달려가 스님 앞에 큰절을 올린다.

"스님, 저 신성수입니다. 4년 전쯤에 은적암에서 가르침을 받은 적이 있습니다."

"아, 기억합니다. 질병을 고치는 일을 한다고 하셨지요?"

"그렇습니다. 두 달 전쯤 스님을 뵈려고 은적암을 찾았으나, 암자와 스님이 사라져 허망했습니다. 이제 스님을 만나니 반갑기 짝이 없습니다."

"허허, 은적암은 소승이 거할 명당자리가 아니었던 모양입니다. 그런데 나를 찾았다니, 또 탐진치의 번뇌에 빠지셨군요?"

"치(癡)라는 어리석음을 벗어나지 못했습니다."

"탐진치는 벗어나려고 애쓸수록 더 옥죄어 들어옵니다. 나무아미타불!"

"파파스님, 요즈음 거처하고 계신 암자는 어디입니까?"

"이 무지한 중을 그래도 쓸 만하다고 여긴 절이 있어서, 그곳 선방을 지키고 있습니다."

"제가 스님을 꼭 따라가고 싶습니다. 허락해 주십시오."

"다시 만난 것도 인연이니, 억지 절연이 무슨 소용이겠습니까?"

파파스님은 충청남도 보령시(保寧市) 성주산(聖住山)에 있는 직심사(直心寺)에서 선원장(禪院長)이라는 직책을 맡고 있다. 직심사는 강원과 선원, 그리고 승가대학을 두고 있을 정도로 매우 큰 도량이다. 성주산은 백제시대부터 관음보살이 사는 성지로 숭앙받아 왔으며, 모란꽃 모양의 산세를 지니고 있는 까닭에 모란명당 전설을 간직하고 있는 곳이다. 직심사 선원은 선승들이 수행하는 정기적인 안거(安居) 이외에 재가불자들을 위하여 수시로 선수행 강좌를 연다. 사흘 후 여덟 명의 여신도가 선원에서 기숙하면서 참선 궁구하는 보름일정의 수행과정이 시작된다. 파파스님은 서천군에서 볼일을 마치고, 이 여신도들의 참선수행을 지도하기 위하여 직심사로 돌아가는 길이다. 신성수는 스님을 따라가 절에 닿는 대로 거할 자리를 잡는다. 그는 파파스님에게 밀착하여 일거수일투족에서 배움을 놓지 않으려고 한다. 틈틈이 스님과 질문 반 하소연 반 대화하는 기회를 갖는다.

"스님, 제가 그동안 고명한 스님과 목사님을 만나 보았으나, 말은 거룩하지만 실천이 따르지 않아 실망이 컸습니다. 언행일치의 실천력은 어디에서 찾을 수 있겠습니까?"

"참으로 좋은 질문을 하셨습니다. 답은 수행(修行)입니다. 수행은 깨달음보다도 깨달음을 실천하는 데 역점을 두고 있습니다. 보잘 것 없는 깨달음이라고 할지라도 실천하면 큰 것이요, 큰 깨달음이라 할지라도 실천이 따르지 않으면 아무 소용이 없습니다. 수행 없이는 실천이 없습니다. 수행에 힘쓰십시오!"

"스님, 제가 집에 두고 온 재산이 많습니다. 그 생각이 자꾸 납니다."

"재물은 만 가지 번뇌의 근원입니다. 재물에 대한 집착을 버리십시오. 재산을 아까워하지 말고, 가차없이 잘라버리십시오."

"물욕은 그렇다 치고, 요즈음 제가 몹시 괴롭습니다."

"무엇이 괴롭습니까?"

"부모님, 아내, 아들, 동생들을 생각하면 괴롭습니다."

"혈육에 대한 집착을 버리십시오. 부모자식, 아내, 동기 모두 가차없이 버리십시오."

"제가 마음이 아픕니다."

"어떻게 아픕니까?"

"제가 경영한 제약사에서 만든 피임약을 복용했던 산모가 낳은 기형아, 계열사에서 판매한 가습기 살균제의 사용으로 사망한 피해자와 그 유족들을 생각하면 마음이 아픕니다."

"상처난 몸 부위가 아프면 잘라내듯이, 상처난 마음을 잘라내십시오."

"마음을 어떻게 잘라냅니까?"

"마음이 거처하는 집을 잘라내십시오."

"마음의 집이 어디입니까?"

"일체유심조(一切唯心造)라, 고통과 상심을 빚어내는 마음을 잘라내려면, 마음이 거하는 집을 잘아내야 합니다. 마음의 집이 자아(自我)입니다. 자아에 집착하지 말고 자아를 매섭게 잘라내십시오. 자아를 가차없이 버리십시오."

"다 버리고 나면 제게 무엇이 남습니까?"

"아무 것도 남는 것은 없습니다. 남는 것이 아니라 얻는 것이 있습니다."

"제가 무엇을 얻습니까?"

"대자유(大自由)입니다."

"자유를 얻어 무엇 합니까?"

"자유를 얻으면 무엇을 생각하든 무엇을 행하든 거침이 없습니다. 과거에 자아를 속박하던 모든 것에서 벗어납니다. 장래에 더 이상 자아를 속박할 것이 없습니다. 육안이 창공으로 열리고, 심안이 대양으로 열리고, 영안(靈眼)이 우주로 열립니다. 대자유를 얻음이 해탈입니다. 환희심이 옵니다. 모든 것을 버린 사람은 모든 것을 얻습니다."

"감사합니다. 스님의 가르침에서 큰 깨우침을 얻었습니다. 수행에 힘써서 깨우침을 실천하도록 하겠습니다."

"수행은 집착을 끊어내는 벅찬 싸움입니다. 집착을 끊는다는 것은 집착의 인과율을 벗어나는 것입니다. 집착의 대상인 재물, 혈육, 이성(異性), 속세의 명리를 버리십시오. 이러한 집착의 대상이 무의미하고 허망하다는 것을 깨달아야 합니다. 출가승은 이 모두를 버리려고, 홀연히 떠납니다. 의탁한 절에서도 세 달 이상 머물지 않습니다. 한 곳에 정주하면 집착이 생깁니다. 모두 버리고 나서, 하루를 기도, 명상, 노동, 자비행(慈悲行)으로 채우십시오."

"제가 발심하여 기필코 수행의 끈을 놓지 않겠습니다."

"수행이 실행이고, 실행이 수행입니다. 인생은 수행입니다. 인간은 수행자입니다. 부디 성불하십시오. 나무아미타불!"

여덟 명의 재가불자가 선원에서 참선을 공부하는 강좌가 열리는 날이다. 파파스님은 선방에 앉은 여신도 여덟의 면면을 뜯어본다. 보름간의 참선으로 얻어나갈 것이 있을 만한 속인인지, 속세의 때가 얼마나 묻은 속인인지, 속세에서 무슨 업을 짓고, 무슨 번뇌를 짊어지고 들어온 중생인지, 혹시 보살에 이를만한 경이로운 불성을 지닌 중생인지를 뜯어본다. 아무 말 없이 80분간을 육안과 심안으로 뜯어보기만 한다. 여신도들은 스님의 형안(炯眼)과 80분간의 정적을 견뎌내기 어려워한다. 참선공부란 이렇게 시작되는 것인가 보다라고 생각하면서 시선을 내리깔고, 막연한 불안감을 떨쳐내려고 애쓴다. 여덟은 노인층, 중년층, 청년층 등 다양한 연령층으로 이루어져있다. 20대 초반의 앳된 여신도도 끼어있다. 그런데 모두들 수행복을 입고 화장을 안 해서 여자 티를 떨쳐낸 군계(群鷄) 중에 일학(一鶴)이 출중한 자태를 뽐어내고 있다. 30대 초반의 나이에, 모란꽃 미인이다. 모란꽃 미인은 요염하지 않다. 복스럽고 풍만하다. 민낯을 한 모란꽃은 자연미 그대로다. 아름다움에도 보살의 경지가 있다. 그래서 직심사 선방에 앉아있는 모란꽃 미인은 모란보살이다.

여자의 화장술은 마술이다. 화장한 여자의 얼굴에 넘어가는 남자는 반하는 것이 아니라 홀리는 것이다. 여자의 화장술은 화가의 화기(畵技)보다 세련되고, 여자의 화장구는 화가의 화구(畵具)보다 다채롭다. 모든 여자는 뛰어난 화가이다. 전공 그림은 초상화이다. 매일 몇 번이고 자화상을 그린다. 꿈에 그리는 아름다운 자화상을 언제 어디서나 정성스럽게 그린다. 여자는 죽을 때까지 화장을 놓지 않는다. 여자는 화장을 자신에 대한 존중이요, 타인에 대한 예의라고 생각한다. 사실 남자들은 여자의 화장한 얼굴에 놀라기보다는 화장하는 정성과 노력에 놀란다. 화장이라는 안면변신술이 통하지 않으면, 마지막 비장의 마술인 성형술이 등장한다. 화장술에는 남이 얼굴을 못 알아보지만, 성형술에는 자신이 얼굴을 못 알아본다. 화장술과 성형술은 날로 발전한다. 그래서 인간의 얼굴은 제 얼굴이 아니다. 태초의 진짜 얼굴은 없어지고, 변신한 가짜 얼굴이 제 얼굴이 된다. 남자가 여자의 화장술과 성형술이 마술임을 깨달았어도 때는 이미 늦었다.

직심사의 참선수행에는 화장이 금지된다. 여신도들은 성(聖)을 이루려고 왔으나, 수행을 지도하는 스님의 마음에 들려하는 미(美)의 본능에 관한 한 진검 승부하는 자리이다. 화장 안한 미인이 화장한 미인을 당할 수가 없다. 그러나 화장기 없는 천연미인 모란보살은 천연기념물 제1호 미인이다. 미색(美色) 중에서도 절색(絕色)이다. 이 모란보살을 뜯어보는 바싹 마른 70대 노인인 파파스님의 심안이 가볍게 흔들린다.

강좌가 시작된 지 닷새째 되는 날이다. 이날은 음력 보름으로 한밤을 비추는 달이 휘영청 밝다. 명월(明月)이 만공산(滿空山)하다. 선원 뒤편으로 맑은 계류가 흐른다. 삼경(三更)이 되어 야심한 시각에 파파스님은 알 수 없는 힘에 이끌려 홀린 듯 뒤편 계곡으로 나간다. 계곡 가까이 다다르니, 누군가가 청량한 계류를 바가지로 퍼서 몸에 붓고 있다. 스님은 깜짝 놀란다. 한밤중에 목욕하는 이는 다름 아닌 모란보살이다. 보살은 웃옷을 벗은 채로 목물을 끼얹고 있다. 백옥 살결은 달빛을 받아 눈부신 백합꽃이 되고, 풍만한 윗몸은 벽계수에 젖어 윤택한 모란꽃이 된다. 늙은 고승은 넋을 잃고 젊은 보살을 훔쳐본다. 아, 색계(色界)여! 색계는 공(空)한 것이 아니라, 만(滿)한 것이다. 모란보살의 몸은 숨이 턱턱 막힐 정도로 만하여서, 충만하고 풍만하고 만만(滿滿)하기 짝이 없다. 고승의 공한 평지는 만한 계곡에 닿았다. 풍만한 계곡에 노쇠한 몸을 던질 것인가? 고승은 파계 앞에 섰다. 파파(破破)스님은 모든 집착을 버린 공의 정신계를 파(破)하고, 만색(萬色)의 물질계에, 무엇보다도 여색이 만만한 물질계에 떨어질 백척간두에 섰다. 그 때 보살의 젖꼭지에 떨어진 계곡수 한 방울이 고승을 계곡에 밀쳐 넣었다. 그 물방울을 보는 순간, 한 방울의 물 무게에 고승은 무너졌다. 심안이 크게 흔들리면서 스님은 모란보살을 범한다. 입술이 입술을 더듬고, 혀가 혀를 빨고, 손이 손을 움켜쥐고, 다리가 다리를 휘감고, 두 몸과 맘의 희열은 열반의 경지에 오른다. 마음으로 모란보살을 범하는 5분간이 스님에게는 일겁으로 닥친다. 절정의 순간이 끝나고, 파파의 파계는 정신붕괴를 불러온다. 금강경의 금강(金剛)으로 두른 고승의 철석보다 굳센 도(道)는 일순간에 포말이 되어 흩어져버린다. 여색에 대한 마지막 집착을 버리지 못한 스님은 마음으로 간음한 업만으로 마음이 파하여 실성(失性)하고 만다. 성주산 모란봉 아래 모란꽃 한 송이가 태산 같은 고승의 보리심을 꺾었다. 지족선사가 따로 없구나! 실성한 파파스님은 "지족, 지족, 지족"만을 중얼거리며, 유랑한다. 나중에는 다리를 쩔뚝거리며, "찌쪽, 찌쪽, 찌쪽" 소리로 유랑한다. 명월(明月)에는 찌쪽 소리가 더욱 드세진다. 밤이 되면 "소쩍, 소쩍"하고 구슬피 우는 소쩍새를 닮았다. 중의 중얼거림은 사바세계의 육식(六識)이다.

파파스님이 무너진 것을 보고, 신성수가 무진히 애통해 한다. 그는 곡(哭)하면서 단장(斷腸)의 애끓는 심사를 읊는다.

"열여섯 출가에
육십 수행 한길

무친(無親) 무소유 무욕
정신일도 해탈에 모은 삶

파사현정(破邪顯正)
오후불식(午後不食)
장좌불와(長座不臥)의
금강(金剛) 수행승(修行僧)
파파(破破)스님

집착과 착각
깨고 또 깨뜨린
파파스님

넘지 못한

여색 한 고개

금강경의 금강처럼
단단한 각지(覺知)와 반야로
탐진치 버렸으나
색정 한 티끌 남아있었네

칠십 노구에
한 방울 남은 욕정
칠십 수도(修道)
파해버렸네

한 찰나 여색 집착
대덕고승 무너뜨리고
슬피 우는 한 마리 새되어
일겁 세월 떠돌게 하네

번뇌하는 중생에
파파스님 남긴
마지막 가르침

사랑이란 이름의

육욕을

계(戒)하고 계하네"

제64화
신성수가 흙에서 영성을 찾아 일구다.

1.

신성수는 오랜 보금자리인 수화장에 돌아왔다. 열흘 쯤 지난 어느 날 오경(五更)에 잠에서 깨어난 성수는 가운을 걸쳐 입고 연못가로 나갔다. 하늘에는 달빛과 별빛이 총총하였다. 연못 수면에는 반사된 달빛과 별빛이 총총하였다. 연못의 달빛과 별빛 사이로 스테파노 신부와 서요셉목사와 이배근목사가 보였다. 파파스님과 미생스님도 보였다. 하늘의 달빛과 별빛 사이로 하나님이 보였다. 옥황상제도, 부처님도, 예수님도, 시바신도 보였다. 신들의 환영에 정신이 어지러워, 성수는 눈을 감았다. 그러자 천지간(天地間)에 음성이 들려왔다. 하늘의 신들과 땅위의 성인들이 한 목소리로 모아내는 음성이었다. 듣기에 섬뜩한 음성이었다. 그 음성이 성수의 머릿속에, 가슴속에, 온몸에 울려 퍼졌다.

"너는 선조들의 시체를 넘고 넘어 나아가야 한다.
 너는 네 자신의 시체를 넘고 넘어 나아가야 한다.
 네가 더 이상 나아갈 수 없는 시체가 되었을 때,
 네 후손들이 네 시체를 넘고 넘어 나아가야 한다.
 너는 네 후손들이 넘어야 할 시체가 되기 위해

싸우다 죽어야 한다.

죽음이 두려워 네가 싸우지 않는다면,

네 후손들이 넘어야 할 시체가 없는 것이다.

그들이 후일 묵념으로 눈물 흘릴 시체가 없다는 것은

영혼 없는 승리일 따름이다.

네 영혼은 추악한 세상과 싸워야 한다.

네 영혼은 비겁한 네 자신과 싸워야 한다.

그 싸움에서 죽은 숱한 영혼의 시체들을 넘고 넘어

나아가야 한다.

네 마지막 싸움의 시작은 네가 이룬 모든 것을

버리고 떠나는 것이다."

천지간의 음성을 듣고 난 성수에게 모든 것이 또렷해졌다.

'내게 선명하게 보인다. 수많은 싸움에서 패배한 내 영혼의 시체들이 보인다. 어리석음과의 싸움에서 패배한 내 영혼의 시체가 보인다. 탐욕과의 싸움에서, 분노와의 싸움에서, 교만과의 싸움에서, 질투와의 싸움에서 패배한 내 영혼의 시체가 보인다. 내 숱한 영혼의 시체가 보인다. 엠브론 약화사고라는 싸움에서 패배한 내 영혼의 시체가 보인다. 불법 리베이트 사건이라는 싸움에서 그리고 가습기 살균제 사건이라는 싸움에서 패배한 내 영혼의 시체가 보인다. 내 10대의 싸움에서, 20대, 30대, 40대의 싸움에서 패배한 내 영혼의 시체가 보인다. 부모와의 싸움에서, 동생과의 싸움에서, 아내와의 싸움에서, 연구소 연구원들과의 싸움에서, 회사 임직원들과의 싸움에서 패배한 내 영혼의 시체가 보인다. 온갖 질병과의 싸움에서 패배한 내 영혼의 시체가 보인다. 수많은 싸움에서 패배한 수많은 내 영혼의 시체들이 보인다. 죽고 죽어도 내 영혼은 또 다시 살아나, 싸우고 싸운다. 나는 이제 마지막 싸움을 시작한다. 그 시작은 버리고 떠나는 것이다.'

2.

성수는 행동한다. 직접적이든 간접적이든 자신이 몸담고 있으면서 경영했던 회사의 과오로 고통을 당한 피해자들에게 진심어린 사과를 하고 용서를 구한다. 엠브론 피임약 약화사고와 가습기 살균제 사건에 얽힌 피해자들 모두에게 참회하는 사과문을 보낸다. 자신의 잘못을 인정하고 용서를 구하는 참회가 왜 그리 어려웠는지 모른다. 참된 사과는 오랜 과정의 내면적 숙성이 필요한 모양이다.

그는 자신의 재산을 정리하여, 그 대부분을 피해자와 피해자 가족들에게 전달한다. 그가 하는 재산의 사회 환원은 재산을 버리는 무소유의 실천이기도 하다.

그는 강원도 산간오지로 들어가 약간의 돈으로 천여 평의 밭과 조그만 임야를 구입한다. 살아갈 거처로 7평이 채 안 되는 오두막 흙집을 지어, 홀로 생활한다. 그는 천직이 약업(藥業)이다. 약으로 세상을 이롭게 할 숙명인이다. 그는 낮에는 땅에 약초를 키우고, 밤에는 약초대전(藥草大全)이라는 약학서적을 집필한다. 그의 일상적 삶과 일은 약초재배와 약서저술이다. 의사가 있는 보건소나 약을 파는 약국에 가려면 오십 리 넘는 길을 가야하는 산간오지의 인근 주민들에게 재배한 약초를 나누어주면서 그들의 생명과 건강을 돌보아준다. 그들이 키우는 가축들의 건강도 힘자라는 대로 챙겨준다. 그는 텃밭을 가꾸고, 닭을 친다. 틈틈이 참된 삶을 명상하고 기도한다. 그는 참살이를 실천한다. 수도원의 수사나 선원의 선승을 본받아, 참된 수행을 한다. 그는 참됨을 넘어 거룩하게 살고자 한다.

성수는 제약사 연구동이 신축되었을 때 연구실을 둘러보다가 환각을 체험했다. 영성체험일 것이다. 환각 중에 부처님이 던져준 약초 한 송이, 힌두교 신이 던져준 과일 한 알, 베드로가 내려준 성수 한 종지, 어린이 지킴이가 넘겨준 약초강목(藥草綱目)을 기억한다. 이제 연구소에서 겪었던 꿈같은 일이 실제로 펼쳐진다. 그는 약초의 재배법과 효능을 연구하여, 허약하고 가난한 이웃에게 약초 한 뿌리, 약초 서너 잎, 약초 열매 한 송이, 약초 즙 한 잔을 건네주면서, 약사여래도 되고, 시바신도 되고, 베드로 성인도 되고, 어린이의 수호자 방정환 선생이 되기도 된다. 그는 참으로 기쁨 충만한 나날을 보낸다.

3.

신성수가 아들 권이에게 편지를 쓴다.

"사랑하는 내 아들 권아! 나는 너에게서 떠났다. 나는 너를 남겨 두고 떠났다. 나는 너를 세상 그 무엇보다도 더 사랑한다. 너를 떠나게 되어 내 마음이 아프다. 내가 네 옆에 없어서 너의 마음도 아프다는 것을 잘 안다. 세상살이는 아픔투성이란다. 내가 세상살이의 아픔에서 벗어나려고 너에게서 떠난 것이 더 더욱 마음 아프다. 이제 내가 왜 너에게서 떠났는지, 그리고 내가 어떻게 살아가는지를 너에게 말해주려고 한다.

나는 살아오면서 크고도 숱한 잘못을 저질러왔다. 그 잘못들이 내 마음을 병들게 하고, 병든 마음이 또 다시 잘못을 낳고 번뇌의 씨앗이 되어, 내 삶은 잘못과 아픔이 되풀이되는 불행한 걸음걸이가 되었다. 나는 그 걸음을 돌려야 했다. 내가 가족을 지키고 회사를 키우려고 애쓰는 한, 나는 욕심이 끌고 가는 잘못된 발길을 돌이킬 수 없었다. 집에서 그리고 회사에서 발길을 돌린다는 것은 집과 회사를 떠나는 것이다. 내가 너를 데리고 떠날 수 있었는지 아닌지는 네가 잘 알 것이다. 집을 떠난 나는 산속 깊은 곳에 와, 혼자 살고 있다. 나는 사람들의 건강을 돌보며 살아왔다. 이곳에서도 약초를 기르고 거두면서 약초로 이웃 사람들의 건강을 돌보며 살아간다. 이곳에 네가 없어서 내 마음이 아프다는 것만을 빼고는 내 삶은 행복하다. 사랑하는 권아! 네가 건강하기를 바란다. 네 몸이 아프면 내가 달려가, 네 건강을 지켜주겠다. 그러나 아버지 없이도 네 몸과 마음이 건강하기를 바란다. 네 어머니와 할아버지, 할머니를 모시고 행복하게 살기를 기도한다. 사랑하는 내 아들, 권이야! 부디 참되게 살아다오!"

4.

흙이 병들어 죽어간다. 신성수가 사는 산간오지조차 오염된 흙이 아파하고 신음한다. 성수는 흙의 생명과 건강부터 돌본다. 흙속에 쓰레기가 그득하다. 성수는 널려있는 비닐 쓰레기와 묻혀있는 플라스틱 쓰레기를 걷어낸다. 폐수가 스며 흙이 멍들어있다. 성수는 흙 갈이도 하고 흙 뒤엎기도 하며 지력(地力)을 높인다. 화학비료, 제초제, 살충제로 흙에서 살던 미생물이 사라졌다. 성수는 친환경 퇴비와 발효 액비를 흙에 넣어 미생물을 불러들인다. 미생물은 미세한 흙입자를 잘근잘근 씹어 옥토로 바꾼다. 미생물은 흙 알갱이들을 이리저리 얽어 옥토로 바꾼다. 미생물은 딱딱한 흙을 곱게 하고 마른 흙을 촉촉히 해서 옥토로 바꾼다. 맑은 물과 신선한 공기와 풍성한 양분을 머금은 흙은 미생물의 물질분해능력으로 건강을 되찾는다. 흙이 깨어난다. 싱싱한 흙냄새가 성수의 영성을 두드린다.

옥토에서 씨앗이 싹튼다. 뿌리가 뻗고 줄기가 솟고 잎이 우거진다. 식물은 두 팔 두 다리 활짝 벌리고 햇볕을 흠뻑 받는다. 식물은 웃는다. 잎과 줄기에 반짝이는 윤기가 웃음이다. 살랑거리는 바람에 식물은 춤춘다. 새소리가 음악되고, 바람이 몸동작되어, 지침 없이 종일 춤을 춘다. 식물은 성장하는 기쁨을 내지른다. 식물이 꽃을 피운다. 꽃은 벌과 나비를 불러들인다. 꽃은 번식을 준비한다. 번식은 식구를 불려서, 밭을 채우고 들판을 뒤덮고 산을 울창하게 하는 짝짓기이다. 새의 지저귐, 벌의 윙윙거림, 곤충의 버석거림으로 자연은 합창을 한다. 새는 고음을 맡고, 벌은 저음을 맡는다. 개울물 졸졸 흐르는 소리, 바람이 거목을 휘익 스치는 소리, 들짐승이 지르는 함성이 어우러져 자연의 교향악이 펼쳐진다. 성수는 조용히 귀 기울여, 거룩한 자연의 신비한 음악을 듣는다. 그의 영성이 일깨워진다.

수정을 마친 꽃에서 아기들이 태어난다. 아기들은 무럭무럭 성장하여 튼실한 어른이 된다. 굵직한 열매가 주렁주렁 달린다. 과일은 달콤한 수분과 서걱거리는 육질과 풍부한 영양을 담고 있다. 열매 깊은 속에는 다음 세대를 위한 씨앗이 잠들어있다. 잠자던 씨앗은 다음 해 봄에 깨어난다. 봄이 되면 씨앗은 새로운 일생을 시작한다. 성수는 흙에서 생명의 윤회와 영생을 본다. 성수는 생명체의 탄생과 죽음 그리고 생명체의 건강이 흙속에 있음을 깨닫는다. 흙은 생명이다. 흙은 건강이다.

성수는 흙에서 생명을 뿌리고 키우고 거둔다. 흙은 생산의 터전이요, 생명의 근원이다. 흙에서 생명체가 나고 죽는다. 생명체는 죽어 흙으로 돌아간다. 그러나 생명체가 남긴 씨앗이 다시 태어난다. 그리고 그 씨앗도 자라나, 씨앗을 남기고 죽는다. 흙에서 생명은 윤회한다. 윤회가 영원히 거듭되며 영생한다. 신성수가 흙에서 생명을 찾고, 흙에서 영생을 본다. 흙속에서 더러운 물질이 부패를 거쳐 정화된다. 길게 보면, 더러움이 생명을 키우고 열매 맺게 한다. 온갖 더러움이 흙에서 구원을 받는다. 성수는 흙에 기도한다. 흙이 자신을 정화하고, 흙이 자신을 구원하고, 흙에서 자신이 영생할 것을 믿으며 기도한다. 흙에 영(靈)이 살아 있고, 영성이 깃들어 있다.

3월 11일은 '흙의 날'이다. 성수에게 1년 365일 중, 흙의 날이 가장 거룩한 날이다. 성탄일도 아니고, 석탄일도 아니다. 흙의 날에 성수는 혼자서 성스러운 의식을 거행한다. 흙에 올리는 경건한 미사이고 예배이며 예불이다. 이른 새벽 소나무 아래에서 해 뜨는 동쪽을 향해 자리를 잡는다. 무릎을 꿇고 두 손바닥에 흙을 가득 담아 머리 위로 치켜들고 한참동안 흙을 바라보며, 감사와 은총의 염(念)을 새긴다. 그 다음에 "땅위의 모든 생명이 흙에서 태어나고, 흙에서 자라고, 죽어 흙으로 돌아감을 고백합니다. 흙이 생명이고, 흙에 영성이 깃들어 있음을 믿습니다. 흙에서 참되고 거룩한 삶을 살 것을 서약합니다."라는 기도문을 낭송한다. 기도를 마치면, 고운 흙을 한 숟가락 퍼서 먹는다. 그 후에 얼굴과 팔뚝과 다리에 진흙을 바른다. 흙을 한 바구니 가득 담아 밭에 가지고 가서 정성껏 흩뿌린다. 의식의 끝은 무릎 꿇고 엎드려 흙에 입 맞추기이다. 해 떨어질 때가 되어서야 개울에 들어가 온몸을 씻는다. 의식을 통해 성수는 흙과 하나가 된다. 성수가 흙이고, 흙이 성수이다. 흙은 참되고, 거룩하다.

5.
　신성수가 흙에서 영성을 찾아 일구는 생활을 하기까지를 회상한다.

　굳은 믿음 배신되고
　모은 사랑 조각났네
　뻗친 생기 삭아들고
　날선 총기 물러졌네

　어이하랴 어이하랴
　죽은듯이 눈감으랴
　어진듯이 물러나랴
　유한듯이 엎어지랴

　무병 장수 넘친 욕심
　서리 서리 깨진 머리
　엉기 정기 슬픈 분노

꺼이 꺼이 지난 세월

내 이 한곳 정붙인 땅
몸 던져서 응시하고
움켜쥐고 가슴쳐서
너나 없고 시간 없고
회한 없고 미련 없는
무념계로 돌아가리

나를 몰아 이곳 왔네
나의 회향 나의 명당
이내 고향 이내 무덤
여기 오려 그러 했나
집착 떨쳐 자유 얻고
망상 벗어 기쁨 오고
남은 생명 충만하네

거짓 안개 걷어내고
거짓 무리 물리치네
참된 정수(精髓) 벼려내고
영성 생활 침정(沈靜)하네

어둠 속에 밝은 지혜
탐욕 벗은 어진 마음
얽힌 인연 떨친 자유
깨친 후에 솟는 환희

학식 단련 다 치우고
꽃 한송이 옆에 두네
부귀 영달 부럽잖고
식은 찻잔 애석하네

감사하다 할 수 있어
감사하기 그지없네

6.
　신성수는 일어나서 기도하고, 자기 전에 기도한다.
　누구에게 드리는 기도인지는 몰라도, 하여간에 거룩한 마음으로
기도한다.

　"제 영성생활이
　삶의 어두움을 물리치게 하소서.
　새 삶의 밝은 빛이 되어

저를 비추게 하소서.

제 눈물을 닦아주고,

다 죽은 몸에

생기와 활력을 불어넣어 주소서.

우수와 허망을 쓸어내고,

영성의 기쁨으로 채워 주소서.

불안을 평안으로 잠재워 주소서.

무력과 허탈이 용기와 보람으로 넘치게 하소서.

허황한 몽상이 참되고 알찬 현실로 지워지게 하소서.

거꾸러짐에서 솟구침으로 오르게 하소서.

외로움을 충일함으로 안아 주소서.

지은 죄악을 은총으로 감싸 주소서.

비참이 찬란함으로 갈아입게 하소서.

신음과 고통의 절규가 그치고,

잔잔한 미소와 감회어린 눈물이 고이게 하소서.

증오를 사랑이 씻어내게 하소서.

저주와 분노의 삶을 축복과 감사의 삶으로 바꾸어 주소서.

고난과 시련이 평화와 휴식에 자리바꿈하게 하소서.

아픔과 질병이 자연과 흙의 손길로 가라앉게 하소서.

불행을 행복으로 덮어 주소서.

죽음이 영생으로 거듭나게 하소서.

사는 것이 힘에 겨워 허덕이는 사람들에게 무심했던 시간이

그들과 함께 아파하고
제가 받은 은혜를
나누고 베풀 수 있는
영광의 기회로 탈바꿈하게 하소서.
변화무상한 상대계(相對界)의 혼돈에
항구불변한 절대계의 질서가 들어서게 하소서.
하루를 마치고 잠자기 전에
무릎꿇고 감사 기도를 올리게 해주소서!"

[에필로그 (epilogue)]

올림포스국의 지구탐사선 아칸투스호의 함장인 센타크논이 대원 8명을 회의실로 불러 모은다. 오랜만에 대원 전원이 참석하는 회의가 열린다. 센타크논은 그 어느 때보다도 진지한 표정과 어조로 좌중을 압도한다.

"대원 여러분!

지구인의 멸종 여부에 관하여 우리가 오래 준비하고 고대하던 마지막 논의를 하고자 오늘 회의를 소집하였습니다. 우리는 올림포스인이 지구로 이주하는 경우에 지구인들과 평화롭게 공존할 수 있을지, 아니면 공존 전망이 극히 어두워 지구인을 완전히 멸종시켜버려야 할지를 결정함에 있어서 1차 결론을 내려 본국에 제시하는 임무를 부여받았습니다. 아칸투스호가 지구에 도착한 이후 우리에게 맡겨진 임무 중에서 가장 중요한 것이 바로 이 임무였습니다. 이 임무를 시달하면서 내가 여러분에게 당부한 말을 기억할 것입니다. 우주에 있는 그 어떤 생명체도 거룩하지 않은 것이 없는 만큼, 지구인의 멸종 여부에 관한 논의를 영성의 경건함으로 마음을 가다듬고 신중에 신중을 거듭하여 다루어주기를 바란다는 당부였습니다. 이런 자세로 지구인 멸종에 관한 원론적인 논의를 한 적이 있습니다만 결론을 내리기 어렵게 되자, 우리는 개체로서의 지구인 8명을 선정하여 구체적으로 관찰한 후에 다시금 논의하기로 의견을 모았습니다. 그동안 지구인 여섯 명을 먼저 관찰하고 나서, 최후로 신성수와 신대수 형제를 살펴보았습니다. 이 형제를 추적관찰하고 보고하는 일은 아포티 대원과 마로스 대원에게 배정되었습니다.

나는 마로스 대원이 지구인 신성수에 관하여 추적관찰한 결과를 최종적으로 보고하는 자리에서 가슴 벅찬 감동을 경험하였습니다. 지난 토요일이었습니다. 그 자리에서 신성수의 영성지수(靈性指數)는 내가 상상하는 이상으로 극히 높으리라는 생각이 들었습니다. 여러분이 잘 알다시피 함장실에는 제1의 인체에너지 감지기가 보관되어 있습니다. 이것은 영성지수를 측정할 수 있는 감지기입니다. 원래 영성지수의 측정은 올림포스국의 최고지도자만이 행사할 수 있는 권한이지만, 불가측의 험난한 고비가 숱하게 도사리고 있는 우주항해에서 최고권력자의 최고권력의 일부를 위임받은 함장이 행사할 수 있는 비상권한의 하나이기도 합니다. 나는 심사숙고 끝에 영성지수의 측정이라는 최고권력을 지구인 신성수에게 행사할 필요가 있다고 보았습니다. 그래서 지난 일요일에 제1의 인체에너지 감지기를 사용하여 신성수의 영성지수를 측정했습니다. 결과는 놀라웠습니다. 여러분에게 그 정확한 수치를 밝힐 수 없음을 애석하게 생각합니다. 다만 지구인 신성수의 영성지수가 올림포스국 최고지도자급(級)의 영성지수인 280대 수치를 보이고 있다는 점만은 이 회의석상에서 알려주고자 합니다.

이 수치는 굉장한 의미를 담고 있습니다. 최고등급의 영성지수는 어떤 경우에도 훼손될 수 없는 최고가치인 성스러움을 표시하는 절대 영역에 속합니다. 이제 여러분에게 신성수의 영성지수가 의미하는 결론을 제시하겠습니다. 절대 영역의 영성지수를 지닌 지구인이 단 한사람이라도 존재하는 한, 지구인을 멸종시킬 수 없다는 결론입니다. 지구인의 멸종은 신성수의 죽음까지도 초래하기 때문입니다. 우리는 비록 한 사람이라고 할지라도 성스러운 경지에 도달한 지구인을 없앨 수는 없습니다. 그러므로 우리는 더 이상 지구인의 멸종 여부를 논의할 필요가 없습니다. 지구인 신성수 한 사람이 73억 인구의 지구인 모두를 구원한 것입니다. 우리 올림포스국에서도 올림포스인 한 사람이 전부를 구원하는 거룩한 일이 벌어질 수 있습니다. 한 사람이 모두를 살릴 수 있습니다. 한 사람 한 사람이 그토록 소중한 존재입니다. 우리는 한 사람 한 사람을 성스러운 존재로서 존중해야 합니다.

이만 회의를 마치고자 합니다. 오늘은 회의가 아니라 지구인 멸종 여부에 관하여 내가 내린 결정을 일방적으로 전달하는 자리가 되었습니다. 이 자리를 파하면, 대원 여러분은 책임진 부서로 돌아가서, 꿈에 그리던 고국 귀향이라는 기나긴 우주항해를 준비해주기 바랍니다."

회의가 종료되자마자, 마로스 대원이 자리에서 일어나 발언한다.

"함장님, 우리가 귀향할 때 지구인 신성수를 아칸투스호에 태워, 올림포스국에 데려가는 것이 어떻겠습니까? 어디까지나 제 의견입니다만, 고려해주시기 바랍니다."

센타크논은 잠자코 듣기만 하고, 말없이 회의실을 나간다. 나가다

가 고개를 돌려 마로스 대원을 한번 뚫어지게 쳐다보고, 문밖으로
사라진다.

〈센타크논 제3권 소설 "영성지수" 끝〉

[작가 후기]

센타크논 시리즈 장편소설 제3권은 '영성소설'이어야만 했다. 그리고 나는 영성소설을 쓰고 싶었다. 그러나 걱정이 앞섰다. 영성이라고는 싹이 보이지 않는 내가, 영성의 깊이라고는 찾아보기 어려운 내가 어떻게 영성소설을 쓴단 말인가? 영성소설은 영성 충만한 성직자나 숭고한 성인군자가 맡아야 할 소설이 아닌가? 내 걱정은 당연한 것이었다.

그런데 내 소설 센타크논 시리즈의 Concept을 제일 먼저 이해하였고, 또 가장 잘 이해하고 있는 오○○ 검사가 내 걱정에 잠시 생각하더니, "소설가는 소설을 쓰면서 성장한다고 들었습니다."라고 했다. 그 말을 듣고, 나는 영성소설을 쓸 용기를 냈다. 영성소설을 쓰면서 내가 영성에 눈뜨고, 내 영성이 성장할 수 있다는 희망과 믿음을 가졌다. 이 소설은 그렇게 탄생했다.

영성은 만화경이다. 찾는 관점에 따라 다채롭게 모습을 보인다.

2019년 5월, 영종도에서

저자 씀